U0561522

日复一日

Alle Tage　Terézia Mora

[匈] 特雷齐娅·莫拉　著　贾苓　译

GUANGXI NORMAL UNIVERSITY PRESS
广西师范大学出版社

· 桂林 ·

RIFUYIRI

日复一日

Alle Tage by Terézia Mora

© 2004 by Luchterhand Literaturverlag,

a division of Penguin Random House Verlagsgruppe GmbH,

München, Germany

 The translation of this book was supported
by a grant from the Goethe-Institut.
本书获得歌德学院翻译资助

著作权合同登记号桂图登字：20-2022-230 号

图书在版编目（CIP）数据

日复一日 /（匈）特雷齐娅·莫拉著；贾荙译. --桂林：
广西师范大学出版社，2023.2
ISBN 978-7-5598-5655-5

Ⅰ. ①日… Ⅱ. ①特… ②贾… Ⅲ. ①长篇小说－匈牙
利－现代 Ⅳ. ①I515.45

中国版本图书馆 CIP 数据核字（2022）第 222216 号

广西师范大学出版社出版发行

（广西桂林市五里店路 9 号　邮政编码：541004）
网址：http://www.bbtpress.com

出版人：黄轩庄

全国新华书店经销

广西广大印务有限责任公司印刷

（桂林市临桂区秧塘工业园西城大道北侧广西师范大学
出版社集团有限公司创意产业园内　邮政编码：541199）

开本：889 mm × 1 194 mm　1/32

印张：16.5　　字数：318 千字

2023 年 2 月第 1 版　　2023 年 2 月第 1 次印刷

定价：99.00 元

如发现印装质量问题，影响阅读，请与出版社发行部门联系调换。

我讲的，是令人心碎的和／或古怪的故事。极端的和荒诞的。悲剧，滑稽剧，真正的悲剧。孩子的、人类的、动物的受难。真实的震撼，戏谑的伤感，怀疑而诚挚的信仰。当然还有灾难。自然灾害和其他。尤其还有：奇迹。至于奇迹，需求始终庞大。我们到处买来奇迹。又或者只是它们选中了我们。奇迹就在那里，为着我们所有人。说我们自己就是奇迹的时间也不是没有道理。他们有殉道者，而我们有奇迹。您懂得的。

*

拉丁国家语种尤其多。美好的古巴比伦。自然还有特兰西瓦尼亚[1]。巴尔干半岛什么的。您真的掌握了所有这些语言？全部十种？

*

一个人长得像没有胡子的基督，也未必不会撒谎，是吧？或者拉斯普京[2]。拉斯普京更合适。在您背后我就这么叫您，行吗？拉斯普京又有什么新鲜事？再说这也无所谓，这个男人，一个编辑，在他第一次也是最后一次见到亚伯·内马的时候对他说道。在我看来，您

1　特兰西瓦尼亚（Transsylvanien），今属罗马尼亚。此地原为匈牙利王国领土，一战后划归罗马尼亚。今天，该地区的官方语言为罗马尼亚语，少数人口仍使用匈牙利语，亦有极少数说德语。本书脚注均为译者注。
2　拉斯普京（Rasputin，1869—1916），俄罗斯帝国神秘主义者，沙皇尼古拉二世及皇后的宠臣，臭名昭著的"魔僧"。他出身底层，传说能驱魔治病和预言灾祸，甚至拥有不死之身，后来多被认为是坑蒙拐骗的无赖。

也会撒谎和／或虚构。关键是，这样挺好的。您懂我的意思？

*

好，好，好。很好。话说回来，撒谎根本没必要。生活充满了可怕的巧合和数不尽的事件。您懂得的。

0. 现在

周末

鸟

让我们把时间称作现在，让我们把地点称作这里。让我们描述这两者，像下面这样。

一座城市，靠东的城区。棕色的街，空着或者不知塞了些什么的库房，还有人挤人的民居，沿着铁轨弯弯曲曲地伸展开来，直到撞上死胡同里的一面砖墙后才突然停下。一个周六的早晨，才入秋。不是公园，不过一块狭小的、杂芜的三角地。所谓绿地，两条巷子交叉口处空出来的东西，就是这样一个空荡荡的街角。猛一阵初晨的风——从裂隙横生的街面这副社会的假牙中刮来——吹动了一块木转盘，这是绿地边上一处老旧的，或者只是看上去旧了些的儿童玩具设施。旁边垃圾桶上的吊环空空摇荡，桶子本身不在了。零零碎碎的垃圾撒在近处的灌木丛里，它战栗着试图把垃圾抖掉，却总是只有叶子啪嗒落在水泥、沙子、玻璃片和被踩坏的草地上。两个女人，没多久又来了一个，在去上班的路上或是才下班回来。从这里抄近路，踏上用脚踩出来的小径，它把绿地分成了两个三角形。其中一个女人是个胖子，走过转盘时两个手指拨了一下木头转盘的边缘。转盘底座嘎吱一声，听起来像鸟叫，或许真的是只鸟，掠过天空的成百只鸟中的一只。椋鸟。圆盘摇摇晃晃地转起来。

据说这个男人看起来多多少少也像一只鸟，或者说一只蝙蝠，只不过身形巨大。他挂在那儿，黑色大衣的两翼时不时在风中抽动。后来这几个女人说，起初她们还以为是谁把大衣忘在了那儿，挂在了这根地毯挂杆上，要不就是挂在——管它是什么呢——一组攀援架上。然而，她们随后又看到底下垂着两只手，苍白的手，蜷曲的指头，指尖几乎要碰到地上。

一个初秋的周六早晨，三个女工在火车站附近一处废弃的游乐设施中间发现翻译亚伯·内马头朝下、颤巍巍地挂在攀援架上。他的脚上缠着银色的胶带，一件长长的黑大衣盖过他的头。早晨的风中，他轻轻地摇荡着。

身高：大概……（很高）体重：大概……（很瘦）手臂、双腿、躯干、头：细长。皮肤：白。发色：黑。脸型：长。脸颊：长。眼睛：窄，眼袋开始耷下来。高额头，心形的发际线，左边的眉毛低，右边的眉毛向上挑——一张经年累月越发不对称的脸，右半边醒着，左半边睡着。一个不算难看的人。其实挺好看的，但这一点也有些不一样了。正在愈合的旧伤中间还有几处新伤。不过除此以外：

有些东西现在确实不一样了。后来被叫到医院里时，他的妻子梅塞德丝这样想。也许只不过是因为，这是我第一次看见他睡着的样子。

其实不是，医生说。我们人为地让他昏迷了。得等到我们弄清楚他的大脑究竟怎么了。

这是一起恶性事件，毕竟人无法——无论多么有能耐——把自己弄成这样，所以警察也得来提几个问题。最后一次见到丈夫是什么时候。

梅塞德丝久久注视着这张脸。

我差一点就要说：如果没记错的话：从没见过。

可她还是说了：之前……我们离婚的时候。

唱诗班

四年多以前的一个周六，亚伯·内马在自己的婚礼上迟到了。梅塞德丝穿着一条白色领口的窄款黑色连衣裙，手里握着一束白雏菊。他像往常一样，穿着皱巴巴的黑色旧衣服来了。他手指颤抖着找他的身份证，找了好久，好像不愿意找着似的。不过还是找到了，在包里，他最开始找的地方。之前……某个周一，离婚，他又来晚了。这种事我早就料到了，等上一阵子就知道了；那时梅塞德丝刚和两人一起请的律师碰面，时间还早，离预约时间还有一刻钟。

你们真的想好了？他们刚找律师的时候，她就这样问过。那天他倒差不多是准时来了，但接下来一个字也不说，只是冲着梅塞德丝说的每件事点头。你们确定吗？律师后来又问。也许你们各自应该……不用，梅塞德丝说。没有争议。外加省钱的考虑。

所以早该料到，这一次也不会顺利的，为什么偏偏这次就能顺利呢。她们站在法庭的走廊上，律师说了些什么，梅塞德丝一言不发，两个人都在等待。外面攒起最后一股热浪，好像行将离去的夏天高昂着头，涨红着脸，又一次张开大嘴，要冲人（梅塞德丝，这是她的联想）再吐出一口轻蔑的热气。但在这里面，泛着绿光的长廊上吹着清凉的穿堂风。

律师的手机响了。这时离预约时间只有五分钟了。当然：他打来的。梅塞德丝竖起耳朵，想听他讲话，也想听他的声音。然而什么也听不见，只有走廊上的回声。律师回应着，嗯——啊——明白了——行——吧。

她说他打电话来就是告诉她，他还在路上，也就是说，差不多是遇到麻烦了——我为什么不惊讶呢？每一次，当这个男人要出门的时候，无论去哪里，都会遇上麻烦——这次的问题是，他得打个车，不，这不是什么麻烦，麻烦在于，他没钱打车，眼下他差不多一分钱也没有。但他一定得打到这辆车，不然就来不了法院了，至少没办法准时。

明白了。

她们又在走廊里一块儿站了一分钟，然后律师说她现在出去到法院外面等他。梅塞德丝点了头，走去了洗手间。她不是必须得去，但外面的走廊她也站不住了。她洗了手，手指滴着水，站在镜子前，看着自己。

女声（　唱　）：Do-o-na no-o-bis pa-a-cem pa-cem. Doooo-naa no-o-bis paaaa-cem.

男声（伴女声唱）：Do-o-na no-o-bis pa-a-cem pa-cem. Doooo-naa no-o-bis paaaa-cem.

其他（伴唱）：Do-o-na no-o-bis pa-a-cem pa-cem. Doooo-naa no-o-bis paaaa-cem.

齐唱：Do-na. No-bis. Pa-a-cem, pa-cem. Doooo-naa no-o-bis paaaa-cem.

女声：Do-o-na no-o-bis...

男声：Do-o-na no-o-bis...

女声（同时）：Paa-cem pa-cem.

男声：Paa-cem pa-cem.

女声（同时）：Doooo-naa no-o-bis.

其他（同时）：Do-o-na no-o-bis.

男声（同时）：Paa-cem, pa-cem.

其他：Paa-cem pa-cem.

男声（同时）：Doooo-naa no-o-bis.

女声（同时）：Paaa-a-cem.

其他（同时）：Doooo-naa no-o-bis.

齐唱：Paaa-a-cem.[1]（稍加留心就能排齐了。）

走廊上听不到，只有在这里才行：近处或是远处，有一个唱诗班——或者随便一群什么人——在排练，可是为什么在周一中午呢，午休时间，他们用他们周一的午休时间来唱《请赐我们平安》。唱了多久了，不知道，总之是不知疲倦。我们灵魂的和平，我们灵魂的和平，和平，和平。

暗色的口红并不常用。簇成心尖形状的嘴唇。为什么离婚还得化妆呢？其他女人来来去去，也照着镜子，看着她们或暗或亮的嘴唇。梅塞德丝从镜子里注视着她们，她们也注视着梅塞德丝或者其实没看她。她们走了，梅塞德丝留下。拿纸巾擦嘴有点风险。口红会残留在唇周的汗毛上。覆盆子糖浆糊了一嘴。现在嘴角向下撇了。我悲哀甚于生气。和平，和平，和平。

解放囚徒的慈悲圣母马利亚[2]，塔季扬娜对埃里克说道。我们的朋友梅塞德丝跟一个什么天才结婚了，不知道从特兰西瓦尼亚还是什么别的地方冒出来的，差不多是她从火堆里救出来的。

其实，梅塞德丝的母亲米丽娅姆说，他一切都还

1　此处唱的是《请赐我们平安》（*Dona Nobis Pacem*），三个词分别为拉丁语"赐予""我们""平安"。
2　解放囚徒的慈悲圣母马利亚（Maria de Mercede），传说圣母马利亚曾在西班牙显圣，从萨拉森人手中赎回被囚禁的基督徒。梅塞德丝（Mercedes）这个名字与"慈悲"同源。

行。一个礼貌、安静、长得好看的人。可是与此同时，他又一切都不行。即便这种感觉叫人说不上来。有些东西很可疑。他礼貌、安静、长得好看的那副样子。不过，天赋异禀的人可能就是这样吧。

什么叫作异？好吧，他有点本事。几种语言。据说如此。实际情况是，从他嘴里一句话都听不到。这可能是一种表征。但不是原因。

他遇到了每个移民都会遇到的问题：他需要证件，他需要语言。这是之前蒂博尔·B. 教授对其当时的伴侣梅塞德丝说的。后一个问题他轻而易举地就完美解决了，一下子十种，而且很难相信，他的语言知识大半都是在语音室里学到的，要我说就是：跟着录音带学的。即便他从来没跟任何一个活生生的葡萄牙人或者芬兰人说过话，我也不会惊讶。因为他所说的一切，我该怎么说呢，都没有地点，前所未闻地清晰，没有口音，没有方言，无——他讲起话时像一个从虚无中走来的人。

一个幸运儿，某个叫康斯坦丁的人说。我对他说：你是个幸运儿。然后他就看着我，像是一个字都听不懂。这的确就是他的长处，不是吗？这让我私下觉得，他的特长其实就在于，哪怕一丁点力气都不费，也能让人对他感兴趣。大家揣度着他，然后又生起气来，因为事实证明，原来他在你冲着他喋喋不休的时候从始至终只是盯着说话的嘴，仿佛对他来讲，只有看人怎么发摩擦音才具有重要性。其余一切，这个世界，林林总总，都不能引起他半点兴趣。活在这个世界上而又不活在这个世界上。他就是这样一个人。

总是有点吹毛求疵的这样一个神经过敏的人，可你糊弄不了我，你的名字出卖了你：内马，沉默者，跟斯拉夫语言里的"Nemec"同源，现在的意思是"德国人"，以前是指所有不说斯拉夫语的人，也就是沉默的人。或者换种说法：野蛮人。亚伯，野蛮人，一个叫金高的女人说，笑了。这就是你。

明摆着是个麻烦，塔季扬娜说。第一眼就看出来了，除非瞎了，除非是梅塞德丝。简单来说，这是假结婚。这是她的话：简单来说。假结婚。这样他的两个问题就都可以解决了。恭喜。至于她……

我怎么好评判别人呢。可能是有原因的，而这些原因表面上常常——梅塞德丝歪起嘴，对面的人笑了：表面上，不然还怎么看！——看不出来。好像他们就这样失去了判断力。就是这个人，亚伯·内马，那么前途光明，那么年轻，第一代自由的人！脚踏整个世界。享受吧，在这短短的一刻，因为这种感觉很快就没了。还来不及四周看看，有些东西就破裂或爆发了，这么说吧：一场内战——我一直都无法理解，真的就在我们自己家门口！到底什么让你理解不了？——然后就是，瞧着吧，你又重新站稳了脚跟。十年前，不，到现在已经有十三年了，A. N. 不得不离开他的家乡。这肯定不容易，不过从那以后其实一切正常。是这么说的。一个有着突出天赋的人，十年，十种语言，学了又学，个人生活也可圈可点，最后甚至还有了妻子、继子、国籍。他给自己找了一间凹室，在派对外围安静的角落，然后，大概一年多以前，一个周六，不，已经到周日了，在上述的派对上，他起身，走了出去，然后从此就真的再也不出现了。他搬回到这套荒唐到可笑（不同字体的都是梅塞德丝的话）的房子里，除了能望到铁轨的绝妙视野、一张床垫和一根电话线之外什么都没有，然后什么事都不做，除了从世界上所有地方给一堆荒唐到可笑的厕所读物的某个可疑的代理人搜集荒唐到可笑的故事，一周七天。对此我还该说些什么。

Do-o-na no-o-bis。不知何时你盯着镜子看够了。你是怎样就是怎样。踮起脚尖，为什么？到小窗边上去。后面是一个灰色的天井，它泛起一股独特的气味，里面是停泊的车，上面是天空。大声了一些：Do-o-na no-o-bis，但还是不能完全听清到底是哪儿来的声音。就好像是从四面八方而来。窗子装了栏杆。这里也审理普通的案件。犯罪案件。我从厕所的窗户是逃不出去的。梅塞德丝关上了窗。唱诗班的声音还一直听得见。

然后又站在走廊上，这儿还有其他人，并且，惹人注意的是，所有人都看向同一个方向，顺着长长的、泛着绿光的走廊。这里的人仿佛站在月台上，满怀期待地面向某物或某人——他——即将出现的方向；已经能感觉到他从身前推来的气息了。

他总共迟到了不超过一刻钟，当他之后真的出现时，看起来远没有你根据他前面扬起的风猜测的那么壮硕有力。尽管高，但很单薄，不是火车，更像个信号标，周遭环境中的一道标线。你眯起眼睛，他就从身侧开始融化。从正面看过去，他就好像在原地，几乎不会移动。站在那儿，等待。

四年多以前的一个周六，亚伯·内马在自己的婚礼上迟到了。他说，他有点迷路了，还微笑着，我也说不清怎么回事。梅塞德丝也带着微笑，没问他为什么不能打个出租车。可能的话好歹穿件别的。皱巴巴的门襟往上，汗水在敞开的衣领中闪着晶莹的光，这是梅塞德丝关于自己婚礼留存的最清晰的画面。登记处的工作人员讲话时，他就是这副样子，还泛起一阵气味。讲话不知进行到何处（因为完全听不懂登记处的工作人员在说些什么）——也许可以把讲话缩减一下或者干脆省略掉，梅塞德丝说，好补上之前的时间，然而这位女士只是以空洞的眼神看着她，吸口气就继续讲下去，以公民生活条件为基础的爱情和法律，诸如此类——而我只是一直在想：我就要结婚了，我结婚了，这时他突然叹了口气。胸膛和双肩高高耸起来，然后又收下去，同时一阵气流涌起，一种奇怪的混合味道：糅合了灰尘和雨水的外衣；完全被汗水浸湿的衬衫上洗涤剂；这之下他的皮肤；他的香皂、咖啡、酒和油脂；还有某种橡胶一类的东西，更准确地说，乳胶，伴着一股淡淡的人工香草味，是的，她觉得在他身上嗅到了安全套的气味；再加上被顶楼的高温熔化的电脑键盘——黑色的污垢中间有手指触碰按键后留下的白色圆圈——的气味等。还有更多熟悉的气味，不过这些都是次要的，因为这一刻真正关键的，是某种新娘梅塞德丝说不上来的东西，闻起来像一间等候室；像木头长椅、煤炉、变形的滑轨；像一个被扔在斜坡上的纸袋子，里面装着结冰路面上残余的水泥、盐和草灰；像鹿角漆树、黄铜水龙头、漆黑的可可粉；总之还有：食物，似乎是她从来没吃过的。诸如这些她再也不能用语词指代的、无穷无尽的东西从他身上高高地升腾起来，仿佛他就把它——异质的气味——装在口袋里。她在他身上闻到了异质感。

特别惊人倒也没有。某种特殊的气息之前就已经存在，就在第一次，当他站在她家门口，肩膀上搭着过时的黑上衣，显得有点可笑。他整个人就是一条对角线，撑在门框远远相隔的两个对角之间。那时我对由此开始的事情还一无所知。多年以后，在登记处的工作人员面前，这声叹气让她陷入了沉思，一直到他弯过手肘从侧面悄悄捅了一下，她才回过神来。她回头看，但不是朝着他，而是冲着后面连排的椅子，那边她儿子奥马尔挨着塔季扬娜坐着，他们是空空的大厅里仅有的几个人，亲爱的新人，亲爱的宾客。奥马尔的两只眼睛都在闪闪发光，由玻璃制成的稍大一点的那只和有生命的那只。他刚满七岁，点着头：说我愿意。现在就说——

Oui, yes, da, da, da, si, si, sim, ita est.[1]

后来这种气味出现得越来越频繁，她时不时洒在房间里的须后水也盖不住，到最后已经极其强烈了——由此她发觉，真的到最后了。

那么当他终于出现的时候，自然又是现在这样了。高温之下他还是穿着这件老旧的黑上衣。衣服在他（穿堂风？）身后扑扑飘动，尽管他这次一路上并没有用往常那种逃跑似的速度，迈着大步子，上身前倾，而是恰恰相反：缓慢而僵硬。一条腿拖在后面，顺着走廊跛脚走过来，落后敏捷的律师一截。汗津津的，这一点也吻合。新的：下巴上的擦伤、右边颧骨上的瘀血、后脑勺上的肿块，还有刚才提到的跛足。成绺的头发、慌忙剃胡子后剩下的小丛胡茬、耳朵和脖子上什么东西闪着光——总而言之，他看起来就像是刚从一场街头斗殴里出来似的。可是声音还是老样子，唯一一种与那不断漫延的普遍孤寂之印象相对立的东西。我以前从来没听过谁——非母语者——把我的母语讲得这么完美，尽管他一句都不会多说，除非必需，这次两句：

嗨。梅塞德丝。

离预约时间还有十分钟，律师说。快点吧。

1　混合语言，法语、英语、俄语、塞尔维亚语及其他几种罗曼语族和斯拉夫语族语言的"好""可以"，"ita est"是拉丁语"就这样"。

未知量

在数小时或者数天精神错乱的痛苦之后，他的绝望达到了顶点，这时他终于可以在浴缸和马桶之间湿冷的油地毡上跪下向他的上帝祷告，但愿上帝原谅他即将要做的事情并且帮他做这件事。在他计划已久的自杀的前一天晚上，混沌理论研究者哈尔多尔·罗塞于开会回来的路上，从一架飞行当中的飞机上消失了。三天后有人看见他站在一座桥上。他看着从身后飘曳而来的楔子状云团。当他召唤它们过来的时候，街对面正站着一位叫作阿迪尔·K. 的精神病医生，犹豫了一阵之后，他横穿过车行道，跟这位物理学家搭话。哈尔多尔·R. 解释说，三天前他的肉身升上了天，刚刚才又被放下来，放在这座桥上。

问，他为什么以为自己升天了，他回答，他不是以为，是知道。

问，他之前是在哪个天界，他回答，您说哪个天界是什么意思？

问，那边怎么样，他回答，很遗憾，他不能说出来。

问，他是否知道自己为什么升上了天，他回答，因为他爱好和平，当然了。因为他是尘世上最爱好和平的人。

问，他为什么回来了，他回答，出于同样的原因。我回来以肉身证明，缔造和平的爱是上帝赐予我们最高的善，任何忤逆的举动都是对创世的侮辱，因此也是对上帝的谋杀。

R. 神父问，上帝是否还说了些别的什么，他回答，上帝什么也没说，上帝不需要语言。上帝只是把这种确信传达到了他的意识当中。

问，这一切是否真的存在，他回答，是。也就是说，他还有很多要补充，他全程意识清醒，甚至是非常清醒，完全不是平常思维和感知中混乱的晦暗状态。（思考。）就像是出生之前或死亡之后。大概是。问题没有得到解答，不如说根本就没有问题。也不存在零碎的时间。听说其间已经过去了三天，他很惊讶。时间不再作用，这对他一个自然科学家来说是一种非常特别的经验。很多事可能都得重新想想。因此，如果诸位不反对的话，他想尽快重新回去工作。

缔造和平的灵启[1]会带来什么呢？

这他也不知道。他就获知了两件事：和平之道和关于时间的问题。上帝让人自由选择愿意为之奉献终身的问题。他，作为科学家，于是决定求解那个关于时间的问题。和平之道或许让神父先生……

对此，Y. R. 神父回应——

———————

1　见《新约·雅各书》3:17。"惟独从上头来的智慧，先是清洁，后是和平，温良柔顺，满有怜悯，多结善果，没有偏见，没有假冒。"

恐慌不是哪一个人的状态。恐慌是这个世界的状态。一切乘以未知量P。

其实差不多到最后都一切正常。离婚前的周末亚伯过得就像大多数时候一样：基本上都在家。大概凌晨四点，登录，根据和往常一样的报道搜索和往常一样的资料，复制，然后直接取个标题。他下午睡了几小时，伴随着日落醒来，走到外面的露台上看日落。

要是从亚伯·内马房里穿过屋顶上的窄门爬进脚掌宽的铁笼子，大风天的风会直接把人按回墙上。好像在驾驶，驾驶一幢房子——风刮起来就是这样一种感觉，不过所有东西自然还是留在原地，或者一道驶走了，只是过一阵子你可能由于被刮向太阳穴的泪水而再也看不见了。一条死胡同躺在铁轨东边一条狭长曲折的老工业带外缘，亚伯所在的这条街上只有一侧有房子。另一侧是一堵砖墙，后面有十七组轨道，再后面是城市，无尽延伸到平坦无边的景观之中，在触碰到天际之前于浑然昏暗中消失。一片向一切来者——人、动物、天气——开放的土地。此处的铁道线是最宽的，城市被它们不均匀地切开，不过大体上还是分成两半：更典雅、更富裕、更有秩序的西边和穿过火车站东出口即可到达的"勇士岛"——从前的轻工业地带，全盘衰落之后里面开设了屠宰场、啤酒厂、面粉厂，最先定居的是精神病人、难管教的单亲弃儿和老人；后来在一段被称为黄金期的短暂时日里，人们还想将其扩建成专供文艺青年居住的住宅区；最后这片地方被撒手让给了各路丧家犬，他们不停涌进来，像是有人对他们说：占领东出口。

星期六晚上，一天的工作之后，亚伯就站在他的露台上。他下面，砖墙后面，火车像算盘上的珠子一样来回滑动。之后，天已经黑了，越来越多的车开进死胡同，彼此紧挨着靠墙排开，直到占满车位。晚来的费劲调头：硬橡胶在铺路石上转动摩擦的噪音中，夹杂着人在受到惊吓般闪着光的车灯近前过街时，鞋跟发出的咣咣响声。开在死胡同尽头的店叫疯人院，一周五天，他们以一种似乎永不消减的热情在那儿狂欢，工作日和节假日，日复一日，店门一开一关，鼓声的音浪就像惊雷一般扫过街道，然后，突然：静了下来。

在漆黑的露台上站了一会儿之后，亚伯走回了这间称得上荒诞的单间，尽管它——一间估计是后来违法扩建的顶层阁楼——只有些许开裂。无论谁试图挤出天底下每一寸空间，增多的也只有死去的空间：锐角、沉积了黑暗和灰尘的废弃海湾、再也不用的东西，当用脚将后者扫到一边，或者穿堂风把它们吹过去，它们便静静躺着。亚伯从角落里拣出几件黑色的衣服，和发白的床单被套一起塞进背包，下了五层楼，来到街上。他是唯一一个没走向酒吧，反而背道而驰的人，在打扮得花里胡哨的半裸的陌生人中间激流勇进一阵子之后右拐，然后再右拐，来到一家二十四小时洗衣房。他在那儿坐上几个小时，盯着滚筒的圆窗。里面一片黑。袜口下面缝着浅灰色装饰的袜子总是被甩回同一个地方。亚伯坐在房间很靠里的地方，漂洗衣服的水流进角落里一个水泥池子，然后顺着一根生锈的铁管流走。他不看那片旋转的漆黑时，就注视着飞旋的白沫。之后天亮了，他走回家。死胡同里他再一次逆流而上，这次他成了唯一一个不是离开酒吧，而是走向它的人。之后外面的噪声平息了，他坐到电脑面前。之后附近两座教堂的钟声响了，他拉下窗边的卷帘，好让屏幕不要反光。之后——屏幕右下角的四个数字显示下午过半了，一个（貌似）在自转的小地球旁边写着：未知时区——电话响了。

喂，妈。

她的名字是米拉。他们上次见面是十三年前，就在她帮他逃过征兵之前。从此之后一个月打一次电话，多数时候是周日下午。

我给你打回去。

好。

她挂断。他打回去。问，她过得怎么样。

她说，她过得挺好。

他们沉默了一会儿。通信线路传出咔嚓噼啪的声音，整通电话一直这样，咔嚓，噼啪，一个公共电话亭。

他问，公共电话亭是不是得等。

她说是的，不过现在好些了。新闻开始了。她能看见窗帘后边的三台电视机。

他们那边已经天黑了吗。

还没完全黑。

咔嚓，噼啪，咔嚓。

听好了，米拉说。她得告诉他点事情。更准确地说，更正一些她之前告诉他的事情。

最近她会打来电话，然后更正一些事。我的母亲是个爱撒谎的女人。不至于声名狼藉。只是出于幻想或者要声援某事。她以撒谎的方式表达她的同情。是的，我知道您在说什么，我们家里也有犹太人。我们家从来没有犹太人。我知道，亚伯说。也没有飞行员。没有游击队员。她自己从来没有被一个邪恶的教授锁在一间有放射性的房间里，也从没目睹过鲨鱼袭击。我知道，亚伯说，我知道。

这次，她说，是别的事。她说，她看见了伊利亚。

谁？

你朋友伊利亚。

沉默。

最开始她说，城市基本上还是原来的样子。不计被毁坏的部分——旅馆、图书馆、邮局、几家商店——全部都还是老样子。除了人。有种人比以前更多了的印象，只不过像是有人——一个奇迹或者恶劣的玩笑——一夜之间把全体人口都给调换了。到处都只有陌生的青年男人。从村子里来。要么天知道从哪儿来。新出生的。

之前在打仗，亚伯说。

是，我知道。

然后她讲起，最近还经常见到熟人。

尽管有些人说他们死了或者在德国，但她就是见到了。走在街上，拎着纸袋子，我能肯定就是他，他只不过不住在以前那儿了。

伊利亚，她说，甚至还跟她说了话。活生生的。他来找的她，还找了好一阵子，因为她也不住在以前那儿了。他留着大胡子，像个僧侣。

嗯，亚伯说着，端坐在椅子上。他告诉母亲，伊利亚一年前就被宣告死亡了。

我知道，米拉说。那是搞错了。

停顿。

那么，他还说了些什么吗？

他问我过得怎么样。然后他又问起你。我告诉了他你现在在哪里生活。他笑了起来，然后说：呐，不会这么巧吧。他正要飞过去，明天就走。你听得见吗？他明天就到那儿了。

——

喂？

——

你一点都不开心吗？我们以为他死了，现在事实证明他活着。这不是很神奇吗？

上帝的决断

有时候，伊利亚说，我完全被爱和虔敬填满了。彻彻底底，除了这种爱和虔敬以外我再不是别的任何东西。这会持续几分钟。有时候也就几秒。我浮上来后看到：就只有几秒而已。浮上来之前，我在身外见到自己。我看着狂喜中的自己，认识到这是一种作态。识破这是作态的一瞬间，我就从虔敬转向了怀疑，也就是从信转向了不信。当我处在这种怀疑之中——这经常发生——曾经虔敬的自己，还有我独自或者跟别人一起完成的所有那些完全就是迷信的礼拜仪式，都显得可笑又愚蠢。当我处在信仰之中——我也常常这样——怀疑的自己就显得可鄙又愚蠢。这是我的两种状态。不是这种就是另一种，有时甚至同时出现。

那时，十五、二十年前，他们住在三国交界处附近的一座小城。铁路尽头的一座城市，它到三个邻近首都的直线距离差不多一样远，原先的沼泽地被一座寂静、阴暗的岛取代。气候是大陆性的，土地肥沃，周边地区可谓秀丽：丘陵、原野、森林、小湖泊。农民出身成长起来的教师、法官、钟表匠组成了通常意义上自命不凡的外省贵族，他们在定期音乐会上强忍着呵欠。仿佛布尔乔亚生活仍然存在，尽管还是如此受限，被独裁、核威慑、经济萧条包围着。有仅供流动演出的剧院、旅店、邮局、骑兵雕像、带标识的步道吗？有。哥特式、文艺复兴时期、巴洛克时期、折衷主义、后现代的犯罪?有。先后出现的各种教派的礼拜堂。石子路、照明灯、绿色。亚伯的父母曾是教师,她来自附近的村庄,他则是个外国孤儿。四个季节中的三个都在学校里度过,而夏天翁多尔·内马把妻子米拉和儿子亚伯装进一辆天蓝色的汽车,然后去七七八八各种地方,只要开得到就行。

一路上他把流行歌曲放得很大声,边听边唱。有时候米拉会调到古典音乐,问,能不能好歹偶尔停一下,看看或这儿或那儿的景点。翁多尔通常在音乐进行到快板乐章时就已经又换了频道,匆匆开过所有教堂和大多数地方博物馆。野蛮人!米拉冲着汽车的噪声、音乐和丈夫的歌声喊道。后座的亚伯并不参与父母关于收音机和文化遗产的争吵。他把脸贴在侧窗上,看着天空,它一会儿这样转,一会儿那样转,并且还跟这辆车颜色相同,只不过上面的云是白的,间或出现黑色,而下面这是生了锈。此外还能看见的是:鸟和树冠——有的光秃秃,有的长了叶子,以及仅由屋顶、烟囱和天线组成的城市全景。最主要还是飞机云。许多飞机云。天空那时还人来人往。不知何时到了某个不得不呕吐的节点。

我受够了,米拉对儿子说。你最好给我坐直,看前面。

他稍微坐直了,但不看前面。他继续看额上的世界,看到眼睛发疼,恶心反胃的症状也没得到多大缓解。

看这里，米拉说。看我们。我们在这里。

头十二年基本上就是这样。天，地。第十三年最后一个上课的日子，离暑假开始还有八小时，翁多尔·内马起得很早，小心翼翼地离开了住处，没吵醒妻子和孩子，然后再也没回来。

米拉和亚伯整个夏天穿行全国以及所有值得考虑的交界国家。我遇到了之前从没听说过的人。除了"我爱你，你想吻我吗？"，母亲就什么也不会说了，亚伯来翻译，陌生的女人抚摸着他泛着光、向两边梳开的头发。然后夏天就过去了，钱用光了，翁多尔杳无音讯。他们用最后一滴汽油颠簸回了城。

他必受诅咒！地球上他再找不到容身之处！在他手上果实必霉烂，铁生锈，水腐臭，金块变马粪，他所爱的一切都必失去，他必饿死，或者更好是身败名裂，畸形病死，或者更好是永远不死，他必永生，他个混蛋！混蛋！混蛋！

从前夏末总有一周父母要安排新的课表，亚伯就到乡下米拉父母那里过几天。酷暑中和青蛙待在一起的寂寞的一周。鸡舍、疯长的菜叶。屋里，外公的喘息和摆钟响亮的嘀嗒声完全错开，而在这之上是外婆喋喋不休的辱骂，节奏独特、从不中断，她似乎在依靠这一突突作响的辅助发动机来挨日子。她小声嘀咕、抱怨、诅咒，对象：基本上是所有人。呼唤上帝、唯一的神子和他仁慈的母亲，无垢的童贞女，让公正降临于她，尽可能消灭所有人。后来外公死了，他靠半边肺还撑了相当长的时间，没过多久亚伯的父亲——这个混蛋！——就失踪了，外婆于是睡到了婚床空着的那半边。米拉没有想象过像这样的相互支持，不过我一生当中都只是个胆小鬼。亚伯跟以前一样，睡在一个隔间里，那实际上就是走廊上的一个大壁橱，每天晚上都能透过木隔板听到外婆诅咒前女婿，他的眼必要如何如何，他的心必要如何如何，直到米拉彻底禁止再提起他，除忆诅咒[1]，从那以后就好点。学期开始了，亚伯认识了伊利亚。

太阳炙烤着学校操场，开学讲话讲了好几个小时，那时人们还知道纪律，他们穿着白衬衫站在手球场上，像繁茂的树，然后，仿佛树根再也受不了一个无风的日子，他们就这么倒下了。一个接一个，砰，倒在坚硬的水泥地上，地面涂层是许多灰白拼接的小色块，像施了魔法的画一样闪着光。亚伯要么看着这些色块，要么就是看天看到晕眩。

你觉得那上面有些什么吗？

亚伯收回视线。对方矮一些、头圆一些、黑一些。双手背在身后，严肃地看过来。

这算什么，考试吗？回答不如本可以做到的那样友善：你呢？

男孩耸了耸肩。因为双手背在身后，整个上身晃了起来。

1　原文为拉丁语"damnatio memoriae"。

亚伯想到了卫星、太空船、火箭、炸弹、地外生命。他们是好还是坏？会有垃圾掉到我们头上吗？它会像一整座城市那么高还是只有一辆车那么大？

什么？

卫星，亚伯说。不过多数情况下只看得到飞机。

多数情况下？男孩笑了。

你是谁，早熟又傲慢……

他的名字是伊利亚，他想到的是上帝。小小的误会。他又笑了。这一次，显然是笑他自己。

就好像他走过来，看了一下商品陈列，指着其中一个，说：就你了。这样就再也不用关心其他剩下的商品了。亚伯·内马，从四百六十五个人形生物中被伊利亚·博尔选中。博尔，就跟这座城市一样。[1] 内马，就跟"无"一样？[2]

不，亚伯说，脸红了。不是无。是个××语里的名字。

懂了，伊利亚说。他的眼睛在闪光。

他母亲是钢琴老师，父亲是巡回剧院的经理，虔诚、勤劳，起居室里整个下午都飘扬着维也纳古典音乐，而两条街外，米拉在组合柜和沙发之间辅导功课。

1　根据后文，此处应指塞尔维亚的一座东部城市博尔（Bor）。
2　内马（Nema）和"无"（Nichts）及"无人"（niemand）发音相近。上文也提到"内马，沉默者"。

伊利亚和亚伯就在街上度过放学到天黑的这段时间。游戏叫作：上帝的决断。伊利亚想出来的。

是这么一回事：我父亲笃信上帝，但还是没成为牧师，现在就靠他的独生子来让他开心了。要成为牧师，显然，信仰不是强制必需的。与此无关。他所讲述的，伊利亚说，是在于自己能否成功地成为一个真正的信徒。他害怕这是不可能的。怀疑这种病症，看得出来，使他受难——当我说受难，我真的是指受难；不过，他也同样经受着迷信之症的折磨。他想出了这个游戏，集亵渎和祈求为一体。给我一个指示。

下午大概两点，他们离开学校，穿过窄巷，经过盐市，走进犹太巷，经过中心广场，穿过前门到达内环。他们在每个十字路口、岔路口之类的地方停住脚步，在指示降临之前不再往前走。信不信由你，五年里他们都没觉得累。亚伯跟着朋友，去到他感觉自己要被送去的地方，走过城里所有的街道。大多数时候亚伯都保持沉默，伊利亚在讲话：关于上帝和自己，时而还提及世界。他们是两个全城闻名的怪胎、学究和同性态。有人出于以上所有原因想要埋伏他们，有些还约好在某条特定的街上见，但一个都没来。这件事就这样不了了之了。

最开始他们也还会聊亚伯的兴趣爱好：航天和科技。可是与那个大问题相比，这些都太小儿科了。然而，五年后，他们升学考试之前在一起的最后一学年，他们在这座城市度过的最后一年，伊利亚的话也说完了。他们真的就是沉默着并肩走路。我始终不知道，哪条路。亚伯对未来的想象也同样在打转。更准确地说，他完全就没有任何想象。语言和数学，有了它们人就可以成为任何事物。当下还有其他东西。身体。伊利亚身材细长，不是特别高，但也不单薄。有时，当他们像这样站在一个十字路口上时，他会挠挠鼻子。眼镜架子咯咯作响。头发湿润地泛着光。他的双手很美。这就是从他身上能看到的全部了。脸，手。因为高出太多，亚伯走在他身旁时都会弓下背来，与朋友内在和外在的匀称相比，他感觉自己很笨重。他把自己想象成教士，身旁是理应同他一起出现的女祭司，然后不由得咳嗽起来。他们站在火车站附近的一个十字路口上。亚伯在咳嗽。

最后的这一年开始了，就像以前那几年一样。年初宣布物价上涨，此后几个月连续上涨。四月初爆发了第一场抗议，即便不是在这里。大家议论纷纷，就跟多年以来一样，谈论国家潜在的危机，即便不是在这里。少数族裔的身份意识觉醒了。伊利亚和亚伯没有觉醒。

火车站旁是个丁字路口，向右或向左。其实无所谓。两个方向走着都能回家。城市的旧中心，环城路就像洋葱皮一样绕在一起，最后都交会在中心广场上。很长时间无事发生。天黑了。街道空了。狗在吠。（这声犬吠。偏偏他一直记着。这令人毛骨悚然的、家乡的声音。）然后又静下来，突然，这种欲望冲上了亚伯心头，他朝着寂静之中说：

我爱你。

我知道，伊利亚毫不犹豫地说，冷静客观，一直以来他讲任何事都这样。他就这样继续说下去。他知道，他拒绝。想起这件事，他甚至感到生理上的恶心。因此，升学考试之后他要马上离开这座城市和这个国家。他要在外国上大学，并且不跟亚伯保持任何联系。

他肯定已经知道几个月了。大学是要提前申请的。几个月来他的一举一动都是谎言。他说的那些稀松平常的事，他说话的方式，他的音色，甚至他动起来的样子。他停下不动的时候和他继续走起来的时候。谎言。

亚伯靠着身后粗糙、温暖的墙跌坐下来。靠在墙上，在川流不息的城市街道旁，夏日热烘烘的墙壁上特有的气味里，他感觉这气味渗出来，飘到上方，狗味。肯定可以哭出来。天黑了，他们站在一盏灯旁边，亚伯靠在墙上，没有哭，伊利亚站在边上，等待着或者没在等，只是站在那儿，看向某处，头偏向一边。法利赛人[1]，亚伯想着，注意到自己开始恨他，注意到现在真的要哭了——因为这种恨。因为它存在。到目前为止还不曾知晓的内心折磨，他在这个街角见识到了。至于指示，这或许不是什么丰富的收获，但是生命体验肯定少不了。

这就是全部。接下来，秋天到了，亚伯逃走了。最后这次漫步之后不久，冲突就爆发了，就好像大家之前只是在等着放假。

1　法利赛人，基督教诞生时期的犹太教派别。据《圣经》，耶稣斥责法利赛人为自以为是的伪善者。

笔录

待在家，听见了吗，米拉在电话里说。不要走远。他随时可能出现。也许就是明天。好，亚伯说。我会等他。

他拿上外套走了出去。就算这是过去几年来最重要的日子的前夜吧，在这种事之后，人总得去个什么地方，这不难理解。死胡同尽头的店叫作疯人院。

夜店疯人院的老板，萨诺斯·N.（这是个什么名字？一个希腊名字。塔纳托斯[1]的反面）会就这周日在他场子里闹出的乱子，对警察和媒体给出怎样的解释呢？

无。

您是想说，这就是一个寻常的晚上？

看怎么理解了。

自作聪明的家伙。

周末的主题是：古罗马狂欢。

狂欢。

是的。

最大的场子当然是周六晚上，不过是跟周日无缝衔

---

1 塔纳托斯（Thanatos），希腊神话中的死神，也指"死的欲望"，与爱神厄洛斯（Eros）相对，后者象征着一切爱欲与情欲。萨诺斯（Thanos）虽然名字与前者相近，但生活方式却更贴近后者。

接的，我们根本不关酒吧，就算垃圾已经摞得老高，这期间在这么一大群人里打扫卫生根本行不通（能麻烦删掉这句吗?），所以周一和周二就成了所谓的休息日，要是我们活得到那时候的话。

整个周末差不多就是不间断的车子、高跟鞋、踏踏踏踏。前院就跟店里一样满，至少听起来是这样，看倒看不太出来。疯人院位于一座曾经的粮仓磨坊的第三进后院，第一进还有些光从街上射进来，而第二进就已经是一片漆黑，能当暗室了（能麻烦……?），第三进只有唯一一盏灯，一盏红的，在门上，接触不良。第三进院子里的人闪烁着红光，然后又消失在黑暗里，再露面的时候，他们已经完全换了个样子。

不知道亚伯·N. 是什么时候到第三进院子里的。不知什么时候他就站在那儿，靠着撑起入口上方破旧顶棚的铁栏杆，什么都不做。之后酒吧的钢门打开了，更多红光和热气扑了出来，音量从零飙升至满格，吵闹声简直让人难以置信。门口的秃顶大块头就是萨诺斯，憋在紧身皮裤里，一条床单做成的罗马大袍罩在长满黑色体毛的胸脯上。十足的吵闹声中完全听不懂他在说什么。

我说：派对是有主题的。你们要么装扮好，要么就光着来，牛仔裤不行。

接着，院子里的人似乎毫不犹豫地就除掉了自己的衣服。一束颤抖的光从第二进院子里接近：骑着自行车卖扭结面包的。他摇着铃围着单腿支撑、摇摇晃晃的人转圈：有人要扭结面包吗？有几个人这时真的就停下不脱了，给自己买点吃的，留在院子里。其他人则从萨诺斯的腋窝下面跳着舞进了酒吧。在余下的人被关在门外之前，一只长长的毛胳膊伸了出来，把铁栏杆旁穿戴完整、没有装扮的男人拽住，穿过迅速变窄的门缝把他拉到了里面。

紧接着萨诺斯就消失了，这让人惊讶，因为店里挤得这么满，几乎一步都挪不了。突然（从哪儿？）亚伯手上就有了一杯酒，他在一个凹室边上找到了一小块地方，坐下来。

周日到周一的夜里，当人们同自己的心神独处和／或待在社交圈子里的时候，十语翻译亚伯·N. 身处一个昔日的粮仓磨坊里，坐在一个凹室边的一条长凳沿上。凹室深处，在桌子上玻璃杯丛林的掩护下，有人在交配。议员及他们的情妇、士兵、角斗士、桂冠诗人、贵妇人，而大部分大概都是奴隶，裸体，仅剩皮肤上发光的记号，在跳舞或注视。一切都挤得这么紧，仿佛是在一艘满载的船腹中，也的确有那么吵。靠近昏暗的天花板，在无尽中延伸、看起来也挤满了人的上层厢廊之间，一套由齿轮和绳索组装成的机械装置在变换的灯光中闪烁着，它的用途不明，互相交错如网格。一切都好像悬在一根钢琴弦上，随时都有可能砰地砸下来，正中中心。

不管现在或是之后，亚伯的玻璃杯还是满的，或者已经又满了，一个卷发的侍者进入了这个场景，裸体，仅剩从头到脚覆盖着他的金粉，他弯下腰来，看向亚伯的眼睛深处，然后把一颗白色小药丸丢进他杯子里。药丸在深色的液体里冒着泡翻滚起来。侍者腰胯与杯子齐高。亚伯一口气干了。天使的臀闪烁着，在玻璃杯底后面变得模糊。一个印上去的数字：1034。然后一切都不见了。

Tunne sa belesi houkutenel smutni filds.[1]

什么？天使问。亚伯握着他的脚踝。他刚刚能从旁边经过真是太好了。卷发略微滑到他闪着金光的耳朵上。他从高处往下看。嘟嘟嚷嚷的家伙，不肯放开他的脚踝，只是摇着头。

他怎么回事？

跳舞的人扯下萨诺斯肩上的罗马大袍，它落到亚伯脸上，或者不是脸，是后颈，因为这期间他的头向下垂着。萨诺斯扯开袍子蹲下，皮裤嘎吱作响。他把垂着的头托在手上，黑色的大眼珠，打着转——泛红汤水里的接骨木果。别死，只要别死就行。

一点点糖精他也死不了吧。

什么……？

1　亚伯失去意识时说出的混合语言。作者在2010年11月的一次访谈中透露，本书中的混合语言都是她借助自己既有的语言知识和外文词典编造出来的，其中大部分句子的含义她都已经遗忘。

这真就是个玩笑，多的没有，我也不知道他怎么了。

我劝你最好不要把我最好的常客搞死。

有意或无意，他用双手捂住亚伯的耳朵。这样很好，亚伯想，然后失去了意识。

糖精，什么？那您怎么解释，几乎所有——不管知不知情吧——吃了这种药丸的人，都出现了迷幻症状？还丧思了时间感和记忆？

丧失。

嗯？

没什么。

亚伯再次睁开眼睛的时候，已经不坐在长椅上了，也不在长椅前的他最后滑向的地板上。他躺在一个陌生的房间里。墙壁、地板、天花板是红色，空气很热而且扬尘。我不记得以前来过这里。我记得以前从未来过这里。他伸手够向四周：手指第一指节消失在长毛绒里。他摸索向前，摸到一扇门。后面：一条走廊和更多的门。要么是它特别长，要么就是我往前走得特别慢。四周都在呻吟、叹息、捶打、碾磨，但是一个人都看不见。脚尖在地上绊了一下，跟跄了几步，撞到墙上，不算糟，他滑坐下去。又是最初的姿势了。不完全是。他旁边有两个清晰的人影，一个男人和一个女人。他们在交配。亚伯做出没在看他们的样子。男人把脸颊贴上女人。他们脸贴脸，反过来盯着他，一颗双生同体的头。之后亚伯又挣扎着爬起来。一扇门后有一个小房间，里面的人像扫把一样站着。或者是扫把像人一样立着。下一扇后面：一面镜子。死人的头骨充当艺术家的肖像。突然，穿堂风把门从他手里拽走。关上。一个戴着花冠的胖恺撒走了过去，袍子的肩带在飘扬，皮裤嘎吱作响。没一会儿他就不见了，消失在一扇（哪一扇？）门后面，只有他的气味还留着。这里没那么热了。这让人多少能清醒点。还有喧嚣。机器隆隆的运转声和无尽的、直冲天际的管风琴音阶。我必须去往那里。

他面前，赤裸的手臂在走廊上摸索着向前。看起来像我的。他低头看看自己，发觉不仅仅是手臂裸着，还有肩膀、胸、肚子。稍后他看见，不仅仅是外套和衬衫，鞋子和袜子也都没了。唯一剩下的衣物是一条黑裤子。他掉转头，回到刚才躺的地方，也就是上个拐角处，在地面上摸索，也许我的确瞎了，然而：什么都没有。有可能是他在房间里迷路了，因为刚刚那对裸体男女也不在那儿。他继续往回走，走廊、门、房间，还是什么也找不到，翻查几个拖把头——片刻间他相信，在那里面就能找到他的衬衫，然后他看见指尖缠着灰色的线团——里面积聚的脏东西蹭在他手指上了。尽管他现在比之前任何时候都更深入迷宫，环绕在四周、无法遏制的咆哮还是越来越响。机器在他肚子里轰轰隆隆。他好几次掉转头，出去，找萨诺斯，问，这算什么，为什么我半裸着，流失的几个小时在哪儿？

本来只是个玩笑，他是这么说的。

谁？

天使。

一个装扮成天使的裸男？

对。

一个玩笑。

对。

被试者的血液中检测出了阿斯巴甜。有可能糖精其实就真的是糖精。有人把糖精下到大家的饮料里了。

那症状呢？

他们做了个样子。一种群体歇斯底里。照我说就像圣灵降临节。

像什么？

圣灵降临节。

他扯些什么屁话？

肚子、手臂、腋窝、剃了毛的皮肤、手肘。肋骨上来自所有方向的重击。亚伯别无选择地后退，把玻璃杯中的一大口液体洒了，噼里啪啦地倒在穿着网状长袜的腿肚上，出于条件反射，他挥舞着杯子，正中自己的颧骨。他失控转着圈要倒下。嘿呀，一个开心的光头说着，同时从腋下托住他。嘿呀，他说，然后亢奋地把他，一条过于小的鱼，扔回水里。飞行中，光切换成了黑色，他好几次失去了方向感，在完全看不见的情况下被抛来抛去，直到他最终落到了前厅里，落到老板背上。萨诺斯一次也没回头看。他有别的事要做。前厅里挤满了或多或少裸着的人。他们在吼叫：你们说的，要我们把衣服脱在院子里。现在衣服消失了。除此之外，他们过去三小时的记忆也消失了。这野蛮得不能再野蛮的闹剧！

不好意思，亚伯说着从萨诺斯的汗水边上挤过去，把自己塞进其他裸体的人中间，他们的皮肤黏在他身上。蜗牛的痕迹。我身上二十多个陌生人的印记。不好意思。他还看到，其中一个男人，叫得最失控的那个，朝萨诺斯扑过去。他跳得像只野兽，蹲伏，丁字裤的吊带在屁股中间闪光。

在挤得站不住的人群里发生了斗殴。亚伯先是被吸了进去，回到前厅，然后又被吐到了院子里。他再一次撞上了什么人。丁零当啷的声音和迈出的步子只有一瞬之差：先是玻璃杯掉了下来，然后他踩了上去，光着的右脚，痛，他失去了平衡，可是现在自然没人来托着了，他从人群中跌落，倒在石子路上，撞到了头，无法动弹。他脸朝下躺着，看见裸体的人们在院子里散落的衣服堆当中翻找着。

可以说这里是爆发了一场集体恐慌吗？

有人说了几句关于警察的话，接着所有人开始像疯了一样奔跑，穿过三进院子向前。啪嗒啪嗒的高跟鞋，扭折的脚踝。他们缩着脖子跑，他的遮羞布是金色的，她的是银色的。他们跌跌撞撞地走着，右脚鞋跟在石头上摩擦。特特特特特特特。紧接着的是光脚的，其中一个男的屁股上有两个荧光绿的圆圈，它们在那儿跳跃着。外面，死胡同里正在发动的汽车、围绕出租车的争吵——最后四个人全部上车了、仓促的掉头。

亚伯在被一个尖锐的鞋跟刺进身侧之后，匍匐到第三进院子里一个黑暗而安静的角落里，别人再也看不见他而他也看不见自己陷入了什么境地。触觉说：一个水泥袋，旁边一个边缘锋利的塑料桶。他像惊弓之鸟，急忙把指头缩回来。他后来才确认了大脚趾下面的划伤是否严重，现在就只是黑暗、滑腻、疼痛。后来他发现，除了钱和证件等所有不见了的东西，他的家门钥匙还在，在裤子口袋里，他正压在上面，也不知道为什么。这至少表明，他不用再一次回到夜店来找萨诺斯要东西了。反正大概是无意义的。他挣扎着爬起来，流着血跛脚走在别人后面，因为警察的事是来真的，而且我明天，也就是今天早上，必须出现在某处。

不好意思。一个女人上车时光着屁股撞了他一下。亚伯直直立在砖墙边，汽车拖泥带水地开始掉头。从旁边小路上拐进来的警车不得不急刹车，因为天使飞了过去，假发拿在手里，自己的头发潮湿地贴在头皮上，难以辨认。他穿着一件过大的黑衬衫，衬衫从他肩膀上滑下来，几乎长及膝盖，在亚伯看来不知为何有点熟悉。从后面的警车上下来一个男人，太迟了，他马上放弃了，天使消失在小路上。只有载着那两个裸体男女的车还留在那儿。男人下车，朝警察走去，手掌举在胸前，咧着嘴傻笑。A. N. 毫不起眼地沿着墙，蹭过蓝色的光，慢慢移动。当他打开家门回头看的时候，他看见自己留在街面上的水泥和血的痕迹：白色的脚后跟，红色的脚趾。

至于所谓的天使的住所，老板萨诺斯也说不出来。不过无论你在哪里，我都会找到你，然后我会把你屁股撕烂。就因为你的蠢玩笑我的店关了。虽然有些人的饮料里只是加了点糖精，其他人却被灌了好多不一样的东西，天知道他们从哪里带来的这些，光是DJ就搞了三种。

以上，基本上就是亚伯·内马的周末。

梅塞德丝

与此相比，没有什么精彩事件降临到梅塞德丝头上。最近一段时间，我身边变得如此宁静。离婚面谈之前的一个星期她大部分时候都是一个人。奥马尔去夏令营了，半个城市都跟着他跑了。停车位有了。透过打开的窗子，她聆听着夏天，聆听邻近公园的喧闹声。那边看起来人不少，只是在这里，看出去的时候，没人在街上。梅塞德丝住在这里其中一条惬意的街上，两边各一排阔叶树木。叶子闪着光。很美。

周六，她像往常一样早起，鸟叽叽喳喳地叫，她按熟悉的路线在房子里走了一圈。卧室、奥马尔的房间都是"空的"，"空"是指东西很满，不过他不在。梅塞德丝把这些东西堆在了它们现在所在的地方，奥马尔对住房这种事无所谓。唯一他亲手放进去的东西是挂在他床上方的两幅图：一张大脑的彩超图片和他迄今唯一一幅用圆规和直尺制作的画——一个圆里的正方形里的圆里的正方形……以此类推。如果问他，这是什么，他回答：一个正方形里的圆里的正方形里的……（奥马尔是个聪明的孩子。一个先天缺陷儿。如果问他，左眼丢在了哪里，他回答：我用它换来了智慧。）

梅塞德丝接着走进浴室，不出意料地向镜子抛去一瞥。标准高度。她的头挨着下方的边缘，差不多搁在置物台上了。两支差不多马上就要报废的牙刷伸入画面：一支红的，一支绿的。她决定用她自己的——红的。刷牙的同时，她盯着鼻尖上一颗刚冒出来的痘痘。把它挤出来，打开镜子后面属于他的那一半壁柜，用须后水给伤口消毒。接着把用过的一次性刮胡刀刀片换成新的，给自己贴上创可贴，阿司匹林还够，上面带着常见的使用痕迹。尽管它现在大概再也没什么用了。她又把门摔上，镜子震了起来。

带着鼻子上浓重的他的气味穿过起居室，进入厨房，泡杯茶，回到起居室。两个小木雕——一个非洲思想家和两只淡色的、手指很长的手——之间的抽屉柜上是家庭合影：奥马尔、奥马尔和他的母亲、奥马尔和他的继父、婚礼留影。她放下茶杯，然后给奥马尔营地的紧急联系号码打了个电话，却又马上把电话放下了，因为还没等她拨完号，外面就响起一阵噪声，这样讲话每个字都是白费劲。

　　每天中午，以及在每个周日和节日的一段仿佛无限长的时间里——七点五十分、八点十五分、九点五十分、十点十五分、十一点零五分、十二点、十二点二十分等等，大家在公园及其周边地区每次都有一刻钟听不懂自己讲的话。公园旁边的两座教堂在敲钟。南边的天主堂开始了，北边的新教教堂延迟大概三分钟，然后也加入进来。很大声。大声到市中心不允许的程度。大声到思绪掉出脑袋，手上的东西脱离手指。这一刻钟里，每个人都要停下自己正在做的事。逛公园的人、学音乐的学生、精神病人、来访的亲戚、养老院里的老人、无家可归的人、主妇们都把手放下，昏昏沉沉地坐在这与天齐高、煞有介事的无聊喧闹之中。晚些时候，已经是下午了，最盛大的鸣钟已经过去，梅塞德丝强迫自己走一走，就为了走到某处去，因为这样很好：出去，去公园。

　　或许哪里有条孤零零的长椅。但是没有孤零零的长椅，于是她走了又走，沿着尘土飞扬的环路整整走了两圈。她四周是野餐、足球、飞盘，一群在南头扎营的流浪汉也还在这里。其他散步的人、狗、慢跑的人经过她身侧。一群全部穿着相似的弹力运动服、别着各种反战符号的人，看起来是在练习冲刺。他们有时突然逃跑似地猛冲，紧接着又平心静气地小跑向前。他们使劲踏着步子，很远都能听到，而且他们还卷起阵阵尘土。梅塞德丝眨了眨眼。在她第三次被他们卷起的尘土劈头盖脸地砸了一身、第二次被流浪汉的狗凑上来嗅了一番之后，她放弃了。因为刚好站在喷泉饮水器前，她还喝了一口直饮水，然后折返回家。

又一次在镜子前，她发现自己晒伤了，但没再多管它。她用下午剩下的时间来读要修订的手稿，直到她被一个长长的句子缠住。句子的意思理应如此展开：先由一个从句到另一个从句，越来越深入。然而之后，临近结尾处，有什么东西缠住了，然后突然就让人再也不能理解了……她试了几遍，可是每一次这种混乱都好像向前移动了，刚开头不久的某个地方就已经不清楚它到底在说什么了，其中难道没有矛盾吗？

晚上她受邀去朋友那儿。她接上她的朋友塔季扬娜——你的脸很红。我知道——她们一起开车出去。

他的名字是埃里克，一个老朋友，也是当代史领域的小出版商，此外还是她上司，他妻子叫玛雅，他们有两个可爱的女儿和一幢郊外的房子。他们刚度假回来一分钟，他就给她打了电话。就好像他是从隔壁邻居花园里打过来的一样。或者更确切地说，从隔壁的隔壁邻居家打过来。你想我了吗?! 我想你了! 我不能没有你! 你得马上过来! 今天就不要了，明天! 明天是周六! 你来我们的田园小屋做客，夏末的郊野已经有点过季了，但也因此更加醉人! 带上孩子一起!

他在夏令营。

那就给我把巫婆（塔季扬娜）带来！告诉她，她是我的私人宾客！

终于！他这会儿喊道。蓝色的衬衫绷在他肚子上，他从袖管中伸出强壮的棕色胳膊，把梅塞德丝按在自己身上，她的脸落在他乳丘之间。她再浮上来的时候，脸比以往任何时候都红。玛雅朝她微笑着。

具体谈了些什么，无论如何也复述不出来。一场寻常的夏日派对。梅塞德丝在正对着露台入口的一张孤零零的单人沙发上坐下，向外望向黑暗。刚起的风把蚊子赶出了花园，这样很好，不会有人闷死，稍后蟋蟀叫起来时，可以打开两扇窗和通向露台的门。因此，蚊子现在都待在房里，在天花板下面，这些迟钝的、懒散的蚊子。有时也会有那么一只克制自己，或者干脆发动奇袭俯冲下来。啪！塔季扬娜往自己上臂拍了一下，两只手指掐着蚊子的尸体，用它给地板加了点料。埃里克坐在梅塞德丝的沙发扶手上，他庞大、高温的身体摊开，挡在她身前。

你怎么样？

没怎么。

之后她们开车回城，塔季扬娜让梅塞德丝在一间酒吧门口放下她。梅塞德丝不喜欢酒吧，再说她第二天还得早早出门。后来她清醒地躺到差不多三点，忘记上闹钟，周日早上差一点就睡过头了。

城市不是无尽的，不知什么时候最后一个仓库也抛在身后了，然后就可以长久地行驶在成排的树木、田野和灌木丛之间，直到一个多小时之后抵达森林。她注意到自己是多么不集中，因为当她又一次感觉到自己刚刚才醒来，突然间她就身处这片风景中的另一个什么地方了。然后她以为自己迷路了，结果她真的迷路了，岔道上早了，开到了一幢倒塌的房子面前。篱笆后面一群野狗上蹿下跳。又向后倒车出来，经过一片池塘、一个打靶场、一条卡丁车跑道、各种农业机械，直到迎面而来的其他家长的车队终于给她指明了通往营地的正确道路。奥马尔是最后一个，他坐在木屋的台阶上，挨着一个看上去很柔弱的男孩，他是其中一个老师的儿子。他们正在房前空地用长长的枝条往尘土上的方格里画 X 和 O。梅塞德丝为迟到向所有相关人员道歉，没有谁特别在意。

回程路上，因为刚好有机会，他们去了一趟外公外婆家。

你脸很红。

我知道。

花园烤毁了，厨房像个被加热过的温室，梅塞德丝走进起居室，那里没这么亮。

欢迎，费利克斯·阿莱格雷——笔名：阿莱格里亚，侦探小说家以及奥马尔的外公——刚刚对他的孙子说。你上午过得怎么样？我可没浪费时间，还给皮拉特·奥姆想了个新故事!

我开始写作的原因,阿莱格里亚先前在某个场合说——估计也同样对奥马尔说过——在于人生对我而言似乎从一开始就过于辛苦了。所有人和事,凡是我遇到的,都让我陷入困惑,几乎夺走了我全部的生活勇气。我感到无力而愤怒。一切都如此作用在我身上,只有那些我自己从最最青春的时代就虚构出来的人物除外。现在遇到的一切,我都能看成是自己虚构出来的,这让我幸福而又骄傲。从那时起,我就可以爱所有人了。

不过直到他创造了独眼黑人侦探皮拉特·奥姆之后,他的成功才到来。每一次,当被问到眼睛的下落,他都会回答:我用它换来了智慧。在一起新案件中,皮拉特·奥姆要跟一个极其保守、近乎极端右翼的政客打交道,这个人在出乎意料地当选了一个小城市市长的当晚失踪了,踪迹全无。为了找到他,皮拉特·奥姆不得不把自己极力想要忘记的整场论战又一次细致入微地重新回顾一遍,观看令人作呕的讲演录像,你知道的,这种唤醒我心中所有坏东西——嫉妒、吝啬、恐惧、仇恨——的人,而且他们还特别能自我感动:自己是多好的人啊。这将会是 P. O. 最费神的案件之一。一章接一章,他必须跟盟友和对手展开政治辩论,也就是说在两种人当中——你好啊,宝贝!梅塞德丝只眨了眨眼,坐到角落里的一张摇椅上去了——都可能有凶手。

那他最后在哪儿呢?那个政客?奥马尔问。

这我还不知道。也许永远也解不开了。你懂吗?这家伙根本就不重要。谋杀发没发生过，根本不重要。尽管，政治上的谋杀……这是关于……

童子军那边怎么样？米丽娅姆从厨房出来，丁零当啷地放下一个盛着柠檬汽水的托盘。

她总是这样。有时候我话正说到一半。我在讲我的小说——顺带提一下，是养活我们的小说，然后她就过来插话。

奥马尔不仅聪明漂亮，还很讲礼貌。他回答说……

再等一下，阿莱格里亚说。虽然我不理解，为什么会有人，就算是个十岁的小男孩吧，主动跑到森林深处晃荡，不过就像我对待其他所有事那样，我还是希望能从中听到一个故事或者至少只言片语，开始吧，讲讲，他说着，其间手里已经有了便签本和铅笔。

他有时候演得太过火了。摆出样子做笔记，就为了向我表示他被冒犯了。他怎么会觉得我是故意的？如果我每次都等到他暂停，我们就都渴死了。

我们在一个空心的树干里发现了一个已经死掉的小女孩，奥马尔说。她赤身裸体。我们盯着她的下身看了很久。

死掉的女孩，空心的树干，下身，外公记录道。

我已经看出来了，米丽娅姆说，跟你们是不可能理智沟通的。她犹豫了一下，是不是也该表现得像被冒犯了，瞥了一眼女儿。她真的在场吗？安静地坐着，在房间最昏暗的角落里，不知道她在看向哪里。

当然没遇到过这些了，奥马尔说。可是这也确实很有趣。植物，动物，人类。因为考虑到林火的危险，盛大的闭营篝火活动取消了，然后他们以为我睡着了，几个男孩揭开我的眼罩，用手电筒照我眼窝，因为他们很好奇能不能看到大脑。这件事是真的遇到了。

这件事你完全没跟我说过，梅塞德丝说。从进门问候以来她说的第一句话。

天赋异禀并不容易，奥马尔说着耸了耸肩。

或许，阿莱格里亚沉思着说，下一个故事可以发生在主人公的青年时代。眼罩背后是或曾是什么，我们最后会知晓，或者直到最后都不知道。死去的下身来当引子。给某件事。

顺带一提，米丽娅姆转向女儿。有谁死了吗？

？？？

这么热的天你为什么穿黑色？你要离婚，又不会成寡妇。

梅塞德丝猛地起身。摇椅摇晃着，发出呻吟。

怎么了吗？（阿雷格里亚浅浅地微笑着。）

我明天会换上新的玻璃义眼，奥马尔说。

回程路上他们还遇上了堵车，他们这些在落日下回家的出游者停在那里，像在热浪里冻结的川流——不过这也只是顺带一提。

还有现在这个。

不好意思，梅塞德丝在法庭的走廊上说，我没懂。你刚刚说什么？

广播

他本可以向母亲问问那些狗的。城里天黑的时候，狗是不是还一模一样地叫着，或者它们现在成什么样了。与此相反，亚伯·N. 误入了一场狂欢，被下了药，被洗劫一空，还卷进了一场斗殴，身后拖着一条血痕一路走回了没有门的浴室。室内只有一堵灰泥墙，后面一个浴缸和一个马桶，今夜，他在里面某处第二次失去了意识。

当他再次恢复神智时，天还是黑的。他右脚上的痂绷得很紧。他给浴缸放满水，躺进去，脚小心地放在浴缸边沿，然后在几根晾衣绳下再一次睡着了。突然，他被惊醒，因为身旁有人在咆哮：

我们将得救赎！我们将踏入一个崭新的伊甸园时代，而这将是爱与光的时代！过去几个世纪所有具备毁灭性的能量都会得善用！战争的时代将让位于和平的时代！人将被授予一种全新的意识，仇恨、嫉妒、暴力、压迫和剥削将从这地上消失！爱、欢乐和幸福将取而代之！

扑通！他惊坐起来，一道冷冷的水波晃荡出浴缸，泼到地毯上，受伤的那只脚掉进了水里。他马上把脚又高高拔出来。痂没掉。他又把脚后跟搭在边上。

这通咆哮就其本身而言并没有什么超乎寻常的。该死的广播闹铃。不是他的，它属于他的邻居，一个叫罗塞的物理学家，并且这东西不在这里，而是在墙背后——不过也没什么区别。以前两个公寓房间之间有一条过道，后来被人用木条和纱网封住了，前面放了一个橱柜。没什么作用。通常邻居几秒钟之后就会把声音调小。这次没有。

可惜啊，可惜啊，柜子里传出叫喊，里面的两个盘子和唯一的杯子发出窸窸窣窣的响声，关于这件事，我们失算了！在经过可靠计算的天体表的帮助下，占星家已经证明，预言家所应许的宝瓶宫时代的来临不会落在一九五〇年至二〇五〇年之间！黄金时代我们还得再等上三百六十年！

比方说这又是怎样的一个周末?! 天气和世界局势葬送了人们的睡眠！源自撒哈拉的沙尘引起眼部炎症，还让喉咙发干！根据一项统计调查，已经又有多少升各种各样的东西被喝掉了！想想看，如果满月的时候街上可以看见狼人，这会是一个奇迹吗？也许是的，可能还有从裸体酒吧里出来的您的邻居呢！周日夜里到周一凌晨，警方的一场突然搜查把二十来个裸体的人从酒吧疯人院里赶到了街上！有人在酒吧客人的饮料里下了药，紧接着把他们的衣服抢走了！这野蛮得不能再野蛮的闹剧！几乎同一时间，不明身份的嫌疑人给大公园里的和平白天鹅贴上了羽毛！飞吧，鸟儿，飞！距离这件艺术品——教皇庇护十一世赠送的两尊天鹅瓷雕的仿制品——被郑重其事地摆放在公园北端还没一周！它们从花圃之间望向绿水，在阳光里平和地闪着光！行为艺术家伊戈尔·K. 站在边上的一张露营折叠椅上，他将他的大脚向前伸出去，咆哮：打倒！

原声：那些谎言和俗气的艺术！我的愤怒是：一、审美的，二、道德的，三、政治天性的！道德的，也就是政治的谎言通过审美的谎言暴露出来，而且变得更加明显。不过就算在政治－道德上没有撒谎，单单审美的谎言也足够激怒我了。我被激怒了，I. K. 说。紧接着这位艺术家就走回了他的地下室，继续进行他那因为抗议而中断的"饥饿"行动。表演的视频记录证明：艺术家 I. K. 对给天鹅贴羽毛一事不负有责任。真迹完好无损地摆在梵蒂冈博物馆里，紧挨着一个展出十六世纪弥撒法衣的陈列柜，法衣通体绣着六翼炽天使！

洗澡水凉了，表面上形成了一层薄薄的油脂。这种东西眼睛里也有些，等到过了一会儿，他才多少看得清了。油脂层是黄金的颜色，而且，全身上下凡是他能够看到的地方，到处都是。就好像天使通体掉色掉到了他身上，其间我不记得有碰过他。有的，一次，脚踝上。他看了看手指：皱缩起来了，金色。他想着必须把这东西弄掉，然后才意识到，这东西为什么恰好在现在才成了个问题。新一轮仓促的晃荡，多晚了，没概念，总之是很晚了。

打着哆嗦出浴，匆忙擦干。浴缸上方的一条绳子挂着一块来回晃动的脏镜子，里面，在石灰亮片后方远处，有一对脏污的眼睛，高贵的苍白中带着血色，红和白是早晨的颜色。广播仿佛就在他耳边五厘米的地方。

还有什么呢？医院、警察局和心理咨询热线怎么说？周六有个男人买了一把链锯，在周日他的家人去教堂期间，把自己的小腿给锯下来了。这个无业的男人指望以此换取丧失劳动能力者的残障保险。他在浴缸里失血而死。接下来是什么？要我说，总的来说和往常一样。难民船在抵达海岸前沉没，印第安人袭击白人定居点，十四人死亡，林火肆虐，水位上涨，回到树上，证人们逐渐从H地法庭里走出来了，又有六家公司上市了细价股，尽管如此我们仍然要满怀欣喜地希望开启新的一周。交通能要人命。我们强调对以下国家动用核武器的意向。您正在收听天堂广播，欢迎来到怪咖秀，各位，欢迎，欢——

听到这里，亚伯离开了这个楼梯间。

讲述这一切——兴许还要按照时间顺序——大概是不可能的，也是不必要的，所以他只对他妻子说了这么多：他昨晚在外面，有人偷了他的上衣。所有东西都在里面。证件、钱、信用卡。现在他突然想起，信用卡还没冻结。他口袋里的全部，就是几个硬币。他到底还是到这里了，这真是个奇迹，凭着他唯一剩下的、代表其良好信誉的东西：他已经过期的护照。

不好意思，什么？

这是他唯一还在的证件，里面是一张十年前的照片。要是能用上的话。

告诉我这不是真的。

法官看着他们。看着律师，梅塞德丝，穿着黑色上衣、脸上有淤青的男人，护照，又看回梅塞德丝，律师。这个国家早就不存在了。她把护照打开又合上。

是的，可是，律师说，驾照毕竟还在有效期内。

可是在这儿的这个过期了。法官又查阅了一遍。

护照是在结婚后不久过期的。梅塞德丝突然想起这件事。脸上冒出红斑。

说到底，法官说，我没办法给根本不存在的人办离婚。

这是本来的名字。结婚之前。结婚证，律师小声提示。

好，法官说，然后看了看这个证件。确实。

她又把照片和男人比较了一次。这是她第一次花了比较久的时间看他。在此之前，他这种形式的在场似乎完全无法得到确认。身高、眼睛的颜色（护照上写着蓝，不过法官看到，是淡紫色）。其余不寻常的特征：无。

哎呀，法官说。

这下就只剩意愿陈述了，律师说。就是双方都陈述一下，对，我们想离婚，剩下的关键部分之后反正都……

尽管如此，我还是必须知道，谁来这里向我陈述意愿，法官说。

从街上拽来的某个人。这种事是有的。她看着梅塞德丝。漂亮的、被吓着了的孩子。我很抱歉。您摆脱不了这个男人。今天不行。

她先是合上了卷宗，然后把大拇指从护照里抽了出来，把它还给了所谓的亚伯·阿莱格雷（曾用名：内马）。

你想怎么办？

他们——亚伯、仍是他妻子的梅塞德丝和他们共同聘请的离婚律师——一起离开了这栋建筑。站在入口前的台阶上，中午十二点，交通的噪声、太阳、风、一个唱诗班在练习《请赐我们平安》，不过这里只有梅塞德丝还听得见。律师穿着深灰色，另外两个人黑色：一场小型追悼会。

能庆祝吗？塔季扬娜问。

你们在这里做什么？梅塞德丝看着奥马尔。说好的不是这样的。走出来的时候，他们不应出现在这里。亲爱的离婚夫妇，亲爱的客人。

当她告诉他自己现在想离婚的时候，奥马尔没看梅塞德丝，他只是说：可惜了。

现在他仍没看她，他对亚伯说：我想告个别。不过他没说再见，而是说：哈啰，间谍。

最近怎么样，海盗？

眼睛太小了。今天我会换个新的。我们马上就从这里出发去医院。改动眼窝必须要做一个新的义眼。合成材料做的义眼有个优点，掉出来的时候不会摔碎。不过这样制造起来要贵一些，而且还必须多见几次义眼制作师。

明白了，亚伯说。

停顿。太阳、风、交通、三个女人、一个孩子、一个黑色的男人。

所以呢？你们现在是离婚了吗？

亚伯摇了摇头。

你干什么了？

我的身份证被偷走了。

塔季扬娜大笑一声。梅塞德丝的目光。

你脖子上有东西，奥马尔说。

他伸手去摸。

耳朵旁边。

他把指尖撮在一起。有什么东西闪着金色的光。梅塞德丝戴上太阳镜：我们走吧。

再见，奥马尔说着，向亚伯伸出了手。

亚伯接过手来，顺势向男孩靠过去，在他脸颊上亲了一下。

您办好了新证件之后给我打电话吧，律师说，然后握了一下手以作告别。

I. 寻神者

旅行

破碎的窗子

这些事情结束之后会发生什么？

开始了！现在！各位同学！真正的生活！

一场毕业派对，或者还不如说是一次纵欲狂欢，所有人都在咆哮，像在地牢厚厚的石墙之间的（被插在烧烤扦上的）什么东西……这里如今是中心广场底下一家开在拱顶地窖的酒馆，年轻人穿着黑白相间的服饰，空气凝滞而恶浊，斑驳的石灰土层上四处都是古时候的遗迹：石头雕的头颅、躯干、脚。那这就是我们……（黄金般的）青年时代庄严的终点了。穿着规规矩矩的衣服，围着笨重的木桌子，沉闷地团团坐。没什么太多的要说，又该说些什么呢，向谁说。最好就是尽可能简单直截地喝醉，不得已时再捏起已经哭肿的鼻子，总有办法咽下这些玩意儿：啤的、红的、起泡的，不过最好的是那种像水一样透明的东西。到了某个时刻，其中一人胆子上来了，找准时机，晃晃爬上乡下式样的桌面，大喊些关于"生活!"的东西。

生活!摇摇晃晃地站在桌子上,在两声抽泣之间大喊,一下是笑,一下又哭:生活!真正的!朋友们!现在!我们!夹在我们的父亲和儿子中间。我们的……我还想干什么?夹在中间。父亲。无所谓!现在!新的!旧的也是!所有的都在这里!我们!我说……!我爱你们,兄弟们!

一个陌生女孩穿着长袜的腿在闪光,她放声痛哭:我爱你!然后一只手臂绕在伊利亚的脖子上。

我们走吧,伊利亚对他旁边的人说。

女孩的手臂滑下他的脊背,像某种死去的、苍白的东西,然后就平放在那儿了。

他们先是在城里穿行了五年——多少个小时?多少公里?绕地球一圈了?比这少?比这多?一样?——然后他们就参加毕业考试了。他们提早离开了接下来的例行醉酒狂欢。他们照直走,一直到邮政总局出现在路上,右转绕过这栋建筑,继续朝火车站方向走。他们已经沉默了好一阵子了,环绕着他们的城市也是这样,或者也不是,正相反,甚至相当吵,工作、节庆、争执,不过总在别的什么地方,至少一条街开外。他们所在的地方,一切都很安静,而且空无一人。他们走到了火车站前的最后一个岔路口。伊利亚,指示的接收者,始终是那个给出接下来的方向的人。现在他站住不动了。火车站时钟的时针在黑色的天空背景下发出白光。亚伯算了算时间。还有三十六分钟。然后就要上路了，在夏天剩余的时间里穿行过整个国家。去哪里，无所谓。原则：上帝的决断。就让我们迷路吧。这个建议是亚伯提的，伊利亚点了点头。他们没有车，而且谁都没有驾照。我们就坐火车吧！

原本他是想等的，等他们到一个更好的地方，一片海滨，一处全景观景台，随便什么有气氛和意义的地方，但亚伯随即看向了震颤的时钟，不得不想到那个女孩的手臂，想到这个完全没有意义的手臂，然后他说：

我爱你。

火车站时钟的分针向前跳了一步。

我知道，伊利亚说。

之后他向他伸出手。亚伯靠在墙上，伊利亚头偏向一边，站在他身前，然后，可能过了几分钟，他伸出了空空的手掌：看吧，我没拿什么武器。说着却还是看向随便某个地方，看向旁边。亚伯开始倚着墙滑下去，滑到人行道上毛糙的脏东西上。算了！伊利亚说着把张开的手攥成了拳头，然后收了回去。烦躁、不屑的"算了！"起作用了。亚伯止住不再向下滑，靠着墙撑起来，走了。

他从左边绕着走了，伊利亚肯定是 —— 可以想见 —— 选择了正好相反的方向，或者谁又知道呢，也许他留在那里站了很久。亚伯没有再回头。

一颗失去控制的弹珠射进老城狭窄的长廊：他跑着，踉跄，撞到墙上。每当这时，他就站定片刻，回头四下张望。不是为了看他有没有跟过来。伊利亚心脏有问题，免做体育活动，他到底能不能跑这么快，无所谓，他不该，他倒是该——。他就只是这样向四周看看，看，那儿是什么，现在什么样。这一刻，对你来说，一切都变得陌生。直到某一刻他真的再也不知道自己在哪里了。

我有可能在走过上千遍的街上迷路吗？这可能吗？他又拐了几次弯，仔细听着看不见的旁人的噪声，他们在干什么？又是在哪里？可能在中心广场，但是现在朝着哪个方向？过了一阵，他感觉自己好像又在去火车站的路上了。也好。然后又出现了心悸：如果他还站在那儿，怎么办？

随着道路越来越陡，他明白了：无论如何，他已经走到火车站后面了，不知不觉越过了铁轨，现在在上山的路上了。人行道越来越成为仅由台阶组成的东西，他飞速冲上去，就好像他必须得赶快似的，他撒开手的时候，铁栏杆——那儿曾经是有的——颤动着。之后就没有阶梯了，也不再有房子，只剩下街面上劣质、粗糙的沥青，边缘尖利，即将崩裂。这条路我认识，通到上面的观景台，十来次郊游的目的地，不过还没在午夜里来过。树木之间一片漆黑，某种程度上可以放心闭上眼睛，就像走在梦里。他知道，这是通向塔楼的路，可是它现在好像无穷无尽，我想象不到自己竟然还能抵达。

这是那无尽的梦中疾走中的一次，要说其间发生的事，最多不过是山越来越陡了。为保持平衡，他上坡时上身向前倾。他的指尖碰到了沥青。事实证明，四肢着地向前走确实不错，他继续保持。我人生中做的第一件真正意义上的怪事：四肢着地穿过漆黑的树林。星星照在他背上闪光的衣料上。一直到瞭望塔前，他才挺直身子站起来。

接下来几分钟干了什么？几小时呢？关于这期间发生的事，没有确切的说法。他大概在看城市的灯光——他还从来没看过，因为以前从来没在夜里站在山上过。他从新的角度看着这座城市，抛开一种狂乱的、充满了全身的痛不计，感觉全无。一座小城，靠近三国交界处，铁路终点站，航线，狗。我快乐过吗？

是的。只要有他。那现在呢？在这上面度过余生吗？当瞭望塔的隐居者？在刻进墙里的恋爱告白、下流话和其他存在的证据之间活着？醒着的每分钟都望着街道的迷宫？因为从现在开始，一切都是零余，零余的东西我没兴趣。

来了一辆车。车里的乘客是一对情侣，他们太急了，没注意到他。他们开始交配。亚伯一直等到车窗蒙上了足够多的水汽，才从他们旁边走过。之后他失去了注意力，在脆裂的路边滑倒。他屁股着地，手掌和脚后跟向下滑，停住后，还保持姿势坐了一会儿，然后站了起来。脚掌和手作痛，带血的小石子卡在磨破的伤口里，又顺势掉落，就如同慢慢收干的树林地上的土从西装背后掉下来一样，无所谓，他向下朝城里走去。

现在，这就是全部吗？

还有一件事。剧院后头的这扇窗和正厅位于这条街上，这条街没有名字，因为它根本不是街道，不过是一片什么都没有的浅滩，除了几个留给特定车辆的停车位、演员入口和前面提到的正对面的窗户。窗台很低，比起绕过街角走入口，（以前，有时）敝敝窗玻璃，直接爬进屋里去甚至还方便些。亚伯从山上下来，跑着穿过城市公园，越过铁路线，已经到他自己的街上了。他从房子旁边经过，里面睡着母亲和外婆，穿过两个各带一座雕像的小一点的广场，绕过剧院，站在窗前。演员入口上方没有罩子的灯的光照在他背上，他看着黑暗的窗玻璃上自己的轮廓。后面没有任何动静。四下里的捶打声、嘎吱声、叮当声、咆哮声、欢呼声变得更响了，这肯定是一场杀人的庆典，或许只是又一场幻觉，因为还是什么都看不到。他等了一阵，然后踹向自己的镜像。先是左边的玻璃，然后是右边。碎片噼里啪啦落进里面，掉到床上。他看见床单闪着暗淡的灰光，除此之外就没有动着的东西了。或者是他没有耐心等待动荡的来临。

起初，两个人自然而然地爱着对方，然后以同样的方式彼此厌恶。从一种状态到另一种的转变是那么短，短得就像理解这种转变的一瞬间，而且它——这是真正的痛苦之处——对任何一方来说，都不是特别困难。说我爱你，说可我不爱你，从那儿走开了，四处乱转，爬上一座山，又下来了，摔了，站起来，踹了一扇窗，走回家，把壁橱的门拉起关上，躺进去。之后他惊坐起来，因为一阵心悸把他甩下了床。

这张床不是床，只是走廊衣柜里的一块床垫。摔下床的时候，他撞到了夹板——这肯定发出了震天的响声，脸朝下地落在柜子底部，然后就这么躺着。他湿漉漉的额头抵着铺了毯子的柜底，灰尘沙沙作响，他尽可能地呼吸，还听着——因为别的任何事都做不了——他的心脏、心脏、心脏如何跳动。世界因我的喘息而战栗。

还好吗？米拉在柜子外面喊道。

他屏住呼吸，这样到底要好受些。可惜这样一来，胸骨上的灼烧感加重了。把你的注意力集中到别的什么东西上去，集中到外面的声响上：收音机、餐具、一段遥远的《圣经》连祷。外婆显然是在厨房里，因而现在是早上。或者已经又是晚上了。

亚伯？米拉现在不得不站到柜子前面非常近的地方了。

一会儿就好了，一会儿就，一会儿……

也许他只是在睡觉……米拉说着，已经要走开了。胳膊抵着墙。对这个地方而言，他确实慢慢变得太高了。

他继续躺着，脸、汗水、灰尘，等着最糟的时刻过去，然后，在没人看到的片刻间，溜进浴室，到镜子跟前。他把颧骨撞伤了——在从十厘米高的床垫上掉到柜底的时候（！）——只有一块小小的红色伤痕，但是清晰可见。

这是什么？

他从浴室出来的时候，米拉站在柜子里，手里拿着西装。从上到下都弄脏了。这是什么？土？

而且：耶稣啊——现在她看到他的脸了——你看起来成什么样子了？

你干什么了？

一整晚都在城里闹事。狂饮、打架、摔瓶子。（外婆）睡不着，只得听着。

橱窗，韦斯娜说，韦斯娜阿姨，母亲最好的朋友——一个女同！（外婆）——眼睛机智，淡棕色的脸上有大大的鼻子，声音低沉而粗糙：他们把橱窗打破了。

谁把橱窗打破了？（米拉）

没用的，外婆嘟囔着说。他们只会越来越野。不敬神、粗鲁、堕落。

谁？米拉问。

这些中学毕业生为什么要做这种事？韦斯娜问。

并不是总能找到个为什么，外婆说。

韦斯娜笑了：不过这倒是真的。

生活这么容易就被毁了，米拉说。

她的话是冲着她儿子说的，脸上有瘀青的那位。至少她觉得那条伤痕还在，因为她已经好几个小时不敢看*我自己唯一的儿子了。我不知道，某些东西不一样了。*真的就是所谓的一夜之间。

另一边，亚伯也不看任何人。他们坐在一家餐馆里，周日中午，就像往常一样，也借着别的什么由头，*命运三女神和我。*

就是越来越野，外婆嘟囔着说。我不懂做这种事有什么意思。

之后两个警察进了餐馆，久久地站在入口附近，跟领班的服务员说着话，往里面看。亚伯朝外面看着他们，但没有引起他们的注意。他们又走了。

之后，吃饭的过程中，传言就像被谨慎的服务员们放到托盘上在房间里端来端去一样散播开来，说昨晚其实有半条购物街都被砸了（看在上帝的分上，别过去！最后他们还会把你抓起来。再说这种地方也不是什么旅游景点），不过不是中学毕业生们干的，或者不只是他们，一开始还不是。他们从地下摇摇晃晃地出来时，这件事早就已经发生了，他们脑子非常不清醒，根本理解不了这是在干吗，只是歇斯底里地大笑，在碎片里踩着脚转圈，某间商店里一场噼啪作响的火映射在他们眼中，不过之后就熄了，塑胶地板烧不起来，只是臭得可怕，据说有人还签收了多少多少的炸药和雷管。

还有呢？米拉问。而且：我们能聊点别的吗？

几个女人佐着甜点喝了利口酒，亚伯也要尝尝，他举起小玻璃杯，一口气全灌了下去，甜的，无所谓。米拉难为情地微笑了一下，外婆咂了咂舌头，韦斯娜赞许地笑了笑，也灌了下去。啧啧，外婆说。

米拉打开她的手提包，其中一个信封里装着刚取出来用于买单的钱，还有一个，她给了亚伯。

谢谢，亚伯说。

要是我，就先打开。韦斯娜阿姨说。

是一张奖券，次等座的车票。

噢，没有驾照的亚伯说道，谢谢。

他把奖券塞回信封，把信封放在盘子旁边，拿起小叉子继续吃他的甜点。

抱歉，米拉说，我买不了车给你。

翁多尔消失之后，他们整个夏天开着车徒劳地四处游荡，再之后她就把那辆天蓝色的车卖掉了。除此之外，翁多尔的衣服和书也被她便宜卖了或送出去了，他的照片也从相簿里撕下来了。

懂礼貌的儿子这时候应该会说点什么，但亚伯什么也没说。

嗨，米拉说，看看我们。我们在这儿呢。

一张奖券，韦斯娜后来说，要把他的孩子送到生活当中去，我想不出什么更好的方式了。生活就是赌运气，我的小东西。我要是你，就送他赌场的一注筹码，这样机会还大些。他可以认识些可疑人士，极大地扩展眼界。毫无疑问，将来地下世界肯定会取得这里的权力，就应该选对边站，我自己更想要个成功的黑老大当儿子，比起……

比起什么?! 米拉惊叫道。

外婆轻轻嘟嚷着诅咒的话：丑东西，吉卜赛女人，臭嘴。

她这家伙挺好的，米拉说。

现在到我了！外婆说。她解开一块男士大手帕，拿出一个罐子。里面是外公的奖章，打仗得来的和表彰杰出工作的，一个装满了铁皮的铁皮罐，甚至让米拉都特别脸红。亚伯把奖券放在奖章上面，盖上盖子，然后说，夏天剩下的时间他都要出门旅行。

三张女人的脸。

跟谁一起？和伊利亚？

不是。

那是跟谁？

谁也不跟。一个人。

那伊利亚呢？

——

可是怎么走呢？

坐火车。

可是去哪里呢？

他还没想好。（谎言。）

沉默。

他现在是个成年男人了，韦斯娜说，越过粉刺的疤和黄瓜似的鼻子盯着他的眼睛，然后送了他一张对于我们这种条件来说数额巨大的外国钞票。遇到什么事情总会有用的。

大热天

消失的人有：正在庆祝重新当选的D地一个小城市的市长。从一场大会回来的混沌理论研究者哈尔多尔·罗塞。以前的青年合唱团负责人N. N.，他多少多少天前从葡萄牙的地狱之口[1]出发，徒步横穿欧亚大陆，一直走到科拉半岛的海角。亚伯·内马的父亲，在二十年前的六月十二号，暑假第一天清晨。

半个匈牙利人，另外一半血统不确定，他说自己身上流着这一地区全体少数民族的血，一个新迁来的吉卜赛人，一个声音模仿者和冒险家，可以同时吹两支笛子，外加弹三角琴，还有些什么，谁知道呢。关于他的新情况不断被曝光，让人迷惑又印象深刻，米拉说，只要人们还愿意相信些什么人，这样的事情就会让人印象深刻。看到他能喝那么多土耳其咖啡，外婆说，他肯定马上会变成一个酒鬼，然而他不想依从这一预估，直到最后他都出人意料。

暑假第一天早晨六点，他站在房子前面，沿街向下，太阳的光束从火车站的方向直接照射在他身上。一

1　地狱之口（Boca de Inferno），位于大西洋东岸的悬崖裂隙。

支指向他的粗大金黄的箭头，那种光和热让人感觉好像至少已经是中午了。实际上已经迟了很久了，翁多尔·内马想着，而他可能没太多时间来浪费了。就是这样或者差不多这样。躺在柜子里的亚伯最后感知到的，是穿过走廊所必需的七步发出的声音。一——二——三——四——五——六——七。门。轻轻地打开，更轻地：关上。一小时四十分钟后，本应开始上第一节课的时候，翁多尔已经不在城里了。就像来时一样，他走了，口袋空空，也许装了些零钱、一个烟盒、一块手帕。他留下掏空了口袋的衣服、一辆破旧不堪的车和一个装满明信片的纸盒。

造出独生子亚伯之前，翁多尔·内马曾经有十二个情人。其中一个亲手了结了自己，一个成了精神病院的住客。其余几个和他互写明信片。他把这些明信片跟过去的情书和相片一起保存在一个纸盒子里。米拉笑道：虚荣的公鸡。

我所会的一切，都是从女人身上学的，翁多尔说。这是我的女老师智囊团。她们一直跟我在一起。

米拉笑道：那十二个命运女神。

十三个，亲爱的，翁多尔说，十三个。

米拉脸红了。

他没说实话。他没把纸盒子一起带走。米拉等了一周，然后开车出去，最开始开得很差，她好几年没开过车了——亚伯，你怎么样？我马上要吐了。她去找那十个可能的（也就是没死没疯的）女人。十个女人站在九个门槛上（有一次是一对姐妹，两人这会儿又忍得了对方了，甚至还住在一起），盯着男孩，然后摇头。

被他们找上门的最后一个女人——我们本来可以直接从这里开始的——叫作博拉。对那时的亚伯来说，这是个男人的名字，可站在门槛上的是个女人。翁多尔的初恋是唯一一个独居的，跟二十年前一样住在狭小的一居室，这是翁多尔出生地的典型房子，带有走廊和煤气味。男孩先是向上望去，目光穿过内庭上方四方形的天空：空的，然后向下，看向擦鞋垫。他只看到这个女人胸衣以下的部分：她妈妈以前出门穿的连衣裙下半身的部分（"亲爱的，你个骚货"），土黄色的生丝做的，她当居家服穿。边上是两个线编的空心皮带搭环，穿过搭环可以看到屋子里面（什么都没有，一片黑暗），下面是她的双腿和穿着木屐的脚。男人般的大脚。博拉女士像其他所有人一样看着这个男孩，然后像其他所有人一样，说，她不知道翁多尔在哪里。已经是很久以前的事了。您一定要相信我。

米拉不相信她，但还是走了。走之前她问，能不能用一下卫生间。

行，博拉说着指向一居室远处角落里的一扇小门。

只剩他们两个人的时候，她问男孩，你叫什么。

他说了他的名字。

谢谢，米拉说。她走回了车里。米拉坐进驾驶座，亚伯在后座上。就这样待了两天。夏天最热的时候。背阴处的气温：三十五度，车里肯定翻倍，而且开着窗也没有一丝风，飘进来的只有人、动物、机器沉滞的臭味。米拉并不是非常确信，但也并非毫无头绪。她在车里坐着，密切留意房子的入口。她没用博拉的厕所，转而去了附近一家地下室里的小酒吧，里面很阴冷，醉汉们甚至八月中旬都能着凉。他们坐在那儿打喷嚏。呐？他们对瘦弱腼腆的男孩说。呐？他们对身材不错的陌生女人说。这种阴沉的目光多么适合她啊。一个字不说，高傲地走进走出。

他们住在一辆蓝色的车里，一个酒友向其他人报告道。肯定有什么事，她看起来着实很文雅，可以把她看成个老师。她为什么窝在一辆汽车里？肯定是为了某个男人。为了某个本地男人，这个外国女人在等他。他们的爱情结晶就在后座上。这些男人在清凉里待了几个小时，当重新爬上来进入热气里时，醉意给了他们当头一棒，然后他们就又忘记车里的女人了，可是第二天，闻着葡萄酒香，在泉水般的惬意清凉里，一切又都回来了，他们又从头开始。那辆天蓝色的汽车扰乱了醉汉们的某种感觉。一定要找个机会说清楚，这样人才会过来。可是在这种情况下，找什么机会说，找谁说？之后他们想出了一个主意。他们找了个人守在门边。

她过来了，守门的说着，跟跟跄跄地下了楼梯。每个人都据守着自己的位置，也就是说，待在原地，做出他们本来如是的酒客的样子。米拉来了，穿过房间，按下卫生间的门把手。有人。

她回过身看了看：一个单独的小房间，玻璃杯和男人们在黑暗中，像蜡像一样静止，微微泛光，僵在即便非常相似但还是各有不同的喝酒姿势里，眼睛冲着她。还得再来点非常细微的像耗子一样的咯咯笑，来源不明，好让她知道这是个陷阱。一个玩笑。她很确定——哪里来的把握？——这应该是个玩笑，不是其他什么完全有可能出现的状况，更危险的状况，尽管如此，现在是她这个夏天第一次感觉到——不是愤怒和决绝，而是——软弱和恐惧。她把近处的一把椅子咯噔咯噔地拽过来，坐了下去。蜡像们一下子活了，挪近了，小眼睛快活地闪着光，他们说着听不懂的话，把装着葡萄酒和苏打水的杯子瓶子都推了过来。苏打水瓶咕嘟咕嘟，仿佛泪水马上就要爆发。

我的眼泪马上就要爆发了。动人的场景：一个从无中生出来的女人向永远烂醉的陌生男人们哭诉不忠的爱人带来的痛苦，而且尽管不懂她的语言，他们还是能理解她的意思，因为这种语言是普世的，他们就算帮不了她，也至少能分享他们的意见并且用他们自己的语言骂那个混蛋，理应如此，因为就算活成一个失败的酒鬼道德感也要更强些，比起……

发光的四边形门洞前走过两个女人，脚踝、腿肚子、膝盖，其他一切都消解在白色的光里了。外面汽车里的男孩。

抱歉，米拉说着站起来。外国腔调又把这些男人重新麻痹了，他们沉默地目送她出去。

他们又开车回去了。开出城以后，米拉停在路边，在一片灌木丛后面小便。亚伯数着迎面开来的车。一千，一千零一。

一个叫博拉的女人

七年后，伊利亚·B. 从毕业庆祝会中离场，在之后的散步中消失了。亚伯又等了几天，看看是不是还能发生点什么，他或者某人会有所表示，然而什么也没发生。伊利亚到底还在不在这座城里，不知道。最后亚伯也走了。

他乘了火车。跟陌生人晃荡着穿过陌生的省份。看啊，树在跑。有些村子就像完全被电缆捆紧似的。因为没什么钱，所以他坐的都是慢车，但除此之外一点时间也不浪费。他直接坐到了对的那站。

正值夏天，跟当时一样，火车站满是橙色的光。在车站的两层楼和地下一层，人们在行李中间站着、蹲着、躺着，等待着发车或者就住在这里。小心，不要踩到睡觉的人，不要撞翻铺好的营地，博拉从他们中间走过，从市场朝着无轨电车走去。站台上人潮汹涌，更多的人带着更多的行李从中穿行，她必须得时时变换脚步——最纯粹的民族大迁徙。后来她想起，路上他们可能有好一阵都待在同一个地方，他就在某处，在那些横七竖八挡路的人中间，因为没过多长时间，买的东西还放在桌上的袋子里，她脱下来的木屐还没凉透，门铃就响了。

她光脚站在门槛上，二楼右边，绿色的门，椭圆形的搪瓷小门牌：3号。

您找谁？

我的名字叫……，亚伯说。我是……的儿子。

耶稣啊，她说道，在石头地面上蜷起了裸露的脚趾。

不如先在餐桌旁边坐下，这里，门槛后面两步远，等等，我把袋子拿开。内庭的自然光稍微透过门玻璃洒进来，刚好够到他们座旁的桌子，这个窄小的房间其余的部分都很暗。深处一块白色的浴帘发出破晓般的光。

当时翁多尔并没有藏在这块浴帘后面。是米拉用过的卫生间隔壁的小房间。他能听到妻子在小便。博拉去上班或者购物，并且做出没有注意到那辆显眼的天蓝色汽车的样子，它就停在街上几幢房子开外的地方。男孩看上去吃了高温的苦头，蜷成一团躺在后座上。终于，当他们两天后依旧还在那儿，当她注视着那女人把男孩留在车里，走进了地下室酒吧，她把门一把拉开，说：从我家消失。

什么，翁多尔说，现在就走？

混蛋，博拉说。

翁多尔走到街上，在热浪里摇摇晃晃，眯起眼睛。后座的男孩闭上了眼睛。米拉坐进了一把凉爽的椅子。等她再次站起走上来，街空了。

抱歉，男孩说。我闭眼了。

没事，米拉说，我才抱歉。

不知道翁多尔看没看见那辆天蓝色的汽车。小路上，他的脊背和亮色喇叭裤在阳光里闪烁。或者那是我梦到的。看前面，米拉对亚伯说，不然你又要犯恶心了。

博拉觉得那肯定就是几秒钟的事。我很遗憾。我从他那里听到的最后一件事，是他和另外四十个人一起应聘去了法国的一个造船厂，不过这也过了很多年了，而且谁知道到底是不是真的呢。造船他一窍不通。据我所知，他不懂。另一方面，一切皆有可能。翁多尔，那个有十二个母亲的孤儿。一个接一个，其中一些是同时的。

她注视着男孩：十九岁，长得高高的，比起正常来说瘦了点、白了点、邋遢了点。从他身上可以看到之前十二个小时的火车旅程，不止，他还沾上了这种气味，火车的气味，他永远也摆脱不掉了。他有他爸爸的眼睛，在这里的昏暗中呈黑色，但博拉知道，它实际上是愤怒的天空的颜色：紫和灰。他的面容疲倦，母亲在上面一闪而过，然而现在更具决定性的已经是另外某种东西了，他完全不知其存在，博拉却看得更清楚。他散发出的这种"对此无话可说"的挑衅，在他遇见的每个人心中唤起不安，迫使人们想要以这样或那样的方式跟他发生点什么。

只要他跟别人在一起，这种我们称之为"能力"的东西就不会显现出来。*旁边的人把他屏蔽了*。或许是他还太年轻了。可是现在，韦斯娜吃完甜点后说，他是个男人了。第一次独自坐火车时，所有的眼睛就已经像被按了开关似的聚焦在他身上。他靠着窗子努力向外面看去，在我们这里，你可以做任何想做的事，阅读（只是举个例子），除了自己找清静。友好的人，同行者，特别是老一点的，亲切地向他搭话：孩子，你是谁，从哪里来，到哪里去？他刻意稍稍夸大天生的脑腆，不过一直保持礼貌，费劲地从实际情况扯到谎言：在从S地到亲戚家的路上。一个姑姑。

这样啊？穿便服的男人问。这已经是同一趟列车上他第二次遇到查票了。到现在，车厢里的每个人都能毫无二致地流利讲出他的故事了。这样啊？穿便服的男人问，姑姑叫什么，住在哪儿？——怎么了？他没听懂问题吗？他肯定能现编出一个名字和地址来。

让孩子消停消停吧，第三次之后对面的老妇人说道。他刚刚考完毕业考试，我认识他，乖孩子一个，您就让他好好地去找姑姑吧。

便服警察仔细检查了他的证件，然后还把他也审视了一番，就好像要把这张脸清清楚楚地刻在脑子里。他终于走开了，老妇人送了亚伯一块巧克力：你叫什么，孩子？

*

就是这样，往后所有人都会如此：爱或者杀。对博拉而言，是前者。不管什么地方总会有个家的，她安慰道，然而还正说着，她就已经嫉妒到声音嘶哑了。她想把男孩留下，她，她，她。就在这里，把他跟自己绑定在一起，照顾他，帮助他，给他办事，为他……这真是疯了。

亚伯摇了摇头。

谢谢，他不想吃东西。

喝点什么？

无论如何，他还是点头了。他们坐在餐桌旁边，他背对着门，她在对面。她喝葡萄酒，他喝水和烧酒。傍晚了。奇怪，博拉想，刚刚还是早晨。她一直都是光脚，注入胃里的酒精散发出些许温暖。对面椅子上的男孩一动不动。我给你打开锅炉。他有没有点头？她又重新坐了回去。傍晚的声音。邻居，走廊，鞋子，钥匙。电灯开关，水，花盆。猫，鸽子，有个孩子在哭，一首儿歌。一个调频信号不佳的广播台，流行音乐，明显没有贝斯。房屋前叮地亮起来的路灯。汽车，车门，咒骂，行人。女人，男人。附近百货商店的栅栏门。一个钻头，一扇正在打开的窗户。近处一个阅兵广场上的男人正在朝他们的狗扔塑料圆环。混凝土上方的哨声。一群中学毕业生。《自新世界》交响曲。柔板。之后是电视机。之后是寂静。之后是喝醉的人，然后又是寂静。

燃气锅炉的开和关。现在你可以脱掉衣服了。水热了。

她的舌头在长久的沉默饮酒之后变得沉重：我上床了。

她用羊毛毯给他垒了个营地，这儿有地方，而地毯的另一岸，在厕所门和书桌中间，她自己躺到了床上。闭上眼，想着，他出来的时候，她是否应该做出睡觉的样子，或者与此相反，跟他讲话——他是否料到她已经六十岁了。差不多。博拉女士想到跟以她为初恋对象的男人的儿子做爱，然后——酒精或其他东西——：泪水涌上了眼睛。不过在眼泪漫出眼睑之前，她就睡着了。

醒醒！醒醒！

通向内庭的门开着，房间里的窗户也是，可是没有用，这里搞不来穿堂风。

醒醒！醒醒！

疯狂地拍打着他的脸。他还是一直坐在餐椅上，肩膀和头靠着墙。

噢我的上帝！她抽泣着，抓起灶台上的烧水壶，用另一只手上的一份报纸扇了扇，把它扔下，拿来水，洗他的额头。噢上帝噢上帝噢上帝。

水流进了他的眼睛里。是前一天煮过蛋的水，里面有盐和醋，不过也许这些恰好能起作用。他第一次动了一下：闭紧双眼，好像还在呻吟。他脸上的一切都是相同的颜色：蜡。

醒醒，博拉尖叫道。你得醒过来！我知道很痛，但你必须醒着！这里有煤气！你听到了吗？

一动不动。无论如何他还在呼吸。博拉咳嗽起来，咳嗽逐渐变成抽泣，而她又强压了下去。她用肩膀架着他，把他从椅子上拽起来，椅子翻倒了，咯噔声在内庭里回荡。她得带着他转过身来，才能从桌子和灶台中间穿过去。她被烧水壶的手柄挂住了，于是把它从桌子上甩了下去。它落地之前，碰到了亚伯的大腿，剩余的水渗入他的裤管，一小块蛋白在深色的衣料上搁浅。

该死的锅炉，她给他打开了又忘记了。夜里肯定熄火了。她早上想睁眼的时候睁不开，闹钟已经响了多久了，通常在这之前我就醒了。要是她忘记调闹钟了，他们大概就永远醒不过来了，但她就这样强撑起眼皮，陷入剧烈的头痛之中，一切——眼睛、耳朵、鼻黏膜都像被挠破了似的，嘴巴像是被用金属做了衬里，此外还感到眩晕，在厨房里实实在在地四肢着地，然后她就开始试着叫醒他。

拖着他经过石制的地面到门口，叹口气，用尽力气。离门槛只有几步了，尽管如此，我觉得我永远做不到。她的手指深深嵌进他的腋窝，终于到门口了，她放下他，小心翼翼，头特意放在手掌上。现在门槛在他的脖子下面，头在外面的过道里，从女邻居的门口看过来就能看到他。博拉指着他，那里，躺在那儿的这颗头，请马上打电话找急救医生。

燃气公司呢？邻居问。博拉摇头。

这种情况下一定要给燃气公司打电话，另外一个女邻居说。

急救医生赶到前的一刻钟里，在家的人都站在回廊上，向下看着这颗躺在走廊上的头，它就在擦鞋垫上，花架旁边。

奇迹

您好，我杀了您的儿子。

不。

噢上帝噢上帝噢上帝，博拉说着，踱来踱去，在医院里，跟某个人讲话，医生们没时间，一个长着雀斑的女实习生在认真看护，量了脉搏和血压，看起来很慌张，说着安抚她的话——穿城，回家，到家。翻遍他的东西，得到一串带外国区号的电话号码，后面括号里：（学校）。她把号码抄了下来，踱来踱去，这张纸条皱了，铅笔字也花了。打电话，不打电话。最后她突然想到，就算成功通知了米拉，也没什么能做的。到这里来？说得容易，现在没那么简单了，他昏睡过去的两天以来，火车站的到站客流翻了一番——如果真的可能的话。要打仗了，或者已经打起来了。上帝上帝上帝。

她坐到餐椅上，就是之前跟他面对面坐过的那把。如果他死了，我再告诉她，这就足够了。哈啰，我把您的儿子了结了。

Prime bjen esasa ndeo，男孩说。Prime。

什么？

Songo. Nekom kipleimi fatoje. Pleida pjanolö.

他说什么？您听到了吗，护士？

三个男人，每个都能当他父亲了，其中一个甚至够当爷爷，围着他的床聚在一起。他们穿着睡衣和晨衣，绑着绷带。他们像悲戚的垂柳一样朝他拱下腰来。护士用自己的身体分开枝条，挪近了些，摸了摸他的额头。

肯定只是发烧，她说。他是个外国人。

你以为你弄懂了他说的话，然后又弄不懂了。其中最年轻的、穿一件条纹浴袍的那个说。德语词、俄语词。其他的我就不懂了。里面也有些是方言。

他们站在那儿。之后最老的坐到了旁边的病床上，因为他累了。有一阵男孩没再说那么多。之后他又开始了。那三个人坐或躺在他们的床上，听着。有时有些词可以弄懂，但是总体上……

Avju mjenemi blest aodmo. Bolestlju. Ai.[1]

这里是死人的房间吗？条纹衫问道，然后用闪着光的眼睛看着另外两个人。嗯？您什么意思？（冷笑。）死人房间的笑话您是知道的吧？

另外两个人嘟囔着。爷爷把毯子拉来盖在光着的脚上。

您知道死人房间的笑话吗？条纹衫问护士。

护士没回答，她在测量亚伯的脉搏。

1　以上均为亚伯意识模糊时说出的混合语言。

每个人都知道死人房间的笑话，第三个男人说。

您别说废话了，护士。这里没人会死。

她掖紧了亚伯周身的被子。就好像这是必须的。就好像他动过似的。

那他是怎么了？

护士耸耸肩。

亚伯叹气。

他叹气了。

这之后：再无。他睡了。

三天时间，其间他的状况没有大的改变。体温随心所欲地升高又下降。他有时会讲话，不过多在开始时，差不多到最后就越来越安静了，只是他还在叹气，最终，第三天，他醒了。他床边站着三个老男人。

哈啰，穿条纹浴袍、会说外语的那个最年轻的男人说。呐，醒了？

快来看啊。上帝，这男孩眼睛长得有点意思。

你能听懂我说的话吗？条纹衫问。

他迟疑了，但点了头。三个男人正式爆发出欢呼声。他听得懂！他们又对他讲了别的句子，每一次他都做出一副听到了天启的表情，而且每次他都会在最后点头，像是放上了句号。是，是，是，是。

什么也不用说，博拉说，亲了他好几下，把他的头压在她双乳之间。什么也不用说，什么也不用说，什么也不用说。

他什么也没说。起初他只是聆听。最近几年里，他几乎把父亲的母语忘光了，对着博拉说着不超过三个结结巴巴的句子，而现在他即时内化了自己听到的每一个单词、每一句话，尽管还没能听懂所有东西，他却已经注意到他们在哪里犯了一个错误；他看得见眼前的句子构造，仿佛有小小的枝杈结构从病友嘴里长出来。他盯着它们。

不知道怎么回事，爷爷对第三个男人嘟囔说，但我感觉他确实盯着一个点看得太久了。

之后亚伯问博拉，可不可以借他几个硬币或者一张卡打个跨国电话，而她太高兴了，完全没察觉到他语法和发音的变化。

他打给了米拉，完全不知道想跟她说些什么。

她好像喘不过气：你在哪儿？找到他了吗？

停顿。她急促的呼吸。

没有。

魔鬼必要把他……！你在哪儿？在她那里吗？待在那里或者去个别的什么地方，可以的话，就去找他，这个婊子养的，在需要他的时候！但是别回来。（她眼泪爆发：）我的上帝，你还要上大学！（她停住不哭了。接着急促地说：）你接到征兵令了。他们从公交车和电车上把年轻男人带走。听好，米拉说，你有能写字的东西吗？写下来。

她给了他一个姓名。住址。可惜她没有电话号码。

他住在Ｂ地。他该去Ｂ地试试。

博拉的纸条背面是一个陌生的名字。

你写下来了吗？

写了，亚伯说。

沉默。

都还好吗？

好，亚伯说。

他贴紧电话仔细听，从里面听到了十多种别的声音。除此以外，他听到了医院走廊和病房的声音，放映室里的电视机被调到了一个英文台。

我觉得，她已经挂了，博拉轻声说，从他手里拿过听筒，挂断了。她手臂环抱着他的肩膀，把他领回了房间。

无法确切地理解亚伯·内马的大脑在这三天里发生了什么。他自己对此也没有记忆，只有一种想象。就像是某个人长时间地把推盘游戏的各个板块推来推去，直到产生出全新的图案。某种东西就这样重新组织着，亚伯·内马内心（到目前为止，他在所有学科上都表现出了平等的天赋和一致的漠不关心）的迷宫就这样重新自我组织着，一直到至此发挥过作用的一切——即记忆和投射、过去和未来的川流，阻塞了来往的通道，在房间里吵吵闹闹——被堆放在某处，藏在秘密的橱柜里；现在，他一片空白，准备好了要吸纳一种特定的知识：语言。这就是降临在亚伯·内马身上的奇迹。

我要捐一块大理石碑，并且从现在开始做个虔诚的人，博拉说着，给他把一个午餐盒包了起来。

II. 来访者

癔症，哀歌

伙食供应点 I. 康斯坦丁

他们一起从法院大楼里出来了，两个女人谨慎体贴、不动声色地配合着亚伯的速度。（不，我不生气，我只是想让这件事过去。）在走廊里，他们还听到午钟的最后一串铃响，而当他们推开朝向马路的门时，钟声就中断了。他们站在阶梯上，突如其来的大片光亮让他有点头晕，距他上一次吃东西已经有一段时间了，再加上失血。可是这一切马上就退居次位，因为——这是本不应得的喜悦——孩子在那儿。他把他拉过来，亲了他。紧接着，因为很近，他走——跛着脚走——进了公园，血流到了鞋里，但这点距离还能走。

这样一个公园挺好的，坐到长椅上，聚在一起，只待一小会儿。南面尽头整个夏天都在这里的流浪汉：我们只聚一小会儿。被踩躏的草坪、在干燥的粉尘之下受罪的植物、坏掉的喷泉、他们自己、他们的狗、他们每天中午从教堂的慈善厨房领来的食物——身处在这些东西的气味里。除此之外，他们不会做丝毫让步。他们整日整夜坐在一个半圆形的石头凹室里，它几乎是对称的，一边六个人。正中的宝座上端坐着一个胖子，一边膝盖朝着西南／西，另一边朝着东南／东，仿佛是这座破烂的奥林匹斯山的首领，还脚踩一个石子铺砌的太阳。中间是一个喷泉饮水器。坏了。水汩汩地往外流。没有被狗吧唧吧唧喝掉的，从它们主人的两脚之间淌过。左边灌木丛后面有一间公共厕所，右边是两个用于足球游戏的铁丝笼网和一张从来没有人坐的长椅，即便是现在，午休时间，公园里全是上班族时。泰国洗衣房就在这张长椅背后，门铃坏掉了，一直时高时低地鸣响，这诡异的噪叫没人听得下去。亚伯看上去完全不受此影响，刚一坐下就已经睡着了。

看这里，康斯坦丁·托蒂说，你怎么说。

对康斯坦丁·T. 来说，这一天开始得很烂，从醒来开始：烂。它卡在脑袋里，把一切都堵上了。在水的帮助下——冷的，揉进眼睛里，温的，喝了——才慢慢好些了。早餐就这么些。之后他想，有（新鲜）空气会好点，但是并非如此。他头晕，而且他离家太远了，慈善厨房也还没开门。我马上就要失去知觉了。他得找个售货亭买块扭结面包。这种东西可以把人一整天都毁了。一两个小钱买这么个黏糊糊的东西。愤怒而贪婪地用牙咬下去，撕扯下来。就这样穿过公园。

北边尽头两个少年犯正在清理被贴了羽毛的和平天

鹅雕像，给自己挣表现。万能胶和溶解剂的气味，把绒毛像晚播的种子一样吹散在空气中。填充枕头的绒毛，鹅或者鸭，其中少许白鸡毛，还有作为基础材料的大量聚酯絮状物。一个女警察和一个男警察站在一旁监督，还有附近养老院来的两个俄国人。

我来的地方也有这种事，说是学生瞎胡闹。

肯定是那个无政府主义者，乌里扬诺夫。

两个俄国老头笑了。

您是俄国人？康斯坦丁手里拿着扭结面包说。

白俄罗斯，其中一个不快地说，另一个则只是怀疑地看着，然后他们就走了，继续聊天，声音比刚刚小了。

另外的人来了又走了，给不断变秃的天鹅拍照片。一个给别人照看宠物狗的女人站在警察旁边。几条狗在这种气味、在这羽毛中躁动不安。女警察弯下腰去摸西班牙猎狗的时候，狗保姆跌倒了，肩膀撞跌上男警察的上臂。短暂又轻巧，就像是偶然发生的，稍微失去了平衡，可这不是偶然。两个少年中的一个和过路的 K. T. 看到了。男警察身高接近两米，金发。她还不到一米五，一头黑发。她的肩膀刚好碰到他手肘上方。女警察重新站直了，女孩带着狗走了。康斯坦丁，张着嘴巴，盯着她的背影，然后看向警察。高个子发现了他在看自己，也看了回去。像他恨我似的。树林后面的什么地方，教堂的钟敲响了：四声清脆，两声低沉。看啊，看啊。大钟开始敲的时候，条子终于放弃了。康斯坦丁松了口气，有点欢欣鼓舞，然后又重新给什么事弄得焦虑了起来，把吃剩了的扭结面包包进捆绑出售的、浸满了油的、小得过分的餐巾纸里，然后塞进了裤子口袋。看起来很可笑，可你又能怎么样呢。他走了。

他走到伙食供应点的时候，别人正要把锅里剩的最后一点刮干净。他是慢慢来的，最强烈的饥饿感已经过去了，另外他也不想在人最多的时候来挤……他在灌木丛里候了一会儿，可是从那里看不到多少东西，于是他踱到坏掉的喷泉饮水器边上，两腿叉开，好让水不要直接流到鞋面上。自然还是有几滴水滴上去了。太阳照在他绿色的套头衫上。太热了。这是因为我住在一间连苍蝇都活不下来的房子里。望向窗外的时候，我看不出现在是热浪还是霜冻。他一边喝水，一边用眼角余光搜索石子路上流浪汉留下的塑料盘里吃剩的东西。配了红色酱汁和沙拉的面条。塑料盘子被一条狗舔了个干净。狗把沙拉也吃了。快到慈善厨房门前的时候，又有两个男人向他迎面走来。其中一个推着一辆生锈的自行车。优质的、甜甜的、绿色的茶，这人对另一个说。另一个点了点头。

我们没东西了，伙食供应点的女人说。好个严肃的好心人。

康斯坦丁朝一口锅里看去。铝锅底盘上还有剩下的面条。

冷了，女人说。酱也都没了。

康斯坦丁朝另一口锅里看去。锅壁上还有剩下的酱汁，锅底角落里也有。

那个严肃的女人同样关注到了这一局面，终于还是（叹息着）用大汤勺舀了面扔进几乎已经空了的酱汁锅里。用大汤勺把面搅来搅去，铝在铝上刮蹭着，直到面差不多全红了。把面重新聚拢起来更不容易。滑下去，拽上来。一勺扯碎的面条。

您拿什么装？

拿什么装？

您的盘子、您的铁皮碗、您的塑料罐。

康斯坦丁摊开手臂。无。一边隆起的裤子口袋里是一串钥匙，另一边毫无疑问是一块被揉皱的手帕。扭结面包。皱痕。裤子口袋里并不总是装着所有东西。

那个女人，（患关节炎的）手里抓着（沉重的）勺子，弯下腰去，扯出放在桌子下面的一个塑料盘子。它上面紧紧粘着另一个有凹槽的、噼啪作响的一次性盘子，她试图用四根手指端住盘子，同时用大拇指的指甲把它们分开。另一只手上一直拿着勺子。

您让我……

无所谓。她啪一下把面倒在叠起来的两个盘子上。给。

谢谢。

给，一个塑料勺子，给，塑料杯，里面是温热的茶。

上帝保佑。

她看着他。她不相信我这种关于上帝的废话。她重新回锅那边去忙活了。康斯坦丁站在前面吃起来。其间他拿起桌上的杯子喝了茶。优质的、甜甜的、绿色的茶。另一个女人和一个方济各会[1]修士在帮刚才的女人打扫卫生。那个修士留着白色的长胡子，差不多挡住了整张脸，可是身体和双眼都还是年轻男人的样子。女人们讲起话来，修士没有加入。只是视情况点头或摇头——看哪个合适。

他发了静默誓吗？

您说什么？

这个修士。

没有。

我不知道这里是一间修道院。

这不是修道院。您吃完了？味道如何？您把盘子给我吧。

康斯坦丁擦了擦嘴。

荣光归天父。

对此他一言不发。嘴巴下面的胡子分叉裂开了。裂缝底下是红色的瘢痕。谁把他的脸划烂了？康斯坦丁直盯着他的眼睛，想看看他是不是个好看的人。在那之前。然后他就把这件事忘记了。

我，我啊，有一个想法——如果我这种用虚拟式和

1　方济各会，天主教托钵修会之一，提倡模仿基督，过极度贫苦的生活。

谎言编织出来的冗言冒犯到了您，还请您原谅——可是我，康斯坦丁·托蒂，察觉到了一种急迫的需求，想到一间修道院里隐居一阵子，此事关乎一项学术工作和一次必要的内省，也许我甚至会走到那一步，成为修士，是的，我在认真考虑成为一名修士，这种想法我小时候就有了，十一二岁。菲尔贝让人阉割了阿伯拉尔。[1] 简言之：我需要一些安宁、集中，以及归向上帝。要紧的是，K. T. 面临一个选择——要不要以身试法，或者说通过给自己搞假文书的方式以身试法。搞假文书这件事让他很害怕，他犯了个错误，说了他的真名，可是他必须要这么说出来——或者不是。在这里他自然不会提到与之相关的事情，不会让他们以为我是个罪犯。我可以想象到，说自己是皮埃尔神父，而且也听说过有某种发给青年学者和基督徒的奖学金——

抱歉，那个严肃的女人说。请您原谅，神父。您来这里是搞错地址了。您为什么不找……

可是我（康斯坦丁）慢慢不耐烦起来：不好意思。我在跟神父说话。

充满期待地看着神父。那女人也是。出现了一个短暂的停顿。

---

1 皮埃尔·阿伯拉尔（Pierre Abélard，1079—1142），法国经院哲学家、神学家、逻辑学家及诗人。他与学生爱洛伊斯相爱并育有一子，二人秘密结婚后，爱洛伊斯不知情的叔叔菲尔贝误以为阿拉伯尔欺骗侄女感情，命人对阿伯拉尔施以宫刑。这之后阿伯拉尔宣誓成为修士，爱洛伊斯则成了修女。

Echuhia[1]，神父过了一阵说道。

他在康斯坦丁困惑的脸上画了一个十字，然后走了。

您现在满意了？

他怎么回事？

他什么事都没。您听到他说的了吧。

他说什么了？

我猜他觉得很遗憾吧。我也很遗憾。现在请离开吧。

他怎么回事？他为什么留着白色的大胡子？

所有事您都得知道吗？

这怎么就是个秘密了？

这不是秘密。只是与您无关。我们现在要关门了。

这根本不是什么丢人的事。

请吧。

我做错了什么？

她什么也不说了，只是摆着手：出去，出去。他向后退，但仍面向她。

您干吗一定要这么有敌意？哈？现在您大概也什么都不跟我说了？什么……

_____

1 此词根据英译本的"Exoose"推测，可能来自欧洲语言的"原谅"，词源为拉丁语"excuso"，后引申为抱歉的说辞，如意大利语的"scusa"、英语的"excuse me"、法语的"excusez-moi"、罗马尼亚语的"scuzaţi-mă"等。"Echuhia"构词上也可能混合了"抱歉"的德语"Entschuldigung"。

门外。暮夏闪着光的树，美。康斯坦丁断定自己吃饱了。吃太饱了。他本可以省下扭结面包的钱的。剩下的一小块慢慢给他的裤子口袋抹上油污。

接着，他重新站在了喷泉饮水器前面，再走一百米，你就已经又渴了，鞋面上又有溅上去的水滴，然后——真没想到！片刻过后，他坐在了泰国洗衣房附近的公园长椅上，门铃嗥叫着，他旁边垂头坐着一个睡着了的人：（差一点就）离了婚的翻译亚伯·内马。康斯坦丁·托蒂一直等到他醒来，然后说：

好嘛，你也还在这儿。

伙食供应点 II. 蒂博尔

他只有纸条上的这个名字。站在一个阴冷的、满目脏污的火车站站台上，清早，亚伯·内马，十九岁，刚刚抵达这里，手里拿着一张写着陌生名字的纸条。跟着他上路了一段时间，纸条皱了，手写的字迹难以辨认，一方面是因为它已经开始消散在底色里了，另一方面，它就是单纯地变成了别的东西。

最初他看起来像是再也不会醒来了，从头到尾睡了整整三天，终于恢复意识的时候，所有症状都出现了。一开始，他在从厕所回病房的路上迷路——多长时间？——在医院走廊里乱转，直到博拉找到他。可怜的孩子。完全乱了。此外，他从再次醒过来开始，就差不多再也没睡过觉，一天一两个小时，不过可能只是他之前睡太多了。另一个现在仍在持续的症状是，他可以把纸条扔掉，甚至在最开始就什么都不记下来，那个名字他一下子就记住了，并且知道他再也不会忘记了，因为从今以后，只要是语言和可记忆的东西，他都不会再忘记了。尽管如此，他还是没能把纸条扔掉。他大脑中和他周身事物的新境况还是显得太脆弱了。就好像只要一点点东西——即便是这个新结构中最小的一块——被移除了，某种不允许中断的、刚刚开始的东西就会中断，是好，是坏，谁知道，但这是可能发生的。

站在站台上，跟现在相近的季节、相近的天气，第一股从东边吹来的、闻着像灰烬的凉风宣告了秋天的来临。站台对面是一幅城市的剪影：电线交织的天空、几幢高楼，其中一幢是他接下来四年里将要住的地方，那里，十一层，不过他现在自然还不知道这些。那时这座火车站附近还没什么可逛可买的，不如说就是个货运装载站：稍显夸张的灰色和脏东西的气味。与之匹配，他没看到任何从火车站下去的楼梯，只有一个斜坡，一个上面有凹槽的巨大斜坡，用处广泛，但很难说是修给清早赶路的这么几个人的。得克萨斯的牛群。他走了下去。

在地下，他遵从指引标志，穿过火车站中寻常的回声和照明。向左和向右，数字和楼梯，之后是夹道的蛋壳色储物柜、卫生间、电话亭。最后他走到了一个小邮局前。他要来了一本电话号码簿。

一个名字和一串号码。记还是不记？

不好意思，怎么打电话？

就在第一天，第一个小时，一个长期酗酒且好斗的闷闷不乐的人在经过时给了他两个硬币。亚伯礼貌地朝着好心人膨胀增生的后颈说了谢谢，但是那人已经走远了。你的善功有了。

紧接着他又说了一句不好意思。别人给了他这个名字。他来自S地。

啊哈，电话里的声音拖得很长，显得很遥远，说道。从睡梦中被拽起来的？现在到底几点了？还早。

您刚到吗？

是的。

在哪里？

在火车站。

知道了。

您乘地铁，坐到这个那个站，然后右拐，左拐，等等。还在电话里听着路线描述的时候，亚伯就已经无法理解了，一放下电话，他设法捕捉到的随机片段在留存一瞬间后马上就消失了。其实这座城市有着全世界最为清晰直观的公共交通线路网。亚伯盯着线路，看了又看。在此期间，斜坡和楼梯挤满了人，突然一下变得好像前所未有地吵——从宁静的外省来的人，路上太多人，让人几乎迈不开步子。不好意思，他结结巴巴地说。不好意思。

到哪里？中年女人，蹙起的眉毛。

他说了站名。

红线，女人说道，边走边指了一下位置。

谢谢，亚伯对已经不存在的人说。门关上了。地铁行驶过程中，他的目光一直牢牢锁定在车门上方的地图上，仿佛能够帮助列车维持在线路上似的，红的，红的。地铁运行了很长时间，他的背包在错误的时间、错误的地点被夹在拥挤的人群里，他能握紧抓牢的东西都被冲走了，但就是否站得住而言，这也没有太大区别：其他的躯体朝他身上压过来，把他固定在中间。也有人在讲话，车窗起了一层雾气。我坐车穿过了城市，却连它的一丁点都没看到。在拂晓时分驶进一条隧道，又在明亮的阳光下出来，这是另一端的某个地方。

那个男人叫作蒂博尔，他在本地一所大学里有个教授席位。米拉跟他有什么关系，不知道，也许根本什么都没有，邻座书桌上的便笺，或者一篇被风吹到了她两脚之间的文章。我们这座城一个远居在外的孩子。

我是安娜，他的妻子。今天，这里，第一个开心的人。几近狂喜的声音，词尾小小的欢呼声：我们一直期待着您的到来！把行李放在走廊里吧！左边第一扇门！她在他前面蹦蹦跳跳起来。

我丈夫的书房：可以想见。斯巴达的变体。四面墙中三面是书架，一张桌子，又一张桌子（他们将坐在它们边上），一扇窗，后面些许绿色。蒂博尔生着一张骨骼突出的脸，皮肤仿佛被风鞣成了革，尽管他肯定大部分时间都坐在这张桌子旁边。泛黄的眼皮像眼睛上方随时准备掉下来的帷幕。声音因香烟而嘶哑，像刚刚熟睡过。说任何事都犹犹豫豫。几乎沉默。每个问题前一个停顿。

停顿。

您从S地来。您多大了？

十九。

停顿。一支烟点燃了。粗糙发黄的指甲。像常上手干活似的。

我离开的时候比您还小。五十年没回去过了。不知怎的，总能遇上些什么事情挡在中间。

说到这里，蒂博尔第一次露出微笑。下一个问题蒂博尔本来根本不想提，然而还是问了：

那里现在怎么样？

亚伯本来不想耸肩，但还是耸了。

懂了，蒂博尔说。又一个微笑。

然后门边又来了一个。一个头发金灰的五十岁老女孩，端着托盘。

您肯定饿了吧?!

亚伯并不清楚。

尝尝咖啡和小点心吧，安娜呜唱道，然后把托盘推到了桌子上。蒂博尔耐心地等待着她离开房间——踮起脚尖，谨慎而优雅，就连她纤细的后背都在微笑——然后问：

您信神吗？

为什么偏偏是用这个问题来配黄油小面包？

亚伯四下看看，却没看到任何能帮他的东西。他咬了一口面包，含了一口黑色的汤，咽了，最后说道：

有时候我完全被爱和虔敬填满了……

停顿。蒂博尔微笑了一下。眼皮的帷幕升上去又降下来。他点了点头：

我也不信。我们不会被救赎。对此有什么可解释的呢？

亚伯尽可能不出声地把吃进嘴里的东西翻了一面。他之前就已经开始怀疑了，不过现在才确定：他的味觉不对劲。所有东西吃起来都像是糊了石灰的墙纸。咖啡就像是过烫的水，而他另放进嘴里的方糖倒有点味道，不过始终模糊不定，很难说是甜的。蒂博尔抖掉了香烟上的最后一点灰。

他准备干什么？在这里？拿着烟头画圈的动作。

双肩。再次环视四周。注视着这里。一堆书。米拉把翁多尔的东西都贱卖了，连最后一块手帕都不剩，书也是，卖给了圣格奥尔格大街上的旧书店。本可以在这之后再买回来藏在伊利亚床下的箱子里的，可是亚伯想不起来是哪些书了。他也可以在这里好好待着，躺到书架前面的地毯上去，一点一点从容地把这个图书馆的书从头读到尾。这肯定需要一些时间。住在一所图书馆里的男人。

太阳透过窗玻璃上的绿色照进来，亚伯坐在那儿，身前是小面包、黄油、咖啡，他的头脑当中发生了些什么，他到底有没有在听？

原来，他最后说道，他是要在家考教师资格的。

什么？

教地理和历史，尽管并无太大兴趣。不过再也不考虑了。关于第一次世界大战，我能说些有的没的。矿产的形成。或许还是做点语言相关的。

啊哈。您会说哪些语言？

男孩手里的面包颤动着，他把它放下，这一切反正都没有意义。他思考着。他想到小面包，Semmel, zsemle, roll, petit pain, bulotschka；[1] 想到黄油，vaj, Butter, butter, maslo, beurre；[2] 想到……

还不清楚这种新的能力是怎么回事。某种东西已经登峰造极——词语、格、语段，可是常常在各种语言之间游来移去，我以俄语开头，然后用法语结尾。这还不算什么，他现在清楚了，他什么都证明不了也操演不了，一大团混乱，仅此而已。然后他说：

母亲的语言，父亲的语言，还有三种国际会议语言。

这样啊，蒂博尔说。确实已经挺厉害了。

---

1 分别为德语、匈牙利语、英语、法语、俄语的"小面包"。
2 分别为匈牙利语、德语、英语、塞尔维亚－克罗地亚语、法语的"黄油"。

勺子，Löffel，kanál，spoon。[1]我没有句子，只有词语。所有句子都在他那里，我只是听众，而今天我是……

您叫什么来着？

伊利亚。

姓呢？

博尔。不。为什么不？假装是他。一个不认识的人而非另一个不认识的人。然后？

*

不，他说，不，抱歉，我刚才……亚伯。亚伯·内马。

然后呢？您也在生气吗，亚伯·内马？

停顿。老人的微笑没有消失。年轻人就只是坐在那儿。

不知什么地方，一只苍蝇嗡嗡飞着。

然而并不是苍蝇，是门铃。新来的某人，走廊里的谈话声，向这扇门走过来。

方便吗？

女孩或年轻妇人，黑色的大眼睛，黑短发，嘴唇周边泛着微光的一点绒毛。

梅塞德丝。您尽管进来。我的助理梅塞德丝。

亚伯·内马。尚且没有职务。手指抹上了黄油，没

---

1 分别为德语、匈牙利语、英语的"勺子"。

有任何能让他擦的东西。尴尬地站在那儿。

她看着他。她的眼睛就好像是哭肿了，但其实不是。眼睛只是单纯这样。这一刻的两人都很年轻，她二十六，他十九。那是他到这里的第一天，她是最初的几个人之一。对她来说，没有理由留心计算这些事，她礼貌地微笑了一下，并不感兴趣。

您猜怎么着，蒂博尔说。您明天来系里吧。到时候我在那儿，然后我们再讨论一下其他所有东西。

梅塞德丝站到一旁，好让他从她身边走过去。

再见。

另一个女人，安娜，再没见到。哪里的水声？亚伯在走廊里拿起他的行李，走了。

于是我们就又到这儿了。现在和明天之间坐落着一座不知名的城市。第二次，我们像老熟人一样坐着城市快铁。这里有些站名——或者说，当列车在地上行驶的时候，这儿或那儿的街名很美。广告，无所不在的许诺。基督与你同在！来上我们的语言班！律师和牙齿矫形帮您解决问题！下一个冬天肯定会来！趁还没太晚，出门旅行吧！晚一点。晚一点我也许会出门旅行。此刻他刚刚到达，一个背着背包的年轻人，他的头脑当中能发生些什么呢？一个嘴巴很大、涂了口红的稍年长的女人，饶有兴味地看着他。

他想：Esszettbeekaefhaajoto[1]。Esszettbeekaefhaajoto，或者说在想能帮助破译这座城市的密码——借助每条街或每个车站各自的首字母，亚伯·内马一劳永逸地记住了红色快铁线，同样，他将来会记住每一条线路，无论是坐车经过还是亲自走过——不太适用于观光，但很实用。随着时间推移，人还能绰有余裕地留意观察：街道、店铺、汽车；这里的公交车怎么样，警铃是什么声音，电影院里演什么；体育场、购物中心、市场；破烂货、蔬菜，当然还有人，人们，以及在一切之上由煤烟形成的云，城里有些区域上空多一点，有些区域少一点，还有的不多也不少，当然了，这里也有飞机云。顺带一提，从近处看，它们不是白的，而是黑的。谁跟我（什么时候）讲过这些？

之后有个男人对他讲话，问他要车票。亚伯做出听不太懂的样子。用双手和双脚比划说明，他在找火车时迷路了，他手上有车票，往返票——这就是人们要做的，你看，我的目的是光明正大的。他立刻被表扬了。这位友善的先生闭上一只眼睛使了个眼色，真的是闭上了一只眼睛，或者他也许只是眨了眨眼。他在几乎把手放上男孩的小臂时，惊讶地感觉到了一阵明显的冲动：去爱，不要毁灭——幸好这时又驶进火车站了，然后他也真的下车了。

于是我们就又到这儿了。我从一个柜子中来，落脚

1　此处的字符是柏林城市快铁一号线站名首字母组成的乱码。

在火车站的一条长椅上。独自一人在一个举目无亲的城市。下一个冬天肯定会来。这儿那儿可以搞到煤。不过首先还是去系里，让人帮帮自己。他自然是不知道这个院系在哪里。忘记问了，不过明天之前还有充足的时间。在这个秋天的午后，他是否还想起了别的什么事，情景梗概：到目前为止发生了什么，如何继续下去，不知道。表面上看不出多少。长椅上的一个少年，一个来得太晚了的游客。他的背包坐在他旁边，像一个人似的。

一个人——棕色的翻褶裤、绿色的套头衫、油腻的偏分头、黑眼圈——已经在自动售票机附近徘徊了一阵子，他观察着亚伯然后朝他走了过去，说：

嘿。我的名字是康斯坦丁。你需要个住的地方吗？

正是如此。

欢迎

尽管最开始还有之后一段时间一直处在行进中，却没有真正到达什么地方。无论坐车或是不坐，一切都转回了同一个圈子里。母亲在科学和郊游方面进行教学，父亲则随之唱全球流行金曲。他用钢琴、电子琴给自己伴奏，有一回还用了一台簧风琴。他抖动右腿打着节拍，米黄色的袜子在脚踝上面卷曲。之后，脚、脚踝、腿肚子——两个人总共四只——又一次扮演了重要角色，接着却几近残暴地戛然而止，又一次置身于新的圈子里。

我能跟你说些什么呢，这是个癔症的时代！就好像整个世界都要玩"耶路撒冷之旅"[1]似的。恐慌、拥挤、人潮、尖叫。找他们自己的位置。或者找任意一个位置。在结实的位置边上放半个——不好意思——屁股。自愿，非自愿。在所有地方生活都很艰难，尤其现在，因为比起把全部份额都冻结起来，也没有更急的事要做了，就好像没有——怎么说来着——国际形势一样！这并不让人高兴，我们所有人都有自己的故事，另一方面，我们才二十岁不到，空前绝后地充满希望，康斯坦丁说，当时他们正在晚高峰当中蛇形前进。

不必也不可能说些什么，他讲话毫无停顿，播报着我们年轻的主人公传奇般的救赎经历，其间他急促地换着气，仿佛是在游泳，连手臂动作也像。

我们（大喘气，摆摆手）可以走路过去！就在那边！这些土色大家伙中间的一栋，你刚到的时候肯定就在站台上看到过了。我们等会儿就去这栋楼的二十层，然后马上——这儿，这儿，这儿！——先往上爬一段楼梯，紧接着不管幽闭恐惧症（又是新东西……），坐电梯到十楼。对面（同样）是一扇土色的门，康斯坦丁·托蒂，古典历史学——之后他总是将其组合在一起说：康斯坦丁·托蒂古典历史学。他打开门说：欢迎！

1　耶路撒冷之旅，即抢板凳游戏。

欢迎来到我们简朴的宿舍，或者像我这么叫：巴士底！

看啊[1]，这个没有黑暗的地方。或者只有黑暗。这就是一件是与不是的事情（不同字体的都是康斯坦丁的话）。这里修的建筑物——是的，甚至是学校！——有些房间没有窗户。亚伯将来的房间虽然有一扇窗，但也算不上，因为那儿的东西是向着一个狭窄黑暗的内庭开的，确实又窄又黑，以至于看不清里面的任何细部。一扇朝着无的窗子。在这里，我们刚好住在赤道上，既看不见竖井底下有什么（黑暗），又看不见两边的情况（微光），后脑勺挨着脖子，也看不见上面的天空，因为它又过于亮了。这之间，房子的声音起起伏伏，不知道从哪儿来向哪儿去，它们就单纯在那儿，生活的声响，希望你对噪音不敏感。尽管你现在可能还很高兴，至少头上有了个屋檐，而且还不是火车站大厅的屋檐，但在那儿如果有谁练萨克斯，可能还没那么烦。

另外，巴士底其实并不是一栋建筑，而是两栋，挤着嵌在一起，分别伸进对方空出来的空间。有人会问，这怎么可能，从外面看上去，它就像一座用于表彰直角的庞大纪念碑，然而里面却开启了最为意想不到的交错盘结。要到隔壁邻居家，有时得先绕一段非常复杂的路——如果过道没有被防火门之类的东西彻底堵死的话。辛巴达，也就是康斯坦丁，从前曾试图周游世界，可我说不上自己有没有真正走完所有楼层。有些区

1　原文为法语"Voilà"。

域好像根本就没有可以进去的通道，有些楼层冷得像北极一样，刚好就位于风道上——顺带一提，你也能听到它，现在倒没有，可是冬天嚎得像条狗；而其他几层楼则像温室一样湿热。甚至好像还有一个天台顶棚，在一堵粉刷过的矮墙后面，他看到过某种竹子的尖梢，可惜房顶天窗被封上了。至于居民：在两座二十层的楼里寻常生存。有几个楼层被大学租用为宿舍，不过也还有许多普通市民。康斯坦丁已经差不多跟每个在走廊或电梯里遇到的人都聊过一回了。他告诉每个人他住哪里、学什么，反过来也弄清了哪里还有空房，可惜大多数人即便是在万不得已之时也不准备再接纳别人。他们就是这样。欢迎来到我的世界。像是要包揽一切的手臂动作。

　　这里，我们现在站的地方，叫作——我，康斯坦丁，把它叫作——广场[1]。一直以来套间里所谓的公共室都铺了米色的油地毡，帝国所有的道路都在这里交会。可以看到六扇门：进出口、厨房、浴室，以及三个彼此紧挨的棺材的门，不良少年们在里面栖息。广场和其中一间房视野可及铁路，其余的都朝着已经提到过的内庭。视野开阔的房间里住着个什么人（叹气），我们（康斯坦丁）叫他金发哥，一个极其有可能会告密的人、一个长着鱼脑袋的斯堪的纳维亚人，一定要小心。还好他现在不在这儿。第二间属于康斯坦丁自己，而第三间，最小最黑的，安排给了一个叫作阿卜杜勒-拉蒂

1　原文为意大利语"Piazza"。

夫·坎塔拉或者差不多名字的阿尔及利亚人，至少理论上如此，因为实际上他到现在都还没出现。在这期间的两个月，值得信赖的康斯坦丁一直把这个房间的钥匙带在自己身上，这里，在我的裤子口袋里，好在适当情况下再把它转交出去，只不过至今仍未进行到这一步。看啊，先生，[1] 您的房间。

亚伯就这样认识了康斯坦丁·T.。他好像对法语有种偏爱，不过抛开这个，他的独白当中，老实说，没有太多能听懂的。当地的语言——尽管到这儿已经一年了——他说得并不是特别好。刚够最基本的。

你饿？吃？鸡蛋和这边这个？

油油的肥肉。一根线穿过其中一头，好挂起来。从家里弄来的。康斯坦丁郑重地切下了颤巍巍的一块薄片。

你呢？他终于问道。你是怎么回事？从哪里来，到哪里去？——天啊……！我猜，意思是，你要待挺长一段时间？

话说回来，他继续说道，这是一座传奇般的城市。即便不是现在，你总还是会——只要你吃饱了，而且稍微缓过来了——感觉到：你在这里，仿佛理所应当。的确理所应当，我知道，而肯定也不是每个人都会二话不说地把你从街上领回家，好像特意在等你似的，不是每

1　原文为法语 "Voilà, Monsieur"。

个人都是康斯坦丁·T. 。尽管如此，我说，乡野会把你吐出来，村镇会把你赶走，但你可以待在这里，并且在十年、二十年之后跟我一起说：你还记得吗，那时候，我们生活在这个半球上最生机勃勃的大都会里？白人世界的大多数特点它都具备，东西南北，此外还有一小撮亚洲的，甚至一点点非洲的。各种教派！各种国籍！噢，能不能把窗子打开，用皮肤去感受这座城市那著名的气韵，这种气韵——尤其是在按照传统从九月十号开始的冬天，对此你得快点做好心理准备——闻起来主要是煤烟的味道，可惜窗子是打不开的，一种未知的锁闭机关，而且还坏了。故意弄坏的，我们不需要满怀希望的青年大学生从高楼跳下来。因为，清醒地来看，对于一文不名的人，不管有或没有奖学金，这里的生活也只比勉强不饿死好上一点而已。还要点鸡蛋和肥肉吗？你想吃的都可以随便拿。尽管也不多就是了。最初几天你还会给自己买想吃的东西：香肠、面包、牛奶，等等。过了几天你发现，如此一来你的钱满打满算够花十天，这还只算了早饭。你可以忙活着努力申请各种补助，去把大家都烦死就行，讲究矜持既不符合我的个性，也让我负担不起——说到这里：你有钱吗？没有？——一百次有九十九次都是徒劳。单纯就是我们这样的人太多了。对于过渡时期我推荐：大量的面条、大量的速食汤，以及番茄酱和白菜。然后，这个那个小餐馆里不用五块钱就能买到非常便宜的煮鸡蛋配菠菜，看，你现在确实全部都知道了！

男人的身体，康斯坦丁说，要到二十一岁才能长全。我大概还在发育，所以总是很饿。

说到还在发育他特别开心，偷笑时发出刺刺声。他之后也一直这样，总是发出刺刺声。他把所有东西都放入油里炸得刺刺作响，好让它们有点味道。瓷砖，跟巴士底的一切东西一样是土色的，上面长出了油点溅成的痘痘，柜子也在射进来的光线——但凡能射得进来——中油光发亮。窗子的一半被装在外墙上的空调外机挡住了，上半部分差不多全蒙上了水汽。这里闻起来像是变质的肥肉和面包屑，还像每隔几周就用来控制蟑螂滋生的除虫剂。亚伯在这儿的第一个早上，金发哥走进了厨房，看见他，或许点了一下头，他也点头回应，金发哥从冰箱里拿出了什么东西（牛奶），又走了。亚伯从碗里抖搂出不属于任何人、刚好就在柜子里放着的麦片，就着水吃了。

拿你想吃的！

谢谢，他什么都不想要。

你是素食主义者吗？

不是。

怎么？你是在为什么事情忏悔，还是要省一部跑车出来？

康斯坦丁笑了，尽管再也不像前一天晚上那么放得开了。这个新来的很奇怪，随便怎样都行，他面无表情。

不尽然，亲爱的朋友，不尽然。

在与有

无主的麦片够吃五天，再多亚伯也不需要了。最初在曲折回环的大学楼栋里乱转了一阵之后——要我带你过去吗？康斯坦丁问。不必，亚伯说。我陪你！康斯坦丁喊道。不必。真的——第二天，他找到了蒂博尔的办公室。

我们总结一下，蒂博尔说。您需要大家都需要的东西：一个落脚处、一个学籍，当然了，钱。出于客观原因，您不能去找大使馆。我没看错的话，您逃了兵役？（好孩子。）依赖陌生人的怜悯，这就是您。

停顿。打火机的嘎吱声，猛吸一口，烟雾。

我能为您做的不多。我在这里也只是……

他连带着所有头衔把自己的名字画在了——幸好！人们是这样的势利鬼！——一张印有信头的纸上。给，一封推荐信。这儿还有一份。这些人有钱。您就做您自己吧。要是您有宗教信仰，当然更好，不过人也不可能样样都有。

谢谢，亚伯说。

没事，蒂博尔说，然后又转向了其他人。全部下来还不到一刻钟。

信里主要是说，亚伯·内马是个天才。我们的一致关切在于，通过一切手段，让诸如 A. N. 先生这样具备杰出才能的人才……之类。不到一个星期，亚伯就已经集齐一个人所需要的全部东西。全部办妥，他给以前的地址拍了电报。自医院里的通话以来，他还没能打上电话。无论是家里还是学校，都没有人走近电话机。

我没听错吧?（这次又是从哪里听到的?）厨房里的康斯坦丁。你拿到了一笔S基金的奖学金?你为什么不告诉我这是可以申请的?我让你白住在我这里，你又干了什么?为什么你们全都不过是这样的自私鬼?

不能申请的，亚伯说。这是给天赋异禀人士的特殊赞助。

啊哈，康斯坦丁说。他坐到餐桌的另一边去，看着被选中的人是怎么吃饭的：得体、讲究、声音轻细。康斯坦丁自己则习惯于像只鸭子一样吧唧嘴。当他得到了什么别人主动给予的东西。不过此时此地，他自然想不起这个。所以说你是个有天赋的。

幸运儿，康斯坦丁向他搭话道。你现在有什么打算?准备给自己找个房子吗?

停顿。亚伯吃着，可能是在思考。是的，他大概是会给自己找个房子。

嗯，康斯坦丁说。全都太贵了。你想都想不到。

停顿。

厕所在楼梯间里，冬天冻上了，黑色的马桶圈上凝固着邻居留下的可疑的白色痕迹。

有什么，康斯坦丁终于说道，除了不合法以及危险以外，亚伯永远留在阿尔及利亚人的房间里，有什么不行?因为他在官方层面上根本不存在，所以不用付租金，相对地，就可以承担一半他的，也就是康斯坦丁的房租，毕竟他，康斯坦丁，已经为他承担了相当的风险——鱼头哥以及其他，就该这么做才对，那我们就可以说是扯平了。（打量着他：）你可不可以把阿尔及利亚人继续当下去？为什么不呢？阿尔及利亚人到底长什么样？

亚伯既不说好，也不说不，但他留了下来。

康斯坦丁由衷地笑了：

这是怎样的时代啊！

然而之后他不得不意识到，自己——一贯如此，这次也是——要失望了。我们虚构的室友好像对随便什么东西都没有兴趣。对这里的一切，既不追捧又不屈从。白天说不上三个词，大家（康斯坦丁）几乎没见过他。基本不吃不睡，作为替代，确实是永远在学习，不过是以一种狂暴的热情，就像是——我也不知道。好像他一次也不会从窗子望出去似的。好像对那里看起来怎么样完全无所谓。一座城市，仅此而已[1]。这我可无法相信，康斯坦丁说。没有哪个人这样看待世界。这么规矩。

早前亚伯想要——或者准备要，谁知道呢——当地理老师，如今他的口腔内部是唯一一个每个细枝末节的景观他都知晓的国家。唇、齿、齿槽、硬腭、软腭、小

1　原文为意大利语"basta"。

舌、舌、舌尖、舌面、舌根、喉。声带震动起始时间[1]、浊音、清音、送气，有区别度或没有。塞音、擦音、鼻音、边音、颤音、近音、闪音。不管相不相信，四年里——带着男生宿舍、油地毡和氖灯气味的时间——他差不多只沿着唯一一段路移动：从宿舍到语音室然后再回来。三站快铁，走一小段。这幅画面总是很阴暗，仿佛总是冬天，不过这自然是不可能的，四年间至少曾有一个夏天，无所谓，他总是穿着同样的旧衣服，黑色的老男人套装，他穿上后在这里比那里还更显眼，如果这里有人会把目光浪费在这种东西上的话。示范性地（？）老土，那又怎样。如果有人看——是，有，因为抛开旧衣服和无法辨认的发型，他长得很好看——他不会回应他们。任何不是必须去的地方，他都不去，连去语音室也大多在夜里可以一个人待着的时候。一幢黑暗的房子里独独有一个浮动的发光嵌块。

亚伯·N. 奇迹般地被赋／借予了一种能力，可是，除此之外，还必须用功。开始时是数学，几何图形的蛛网。如同立体折叠的童话城堡一般，从两张书页中间诞生了一片玻璃森林。其中的每一棵树都是一个句子，枝丫和主干围成了这般那般的角度，大大小小的枝丫之间也是如此，末端闪烁着纤细的语段。自然按照某一个模板建筑一切。在这里起到作用的是关于分形的知识。或者是简单而又普适的直觉性语感。在致死的锐度和美之

1　原文为英语"Voice onset time"。

中，森林只为自己而存在，然而沉寂。一开始，亚伯在数学上的理解力跟他的舌头结合得还不够，这就是说：他全部理解，但什么都说不出来，很难给他的这种能力提供一个证明，或者，通俗点，哪怕一场考试也不能参加，而如果想拿到证件，这是必需的。隐秘的天才。懂了，蒂博尔说，其实他根本不在场，他给自己弄到了一年休假，用来写一本书，不过要在另一张印有信头的纸上，用他漂亮的书法把自己的名字再画一遍，总还是能够做到的。要是这样还有问题，请您联系我的助理。您应该还记得梅塞德丝吧？不过此时此地，记不记得也无关紧要。语音室的钥匙他也是这样拿到的。

这让整件事又多了些——不说诡异——难以置信的地方，外文系的人是这样说的。他一个音一个音地学，分析频率分布图，挖掘音标的密码，为了对比舌位图，还把自己的舌头涂黑了。长此以往，就有了惩罚的味道。就像吃了墨水或者洗衣粉。语音实验室这个叫法这会儿才真正清楚地让人意识到，技术是第一位的，人第二位。仿佛他夜里都在那里培育他的人造人，只是这里说的这个完全是由语言组成的，一门在声门和阴唇之间的语言的完美克隆体。这是一个人类该有的生命吗？

可这是怎么搞的？康斯坦丁向正经过广场的金发哥问道。金发哥回头看了看，继续走，关上了身后的房门。这人也不遑多让。整个晚上，他的门底下一直透出微弱的蓝光，他的视线不会从电脑屏幕上移开（或者说电脑屏幕们；他有三个），上午他会睡过去，下午可能去上几节课，傍晚回到家来，然后再从头开始。我在跟世界上最无聊、也最让人无聊的人共享自己的住处。要是没有这些规矩仪式作束身衣，他们连人性最细微的一点迹象也展现不出来，康斯坦丁对一片窗玻璃说，身边没有谈话对象的时候，他总会对着它讲话。站在打不开的窗边，面对铁轨，并且哀叹（不同字体的是金发哥的话）长达数小时——真的就是哀叹一切。过去、当下、未来。把我们带到这里的这个世纪！他的呼吸在窗玻璃上形成了一圈雾气，他就朝那里说，他的麦克风。他们听着康斯坦丁广播台。政治、全景概览、天气预报。找到了五千岁的人，P地的斜塔将会越来越斜，世界上最大的生物是一个重达一百吨的蘑菇，宣布停战，共和国成立，街垒竖起来了，神父和旗手在婚礼进行时被杀了，星体被发现，被承认为独立国家（祝贺!），被当作人质劫持了，大桥被炸了，四百二十七年的历史消失在了冰冷的蓝绿色水流中……金发哥的房门开了：你能不能把你的嘴皮子闭上一分钟，谢谢了！然后又把门摔上了。塑胶怪，K. 嘟囔着说。

他不会做这种事。他礼貌又安静，走在油地毡上的步子几乎听不见，脸上既没有悲伤，也没有愤怒，更没有赞同。这我可无法相信，康斯坦丁说。你怎么办到的，完全不听新闻，也不请我来做实时更新？其他地方发生了什么，家门口发生了什么，不可能让你没兴趣。

你不是一整年没再联系上你妈了吗？她怎么样了？

我很好，他们第一次重新通话的时候，米拉说。下着小冰雹，电话亭外面歪歪斜斜地站着三个男人，小广告被从市场那边吹了过来，蔬菜或者政治，据说右翼在铁路线这边势力很强。

我们的房子没有了，米拉说。我现在住在韦斯娜那里。一个底层的房间，不过还行，我们只有两个人嘛。外婆死了。屈辱且处在盛怒之下，就跟她活着的时候一样。她是如此羞耻和气愤，以至于停止祷告，甚至不再骂人，双唇抿紧，躺下身去，然后……

噢，亚伯说。

向你母亲致以最温暖的问候！她应该要知道我（康斯坦丁）是谁，以防你遇到些什么事！

尽管相反的情况反倒更有可能。在亚伯和金发哥几乎都无事发生，对此也看不出有什么不开心的同时——单纯不知道他们是什么——康斯坦丁总会卷进些什么事件。

在火车站站前广场上向过往人群发表了一通让大家小心上当的演说之后，他被组织猜杯子游戏[1]的人追了一整条购物街，两公里，我根本不知道我能跑这么远。他整天在广场上摇摇晃晃地踱来踱去。他们说，他们知

1　指倒扣三个杯子，移动转换后，让人猜哪个杯子下有藏物的游戏。

道我住哪里。他们要在我自己家里结果我。他说着将要糊满墙壁的血，说了很长时间。后来他在自己的浴室里被一只马蜂蛰了，而且整个冬天他的扁桃体都在发炎，严重到让他几个星期几个月发不出一点声音的地步。有缺陷的免疫系统，由单一的饮食摄入和精神压力导致，此外他一点穿堂风和空调都吹不得。我确实一直在发烧。红脸颊、闪烁的眼睛，他灼热的吐息有一股脓水和盘尼西林的味道。红黑相间的胶囊，他把它们装在裤子口袋里，用量远远超过标准剂量。当他终于不再这么做的时候，他全身好几周都被流脓的水疱覆盖。我肯定要把自己变成一个怪物了，虽然变得很慢。我做了什么？你（亚伯）到底为什么从来不生病？之后到春天了，他又敢上街了。不出所料，他混进了一个小吃摊旁边的交谈之中，结果离他最近的那个男人一言不发地朝他脚踝踢了一脚。鞋尖正中踝骨下方的凹处。康斯坦丁尖叫着倒下，清醒后发现自己和小吃店周围的垃圾处在同一水平面。滚蛋，他头顶上几个粗莽的男人说。他不得不跛着脚逃走。之后自己搂了一个年轻女人，因为他发现她有根阴茎。他吐了，把购物区里一张广告画撕了，上面宣传的是一本封面上印了个裸男的杂志。为了盖过咖啡馆的噪音，他咆哮着向一个基本算是不认得的女人解释，在所有文化中，神佑都是从上面来的，太阳神让大地女神受孕，反之不成立，他说，他要发布一则启事：征求旧时故乡十八岁的、尚未堕落的处女。财富我给不了，只有我真诚而可贵的心。

你小心！他在亚伯背后喊道。最近，你听说了吗？有个男的在火车上被捅了，因为他戴了一副左翼的眼镜，幸好马上又到冬天了，有大衣和套头衫，刀只能捅到肾脏上面一厘米深的地方，不过氛围就是这样，癔症，癔症的时代！

嗯，亚伯说着便已经出门了。

你就像是在对着一个马桶传道，康斯坦丁对着窗户说。正是如此。

这就是最初的那几年。

沙龙

间奏曲[1]

据康斯坦丁所知，亚伯在这一整段时间里，除了以上概述的场景之外，几乎没有在别的情境中现过身。有时在去语音室之前，他会去看各种电影的原声版，目的是练习，有时他会在某个碰巧开着的柜台边买吃的或者喝的：用手指他要的东西。

有一次，还是相当早前的时候，与更优的考量背道而驰，他找上了康斯坦丁推荐给他的一个学生祷告会。

也有各种祷告会，康斯坦丁说。你信天主教还是东正教？

1　原文为意大利语"Intermezzo"。

都不信。无论如何我都不会去那里。后来他还是去了，这只是一个小插曲，时间只够瞥一眼地下墓穴——对此处而言：一个弃用了的打字间。那里祈祷者很少，可能十来个。他看到了，他不在那儿。几秒钟的一件事。不好意思，他说，然后走了。

还有一次，他当了一回提携康斯坦丁的人。赞助者们的晚宴。康斯坦丁十分感动。赞……本人会在场吗？

亚伯不这么认为。只有基金会的人。

颁奖委员会的成员？

可能。

谢谢，康斯坦丁说。你够朋友。

晚宴的女主人叫作玛格达，一个同乡，她梳着灰色的发髻，不停地抽烟。她丈夫是个友善且有钱的本地人，她交了好运了，他对她的文化极其感兴趣。

现在你看到了，在这里还能这样活！我们这种人基本上不会来这个区！这些房间，这种光亮，这种木地板，这种石膏雕花，这些家居破饰……更正：家居配饰！

客人的客人，康斯坦丁，简直把所有东西都嗅了一番。油画、签章、盔甲！噢，我们在富人的洪流里支个帐篷吧！嘿呀：自助餐！

他终于有吃的了，安静了一阵子。亚伯给自己找了个安静的角落。

瞧谁来了？新鲜血液！

我就不会这样叫我的孩子：新鲜血液……

笑。大部分客人都跟主人年纪相仿，一块儿发的家，除开从未揭露过的秘密，彼此里里外外非常了解。来点变化总是……

还能有这么年轻的人啊！二十岁？顶天了。你是叫什么来着，孩子？亚伯，是个好名字。偏偏今天这儿没有年轻女孩。让他先吃吧。光吊着一口气了……

（极少数人听懂了。只有一阵轻轻的窃笑。）

请青年学生一周来吃一次午饭是个很好的老传统。

一个月一次。

这是艾达，主人的独生女，时不时写些广播剧——如果躁郁症情况允许的话。其间，也就是现在，她又住在父母那里了。药把她泡胀了，尽管她始终就是胖乎乎的，一直是个悲伤的女孩，她纤瘦的母亲说，生活对她来说就是一场困境。锂引起了手部轻微的颤抖。家族和历史的灾难有其好处，能让大家更亲近地聚到一起。这可好可坏。一个月饱餐一顿，也不可小觑。

噢，这种在社群环抱中尴尬的温暖！艾达这样想，然后注视着新来的那个。新鲜血液。要是他到目前为止讲了有三句话——总共加起来——那都算多了。腼腆还是傲慢？（两者皆是？）还带了另外一个人，好让自己再不起眼一点。他知道自己有多美吗？

可怜的、病恹恹的艾达。视线无法从他身上挪开了。眼睛着实已经突了出来。如果一个如此俊美又年轻的男人能够爱上可怜的、病弱的、肥胖的艾达，这一定会拯救她，噢，我希望自己能给她捏一个出来！这儿的这个还是个孩子！吃东西好像需要他全神贯注。艾达微笑了一下。我真的什么都不吃，尽管如此，我的体重还是没有变化。如果我彻底不吃东西，会发生什么呢？或许结果会表明，我是不死的？

男人们的注意力他也吸引不了多久。他们急着要进入谈话（大概已经谈了四十年）的下一议程：老游击队员，悬停在一次暑期学校里了，六十年代的什么时候，从那时开始……

H. 没拿到签证，而大会已经开幕了，但她并没有打消念头……一个绝对的世界主义者，五门语言，我遇见过她一次……那是一九……年十月二十一号……二十三号。二十一号还没有……站在阳台上，他们从下面经过，一瞬间所有人都做起了这个……

握拳。有几个人笑了，五十岁以下的弄不明白为什么。这些故事女士们都知道了，她们转向新来的。

您呢？康斯坦丁。也是拿奖学金的吗？啊，陪……来的。古典历史学？噢，太有意……具体是什么呢？民族迁徙？

一还是二？（男人圈子里传来的喊声。）

史前民族的迁徙可以借助胃部的幽门螺杆菌……

噢，您手疼吗？前一天打工的时候被电动刀割伤了？

（您有经验吗？同为外国人的男人问道。

有，有，康斯坦丁说。

待了半小时不到，自然拿不到钱了。

出去，出去，出去，那个男人说，把你的血带走，这种我们可用不了。

可能我的手再也动不了了。可能我一辈子都是个残废了。我根本不知道我能不能一起去晚宴，像这个样子。应该举报他。雇黑工，把他们流着血扔在大街上。除了一张餐巾纸什么都没有。我觉得已经开始发臭了。)

他不想去医院。

谁想呢。

幸好有好医生 F. 在这里。您让我看看。了解胃部菌群相关事宜的好医生 F. 诊治过好几代人了，而且经常是免费。我女儿出生的时候，主教来施洗，野营桌上我放上了我们的四个盘子。第四个是给好医生的，他当教父，那时候我们就认识了。可惜现在他已经退休了，不过保险起见他还是一直随身带着一个装着必备品的小包。主要是为了消毒。过来，年轻人，这里，到旁边这个安静的房间里来，让我看看您那儿是怎么了。您的伤口很干净，如果不考虑刀上可能存在的脏东西——特别小的香肠肉末。肉上的肉，这是最恶心的，污染血液，不过你这种情况靠一片装满碘酒的小水塘可能就够了。

我一辈子手掌心都会有一块像血一样的棕色斑块吗？你们看我的疤！

你的同伴受伤了，他不在这里，现在所有眼睛都盯着你呢。亚伯，玛格达广而告之，会说五门语言。

或者这段时间是六门了？我感觉每周都多一门。

是的，我们很擅长这个！不是我们更有才华。我们只是被逼无奈。

我想象得到，市场相当饱和了，肯定的。

不总是饱和的吗？

鉴于我是不死的，艾达想，十五岁的年龄差也不成问题，此外我还有真实的护照，而且只要神经挺得住，你就会忘记我的身体，并且学会珍惜我的才智和我细腻的感情。

是蒂博尔·B. 把他给我们送来的。

也很久没见了。

他第二任妻子以前是舞蹈演员，也编舞，一个漂亮的小个子女人。

犹太人。

不对。只有他爸是。那就不算。

真要说起来，十四代人之前混进家族旁系的每一滴血都算数。

世界就是一个血滴！

血肠说，来吧，肝肠……

我们能不能不要说血了，我要犯恶心了！

喝点烧酒，艾达宝贝。

她不能喝。药。

说到这儿，所有人都不得不稍微安静下来。我恨你，妈妈。

现在你又向他转过去了：

您是怎么认识蒂博尔的？

根本不认识。他只有纸条上的名字而已。

噢……

我们每一个人的名字都有可能在一张纸条上！

早先玛格达类似于官方救助站、所有移民的母亲，这在今天是完全不可能了。确实太多了。

有人曾经在自己家里藏了二十几个犹太人。一个女人。

我一生当中肯定在全世界范围内撒过好几百张名片。谁知道它们如今在哪里呢。

亲爱的医生也是个圣人。上帝保佑你，予你长寿。

这话所指的那人悲伤地微笑了一下。他的手也已经颤抖起来了。

康斯坦丁双眼闪烁，仔细聆听着所有这些，碘酒透过绷带微微发光。他坐了下来，以便与游击队员和女士们接触，甚至还试着自己参与谈话，仿佛这么做是必须的或可能的，一个有趣的年轻男人。另一个：不知道。除了他，还有两个大多数时候都保持沉默的人：艾达，以及一个五十岁的柔弱男人，高个子、灰色的卷发、阴柔的面颊、小巧而自负的嘴。他过去在家乡做演员，一个外省小城里的明星，号得撕心裂肺，还抢拳头，那时候同性恋还没这么时髦，结婚已经摆在眼前，他拒绝了，一种实际上值得称赞的态度。如今他觉得自己可以写作，用从旧时故乡搜集来的奇闻逸事写几本可爱的小书。

逸闻是一门高妙的艺术，亲爱的。他的名字是西蒙。他观察的首先是所有人，不竭的源泉，另一方面，自然了，我们俊美、年轻的主人公。

嘻嘻嘻嘻，艾达想道。嘻嘻嘻。

之后她眼里满含泪水，然后不顾任何常规礼节，走回了自己的房间，最可怜的人，亚伯旁边的座位空了出来。名叫西蒙的男人坐了过去。

停顿。然后，轻轻地，亲昵地，紧挨在他耳边的某种歌唱般的声音：

您叫什么名字？

不久之后他走了，亚伯跟着。噢，老色鬼！知道分寸的康斯坦丁也同样告辞了。

不必，亚伯说。他这时候也要去语音室。噢，年轻的精力加上勤奋，鬼鬼祟祟偷瞟的视线转而变成赞许的目光！您啊，亲爱的朋友，再留一会儿吧。手缠着绷带的康斯坦丁郑重体面地坐回了自己的位置。

下一次他收到了一份专属邀请。他独自去了。他偷笑：有人想你了！至少有两位含苞待放的女士是特地为了你而去的！

之后就再也没什么意思了。为什么那个美男子不来了？他在执行秘密任务，康斯坦丁阴沉地说。我觉得他以后再也不会来了。

含苞待放的女士们撅起了嘴。

而且她们还穿得像雏妓一样。我必须非常诚实地对你说，康斯坦丁之后对亚伯说：更进一步地了解它，意味着同时了解到恶心事，如果你懂我什么意思的话。真正的团结？他打了个眼色，表示拒绝。资助我也没得到。总而言之，我（康斯坦丁）会把这个间奏曲总结为"一场错觉之中富有教育意义的损失"。

中转

变化多端的青春的好处在于，某日康斯坦丁对着窗玻璃说道，我们现在确实再也不会发生些什么了。我们身上什么也不会发生，他冲着水雾里面说。也就是说，他在一阵短暂的停顿之后说，一切都有可能发生在我们身上。一切都在发生。一切都将要发生。当然了。可能之事，在发生。这不是重点。重点是，在我们的存在之中，近乎最虚无缥缈之事能危及到我们，近乎最暴戾之事却再也不能进入灵魂撼动我们。

他向周围看了看。广场空无一物，除了一张丑陋的雕花沙发，谁知道从哪儿来的，他们中的第一个搬进来之前，它就已经在那儿了。正如上帝，康斯坦丁说着笑了起来，脸却完全红了。上帝如同沙发。一张沙发床！金发哥的门底下一如往常地透着微弱的蓝光，听不见任何声音。亚伯好像不在家。

看起来就是这样，康斯坦丁意味深长地对沙发说。

之后金发哥从他房间里出来了，看见窗玻璃沾到康斯坦丁气息的地方明显失去了光泽。平常可能就这么过去了，不过这次，客厅长达几小时的喃喃细语甚至败了人去撒尿的兴致，金发哥还额外发现了油油的额头和鼻子在窗玻璃上的印子。伴着一声恶心[1]！——他喜欢用英语骂人——他又消失在了自己的房间里。但他旋即明白了，关于这个油印子的念头他是忍不了的。于是他又走了过去——在新一轮的谩骂之中——把油渍擦掉了。这并不容易，污渍很顽固，他在上面反复摩擦，来来回回涂抹着污痕，然后他发现，整扇窗子基本上都弄脏了，因而他在一阵暴怒之中把整块玻璃以及（！）窗框都给擦得透亮。他的额头上布满了汗珠。

哇哦，康斯坦丁回家之后说道。多棒的视野啊！

在已然树立起来的希望又让他失望之后，康斯坦丁再次投身于他本来的天职。我还是个孩子时，就想成为传教士。为什么我没有成为传教士呢？现在还不算太晚，一个立陶宛的教堂音乐家、一个阿尔巴尼亚诗人、一对度蜜月的斯洛文尼亚-波兰夫妇、一个匈牙利的前妓女、一个跟女朋友一起从安达卢西亚来的女大学生如是说。最后提到的三个人中，康斯坦丁爱上了两个。后来他站在窗边骂人，特别是骂那个前婊子。偏偏这个！诸如此类。鞑靼人、捷克人、爱尔兰人、巴斯克人。接下来几个月里，广场里的来来去去着实再没有停止过。亚伯和金发哥在各自的领域中钻研、经过不同的风光，

---

1 原文为英语"Disgusting"。

康斯坦丁则以同等强度荒废了自己的学业，这一方面有利于他哀悼，另一方面有利于他的探索。他没在讲话或者吃东西的时候，就在城里游走。结识人，如果有人可供结识的话。事实上，他几乎只是在火车站和它附近的区域转来转去，因为他真正的目的在于，找到自己可以供其安身的人。他让自己的人留宿在叫作上帝的沙发上，真诚地用自己所拥有的少量东西招待他们。要说我们还知道什么的话，那就是关系网极大的重要性。此处，在这本小书里，他记下了全体客人的地址。无论去到哪里，都有人乐意见我。阿布哈兹人、拉普人、爱沙尼亚人、科西嘉人以及塞浦路斯人点了头。也许，康斯坦丁说，有朝一日会发现这就是我真正的天职：来访的男人。

他盘腿坐在上帝上面，整夜跟他们谈论国际形势。一场真正的建国瘟疫——不要误解，我完全理解，包括随之而来的一切东西。民族迁徙，顺带一提，这是我的专业领域，毫不意外，仇外心理在这里和其他什么地方都是个重大议题，新来的公狮子会把过去占据此地的狮子的幼崽咬死，要做到这一点，我们的咬合还不够有力，但是……

打住！金发哥每隔几周——当已经又有好几天（！）无处下脚时——叫一次，因为一直（！）有人在那儿。挡住电视机！堵塞马桶！煮他们发臭的食物！在沙发上大干特干还狂叫！整夜整夜！有些甚至还带了家伙！电饭煲！遥控玩具！而且这些他们真的都会用到。某日我回到家，一团惬意的篝火！在房间正中央！熊熊燃烧！打住！他说，听没听见！你那该死的中转火车站，别在我的房子里！

可是你房间里明明有一台电视，康斯坦丁哀求道。他站在表面颜色像沙漠里的沙子似的广场地板上，抡着风车一样的胳膊，指挥着看不见的、处于高峰期的交通，行人行列、动物群落和车辆队伍组成的川河或细流经过此处，他几乎消失在了扬起的尘土后面。亚伯一边躲开他，一边走向房门——去语音实验室，卷发随风飘动。

金发哥提醒康斯坦丁注意住房守则上的"给第三方""转让""禁止"等字样。下一次，如果我在这里撞见世界中转大潮中的什么人……还有人他妈的要在这儿学习！

由于我自己处在一个可谓棘手的境地，康斯坦丁对亚伯说，满足金发哥或者住房守则的要求，并且不再带任何人过来，肯定要明智一些，可这就像是（戏剧腔、洪亮，好让所有房间都能听见）有人禁绝了我基本的人性！

不知道金发哥是否清楚亚伯的事，他从来没对此发表过看法。只要大家能管住嘴，我都无所谓。他们日常生活中基本不会碰面。（清晨在厨房里有一次。他们在门口撞上了。不好意思，亚伯说，声音因整夜练习而沙哑，金发哥不由得惊讶地看着他，仿佛入了迷。不好意思，亚伯说，然后从门框里退了出去。这就是全部。）

我觉得他（金发哥），老实说，任何事都有能力做到，康斯坦丁说，可他就是想不开。他继续让人留宿。当他入门级的语言水平（烂得令人耳不忍闻的语法和发音）——数年来毫无进步——应付不下去的时候，他就来敲亚伯的门。这儿有个什么人说着他不会说的语言，这是什么，波兰语？

不是。

捷克来的三胞胎，或者是一对表兄弟和一个朋友，全部都在相同的位置褪了色：牛仔裤、金发。康斯坦丁发现了在火车站里迷失方向的他们。

亚伯既不会波兰语，也不会捷克语。

别一副扭扭捏捏的样子，康斯坦丁本着泛斯拉夫思想的精神说。

泛斯拉夫思想可以用一百条舌头舔我的后面。看吧，真要论起来，我也是有些想法的。不过这只是一个短暂的片刻。亚伯的大脑紧接着又正常运转起来，开始逐渐弄懂单个的词、短语结构，然后是完整的句子。对，是这样。有时要花上一段时间，然而通过某种方式，每一个人我都能慢慢理解。奇遇，他向康斯坦丁翻译道。奇遇把这三个人一路引到了这里。除了母语之外，他们什么也不会讲，唯一掌握的外语词是康斯坦丁和亚伯不知道的乐队的名字。之后康斯坦丁对他们三个说了很多狠话。这是一次严重的决策失误。奇遇，呸！他们把整块肥肉和所有的鸡蛋都吃光了，牛奶也喝得就剩一口。这夺走了他对这整件事的兴趣，于是事态又平静了些。

之后就到了年终假期，他们被牵扯进了某件事，一举便让这种大型开放日（金发哥）终结了。

埃卡

你要走多长时间？放假时，金发哥拿着多得惊人的行李准备离开，康斯坦丁如此问道。

与你无关，金发哥说。

我们两个一起过的第四个远离自己所爱之人的圣诞节，康斯坦丁郑重地对亚伯说。后者看不出任何中断学习的理由。这时，他完美地掌握了七门语言，而且还在苦苦钻研另外三门。

极限是什么？康斯坦丁问。星空？我有个疑问，既然他完全不跟任何人说话，这又有什么用呢。

火车站站前广场上摆开了跟往常一样的圣诞阵势，无雪且大风，交错盘结的巴士底中日夜吹响口哨、奏起风琴。康斯坦丁站在窗边，注视着所谓的热闹景象，以及亚伯，看他是如何以一成不变的速度在人群和购物袋中间完成障碍赛跑的。一个在圣诞市场被风撕扯下来的花环朝他猛冲了过去，然而他速度更快，以几厘之差躲过了花环，康斯坦丁轻轻叹气。

这之后，当亚伯第二天或者第三天清晨——无论如何，在金发哥前脚刚出门不久——回到家来，走进公用厨房的时候，那里站着一位陌生的黑色圣母，手臂抱着一个巨型男孩。炉灶上的小锅里盛了温热的米糊，她刚刚用一把木勺尝了一口。片刻间他以为是自己在套间里迷路了。这是可能的吗？

抱歉，他说。

圣母由着勺子掉下去。她的嘴唇上还粘着米糊。天上的耶稣基督啊，她用自己的语言说道，并且盯着门边的男人。他身上的一切都是黑的：头发、衣服、整张嘴、舌头、牙齿。现在他们来接我们了。

抱歉，亚伯又说了一次，把手挡在黝黑的窟窿前面。他们就像这样站着：他遮住自己的嘴，她嘴上有米糊，婴儿伸手去够它，用力拍打着，母亲的牙齿咯咯作响。

不好意思，亚伯喃喃说，然后退出了厨房。他刷牙刷了很久。灰色的泡沫，从残留的胡茬中间滴落，在沾满油脂的盥洗池上爬行。然后牙齿就像排坐在小小的黑色圣餐杯中，闪着淡蓝的光。

她说自己叫玛丽亚。最初的惊吓平复了之后，她友好地微笑着。婴儿漠然地朝里看着，甚至充满了敌意。

其实，康斯坦丁说，她不叫玛丽亚，叫埃卡。只有护照上写的是玛丽亚。也就是说，她姐姐或妹妹的护照上写着玛丽亚。那是她姐姐或妹妹的护照。

埃卡点了点头，复述了一遍。亚伯记住了格鲁吉亚语里的"姐妹"一词。她自己没拿到护照。我们看起来挺像的吧？

不。另外还有八岁的年龄差，而且这儿的这个埃卡尽管二十，看起来仍像十三。圆眼睛、垂至股间的辫子，让人感觉婴儿有半个她那么大。她不是康斯坦丁找来的，她是自己来的，不知什么人给了她地址。自豪：大家都认识我了。

埃卡在找她的丈夫，康斯坦丁知会说。他还没见过孩子。她在不知什么人那里给他留了条消息：在什么什么地方等你。那个男人叫瓦赫坦格。在他有消息之前，他们就住在广场。

嗯，亚伯说，然后走回房间睡觉了。

他有点……康斯坦丁抱歉地皱起鼻子，手在埃卡身前的空气中摇晃，你已经知道了。不过你们不用害怕。他第一眼看上去可能确实让人害怕，其实他完全无害。

埃卡微笑了一下。她听懂了一点点或者完全没听懂，不过这种事通常都无所谓。

埃卡和婴儿在广场待了好几天。康斯坦丁总要跟孩子玩一会儿才穿过房间。孩子长着一个方方的大脑袋，深色的绒毛盖住了上面的一半。康斯坦丁给他唱圣诞歌谣。婴儿撅起嘴唇沉默着。埃卡亲手洗他的东西，跟他一起散步、购物、煮饭。康斯坦丁满口称赞，亚伯不饿。

康斯坦丁，戏剧腔：赞美归于世界上最热情好客的民族！然后降低音量：不管饿不饿，亚伯想不想参与到采购中来？毕竟不能一切都让埃卡和他……你才是有天才奖学金的那一个。

亚伯给了他自己手上正好有的东西，之后便安静了一阵子。埃卡为瓦赫坦格的到来把广场装饰了一番。康斯坦丁帮她收集了圣诞市场上没人要的装饰品。他弯下腰去的时候，她就带着微笑把蜡烛、果干、木头玩具塞进自己大码风衣的口袋里。她试了一条红色围巾，优雅地把它绕过肩头，康斯坦丁点了点头，赞许地微笑着，埃卡回以微笑和点头，然后继续散步。可是你，可是你还没付……给，埃卡说。她在广场整理她的宝贝。这是给你的：果干和另一条围巾。康斯坦丁吃惊得说不出话。老实说，我很震惊。噢，埃卡微笑着说，这下我把尿布忘了。尿布，她指了指。从现在开始，康斯坦丁说着飞奔了出去，你不用再给我这些了。

康斯坦丁、埃卡和孩子庆祝了圣诞，没有瓦赫坦格，依旧没有任何关于他的消息；也没有亚伯，他照常没回家，可我现在偏偏需要你。康斯坦丁对他的担心逐渐增长，如此过了半个晚上。他演得如此之好，以至于最后连他自己都相信了，第一，自己真的在担心，第二，亚伯可能真的遇上什么事了。可能有人把他杀了。可能他就躺在这儿附近，巴士底墙脚下，处在黑暗中，而人们要来收拾扔下去的干枯的圣诞树的时候，才会发现他。埃卡微笑着把全家最大的刀给了他，要他切烤肉，肉又是她弄来的，而康斯坦丁把刚刚想象出来的情景忘掉了。

亚伯终于回到家的时候，康斯坦丁在进门处埋伏着他，把他拽进了厨房。

耳语：你去哪儿了，以及：算了，我有些事要跟你说，吃点东西，我们给他留的，可是只会放坏掉。

康斯坦丁一定要说的事情是，瓦赫坦格这家伙，没来可能是因为他不得不转到地下活动，或者已经进牢里了。他，康斯坦丁，把这么个麻烦事带到他家里来，要是亚伯现在不爽他，他完全可以理解。这事与毒品有关，最近，他去买尿布的时候，遇见一个人，这人表现出一副无所不知的样子，幸灾乐祸地冷笑着。不过我想，这只是个恶劣的谣言而已，可是也许现在是时候一起想想主意了。如果，比如说——康斯坦丁瞥向剩饭问，你怎么不吃？——瓦赫坦格根本就不会来呢？

对此，我们的天才除了他不饿、他累了之外，完全不知道还该说些什么。他走进他的房间，关上了门。

最开始我（康斯坦丁）都想给他两下了，说真的，傲慢又自私的王八蛋，这像什么样子，这要是发生在夫妻俩之间，我现在就得离婚……嘿呀，康斯坦丁想。

接下来几天，康斯坦丁一直监视着所有东西。到哪儿他都陪着埃卡和孩子，只要不用钱，任何事都跟他们一起做。他们散着步穿过清冷的公园。埃卡冲着加大份的栗子微笑着。多可爱的小家庭啊，女摊主说。嘿呀，康斯坦丁想。

娶埃卡，养大埃卡的儿子，生个儿子，为他们做一切事情，吃埃卡的饭，安慰埃卡……我二十四岁了，多少见识过一点世界——即便只是间接地，通过媒体和私人记录——不管怎样，我准备好要组建家庭了。她看起来也不再偷东西了，两份包好的礼物还放在沙发下面，一份给瓦赫坦格，一份给亚伯，她还没机会给他。康斯坦丁想知道埃卡对亚伯是什么想法，可是这个问题她听不懂。我禁不住，他们穿行在公园里的时候，康斯坦丁说，冒出这样的想法——他什么都不缺，除了……他不会说那个词，新组了个词：人性。我不知道能不能这样说。一个没有人性的人，你懂吗？这个词和他原本想说的那个词，艾卡都听不懂，她只是微笑了一下，继续散步。

这天夜里，时间还未过去三刻钟，也就是说，差不多刚刚开始在语音室里学习的时候，亚伯就抬起了头。他想：七加三等于十。七加三等于十。七加三——一门接一门地用他会说的所有语言，一遍又一遍——十。他摘下耳机，站了起来。头晕。他跌跌撞撞地穿过走廊。走过之处，灯一闪一闪地在他面前亮了起来。他每次都吓了一跳，仿佛这不在意料之中，仿佛不是一直如此。他头晕目眩，伸手扶墙，摸索向前走到卫生间。这里没有移动报警器，他也不是在找电灯开关。他任由身后的门关上，额头和手掌压在冰冷的瓷砖上，在黑暗中就这么站着不动。他站得离门很近，要是有什么人过来，大概完全不会注意到他。敞开的门背后的人。他像这样在那儿站了多久，没有时间感。不知什么时候，心脏狂跳、恶心、冒汗和畏光的症状缓解了，第十种语言完成了，再来一种我就要吐了。他洗了脸和手，走了。

在初升的太阳底下，他没有搭乘第一班列车，坐在打着盹的工人们中间。这次他徒步，一直沿着铁轨走，即便如此，也比以前早几个小时到家。广场一片漆黑，闻起来像是洒过香水。可能他们又做饭了，点了蜡烛。失去了味觉和大部分嗅觉的亚伯从中只获得了一点遥远的感知。他一盏灯都没开，免得弄醒婴儿。他之后没有说起的是，他穿过广场的时候，胫骨碰上了拉开的沙发床。黑暗中有什么东西动了，突然震颤的身体，然后埃卡仿佛低声说了些什么，后来重归寂静。

之后有人咔哒一声响亮地打开了他房间里的灯，还扯开了窗帘。窗帘后面还是或又是一团昏黑。房间充满了制服的皮革味，穿透力极强，甚至连他都能闻到。

他们逼我们趴在地上，鼻子进了脏东西，男人、女人、孩子，双手全束缚在脑后。他们跨在我们身上，乱扔我们的东西。他们拽着胳膊把我们拉起来，我们穿着睡衣站在那儿，或者被随便套进了什么旧衣服里，以这副样子被他带走了。他们按着我们的头，押进了车里。他们没说要开车把我们带到哪里去，我们的眼睛被蒙上了，他们开过来开过去，好让我们丧失方向感，他们让我们跪在沙子里，脸朝沙地，然后做出要执行死刑的样子。接着他们又把内衣湿透的我们给放了……

并不完全是这样，不过套间里的所有人——康斯坦丁、亚伯、埃卡、婴儿和一个亚伯从未见过的男人——确实被带到了公安分局。更确切地说，他只在短短一瞬间看到了埃卡和那个陌生人，两个人头以下的部分。他用余光看到的就是这样。康斯坦丁和婴儿那边，他只听得到声音，在消失在另一辆车里之前，他们以各种不同的方式对这种待遇提出抗议。多年来，这就是亚伯·内马从康斯坦丁·托蒂身上感知到的最后的东西。

问题

呐，到哪儿去，小伙子？

哪儿也不去。

哪儿也不去？可能吗？人不是一直都在去什么地方的路上吗？最多就是不知道这个什么地方在什么地方。不是吗？

两个男人，我们父亲年纪，每个下午都靠在中心广场的售货亭旁边，离市政厅不远，看得到黑死病纪念柱、防火瞭望塔和本城第一家披萨店。他们喝着倒在塑料杯里掺了葡萄酒的茶，用塑料小棍子伸进去搅拌，风雨无阻。不知道从什么时候开始，他们观察起了这两个人，伊利亚和亚伯，而这两个人则在倾盆大雨中注意到了他们。他们走出校门的时候，已经开始打雷了。之后其他人跑得越来越快，从他们身边经过，紧紧贴着房屋外墙站着，聚在大门底下，只有这两个人继续走着，仿佛无事发生。两个男人站在破了洞的挡篷底下，水滴漏了下来，滴到了其中一个的袖子上，但他几乎一动不动，只是把手肘和塑料杯向一旁挪了一下。就这样，他们透过大雨看到了彼此：两个便衣探员、两个正好路过的中学生。

如此就是一个突然变得可见的时刻。从那以后，每次当他们经过中央广场的时候，也就是说，几乎每天，两个男人都会站在售货亭旁边，看着他们。有一次，其中一个手捆了绷带，他刚好在抹唇膏，小心翼翼地把唇膏拿在绑着绷带的那只手里，用垂着眼袋的眼睛朝他们看过去，绷带脏了，双唇闪着光。第二天只有杯子还在，人不在。他们两个都注意到了，但是什么也没说。他们根本就从来都没说过关于这两个男人的事情。一旦走上了中央广场，就只有一条路：穿过防火瞭望塔下面一条闻起来很恶心的昏暗通道，走上环城路。憋住气，潜过去。

两个男人站在另一边，在城墙上钉着的和人同样大小的铁钥匙下面。

呐，到哪儿去，小伙子？

哪也不去。

哪儿也不去？可能吗？人不是一直都在去什么地方的路上吗？

停顿。他们眯起了眼睛。天很亮。

最多就是不知道这个什么地方在什么地方。

停顿。

不是吗?

停顿。

确实,伊利亚最终说道。确实是这样。

然后继续走,可是垂着眼袋、手缠绷带、嘴唇油亮的那个男人挡住了路。另一个站在他后面,从来没有说过些什么。

这次之后,一直如此。到哪儿去,小伙子?

有时他们会回答些什么,有时则不。两个男人每次都要检查证件。你来看看,这证件有多脏,起毛了,像片放久了的菜叶子,我看这大概是些爱国人士——

当亚伯·内马,多年后,在另一座城市,夜半时分从语音室出来回到家的时候,他差点在漆黑的广场被一个看不见的男人开枪射死。没有人,只有他,听到了房间里金属的存在,听到了皮肤、金属,以及伸手抓金属的动作。幸好有低声说了"室友"的埃卡。之后他没有提起这些。他差不多什么都没说。

姓名住址出生日期及地点证件您从事什么职业学生您学什么专业语言你是怎么认识这个黑人瓦赫坦格的你说你不知道这是谁是什么意思你当我们是傻子吗?

抱歉,亚伯说。我听不懂。

一旁他的同伙,康斯坦丁·托蒂古典历史学,说了更多。非常生气。我正太太平平地睡着,然后他们就来把我带走了,而现在您想从我这儿知道:为什么?我严正申明!我是个品行端正的公民!其实他早就怕得要尿裤子了。没过多久，他又开始一如既往地长吁短叹了，穷学生等等，湿漉漉的下嘴唇颤抖着。

埃卡试着为她的东道主免除罪责。只是两个接纳了我和孩子的好心小伙子。可是之后一切又卡壳了，因为她继续宣称自己是玛丽亚，一个十分明显的谎言，那么为什么她在另一件事上就值得相信呢？问话接连几次绕回这一点，而一整天后，亚伯和康斯坦丁被问到，他们——显然确实只是两个幼稚的蠢货——是否可以写一份品行保证声明。

电话打进来的时候，蒂博尔·B. 刚好坐在一群密友中间，或者不是，在隔壁的书房里，他还有些不可推迟的事要做，或者没有：他刚刚失去了对社交——就像对其他一切事物——的兴趣。五十岁的危机。或者是一种从一开始就在等着他的抑郁。一直潜伏在近处。待在那儿，耐心地等着，你朝它看过去，它就暗暗朝你眨眨眼。

事情是这样开始的：在停止接近二十五年后，蒂博尔又开始苦于自己的丑陋了。为此，他蔑视自己。他头脑聪明，非常聪明，而且对女人起作用：她们会爱上他。她们会为他做一切事情。所以你想要什么？他休了一年假。我想要，也就是说，我将要写一本书。这一年过去了，书没有完成，可是作为教授，这不是继续只在极少数时候露脸的理由。他单纯就是失去兴趣了。学生无法引起他的兴趣，老实说，他感觉很难把他们互相区分开来。这并不完全值得表扬，另一方面，他是不能解聘的，而且有人听说，他的第二任妻子，这个安娜，旧病复发了（乳腺），所以除非必要，别人都不再来麻烦他了。安娜又笑又跳地穿行在他们同居的房子里，事已至此，不必搞得更沉重了。然而，她的死亡带来的恐惧完全压倒了他，以至于他基本不再离开书房了。他的博士生梅塞德丝几乎每天都来，给他拿来信件，帮他检索文献，辅导他的学生，只要可能，就做他的代理。她那时二十六岁，独自抚养右眼长了肿瘤的两岁儿子，而且她爱上了他，自己父亲的同学。她闲暇的每一分钟都在帮他办事。大部分时间，她都把孩子放在父母那里。蒂博尔不喜欢小孩。他们让他神经紧张。一切都让他神经紧张。有人求他帮忙，他就帮，比方说这个前途充满希望——谁知道呢——的年轻人亚伯·内马，他来到这里，并且觉得，因为他也是那座城市出身，那座当年我们被赶……无所谓，都过去了。确实，他肯定充满希望，为什么不呢，这种年纪，这种处境，至少也要帮帮他，于是他帮了，可是未知量 D 和未知量 P 之所以是一对近亲，是因为一个人并不能真的对他人的生活和磨难提起兴趣。蒂博尔也知道这些，并且为此蔑视自己。一个人要是真的体面，就会问这个男孩是不是已经找到容身之处了。一个人要是真的体面，就已经把自己两间客房中的一间提供给他了。一个人要是真的热忱，就已经讨到了他的欢心，从今以后像对待儿子一样……诸如此类各种可能的情形。不可能每个人都帮，他这样想着，走回去工作了。

安娜也想着类似的事情。她知道一切，关于他，关于自己，关于那个年轻女人，想道，不可能每个人都帮。在这短短一段时间里，她集中于自己乐意做的几件事。她每个月会定期邀请大家来参加一次定期聚会[1]。老朋友，其中就有梅塞德丝的父母——虽然他们很少到场；自从他们表示不欢迎她的孙子以来，米丽娅姆（老实说，在那之前）就受不了蒂博尔了，而阿莱格里亚想不到出有让什么自己独自前来的理由，诸如此类的原因——以及尚可忍受的同事，还有几个从前最喜欢的学生。每月一次，男主人还能控制好情绪，一起待几个小时，讨论，甚至闲聊，像一个正常人一样。有几个这样的人，他们什么都记不住，和大家说一样的话，对能想到的一切发表意见。安娜死了以后，梅塞德丝搬到了蒂博尔那里，接下了她的职责。孩子这时已经快六岁了，像太阳一样俊美而聪明，还是欢乐相聚的秘密之星。蒂博尔发现自己十分乐意注视着他，倾听他说的话。某个时候，他甚至明白了，自己惊叹于此并且对他怀有谢意。能体会到感激之情这件事几乎让他幸福起来了。他过得更好了。他给书结了尾，然后开启了一本新书。自亚伯到这里以来，已经过去了四年。

于是大家又坐到了一起，固定的朋友圈子。有个人，一个前同事，不久前刚从一次穿越阿尔巴尼亚的旅

1　原文为法语"jour fixe"。

行中活着回来了。一个阿尔巴尼亚诗人给他详细讲述了祖国之美或者祖国与美。诉说一个绝望的祖国的美，是这个牙齿每隔一颗掉一颗的诗人的职责。美，即便绝望，绝望，即便美。肉，这位旅行者说，难以辨认。我的意思是：哪种动物。

从前那个叫埃里克的学生说到了日本人，他刚刚成立了自己的出版社，而且总是消息灵通得吓人——日本人，他说，发明了一种酵素，在它的作用之下，可以把切碎的肉重新拼合成一整块，看起来就像普通的肉，只不过叫人说不上这是什么动物的哪个肢体部位。

阿尔巴尼亚访客点了点头：肉很硬，而且闻起来不太好。牙缝诗人用他的母语朗诵了一首诗。我一个字都不懂。不过我们那时候已经喝得太醉了。我们一起哭了。

噢，奥马尔说。为什么？

他的外公在不经意间露出一个小小的微笑。阿尔巴尼亚访客——他的名字是佐尔坦，不过这并不重要——恼火地看着他们，先看这一个，然后再看另一个。

麻烦你，米丽娅姆对丈夫耳语道（自从允许孩子一起参加之后，她有时也会过来），麻烦你收敛一点。

为什么？我什么都没干。

米丽娅姆摇了摇头：无论如何，我们要待到半夜。

为什么？

说到这里，走廊里的电话响了。

稍等，梅塞德丝说着，走去隔壁找蒂博尔。

明白了，蒂博尔对着听筒说。

啊！客厅里的客人们说。主人家终于来了！

是的，蒂博尔说。抱歉。我得走了。

什么？梅塞德丝说。现在？跨年夜？

是的，蒂博尔说，他得去把什么人从监狱里解救出来，马上回来，或者要明年才回来，具体怎么样不清楚。他的一个学生卷进了不知道什么事件里，关于毒品和居留问题，而且因为在这里没有家人，他让蒂博尔·B. 当担保人。不用等我。

我现在该干什么？梅塞德丝问母亲。

原本你要干什么？

上小点心？

呐，好吧，米丽娅姆说。我帮你。

是谁？奥马尔问。被抓的那个？

我不知道，梅塞德丝说。我不认识他。

我们根本没意识到，佐尔坦说，我们那时候要容易多少。他自己就获得了一份国家奖学金，借此得以养活了一个外籍女人和她的孩子。而如今要想活下来，大学生们不得不跟毒品打交道。他们每天晚上给自己煮半升速溶汤，然后往里面加如此大分量的廉价鸡蛋意面，直到吸干所有汤汁为止。

这我能用吗？（阿莱格里亚）

佐尔坦恼火地看着他。

你看到了吧，不是我的原因。他眼神就这样。

到市中心一般需要四十分钟，这次，受繁忙的晚间交通影响，蒂博尔花了一小时十分钟才开车到达值勤室。外加找停车位的二十分钟。他想停在大楼前面，那儿有位置，可是门里的警察摇了摇头，而当T. B. 向他抛去一个心照不宣的眼神，询问到底是否可能停在这儿，就一上一下，一进一出而已时，他还是晃着戴着手套的手，用食指示意：继续开。这点燃了蒂博尔平时在任何情境下——除了开车以及跟穿制服的打交道的时候——都从未有过的怒火。一段时间之前，这使得他做出了再也不开车的决定。需要开车的时候都由梅塞德丝来开，可是今天行不通了。蒂博尔咒骂着绕过了大楼。在这一过程中，他沉浸在一种想象之中，他必须要把自己的儿子从罪恶的国家暴力机关的抓捕中解救出来，而且每分钟都至关重要。

然后他必须，除开要完成的手续，实打实地再等两小时。每隔半小时，他就走出去抽烟。一共四次。每一口都加深了我受辱的感觉。第四支烟才只是刚点燃，他就马上扔了，又冲进去，贡献了电影级别的演出。他对着警察咆哮。诸如，您有什么权利？诸如，您觉得您是在对付谁？

教授，您冷静点，警察们不为所动。这种行为在我们这里是不允许的。

蒂博尔停下不吼了。他转而开始在等候室里来来回回地快跑。

别他妈跑了，坐下！

他朝那个方向抛去一瞥。某个肥胖的下等人。他继续跑。

我说，坐下！你把我搞疯了！

可是这个惹人讨厌的矮怪听不进去，而那个胖子明显感觉到，再这样继续下去，他就要绝望了，唯一的解决方法就是，把这个侏儒打得不成人形。他刚刚在膝盖上撑起手掌，准备把自己从座位上高高地挺举起来时，教授就被叫到了，（千钧一发之际）大家都得救了。

由于被另一个烦人精（康斯坦丁）指名做保释人的知名人士一个都找不到，于是 B. 教授被问到，是否也认识这一个。蒂博尔不耐烦地摇了摇头。您现在放不放我学生走?!

都还好吗？

还好，亚伯说。

之后他们一个字都没说过。

刚才蒂博尔还因为对这个外国学生的责任感而感到振奋，现在既然一切都过去了，而且他们也坐进了车里，这种感觉又消散不见了。我根本对他一无所知。蒂博尔开到了离巴士底尽可能近的地方，然后让他下了车。

谢谢，亚伯说。

没事，蒂博尔说，然后开走了。

套间里窸窸窣窣的响声又回来了，还有金发哥门底下蓝色的光束。他在的话，肯定听到了门口的声音，然而他一动不动，仿佛房里并没有被翻个底朝天，也就是说，每一件东西，包括食物——他自己的食物也是；仿佛公共室地毯的边缘没有向上翻起；仿佛沙发的各个部件没有被堆积到天花板——其中还有那两份最后的、已经撕破了的圣诞包裹。

他说过他要举报我们，之后康斯坦丁对某个人说，而且他确实也这么做了。

放假期间他不是走了吗？后来和康斯坦丁说话的女生问。他根本就不在。

康斯坦丁：他们现在什么都有了。我的指纹、我的名字。他们知道有我这么一个人存在，知道我在这里。而且我还不得不一直跟他住在一起。你想象一下。

至于亚伯：他走进自己的房间，收拾好散落一地的家当，离开了巴士底，然后再也没回来。

III. 无政府主义金高尼亚

民谣

树林中

打车根本没想过，他徒步走着。在收拾东西的二十分钟里，街景和天气完全变了。雾气降临在街道上，几乎什么也看不见，却因此能听见一切，仿佛一切都一样近，杀人的交通：轿车、巴士、火车、电车——这里真的有铁轨吗？——甚至还有像轮船汽笛一样鸣响着的东西。这之上和之中都是火箭呼啸和手枪射击的声音，仿佛一场战役开打了，幽灵们怕极了。不知道人类怎么样，他们横冲直撞，极少数穿了衣服，开心或不然。他每过几个街角就停下脚步，比较路牌和地图，这时他们总是突然浮现在他面前，故意撞上他，挂在他的背包上。

之后街道差不多算是空了下来，寂静得让人，他，听得见自己以及其他零星几个人的脚步声。人很少，他们试图避开脚步的回声，紧挨着墙，袖子和手提包出现了白色的条纹。

之后他摸索着穿过了楼梯间，这里又是一片漆黑，寒冷而寂静，里面不知什么地方恰恰相反，感觉得到噪声、热度、光亮。他手指之下的混凝土墙面仿佛在颤动。

他忘记数台阶了，想着肯定还有一层楼，突然，一扇门恰好在他身前打开了，刺，铁蹭在混凝土上。一个陌生男人走了出来，从右边走到了左边，然后消失在了对面的一扇小门后面。第一扇门一直开着。

烟雾浓到可以切开，能见度跟室外差不多，只不过这里很温暖。这里好像有很多人，肚子贴着肚子，一片由肢体组成的阴暗树林。亚伯犹豫地站在门槛前面，这儿真的还有位置吗，或者他会是装得过满的水池里的最后一滴水吗，简直会溢出来，一旦他一只脚……此时刚刚那个人又出现了，身后传来水声。他一声不吭地走了，完全没有放慢速度，这次是从左到右，然后走到亚伯身后，把他推了进去。

树林很茂密，漫游者背着包裹撞上一根根枝干，抱歉，抱歉，他们完全不在意，就好像他根本不存在，他们只是讲啊讲——所以啊这是最让我烦躁的差不多洗劫了整整一代人我们是新德国人为了之后的一百年经受羞辱如果这就够了的话要我说财富很可能是有的而且人知道自己有可能死于盲肠炎或者臀位分娩这很悲哀这种臭屁烘烘的无知一切都源于他们自我满足的立场这一切以前是现在也是一个不要脸的谎言这是最让我生气的当我问他们他们是不是也会做噩梦的时候他们看着我好像我疯了似的当时的情况就是如此他们那副样子搞得好像每个人都能变得有钱但我一辈子都再也不会有钱了而且如果你连香肠都买不起那么将非常耻辱因为这就是关键[1]或者咕咕咕——一个戴着纸糊的金色头盔的女人在他们中间挤来挤去，斜举着一个瓶子，像握着一把长矛，把无色的液体倒进向上张开的鸟嘴里：咕咕咕，喉头的语言。这时她停了下来，把汗湿的纸头盔向脑门上推了推，好看得更清楚些，看谁，他，然后起跳，落到了他面前。

妈的[2]，亚伯拉尔[3]，这么长时间你哪儿去了？

我独自上了路，跟陌生人一起游荡过陌生的省份。之后我们人数多到再也数不清。暖气卡在最大功率，窗户卡在半开状态，下面热，上面冷，火车咔嗒咔嗒，暖气咔嗒咔嗒，风在咆哮，一切都在咆哮，整趟列车就是绝无仅有的一声咆哮，火车头和人，他们庆祝、争吵、哭泣或者只是像这样尖叫：臭——婊——子[4]，给——我——来——点——喝——的——！所有东西都被洒出

1　原文为俗语"geht's doch um die wurst"，字面意义为"这与香肠有关"。

2　原文为波兰语"Kurva"。

3　亚伯（Abel）与上文提到的神学家阿伯拉尔（Abélard）姓名相近，因而被称作"亚伯拉尔"。

4　原文为波兰语"KURVÁK"。

来的酒搞得黏糊糊的，人可以像苍蝇一样在车顶上跑，从大家头顶上摸索着走到厕所，手指发出吧唧吧唧的声音，所谓的厕所没有水，整列车上没有一滴水，一切都在移动，来来回回，从车尾到车头，然后又再回来，臭婊子，随便给我点什么！中间某处是餐车，那里是烟最浓的地方，可是除一台过热的咖啡机以外什么也没有。没有水你想来点什么？在一间没水的厕所里吐苦胆汁，就在同一时刻，两列火车——其中一列是你这班——并排过道岔的时候，一边尖叫，一边颠簸，而亚伯·内马，高中毕业生以及未来的叛逃者，额头撞上了掀起的马桶盖。额头从马桶盖上起开的时候，吧唧一声。

现在喝吧，门外那时还没戴头盔的女人说，在此之前她给他额头上——从肿块开始——涂了口袋里取出来的烧酒。

他礼貌地说了谢谢，以及，他不喝酒。

你不——不喝——喝酒？你哪里不对劲吧？你有什么东西不对劲。抽烟呢？也不抽？一切你都拒绝了。那做爱呢？这个你也拒绝？

她笑了。她的牙齿没有一颗挨着旁边那颗。长着毛的大鼻孔下面是黑莓色的嘴唇，颧骨、眼睛、额头却很出挑，额头上还有一团从来没梳过的深色卷发。笑个不停。

你干吗的，学神学的？他只是睁眼看着。这眼睛！风暴前的天空！或者你认识什么在卖淡紫色美瞳的人吗？

他双脚夹着大大的行李站着，她背对通往餐车的过道，后面人来人往。车厢之间的空隙用两块铁板盖着，每当有人站上去，就会发出啪嗒啪嗒的声音。每隔几分钟过道上都会拥堵一次。在这个地区，大家一旦上了火车就会完全歇斯底里。借过。她朝他靠近了一点，手里的瓶子压着他的肚子。肚子疼了起来。像是我的心脏在胃上跳蹦床。她靠得更近了，呻吟着，褪色的牛仔裤里圆润的大腿抵着他的大腿。他已经贴在厕所门上了，现在再没有可以出去的路了，他们不得不一直待在那儿，挤在角落里。她靠在他身上，笑了。升腾的酒气。

要是你一直待在你的修道院里，亚伯拉尔，现在就会舒服些。

很长一段时间里，她一直绕着这个神学学生的话题打转，直到他——并不粗鲁，只是听够了——告诉她，如果可以的话，他不想聊宗教了。

这会儿又多出来了一点点空间，她得以从他身上挪开，上下打量着他。

看啊看啊，小异教徒。眉毛那深色的桥梁之下，双眼的火焰熊熊燃烧着。

他又一句话都接不上了。当真是个十八岁的男孩。

十九。

名字？

亚伯……不，真的，就是这个。

她倒了一点烧酒到手指上——她干什么呢？——洒到这个困惑的小伙子身上。我特此奉父、子、圣灵的名给你施洗，赐名"从树丛中来的亚伯"！

在一趟夜间列车上用烧酒受了洗。他把眼睛紧紧闭上。她给他擦掉了落在鼻尖上的一滴。

顺便一提：我是金高。意思是：女斗士。今天，也就是说，刚好现在，从上一分钟开始，就是我的命名日，我跟我的朋友们，三个乐手，在火车上不知道什么地方走散了，所以只有你待在我身边，能为我的健康干一杯了。祝我健康！我想看你喝酒。这才是个男人！

后来，还没到半程，为了找某个叫作博拉的人，他下了车。金高从火车车窗里伸出手来致意：战后六点见！

后来他问她还记不记得，那时对他说的最后一句话是什么。

要是白天很长，我会说很多话。

此刻他正随着旅行袋和她沉重地摇晃着。她戴在领口的一条塑料鼹蜥抵在他胸口上，水一样透明的液体从它红色的塑料嘴里滋到了他领子上。她笑了，把衣领舔干净，宽大的深色舌头滑过他的脖子。之后他却还是感觉黏黏的，在每一次转动脑袋的时候。

她一下跳开，把瓶子端到他嘴边：这么长时间你哪儿去了？给，喝！但同时，他已经被拽到她身后，两人撞上了周围站着的人，咕咕咕，瓶颈敲击着牙釉质。怎么能这么挤，是真的看不到自己在哪里，某些地方的窗玻璃不透光，像是被刷成了黑色，不过那只是黑夜和所有这些人冒出来的水汽而已。厨房里站着一个人，他的名字是扬达，一张像是三天没睡过觉的脸，嘴角叼着烟，在一口锅里搅拌着，红色的粉末从上方高高的地方落入其中。其中的一部分飞进了刚走近的这两位的眼睛、鼻子、嘴巴里。金高咳嗽了一声。

他们是今天早上才到的！（咳嗽。）三天没睡觉，最后是在一场婚礼上表演的。大包小包地拿东西，肉、饮料、真正的调料！他们今天也可以表演赚钱，但他们没这么干，因为跨年夜属于无政府主义咖啡馆，也就是：我！

嗨，亚伯说。

晚上好，扬达说。烟抖了抖，烟灰掉进了锅里，他把它搅拌均匀了。

耶稣啊！金高尖叫道，她才看到亚伯的嘴。你这是什么样子？！像德古拉！你牙齿怎么了？

完全忘记今天牙齿也是黑的了，时时刻刻都是黑的。

发生什么了，到这儿来，再洗漱一次。

她似乎现在才发现，他带着大包小包站在那儿。

你为什么带着你的东西？

我能待几天吗？

为什么？怎么回事？她把他的手掌朝上翻了过来。

黑色的指尖。你干吗了？

没干吗。指纹识别处理。

现在所有人，也就是最近的三个人，都看着他。扬达眼睛里大概还有辣椒，他眨着眼睛。

为什么？

一个疏忽。

那你牙齿上为什么有这个？他们让你喝墨水了？

没有，这是语音学上的一种方法。

停顿。

得了吧，他用不着一五一十地全部说出来！

他再也讲不出别的什么了。过去两天里的故事的简化版本。整个过程中，他都没有弄明白到底怎么回事。然后，为了能够顺利离开，我就把我的室友留在那儿了。这些他没有讲出来。

那些猪头，金高说。

扬达摆出扑克脸，尝了一口，勺子敲着锅沿，喊道：投食了！

金高本来要继续问下去，不过被一股由陌生人组成的人浪扯开了。涌向汤锅的川流，像是就要饿死了似的。亚伯被冲走后，找了床垫上一个安静的角落坐下。过去几天让人心惊肉跳，我要从这里看看余下的日子。金高游着泳过来了，撩开他视野中的卷发：都还好吗？

还好。

之后金高和另外两个人演奏起了音乐，大家跳着舞，在狭小的空间中原地蹦跳。然后有人打开了天窗，只要不是醉到不行，所有人都费劲地顺着一架生了锈的铁梯子往外爬到了完全算不上惬意的柏油屋顶上。早些时候，在更暖和的日子里，亚伯就注意到它了，他坐着没动。穿过敞开的天窗，冷空气像一股水柱一样涌了进来，他刚好坐在风口上，这对他显然没有任何影响。几小时以来，同样的姿势，背靠角落，排除了一切舒服的可能性，可是他像一尊雕像，一个女人说，她观察他有一阵子了，因为觉得他长得好看。一尊黑白的木雕，有点恐怖，而同时……他散射出某种无法言明的东西，远处和……这是强还是弱？你会很乐意躺到他身边去，现在跨年夜喝醉了不上，还等什么时候呢，可与此同时，光是走到他附近，就让人感到恐惧。金高没有这个问题。她急冲到房顶上，又急退下来，把自己甩到他身上，来回亲他，在他身上蹭来蹭去，马上再跳起来，大喊着要求奏乐上酒。之后所有人或多或少都醉了，瞪着玻璃般的眼睛吹纸糊的小号，一直吹到人耳朵疼得不得不张大嘴巴吼回去，以防耳聋：啊啊！！！

　　这是一九九几年的最后一夜。窗边角落里的亚伯·内马闭上了眼。

教母

　　这什么人啊，扬达问。他很怀疑。

无论巧合与否，他们在他下火车一年多以后又见面了。他是怎么沦落到这个大学附属的文化餐饮综合体来的——也许是康斯坦丁广播电台的栏目推荐，也许他不过是在找厕所。他腼腆地——这不是他的场子——站在进门处一小块吹着穿堂风的地方，注视着这里寻常的混乱：桌子、椅子、人，左边一张吧台——几乎算是吧台了，房间尽头一张低矮的、落了灰的小台子，上面是乐器，中间是几个男人。他不得不穿过这一切。现在他决定马上转身走掉，这时突然听到：

臭——婊——子，给——我——来——点——喝——的！

他一个字也没说，只是站在自己刚才站的地方，刚好在路中间，又来这么一个看星星的，我们喜欢这种！一个精心准备的肘击，打在最疼的地方——脾和肋弓中间，这一击来自某个熟悉人体结构的人。某人生活里遇上事了，或者只是有种让他连日来一直想挑事找人打架的性格，这就是⋯⋯时代，而他认为亚伯·内马这个人就是最佳斗殴候选人。白费力气，这里的这个傻蛋什么都感觉不到。他痴呆地站在一旁，傻傻地盯着一个衣冠不整的老女人，她正把装着四个满满的啤酒杯的托盘推向近处的一张桌子上，然后再慢慢直起身来。还不清楚她有没有认出他。那个在亚伯的背后人还怀着希望。喂！他又撞了一下。你是聋了还是怎么的？可是这时她已经开始助跑了，朝他跳过去，手臂绕着脖子，双腿绕着屁股，二人的耻骨啪地互相撞上。他们转起圈，以防掉下来，同时和亚伯背后的男人拉开了距离，而那人默默作罢，不再纠缠。亚伯在她的怀抱中摆动双手，他该把手放哪里——哪个部位呢，幸好她马上就又跳下来了。

这样好让我仔细看看你！

几乎没有改变，外表看起来始终还是那个腼腆的神学学生。一样的旧衣服，只有头发长长了一年的量，秀气地给他的脸颊贴了边，还有，多瘦啊，我的天！风都能把你吹走！不过你闻起来还不错！她自己闻起来则是一股烟酒的味道，还像些别的什么东西。也许是火车，就这么说吧，她闻起来像一列火车，十分不易察觉。

好像就在昨天似的。前天。很熟的熟人。一个从B地来的小学女老师，曾跟我一起在奇形怪状的行李中间坐了十二个小时，给我讲述了她完整的一生，从我的爷爷是个无政府主义者，以后我要写一个关于他的故事，并以他的名字命名一家小酒馆，再到诗歌分析（他刚刚参加了毕业考试，并且能够——即便只是在一定程度上——跟得上。你是个聪明的小伙子，而且又帅气又勇敢，你妈妈一定很为你骄傲。她眨了眨眼。你猜我多少岁了？沉默而又礼貌……），最后到近来跟一个粗暴的仰慕者闹出的几件丑闻，不难理解，这种事情过后，必须换个地方。乘车开启一趟夏季旅行，然后一直在这儿游荡，跟你完全一样。好家伙，我又见到你了，我的教子过得怎么样？

嗯，这中间发生了各种各样的事，奇迹般的能力、幸运，诸如此类，还包括副作用。不要说这些。只用说：

谢谢，挺好的。你呢？

我大可以抱怨一通，而要咒骂的事就更多了。

她笑了。开始拧他，全身上下，脸颊、身侧、阴茎。拧到的地方麻了一整晚。第二天背上也痛了起来，但是他已经忘记是为什么了。

金高是跟乐手们一起来的——那边几个在乐器中间小心翼翼地来回走动的男人，从舞台的隔板中间能看到。火车上的小伙子，他那时候最终见到他们了吗？我记得没有。我来介绍你！她拖着他穿过人群，拖着一个巨大的背包穿过满载乘客的地铁，这边自在些。

这是扬达、安德烈、孔特劳，分别负责打击乐器、匈牙利扬琴和吉他，以及低音提琴——名字就已经揭晓了：孔特劳贝斯[1]；这是从树丛中来的亚伯，我的教子。没错，没错，这是我的教子！对我的教子好一点！

就这样，亚伯和金高重逢了。

狐狸脸扬达、敦实的方脑门安德烈和沉默的高个子孔特劳演奏，金高跳舞，亚伯则整晚坐在演员衣帽间里，即一张坐烂了的沙发，上面堆着乐手们此时此刻用不着的衣服——这里又出现了那种气味，男款、皮革和须后水——皇帝包厢，跟其他人隔了开来。

1　"低音提琴"（Kontrabass）一词由"孔特劳"（Kontra）和"贝斯"（Bass）组合而成。

你怎么坐在乐手区了？康斯坦丁喊道（你这一下子是从哪里冒出来的？）。没有座位了！男人抢走女人的椅子！你能想象得到吗？这里还有位置吗？别讨晦气了，他挤在旁边，你就不能挪一挪吗？

抱歉，亚伯说。另一头压着他的是一个金属罐。那是个乐器。

康斯坦丁一边喝着他的芳草鸡尾酒，一边说着话。说起这种音乐：被爵士的轮子碾过了的民谣里的狼嚎，常见的次等货。直到金高跳完舞又走了过来：

女王的座位这是怎么了站起来兄弟诶快点啊！

康斯坦丁盯着这条卷发的龙——这是谁？我的教母。你的什么？——眨了眨眼，一言不发地以不紧不慢的速度喝完了芳草，然后又去拿了杯新的。在吧台边上，他成功地跟一个女人聊了起来，没再回来。金高把自己抛向现在空出来了的座位，降落在亚伯的手上。她的臀部很硬，手掌咔擦一声。一阵刺痒，麻痹感一直蔓延到了肘关节上。她转向他，一边膝盖放在他的大腿上，也是硬的，现在大腿也开始麻了。

所以呢？她大喊道。还是处女？我也是。八月三十一日。她笑了，擦掉了嘴唇之上人中表面湿乎乎的东西。

她周遭的一切都很大声。她讲话的时候很大声，一些在别人身上几乎听不到的事情——打开一个啤酒罐，弄掉一张餐巾纸——在她这里也很大声。

亚伯拉尔静静地微笑着。

是啊。一抹意味不明、空洞无物的微笑。你就是个彻头彻尾的烂人!

她把他的头托在自己双手之间,大拇指按压着太阳穴。

你就是个悲伤的,悲伤的……

她双手抽他耳光。尖叫:

你为什么总是这么悲伤,哈?

我不悲伤。

那是怎么?

耸肩。

自己也不知道怎么了?

停顿,然后他轻声问:

你呢?

什么,我?

你怎么样?

我怎么样?

悲伤? 快乐?

她死盯着他: 怎么,你什么意思?

她笑了,又严肃了起来,重新坐直,两个人肩靠着肩。她在他身旁这样坐了一阵子,晃着脚走到音乐那边去了。房间早已在汗水、灰尘和噪音背后消失了,就好像他们从来没有下过车,好像这还是那同一列咔嗒咔嗒、冒着臭气的火车,她不得不咆哮:

我像你现在这么大的时候,扬达是我老公。哎呀,直到今天我还是靠着他生活。或多或少。我们或多或少靠着或多或少生活。（她笑了。）你呢？你还凑合吗？

是的。

证件搞好了？

留学签证。

你在读大学？

是的。

读什么？

语言。

哪种？

他说了四种。

瞧瞧。钱呢？

有。

需要你干什么？

没什么别的。是一份奖学金。

谁给的？

他说了基金会的名字。

啊哈！天才奖金，什么？你拿多少？

九百。

怎么给？按月？

是的。

嗯，她说。她重新落入沙发里，肩膀又一次命中
他，蚂蚁开始新一轮的移动，向下爬到手指。她抱起
双臂，看向舞池，或者至少是看着那个方向。亚伯这
会儿穿过跳舞的人，对上了扬达的视线。他把视线收
了回来。他们就这么待着。金高在哼歌。哼哼，哼哼，

哼哼。

夜晚快要结束时，她问他能不能借她一百五。能不能马上就去自动提款机取。那儿前面拐角上就有一台。乐手们在一旁等着，她紧紧贴在他背后，给他放哨，防偷窥。她很重，拇指挂在他腰带上的一个搭环上，希望裤子不会被拽掉吧。

谢谢。她放手让裤子弹了回去，湿吻他的脸颊，离嘴巴很近。谢谢，小家伙。

她有一半亚美尼亚血统，她妈叫她小婊子，让她吃自己的呕吐物。在她自愿搬进去的宿舍里，一间房里住着十四个人，零用钱刚够买药棉——其实就是一小株扎人的棉花，刚从田里采来的，跑步的时候会在双腿之间发出轻轻的嘎吱声。十二岁时，她搜集起了瓶子和烟头，据说抽烟会使血液流动不畅，除此之外还阻碍发育，尽管如此，我还是在这里搞到了这种玩意儿。别人叫她艺术家女士，跟另一个称呼一样，在我们这儿很难算是个赞美，可是你知道这些名字给我带来了什么吗？没有人可以像金高一样豪饮、打架和背诗。她的第一个情人是个邮递员，脱下制服就是诗人，我记得最清楚的就是他烤箱前面一小片金属板上的灰色灰烬，当他躺在我背后的时候，我就望着那里。七十年代日子并不糟糕，尽管每天吃了避孕药都要呕吐，而且我自己的妇科医生还管我叫婊子。另一方面，大海像天一样蓝，而且我们有世界上最好的护照！嘿呀！亲爱的，那时候我们还是个人物呢！她想当作家，我成了缪斯，不是吗，宝贝，我的确是吧？

当然是，扬达说，不然还能是什么。

他们是上大学时认识的，一段充满激情的故事，他们亲吻和打架，在房间里其他三个女生假装睡着的时候。她跟一个小伙子置气，他则对法律感到不满，结果两个人都无比厌烦，尽管如此，这也不过是演变成了夏天里的一趟出游，旅行对抗烦恼，然后就到了现在。

最重要的是，金高说，不要找个固定的窝。如果定居下来，你就完蛋了。一直无牵无挂，怎样都可以。他们的住所其实就是几乎分文不取友情提供给乐手们的排练室。房间是L形的。短的那边主要用来睡觉，长的那边可以做一切可能的事情。最前端着一个灶台和一个供应一切需求的水龙头，马桶在楼梯间里。金高把所有东西看了一遍，然后决定就待在这里了。现在到处都是新兴国家，为什么偏偏我就不能有一个。以我祖父加布里埃尔的名誉，我在此庄严宣布无政府主义金高尼亚独立。打倒独裁者、军队统帅、奴隶主和媒体！自由人、享乐主义和偷税漏税万岁！

她笑了，所有人都笑了，除了扬达，他不是这种人。他总是这副怀疑的嘴脸。

金高手指着他的脸：每个民族都给世界文化带来了自己的那一部分。在我们这儿就是——看看这幅图解吧——消沉的悲观主义。

噢，扬达说。我觉得应该是偏执狂和暴脾气。其实，他说，是这里的一种建立在个人崇拜基础之上的独裁。他叫她女元帅，而且差不多是唯一一个会偶尔提出反对意见的人。

瞎说！金高说。

所以要说亚伯在最初的四年里完全没有音讯，也是不对的。在他们重新找到彼此之后，他甚至还会定时跟她见面。有时候她会要钱，有时则不。

对我的小家伙好一点，她对其他人说。对我的教子友好一点！毕竟是他在养我们！

她咯咯地笑着。其实他们是在靠着一切可能的东西过活，乐手们的出场费和她赚来的东西。打扫卫生和带孩子。在家我是老师，国家的短工，下午的时间跟现在没太大不一样。她常说，身体现在是我唯一的资本。没了母语，我只有在作为耕地的马和性欲对象的时候才有一席之地。在扬达之后，她跟孔特劳在一起了，之后是安德烈，再之后又是扬达，后来是跟乐队之外的一个吹单簧管的年轻人，诸如此类，数不胜数，多是年轻情人，名字再也没什么所谓了。起先乐手们以为他也是其中的一个，谁知道在哪里勾搭上的——火车上，我们走散的那时——可是，这回看起来有点不一样。你尽管放心，她对扬达说。只要我想，我就能得到他。如果我没有得到他，这就是说，我不想要他。我才不信，扬达说。不知道这是指上述的哪一部分。事实是，除她以外，既看不到他跟女人在一起，也看不到他跟男人在一起。我很放心，扬达这么说着，并不打算好好对待这个小家伙。

你怎么回事？

没什么。

你一个字都不跟他说。你们一个字都不跟他说。

我该跟他说些什么？

我怎么知道。你从哪里来？你还留着盲肠吗？你收集些什么东西吗？

他收集些什么东西吗？

你知道我什么意思。

不，扬达说。搞不懂。我知道他从哪里来。对他的盲肠也不感兴趣。

停顿。然后轻声问：

你这是想干什么？

你觉得呢？没什么。

那他想干什么？

他该想干什么呢？你想干什么？

我想，他扳着指头数了起来：我生命中的每一天都演奏音乐，为我自己，也为其他人，通过这样赚钱，成名，留住我的朋友，爱一个女人，被一个女人爱，收获温柔，呵护，定期的优质性生活，美味又营养的饭菜——到这里，第一轮的十根手指数完了，他又从头开始——好喝的饮料，最后的最后我还想在某个时候找到一个对我来说不太陌生也不太熟悉的地方，让我能带着刚刚数过的所有东西平静地安定下来，直到我在亲友的陪伴下没有痛苦地死去，不要太突然，好让我告个别，不过也不要拖得太久，免得成为我们大家的负担，这就是我想要的。

你看吧，这跟他想要的完全一样。

扬达耸了耸肩。那是当然。每个人都这样。但这还是没法拉近跟一个人的距离。我们受不了他，仅此而已。

你嫉妒了，金高说。

喊，扬达说。

金高绕着他跳舞：你嫉妒，你嫉妒！

他跟我们就是合不来，就这么简单。

即便他说得很轻，嬉闹着的她还是听到了，停了下来。眉头皱起，声音低沉：

谁跟我们合得来，我说了算，懂？

霜冻之后

跨年之后的夜里，金高梦见了霜。城市之上，一切都是雪做的，这里只剩他们五个了，其他人都走了，金高大叫：到海边去！新年头一个早上，必须到海边去！这孩子还没出过城呢！疯婆子，扬达说。一切都是雪做的。可他们就这样出发了。前挡风玻璃是一块霜做的棱镜，他们透过它窥视着眼前的街道。他们是路上唯一的一群人，一切都是空和白，他们以步行速度行驶着，轮胎下面嘎吱作响。他们开着小伙子们平时巡回演出时开的小型巴士，冷热交加，窗口灌进凛冽的风，尽管如此，闻起来还是一股霉味，外加烧红了的暖气的臭气。窗户上的冰花无法融化，除了前面的小隧道，什么也看不见。我们永远也看不到海了，安德烈说。我们在这之前就要瞎了。孔特劳耐心地用大拇指指甲刮着身边窗玻璃上的冰花。咔，咔，嚓，嚓。不知道为什么，我感觉这是错的，他不能这么干。在整体中刮出来的一个洞。这刚好就是我们的形态，扬达说。他喝着保温壶里混了伏特加的黑咖啡。让我开！金高尖叫道。可是一直都是你在开！的确。那就好了，那就再也没有什么能阻挡我们的东西了！她笑了。一秒钟之后，他们就已经在嘎吱嘎吱地费劲穿越结霜的沙子了。看啊，看啊！金高喊道。你们看见那个了吗？你们看见那个了吗？冻住的海浪！冻住的海浪！她发现自己把所有话都喊了两遍，然后笑了。不过她的笑也是出于欣喜。你看见过这种东西吗，孩子？她对着亚伯喊道，然后把他拉到自己身边来。怎么可能，安德烈说。如果他从来没离开过城市的话。然后他们站在那儿，全体五个人，手挽手：扬达、金高、亚伯、安德烈、孔特劳，就按这个顺序。除了他们，海滩上没有人。他们注视着冻住的大海。我爱你们，金高还想这么说，可是随即就醒了。

睁开眼，看向窗子，窗户后面的一切的确是白色的，这可能是真的吗？我双膝跪地，猛地拉开窗子，因恐惧、欣喜和寒冷而颤抖，像大家刚醒过来时那样。然后却看到，这不过是雾，下面的地面阴暗而潮湿，一点点火药味，加上左右两面散发出来的派对臭气，这会儿我清醒了：这只是我的梦而已。

她在厨房里把这个梦讲给乐手们听了。另外，还出现了一种新的气味：有点烘焙过头的咖啡。亚伯睁开了眼睛。他脚边的窗子敞开着，金高蜷成一团睡在下面。雾气灌入室内，在地板上方缓慢飘动，垃圾像被冲到岸边似的躺在地面上：混杂着灰烬、衣料和纸张的食物。好像炸弹击中了目标似的。现在，人群散了之后，才真正看得清楚。金高尼亚的基础设施基本上由床垫、硬纸板和箱子组成，里面塞满了生活所需或不需的一切：衣服、书、乐器、锅。在这些集装箱之间，沉积着由零零散散的杂物构成的终磧，从铝勺到苍蝇拍都有，而这里根本没有苍蝇。

耶稣啊，圣母啊，这是个什么猪圈啊！金高开开心心地踩在垃圾中间，就像踏在刚下的雪上，手里则是一个装着钞票和硬币的密封玻璃罐。不少客人总是带着谁也不认识的那几位一起来，他们在这儿表现得像在家一样自在，让他们摊酒水钱，只能说是天经地义。我们所有人都生活在无的边缘。最后剩下的小小进项！可别说我是在开非法小酒馆！

早啊，小家伙！

一个有着长夜味道的吻。她坐到床垫上，挨着他，盘起双腿，把钱从玻璃罐里抖了出来，开始数钱。孔特劳和安德烈在收拾打扫，扬达拿起厕所钥匙出去了。那孩子就留在他原来的地方。

基本上，可以这样说，没有任何重大事件发生。警察那儿的三十六小时也不算。然而，在他们临要放他出来的时候——蒂博尔已经等了很长时间了——对亚伯而言，出现了一个父亲般的存在（或者你爱怎么叫就怎么叫吧）。一个瘦削的四十岁男人，然而的确：父亲般的存在。他坐在亚伯面前，调高了的台灯流出一股可以感知的热气，并漫射出一束光，从右上方——像是在宗教绘画里那样——照亮了这个男人的半身，而他双手叠放在桌面上的样子，也有点"让我们祈祷"的意思。还有他的语调，含蓄而虔敬——敬于某种不在，或者确实在这个房间里的东西——某种更加崇高的东西，我们在此称其为律法或者秩序。于是他便说了下面这番话：

你很年轻，我的儿子，而且孑然一身。生活起先伪装成一副十分简单的样子，结果却很艰难。国家用铁手将你们钳制，又把你们吐到这个世界上。而现在，你们四散飘零，就像是蒲公英的种子（原话如此！）。不知道，桌子对岸的男人说道，这样一粒种子最终会落在哪里。有些或许落在肥沃的土地上，有些则可能掉入一坨狗屎、排水沟中，等等。你会接触到从前在正常情况下永远不会接触到的人。问题是：这些情形造就的个人，如何能够坚称自己仍处在正确的——也就是最终会指引你从A走向我们所有人都想抵达的B的那一条道路上呢？我们想从A抵达B，希望攀上人生的青枝，而你大概完全不知道，对此而言，偏巧你这个年纪特别棘手。命运总是迅速降临到伶仃之人身上，而你就如我们已知的那样孤独，极尽可能地独自一人，你的教授，在电话里问"谁?"的那个，就是你最亲的族人了。人们时常低估群体的意义，但是对于大众而言，在通常情况下，群体中的人比个人主义者有用得多。当然，这取决于群体的类型。简而言之，大家想搞明白的是，应该拿一个如此有才的人——这已经从尊敬的教授先生那里听说了（大概是他的天赋让您觉得他如此可疑吧！）——怎么办，大家从始至终，或者在较早的时候就认定这个亚伯·内马，这个看起来冷静理智的年轻人是无辜的，大家只是在等，等他自己说出来。国家如父，为其工作是一件苦差事，它不施行惩罚，而是传递价值、引人深思，而他希望自己这次取得了小小的成功。现在，我们先好好回家，仔细想想面对命运我们应该从何处着手。优异的才能意味着极大的特权，而这种特权并不能仅为自己一人所用，更不要说如果，举个例子，证件不合格的话，所有天赋都没有任何用处。

停顿。一直以来这位天才本就不算健谈，而现在更是安静到能让人听见房间里的呼吸声。还有某种穿透墙壁的声音，像是带着哭腔的哀歌。几小时来一直如此。那父亲般的存在叹气了。在哪里能找到您，我们是知道的，他说着便放走了他。

的确，本来还能有更糟糕的。尽管如此，继续在巴士底待下去，或者跟康斯坦丁再说哪怕一个字，对亚伯来说都是不可能的了。虽然这也不是他直接造成的。亚伯迄今为止的人生，在一小时的时间里，又被推离到一个世界之外。反正他本来就得物色点新东西了。在确定无疑地掌握了第十门语言之后，他又有些迷失方向了。然而可以肯定的是：没有任何理由汇报关于任何人的任何事，你们这些猪。

亚伯，真的，金高在吃用剩饭做的早餐时说，你根本连一头猪都不认识。除了我们。谁又会对我们感兴趣呢。

他们想让他尝尝害怕的滋味，孔特劳一边说一边舔着卷烟纸的边缘。存心刁难，别无其他。

小心，扬达说。他早就开始给他们做事了。

混蛋，金高说。

说到这里，他们沉默了一阵。

说真的，金高说。你怎么能这么混蛋？

就是个玩笑，安德烈说。一个玩笑。行行好，开年不要吵架。

金高咕哝着靠向孩子，抚摸着他的脸，亲他。我可怜的小家伙！其间眼睛却盯着扬达。扬达装模作样地集中目光注视着刚调适好的咖啡机里上升的水位。孔特劳点燃了烟卷。

四年的狂轰滥炸后，他们现在终于签了一份和平条约，也许是真的要把我们遣送回去了。你们想过这些了吗？金高问。

孔特劳给她递过烟卷：给。这可以清除不愉快的情感记忆。

经安德烈和扬达，沾着口水的烟头传到了亚伯手上。他和扬达的手掌互相触碰。扬达盯着他。

之后乐手们走了，金高头枕在亚伯大腿上，坚硬的头碰上同样坚硬的大腿，不舒服，她转身躺进他怀里，睡着了。他保持姿势在她身下坐了一会儿，之后小心翼翼地让她的头滚落到枕头上，然后到厨房里烧水。

之后她醒了，不，早就醒了——被咕嘟咕嘟的水声吵醒了，只是做出还在睡觉的样子而已。等待着，直到他赤裸地蹲在蓝色的塑料浴盆里，他三天没洗澡了。现在水没过脚踝，她站了起来，朝他走过去，把水从他头顶浇下去，给他擦背。站起来，她说。他滴着水站在寒气之中，她用一块抹布给他洗身，把他擦干，叫他回到床上去，给他端来味道有些过于苦的热茶。我的小家伙。你想待多久就待多久。

谢谢，亚伯说。

他在这里度过了剩余的冬天。

飞地之中

我们生活在这儿，在一块飞地里，金高说。所以呢？所以，第一，一切都是现在。虽然可以就未来做出陈述，但这也不过就是一种咖啡豆神谕。今天，刚好四颗咖啡豆掉出磨盘了。从中是不是能预见我今天的一些情况？或者我们用鸟吧。在我努力清醒过来的同时，有多少种、哪几种鸟飞过了我的窗子？

第二，一种及至现在已经习惯了的舒适感的缺席。之前的巴士底实现了全自动化，在这里则不得不考虑到间歇性断电的情况，有时水还会突然染上咖啡一样的棕色。炉灶给半径一米范围内的地方加了热，这就是暖气了。虽然还有一个塞满了纸的旧铁炉，然而它没有连通任何烟囱。金高往里面塞了她自己的信纸，失败的情书，里面还能塞更多。你们看，我宇宙中心的魔法黑洞。除此之外，还有石器时代的加热送风机用来应急，它会在噪音中卷起烘烤过的灰尘的臭气，不过要想让它维持运转，就必须把其他所有电器——冰箱、灯泡等等——全体关掉。幸好是个温和的冬天，毫无梦中冰雪的踪迹。尽管如此，金高通常会搬到其中一个乐手那里去，他们有几个取暖方式各不相同的套间，可不用说也知道，那里没有留给孩子的位置，所以金高就执拗地留下来了，我们就相互取暖吧，不是吗，我的小家伙？

总而言之，金高尼亚的生活并不差。新年最初的几周很平静。看着一团乱的，其实正是一连串相同的日子。要去做保洁的时候，金高很早就走了，紧接着又去给疯得够可以（扬达）才相信她的人带孩子。直到下午，亚伯仍是独自一人。要是能由着他，他根本不会再离开L的短边。冬眠。或者至少：过冬。人的气味越来越浓的床垫一角靠着窗，可以透过窗往外看，也可以不，在这样一个洞穴里，还需要什么呢。还是个孩子的时候，我住在柜子里。白天晚些时候，乐手们来了。来得最频繁且总是最早的是孔特劳，最年轻的小伙子，规规矩矩的音乐生。他会练几个小时低音提琴的古典曲目和现代曲目。亚伯坐在角落里聆听着。他们不会讲话。除了打招呼以外，乐手们一个字都不跟他说。他们要么练习，要么为了做饭、抽烟、喝酒而中断练习，当电视（小小的黑白屏和一根潮湿的天线）播放起了体育比赛或新闻时也会停下。炉灶上，咖啡壶一刻不停地像濒死的人一样嘶鸣着，热红酒发出咕嘟咕嘟的声音，蒸汽充满了整个房间以及楼梯间。之后金高回到家，他们坐成一圈吃饭。就我们这种条件而言，他们花了很多钱在吃上——优质的食物，这是最重要的。之后到了晚上，喝酒就成了最重要的。金高尼亚的官方货币是李子白兰地，他们会狂饮到——哎呀——无法描述的状态。他们每一个人的酒量都非常好，以至于彻底喝醉都成了一项苦活。除了孔特劳，他喝酒只是为了增强烟的效力；除了亚伯，他就是永远喝不醉。别的先不说，这个小伙子是个医学奇迹。金高一只耳朵贴在他胸口上，听着。一切正常，她对其他人说。他是个人。

一月底安德烈过生日，人们又开始来来去去。仿佛所有人从来没从派对上回过家似的，或者只是短暂地回了一下，以便马上于第二天夜里再来。一张张不熟悉但通过频繁往返多少变得熟悉了的脸，不过其中总还是有新的。值得注意的是，随着时间的推移，遇上了多少人。我们有一定知名度了，亲爱的，金高自豪地说。公开排练、沙龙，你想要的都有。最终，除了一直以来或者说过去十年里在做的那些事，我们什么别的也没做。八十年代也不差，即便总的来说一切都暗淡了些，或许是我们，也就是我，金高，那时住的地窖的缘故。那是个小城市，不知什么时候，所有人都围坐在一起搞起了政治，在我们那儿，一切都是政治，有时被右翼批评，有时被左翼抨击。从始至终没有谈过别的，除了不可能在那里生活的原因。而现在呢？想想，那时我们以为主要问题是民族压迫，现在你再看呢。

不是普通人，安德烈说，是研究院发布出来的，谁都知道。

放屁，扬达说。我以民族男子汉的名义对你说。

这不是一回事，安德烈说。你不是出于政治考量来行动的。

咳！孔特劳叹了口气。美好的旧时光，那时候人们还会为了个人原因出手。

扬达呼哧呼哧地笑了。

金高转向孔特劳：你也是吗我的孩子？犬儒主义者？

这是个问题吗？（扬达）

人类没好的！他在他们多喝了点之后大喊道。终究要明白这个啊！

安德烈只是摇了摇他的大头。

至于亚伯，他从未说过一个字，而是看着周围的每一个人如何渐渐醉倒或亢奋起来。除了安德烈在这种场合一定要演奏手风琴探戈，男人们醉起来很平静。而对金高来说，醉意把平时就不算微小的情绪波动推升到了极点。

她时而忧郁，时而像母亲一样，看啊，看我给你偷来了什么！一个橙子，要我帮你剥皮吗？她喝醉时就干脆开始折磨每一个人。把素不相识的女人硬拉过来——眼下刚刚见到的人，这就够了。我走进百货商场，乘着扶梯上去，女士专区，那儿站着一个刷了漆的野鸡在发广告，所有人都给，就不给我。这种人反正也不会买。像在博物馆里似的四处看看。我至少还进过一次博物馆，喷香水的臭婊子，以为自己的屎不是臭的。噢，我应该去学学这四十种新的性爱体位吗，开始节食，环球旅行？也许我最好还是要个孩子，好让自己不要无止尽地无聊下去？

我挺想要个孩子的，忠于事实的扬达说，并因此把大街上的冲突引进了惬意的居室里。

金高：你和一个孩子？可怜虫。

接下来是一阵短暂的沉默，而后她重新挑起战火。臆测开始。他当然想要这么一个头脑简单的金发妹生的小淘气咯，越愚蠢越好，谁都不会受伤，要做我们中心的王后，荠菜头的IQ就够了！

能不能请你不要再说这些蠢话了？我（扬达）感激

不尽。

你呢，你到底能给予什么？你自己看看吧，你从来就连自己都照顾不好！刚刚大家还在这儿等你呢！

扬达：看在我们友情的分上，给我闭嘴！

消停吧。两位。（安德烈，理性之声。）

有时她会在听到这话之后停下来，蹲在蓝色的塑料浴盆里，给自己全身上下刮毛，只要够得到。

好吧，她紧接着说道。好吧！

转向亚伯：我美吗？

美，曾经的大学生腼腆地说。（你的上嘴唇就像一台粉碎机，可我倾慕你。）

受到恭维的她笑了，双臂环绕着他的脖子：你想跟我要个孩子吗？

放过小屁孩吧。（扬达）

金高笑了，埋进孩子的脖子里娇滴滴地说：小屁屁屁孩，小屁屁屁屁孩，小屁屁屁屁屁屁孩。

或者她还是停不下来，然后就要——扬达不想这样，但我们的脾气就是一切——在咆哮中做个了结。混球！荡妇！停！有时他们会在扬达走前和好，有时则不会。他气鼓鼓地冲出去，摔门。第二天他还会再来，并不再提这件事。

然而真正的关键，是夜晚。

不管有多晚，不管有多累，乐手们从来不会留在金高尼亚睡觉。要是在一块儿过夜，我们会定期互殴致死。可是我非常不喜欢一个人睡。不过现在，K. 说，你在这儿。

她在他腋窝里筑了巢，爱抚他，摸遍他全身，把他的手放在自己的胸脯上：感觉怎么样？玩他的头发，察看他的皮肤，数他的胎痣（右边小臂上九个，左边五个），长达几小时。这是好一点的夜晚。其他夜里，在沉默的傍晚之后，她蜷成一团躺在她的床垫上，来回摇晃，嘟嘟囔囔，自言自语。之后，半夜，她会爬过来。有时她会讲起梦境，噩梦和美梦，不过绝大多数时候都在说着听不懂的东西。她只是在呜咽，喃喃呻吟，哭泣，跟身旁的另一个身体交缠在一起，把他拉到自己身上，跟他一起打滚。和其他所有人一起时，对方先是做爱，之后就变得粗暴起来，现在终于可以放开我了吧，让我睡觉，你永远不让我睡觉！他在咆哮，她则紧紧蜷缩着，哭了起来，两个赤裸的人。可是这个孩子不一样，他不碰她，也不会把她从自己身上推开。我是最了解你身体的女人吗？是。亲我！在那时的火车上，她第一次这样说，然后把舌头伸进了他嘴里。她品尝着他：嗯，不错。怎么对待他都可以，耐心地跟她缠绕在一起，可以听到她骨骼间的咔嗒声。现在我明白她为什么满身瘀青了。几个晚上过后，他也出现了瘀伤，就好像是她给他传染了疹子一样。有一次，她在他的脖子上种了一道吻痕。这可不容易，虽然看起来不觉得，但他的皮肤很结实，她不得不集中精神，最后好不容易才显现了一小块泛红的瘢痕。他扣起衬衣领子遮住吻痕，不过除此之外他好像完全不在意。动起来的时候，痕迹偶尔会露出来。小混蛋，金高紧挨着他的脸低声说。天已破晓，她摩挲着他。你爱我吗，小混蛋？紧接着她就睡着了，鼾声阵阵。再次醒来的时候，她又像一直以来那样开心和聒噪了。她用力拉开窗户：

我闻到了潮湿的杨树，噢，我多幸福啊！

从哪里来，到哪里去

几周以来，把这一切都听过看过之后，亚伯是时候找点新的事做了。他自从不再学习，也就有时间来做毫无目的的事情了，简单来说，就是消磨时间以及离开那儿。如果人不用睡觉，或者睡得不多，可能是有优势的，即便如此，某种东西还是多得过分了。我摄入金高过量了，扬达时不时说。我需要空气。亚伯一直等到孔特劳的排练时间结束——他没有明说，但显然喜欢这段时间——然后走了出去。

你从哪里来，你到哪里去？在冬天，即便是温和的冬天，在这里也差不多意味着——当你出于这样那样的原因不能待在家里的时候——永恒的毛毛雨。之前他只在确实必要的时候才会在封闭空间以外待这么长时间。在一条村子里，或一座小岛上，他也能活得一样好，他走的路从不超过两三条。我看得见你体内的全部器官，你多苍白啊！（金高）现在他开始徒步在城市穿行。

双手揣在大衣口袋里，脖子缩起来——他有围巾吗？算是没有，细雨落进头发，顺着额头流下来——迈着大步，上身前倾，就好像在顶着大风走路。他要么是基于自己的判断前进，要么就是选了个什么人尾随。后者关系到一件他好几年以来，准确地说，自从他离开了那间死过人的屋子之后一直在做的事。那就是，无论一段路走得有多频繁，当我没有完全集中注意力——有时甚至是在我充分集中注意力的时候：就都会迷路。这并没有通过经常性的训练得到改善，在这之后，他大部分时间都只安于一种自己此刻身在何处的想象。他借助一些重要的地标来给自己定位：公园、火车站、精神科诊所、这座那座教堂塔楼。其间大部分街角看起来都像是他刚刚才去过的。游荡着穿越一个永远似曾相识的幻觉。此外，一条走过上百次的路偏偏总会在最后一次确信无疑的右拐之前让人觉得这不可能是正确的路。仿佛所有方位全部围着你转了一圈。不知算不算得上幸运，这些歧路没有物理边界（他的边界）。总体上看，他在铁路线以东三个毗邻的区域之间活动，这差不多就是独自一人能走完的全部了。有些日子会比其他时候冷。赫里斯托福罗斯·S.，曾经的磨坊工人，如今更为人熟知的身份是从公园来的肥宙斯，他知道在这种情况下的好去处：铁路线附近的烂车间。要和他来点惬意的小火苗吗？以后吧，也许。前面还有等候室（决不）、小酒馆（时间长了就太贵了）、图书馆，以及正值免费开放日的博物馆（作为消遣）。（我妈一贯十分重视跟野蛮相抗衡的文化。车子卖了以后，米拉会带着儿子乘火车去邻近的三个首都中的一个。在乘末班车回家之前，他们有八小时，只要跑得下来，他们就尽可能去更多的博物馆和教堂。我若不是这么个讲礼貌的小孩，现在就要站在街角把凉鞋和袜子脱了，看看脚底板上是不是像我想的那样冒出了瘀青。你觉得我是为了谁才在这儿干这些的?!?)

在空无的冬天，尽管亚伯已经坐在床垫上聚精会神地沉思了好几周，却无论如何也想不出该怎么继续过下去，既然如今的他已经不能再学习了——要是你想在火车站做装卸工或者卖报纸的话，安德烈可以给你找个岗位。谢谢，亚伯说。我好好想想——他读了很多书，观赏了很多艺术作品，比从前或往后任何时候都多。有一件装置艺术作品包含了四十二个传声头像，除艺术家本人和一个撰写相关主题毕业论文的年轻女人以外，他是唯一一个从头到尾听完了当中每一个故事的人。在一间装置艺术展厅里是可以好好坐下的，耳机轻微摇晃，温度恒定，空气流通，某种在无政府状态下生活的气味被最大程度地稀释了，这样一来我们就不那么起眼了。有时管理员会过来，她拉开幕帘，往里面看。角落里一捆黑衣服。中国农村的孩子在学习乒乓球，憧憬着更好的生活。

几周下来没有发生任何不寻常的事，艺术就是这种普通的东西。这期间有件事大家之后才知道：

一个严肃的老先生，可能是某位管理员领班，矮小浑圆，他脑子里发生了什么呢？闭馆前十分钟，他穿过展厅，拍着手：女士们先生们！我们马上要闭馆了！……我要疯了！他在这儿干什么？大概是在睡觉？他在这儿睡觉！

他再次拍了拍手，像一个好斗的幼儿保育员：哈啰！醒醒！在这儿给我睡觉！这儿不能睡觉！这是个博物馆，不是铁道救助站！这种事也碰得上啊！

这个黑色的家伙是不是真的在装置艺术展厅里睡着了，这是个问题。他坐在屏幕前的一把小凳子上，后背挺直，双手放在膝盖上，眼睛闭着，头戴耳机，也许他只是没听见老人的话。背景里有两个好奇的年轻女管理员。现在他睁眼了，不像是一个刚刚醒来的人，更像是一个刚刚被唤醒的玩偶、怪兽，啪嗒，眼睛张开了。

他听见我了吗？大功告成[1]！

现在能看见老人了：他挥动着之前击掌的那双手，在脖子高的位置做着切割的动作，紧接着小臂迅速摆向前，就像在指挥车辆似的：这边出去！起来！起来！

这家伙取下耳机，站了起来，一下子高了许多，老人恐惧地向后退了一步，尽管他本来就站在对方一臂开外。他什么也不再说，只是继续摆手，沉默地指挥着。

亚伯看向他，或者没有，他走了。他刚走出展厅，这个矮个子男人就冲到了廊道上，从那里可以看到他的

1　原文为意大利语"Finito"。

头顶，看他如何走下楼梯，穿过售票厅，接近旋转门。现在老人又重新找回自己的声音了。

真有这种人！来这儿就是为了睡觉！看得出来这人就是这副样子！在我们这儿可不像在马戏团！免费开放日来这儿，来睡觉！反社……

剩下的听不到了。亚伯踏上了街道。

应该搜查一下他的。尽管这里的东西都不够小，矮个子老人还是冒出了这样荒谬的念头，冲回了展厅，想要再检查一下某样东西。四十二副耳机从白色的天花板上垂下来，摇摇晃晃，他犹豫地抓过一副，仔细地听了起来。就好像那小子能把听到的内容顺走似的。他在退休演讲上提到了此事，那个男人，那个来睡觉的人。活跃气氛。

要是发生在金高身上，想象不出来。是，元首！又或者：我严正要求，你这个侏儒，你这个法西斯，你这个法西斯侏儒，官僚主义混蛋，沙文主义猪，你可以跟你老婆这样说话，但我是一位淑女，快滚，有多快滚多快，一通举报就让你完蛋。紧接着她还会从远处，从无政府主义自治区的安全地带朝他晃拳头，笑，哭。而在这边，亚伯保持沉默，他干脆就再也不进博物馆了。那天是正式进入春季的日子，反正这时候他已经看过所有当下能观赏的东西了，并即将做出抉择。大概没过几个小时，他做了决定。这一天，在大学的机房里，有人看到他坐在一台电脑前直到半夜。没人知道他具体做了什么，总之他几乎没碰键盘，只是坐在那儿，盯着屏幕，好像在晾晒自己的脸。

之后，他的眼睛灼烧起来，便回了家。金高尼亚寂静而昏黑。客人们走了，住在这儿的女人睡了。

或者没有，她潜伏在门后：哗啊啊啊啊啊啊啊！呐，你吓得尿裤子了没？她笑了，但并不开心，马上就停下来了。活该，你这只猪。在哪个婊子那儿磨了这么久?! 你以为你算什么？也许我会担心呢？也许我需要你呢！怎么能是这么个自私鬼！

抱歉。

啊，现在就别厚颜无耻地撒谎了！你对什么事都不抱歉！你在那儿干吗？

他想：躺下。

噢对，当然咯，蠢问题，我们确实度过了疲惫的一晚，要睡我们的美容觉。没有我陪着你，你大概完全不在意吧。我焦虑得睡不着。先前是担心得坐立难安，现在是……

愤怒，因为这个小混蛋绝对不是遇上什么事了，他自己玩得开心极了，我们这里嘛，只是旅馆！

我在电脑室里。学习。

这下她愿意静下来了，饶有兴味地等着更多信息。他，亚伯说，决定写一篇比较语言学领域的博士论文。

啊，金高说着，双膝跪在了他身旁。我多么骄傲啊！我的小家伙要当博士了！她伸手去抓他的头，亲他的头顶。我太开心了……

如此，就进入了新的——

循环

您又回来了呀！蒂博尔说。挺让人担心的。您一切都还好吧？所有人都在找您。（其实也并非如此。）

当蒂博尔跨年夜里心情糟糕地回到自己家时，迎接他的是耐心坚守在那儿的全体客人。噢，你们还在啊。

他在哪儿，他在哪儿？

谁？

那个毒贩子。为什么没把他一起带回来？

他不是……从来没有说过要把他一起带回来。我干吗要带他过来？我干吗下次要把他带过来？尽管从另一方面来说这也无所谓。好，好，蒂博尔（阴郁、冷淡、声音低沉）对客人们（相反，兴致盎然，部分还经过了酒精处理）说，我看也行，我邀请他来，普遍的好奇心使然，再加上礼俗需要——毕竟还是得有人来过问这些小伙子。可是现在：我是一个衰老、疲惫的男人，你们聊个尽兴，然后消失，一个月后——或者随便什么时候，只要我家的新女主人邀请你们——再来。那时候你们横竖都把他忘掉了。

几天后，一个名叫康斯坦丁的人出现在了系里，引起了一场轩然大波：他的室友被消失了。他房间里的东西被取走了，而且……一部充满想象力而又冗长烦琐的惊悚小说。他们把人从街上抓走，然后带到鬼知道什么地方。一起让阴谋论者以及人权组织介入的事件。我要借钱来发传单。

好了，蒂博尔说。您不要担心。跨年那天晚上，我把您的朋友从警察局里接出来了。

康斯坦丁眨了眨眼：跨年那天晚上？

是的。

停顿。眨眼。

那他现在在哪里？

这我不知道，蒂博尔说。我在楼栋前面放他下车了。

那他现在在哪里？

这我不知道，蒂博尔重复道。

然后还有三遍同样的循环。哪里？我不知道。那是哪里呢？两个人眨着眼注视着对方。

现在，几个月后，他终于打来电话了。

您又回来了呀。您的室友在到处找您。

对，亚伯说他自己搬出去了。

还是那个问题，一切都还好吗？

好。

停顿。

好，嗯，嗯哼，蒂博尔说。我能帮您做点什么呢？……懂了……您看，为什么……为什么您不过来一下呢，就定在下周一吧。还会有其他人在，就是一个定期聚会，希望您不要介意。

谢谢，亚伯说。

蒂博尔点了点头——虽然是在讲电话——然后挂了。尽管是坐着，过后他还是觉得双膝有点发软。每次我跟这个人打交道的时候，都会有某种无法解释的事情发生。后来蒂博尔教授辨明了他这种复杂感受的两个组成要素，那就是：羞耻和渴念。为什么偏偏是这两个？

一周后的周一，A. N. 来了。

哪位？啊，当然了，梅塞德丝说。

老实说，她基本记不起来了。四年以前，第一次也是迄今为止唯一一次，他们两个面对面站着，在他的第一天，估计刚越过边境两小时。因为黄油而没有握手，您好，再见，这就是全部了。之后如果他们真的见过面的话，也只是从远处看到过彼此。要是您有困难的话，请联系梅塞德丝，可是他没有遇到困难，或者至少没有寻求她的帮助。她听说过学院里流传的一些关于他的事——大衣口袋里装满袖珍词典，而且一直在走廊里迷路，但这些并没有使她特别感兴趣。现在，他就站在门口。

不可思议地瘦且高挑，黑色大衣的其中一边垫肩降了半旗，整体看上去，所有东西都像是被扔在他身上，就连那双白手也毫无生机地从短得过头的袖子里垂下来，摇晃，和之后一样，此时此刻——一种十分相似的摇晃。她向他伸出手。欢迎，我是梅塞德丝。指尖刚碰到，就擦出了一丝静电火花——橡胶鞋底碰上擦鞋垫——肉眼可见，还发出很大声响，令人意想不到。噢不好意思。他很快把手收了回去，然后像刚才一样站在那儿。他这下看起来像是被吓到了，以至于没有别人帮忙一步也不能继续走了。也许就是这种她臆想出来的无助感，在延迟了四年之后，把梅塞德丝即刻拉到了他这一边。他身上有某种摄人心魄的东西。以及（一点点）某种可笑的东西。梅塞德丝鼓励地朝他微笑着。蒂博尔还有些事要忙，但亚伯已经该去其他人那里了。去纱绒[1]那儿。

噢不好意思。她笑了，一只手捂住嘴。我儿子总是这么说。我是说，去……啊，你在这儿啊，奥马尔，到这边来。这是奥马尔，我儿子。

身高：一百三十厘米；体型：瘦长；肤色：牛奶咖啡；头型：鹅蛋。奥马尔这时六岁，他身上的一切——除了人造右眼的琥珀色虹膜上的一点点色差——都处于最最完美的平衡之中。

晚上好，他说。我的名字是奥马尔。我只有一只眼睛。（停顿。他严肃地注视着对面的人。）我用另一只换来了智慧。

亚伯做出既不惊讶也不同情的样子，他的笨拙迟滞也消失了。他的声音不像大家期待的那样（上一句还是

1　奥马尔故意将"Salon"（沙龙）说成"Sarong"（莎笼，印度尼西亚人裹在腰或胸以下的长条布），这里为了区分两个词的发音将后者译为"纱绒"。

沙哑的噢……），反而饱满、温暖、有男子气概：

绝大部分人，他说，都没有这么勇敢。

孩子看着他——怎么样？惊讶？印象深刻？这样一种眼神更经常出现在我身上——然后微微笑了起来。

奥马尔，梅塞德丝说，这位是亚伯。蒂博尔的学生。他会十种语言。

男孩收起笑容：为什么？

因为，亚伯说，我感觉九看起来太少了，十一太多了。

奥马尔点头回应，拉起他的手，带他离开了纱绒。就好像他到这里来，四处看了看，用手指指向其中一个。亚伯·内马，被奥马尔·阿莱格雷选中了。这个名字是阿拉伯语，意思是：解答，方法，出路。

他领着他，就好像在穿越一座博物馆。这种活动我们已经了解了。只不过在那里没有人会牵你的手。人们，他和我，上一次跟某人相互触碰这么长时间是什么时候？真的有过吗？经过某一些物品——艺术摆件或日常用具——旁边时，这孩子站定不动，为它们做介绍：它们的历史、它们的功能，或者提醒他注意讲解中的某个特殊细节。这个中国花瓶以前属于安娜，蒂博尔的妻子，她死了。可惜"她"——我是说花瓶——贬值了，因为缺了配对的那一只，也就是说，其实这儿这个不是一个花瓶，而是半对花瓶。我觉得很有趣，奥马尔说。两个完全一样的花瓶会彰显出比一个或者三个更高的价值。这确实也是可能的。三个完全一样的花瓶，如果其中一只打碎了，又会怎么样呢？剩下的两个会贬值吗？停顿。男孩牵着他的手，用眼神向他提问。

我觉得，亚伯说，就这个话题来说，提出这个问题就已经把话说到头了。

奥马尔点了点头。他们继续向前走。迄今为止降临到我头上的事情当中，这几乎是最奇怪的了。此外，这其中也有某种无法解释的好东西。随着时间的推移，他们的手掌开始出汗了，两个人的汗水混在一起。要想跟上男孩的小步伐，很难不跟跄，尽管如此，他们还是不松手。

这栋房子是蒂博尔的，奥马尔继续说道。梅塞德丝，我妈妈，是他的学生，以及后来的助理。后来她放弃了自己在大学里的职位，好让我们能搬到这儿来。现在她在一所学校里教课。这儿是图书室的一部分。大部分书都放在蒂博尔的房间里，他需要用它们来工作，那边我们现在进不去。还有一些在下面的纱绒里。更具有代表性的那几本。

他能有多大呢？

我六岁，奥马尔说，就好像听见了似的。我凭特殊许可跳过了一年级。这是梅塞德丝的房间。请您留意这个您可能没有预料到的东西，柠檬黄的柜子上面的红色摩托头盔。旁边挂在墙上的：玫红的芭蕾舞鞋，三十五码。要是我还想试穿一下的话，那我得抓紧了，过几个月它们对我来说就太小了。穿玫红色芭蕾舞鞋的黑人男孩。看看新来的对这幅画面会是什么反应吧。亚伯露出微笑。不太少，不太多，正好。

剩下就是家庭生活照了，大部分是我，或者她，年轻一点的时候。中间：墨西哥陶俑、非洲木雕、印度布料。梅塞德丝收集这种东西。这是我的房间。这边又一个非洲的面具。我爸爸以前是从 G 地来的王子。在我没出生的时候，他就消失了。顺带一提，面具不是他给的。那是梅塞德丝买的。

现在呢，他们坐在他床上的时候，奥马尔说，说点什么。

Njeredko acordeo si jesli nach mortom，亚伯说。Od kuin alang allmond vi slavno ashol。[1]

啊哈，奥马尔说。我想学俄语。你也会吗？

呐，您现在全部都知道了？纱绒门口一个年纪稍大的漂亮女人。我是米丽娅姆，外婆。奥马尔的外婆，她补充道，因为他看起来没听懂她的话。

这是我外公。奥马尔指着这家女主人的男性翻版：印花沙发上一个金属丝一样的男人。他在写侦探小说。他的笔名叫阿莱格里亚，意思是幸运。他以我为原型虚构了一个人物，名字叫皮拉特·奥姆。皮拉特是"海

1　两句都是亚伯自造的混合语言。据作者回忆，第一句引自匈牙利作家戈尔吉·彼得里（György Petri），原义为"有时我会像死后重生一般醒来。"

盗"，奥姆是圣洁音节"唵"[1]，你懂吗？我的外公外婆是蒂博尔的老朋友。他在我妈妈还是孩子时就认识她了。

坐在外公左边的是塔季扬娜，我妈妈认识最久的朋友，别人说她非常漂亮而且愤世嫉俗。她有一头白雪公主似的头发，还把两条细长的白腿叠放在一起，一会儿这样，一会儿那样。那边那个半胖不胖的高个子，讲话很大声的那个，那是（仿佛伴随着一声叹息）——

埃里克，蒂博尔说，他突然间就站在了他们身后。这是亚伯。他在写一篇普遍文法方面的博士论文。

……，埃里克说。搞不清说的是什么，因为这时奥马尔刚好把亚伯的手松开了，走到某个看不见的地方去了。亚伯空空的手掌上掠过潮湿的气流。面前的这个埃里克列举着人名，显然是他经手出版的作家们，亚伯表示遗憾，他自己一个都不认识。那这些语言你真的全部都会？全部十种？

亚伯点了点头，然后突然就被一群人包围在正中间，他们问他一切可能问到的东西，您从哪里来，我最近去了阿尔巴尼亚。他三言两语回答着。嗯……我觉得……我不知道。

怎么回事？（埃里克问蒂博尔。）他不会讲话吗？

你看出来了？这样有十分钟了吧？塔季扬娜说。这是你第一回住嘴喘口气。

她甜甜地微笑着，改换了腿的位置。埃里克撅起

1　唵（Om）这一音节在印度教象征着精神的认识和力量。

了嘴。

亚伯四处张望，找那个男孩。他站在房间的另一头，正在跟他妈妈说：我想学俄语。亚伯会教我俄语。每周四。

行，梅塞德丝说，朝房间对面的亚伯微笑。

就这样，亚伯·内马认识了他未来的继子奥马尔。

扁虱

他再来到金高尼亚的时候，天已经亮了。门锁着，整栋房子如死一般寂静。夜里又有一场派对，有可能他们还在睡觉。

他们没在睡觉。透过钢筋和水泥，亚伯听见他们醒着，只是声音压得很轻。他敲了敲门。有一阵子，什么也没发生，然后，好像是金高说：去看看，可能是那孩子。不一会儿，扬达打开了门。

早，亚伯说。

扬达一言不发，就让门开着。

金高：是你么？感谢上帝，或者该说：你给我搞来的是个什么家伙？

他们，跟前面所说的一样，又搞了一次开放日，亚伯在第一拨访客到来之前就走了。教授家的邀请。啊哈，金高说，那好。只管去吧。她被侮辱了，或者单纯就是心情很烂。在一个这样的晚上——大家都知道的——就是什么事都不成形或者不成行。无聊而紧张的几个小时，不知道怎样更好，继续还是停下来；今天干脆所有东西都踩在了我的神经上。乐手们漫不经心地来回拨弄着自己的乐器，不知怎的什么都搞不出来。而这回的客人们好像真的全是不认识的人似的，不懂约定俗成的规矩。密封玻璃罐差不多是空的，大家喝得倒还比平时更多、更快，然后还留下一大堆垃圾，任我坐在中间。金高走进厨房，展示性地刷洗玻璃杯。正洗着杯子，这个家伙突然就站到了她旁边。一个新来的，不过我好像见过一回，偏分头。他算是来得最早的那一拨，你（亚伯）刚出门，半小时。她旋即给他施洗，名之以扁虱。一个牢骚鬼和叫花子，过来是为了混饱肚子，手里一直拿着酒杯和抹了油的面包，而且眼睛一刻不停地这儿转那儿转，扫描四周，好像必须把所有东西记下来似的。除此之外，天知道他以为自己有多么独具慧眼，随便站到哪个人面前，吧唧着嘴说：

无政府主义金高尼亚。这算个什么？无脑王国？他笑了起来，看得到他嘴里的面包。或者是个毒窝？

正是，金高说，然后把他晾在了那儿，尽管她手上的事还没做完。垃圾。

她愤怒地发出嘶嘶声从扬达身边经过的时候，他抬起了头，看到没有下文了，就又把耳朵贴近吉他弦上，继续弹。之后他们还是振作了起来，演奏得有模有样。两个不认识的女孩也在这儿，两个小贱货，零下气温穿迷你裙，从头到尾挨着坐，大腿贴着大腿，肯定还是学生，这种烟熏雾罩的无聊情景对她们来说是某种特别盛大的东西。她俩直盯着乐手们，窃窃私语。

呐，两粒小雏豆？好好看看他们吧！里面每一个我都睡过至少四次。（当然，后面一句她没说出口。）你们还想再喝点什么吗，小家伙？

金高，狂暴而甜美，手上拿着烧酒瓶。安德烈微笑着摇头：放过她们吧。

她放过她们，坐下了。扁虱目前还待在厨房里，但凡还有点面包，他就吃。吃到那边再也没有了，他就过来了，坐到女孩们身边，开始和她们说话，喋喋不休，吧啦吧啦吧啦吧啦。安德烈和孔特劳还好，但扬达对这种事特别不耐烦。他朝四周看了看。谁一直在那儿嘀嘀咕咕的？

嘘嘘嘘嘘嘘嘘嘘，金高俯下身，对着扁虱的耳朵轻声说：你。停顿也是音乐。

他说到一半停了下来，盯着她，嘴巴大张，两个迷你裙咯咯笑着。金高冲着他眨了眨眼。之后她进厕所了，等她再回来的时候，扁虱正靠在门上。你，他说。（你这是在学我？）我们见过一回。

啊哈？

她径直走开了，他跟在后头。他大声跺着脚，扬达朝这边看了过来。

是，扁虱说。有几年了，什么什么夜店来着。

啊哈。

我看我们有个共同的熟人。半个匈牙利人。内马，
亚伯。

嗯哼。

就一个穿着黑色旧衣服的高个子。

穿着黑色的旧衣服，真的？

她朝四周看了看。迷你裙是白色的，上面的图案是
灰色方格。可是除此以外……一个瞬间做出的决定：摆
出一副对这个全名毫无反应的样子。可是与此同时我心
想：呸，这家伙谁啊？不要看他的脸。她转过身去，他
跟着她。

他消失了，他在她背后抱怨道，把我扔下。我已经
觉得有人把他绑架了，这种事是有的，有人在大街上就
消失了。我们被拘留了，尽管完全清白，还被拆散了，
受了审，从那以后……

抱歉，金高说。我不知道你在说谁。见谅。

她把他晾在了那儿，不过从那时起就观察起了他。
在别人盯着你的时候回避眼神接触，这并不容易。

咋了？扬达问。

没事。一个烦人精。

之后她暂时分散了一下注意力，不再用余光打量，
从这一劳神的活动中获得片刻休息，突然，那家伙的声
音冒了出来，尖锐刺耳：那是他的包！我认得他的……

嘘！乐手们又开始演奏了。

可是那只扁虱再也坐不住了：

你们为什么要这样做？你们怎么能这样？什么人

啊！我什么都没对你们做过啊，我对每个人都很友善，每个人我都帮，又出主意又操心，乐于团结，富有同情心，一个好人，一个好人，可是你们，可是你们……

其中的某个时刻，金高一阵冲锋，抓住扁虱的肩膀，然后拎着他跑过房间，就像抱着攻城槌一样朝门冲了过去，门——好巧不巧——正好敞着，她得以毫不犹豫地把他推进了楼梯间——不，是给屁股上结结实实地来了一脚，把他运了出去。那家伙懵了，甚至还继续说了好一阵，直到发现门就在眼前才开始吱哇乱叫：诶噫噫噫噫噫噫噫！金高提起膝盖，把他踢了出去，在他身后摔上门，然后从里面闩上了。她笑了。

其他一些人也笑了，另外的则完全没注意到这边刚刚发生的事。乐手们疑惑地看着她，她打了个眼色，不予回应。但其实我从始至终都有种烂透了的感觉。

刚过了几分钟，两个迷你裙就决定要走了。她们几乎不敢跟金高搭话，但还是这么做了，非常礼貌：麻烦请她把门打开。其间，金高把扁虱——听起来不可思议吧——忘记了。仿佛我已经把他推出地表了。迷你裙们走了又回来了。

他在哭，她们报告说。

谁？

刚刚那个男人。坐在楼梯台阶上，哭。

然后呢，小心肝儿？

迷你裙尴尬地站着，其中机灵一点的那个耸了耸肩，然后她们再度离开。

不好意思。踏着长筒靴经过那个吸鼻涕的男人时注意一下。

金高朝楼梯间里探了探头。的确。这时候我确实对他有点过意不去了，而另一方面……她轻声关上了门。

没过多久下面的院子里就响起了一阵咆哮。这是什么？最初他们完全分辨不出声音是从哪里来的。然后某个人开了窗，清楚了。扁虱。站在下面，在院子里，高声尖叫，失去控制，声音像这样地回荡着：

我要举报你们所有人！酒吧非法经营！

金高笑了，但也紧张起来了。她不敢朝密封玻璃罐那边看，顺带一提，罐子几乎是空的。

听见了吗！我要举报你们所有人！（他在哀泣，但就连这个也能听得很清楚，院子就像一口井）你们这些猪。

扬达站了起来，向门走过去，好像只是去上厕所，但他没有拿钥匙。

你要干吗？

没有回答，他走了。

你们会后悔的！（下面院子里的咆哮。）

紧接着：寂静。

下面很黑，什么都看不见，他们把灯熄灭了，好让自己也不要被看见，然后站在窗边听：没有声响。之后有脚步声，仿佛有人讲话，再之后扬达回来了。

发生什么事了？

没什么，扬达说。

你干什……

没什么！我下去的时候，他已经走了。

等到所有人都走了，一阵战栗还是攫住了金高。

你别激动了，扬达说。什么事都不会发生。

那个耗子真的会揭发我们吗？金高现在向亚伯问道。他到底是谁？你真的认识这人？

我觉得不会，亚伯说。他不会揭发他们。应该不会。

你在那儿干吗？

他在收拾他的东西。

你为什么收拾东西？

他找到了一个新的住处。

什么？

一个新房间。

什么时候？

刚刚。回家路上。

怎么找到的？就这么简单？

对此你能说些什么。这时你（金高）无语了。这种事是人能做出来的吗？现在就走？她看向乐手们，寻求帮助。孔特劳耸了耸肩。另外两个人毫无反应。

抱歉，亚伯说。但他已经跟新房东保证过了，一小时之内就回去。

他吻了金高的脸颊，然后给了她一叠钞票。借住的钱。她注视着这些钱，刹那间她看起来好像要任它们落到地上，手掌摊开，保持平衡，然后还是把钱装进了裤子口袋。这时他已经走到门外了。

IV. 肉

纠葛

卡洛

他借口说回家的路很远，相对算早地离开了这个社交场合。

周四见，奥马尔和他妈妈说。

周四见，他说。

四周后的周一见！客人们喊道。

您等一下，蒂博尔说着走进了隔壁的房间，在亚伯的论文一行都没交上来的情况下，眼睛都不带眨地写了一封新的推荐信；这次是博士奖学金要用的（我们的一致关切在于……），这样一来，之后的三年就有保障了。

谢谢，不客气，没事。

他终于走到街上时，人行道上已经覆满了霜。嘎吱嘎吱的步子和吐出的白气。每一缕都是一个渺小的灵魂。观察它们短暂的航程，也算有事可做。他有点犯恶心，不知道到底是什么造成的，没喝什么特别的，只是某种高度酒和一点水。不知是不是因为这样，他决定徒步走回家（整整十五公里？二十公里？好吧，到头来我还是算不出来。）

他单纯就是想看看会发生些什么，自己能不能搞定。有几次或许是迷路了，也可能并没有，基本上，在一座如此大的城市里，人可以好几天一直走在路上。他本可以走大马路，跟着指明火车站——他一直以来的导航坐标——方向的路牌走，但谁也不愿意这样，于是他坚持走小街，仅仅依靠听觉让自己跟大马路保持平行。有时会跟丢踪迹，这无法避免，不过他会把它再找回来，或者之后找上另一个。等他走到一个看起来眼熟的地方时，已经过去了整整五个小时。他感觉没这么长，基本上一清醒，他就在那儿了：一家药妆店、一家旧货店、一家烟行、一家美甲店、一家旅行社、一家花店。分开来看，全都不熟悉，可是放到一起就……两家小酒馆、服装、家用百货、花、药妆、纸。有些商店正在进货：像是画上去的肉块在街上飘荡着。这位初晨的漫步者本可以在货车敞开的后柜门边，从对半切开的猪肉中间挤过，但出于未知的原因，他停下步子站定，仔细看了起来。肉铺的老板，一个大胡子软肚皮的年轻小伙子，走出来好几次，每次都看着他。运肉的工人穿着塑料围裙，同样朝这边看过来。然后货车开走了，卖肉的留在原地，站在亚伯身边。

您从哪里过来的？

他说了那个城区的名称。

那边下雪了吗还是怎么的？

???

您全身都白了。

他把手伸进头发里。白霜。眉毛上也有。白发的年轻男人。这就是为什么所有人都那样看着他。也许是这个原因。

卖肉的名字叫卡洛，他正在跟破产作斗争。工人阶级的消失导致了他的没落。说的就是面包夹香肠的快餐。必须要想办法挺过这一回。您或许碰巧认识什么在找房子的人？

一个房间，一个厕所。一张当作床用的伸缩沙发——看着并不像床，角落里立着一台嗡嗡作响的冰箱，上面有一台咖啡机，一个架子上藏着一个电炉。墙壁闻起来一股熏肉的味道，能听见隔壁灌香肠的机器在运转。此外还听得见电话，它本来放在这里，现在正好位于墙后边的走廊里。卡洛打电话的时候，能听见嘟嘟哝哝的声音。在紧急情况下也会接到打给租客的电话。然后过不了多长时间，清一色的女雇工中的一个就会穿着红白围裙走过来，依各人的个性，或温柔或有力地敲门，转达要转达的内容。大多数时候她们都会派学徒过来，她的名字是伊达，从第一天到最后一天一直爱慕他，完全不敢看他，脸比她切的肉块还红。偶尔——这让伊达松了一口气，却又感到失落——肉铺师傅会亲自过来，穿着围裙，踩着胶靴，待上一小会儿。可能他得时不时在自己的办公室里消磨时间。其实，这个房间本来是不允许被作为住房出租的，所以也就没有门铃。要是有人问起您，在他们第一次见面的清晨，他说：您只是借用办公室。亚伯点头了，走回金高尼亚，去取他的东西。

您在忙什么？卡洛瞟了一眼亚伯不知什么时候——电脑机房那一夜之后，去蒂博尔家做客之前——买的石器时代的笔记本电脑，问道。除此之外，他没带很多东西。两三本书。

比较语言学领域的一篇论文，亚伯回答房东的问题说。

啊哈，卖肉的说。

除了肉以外，他自己很少对什么东西感兴趣。无论在讲什么，他都可以把话题引向肉的角度。您不是素食主义者吧？他正忙着研究前所未有的香肠种类，腌肉，煎肉，并以最最礼貌的方式请这位外国人尝尝，看看是否合他们那儿的人的口味。他们那儿的人就是最近这个地方出现的许许多多令人愉快的异乡人，卡洛很珍惜他们，因为他们没有那么多抱怨，总的来说从不抱怨，而且也不抱怨渗进楼梯间里的香肠的气味，他们喜欢吃肉，而就他自己这边来说呢，卡洛也乐于提供他们喜欢吃的肉。这回他按照自己对那家他最近尝过试吃品的小吃摊的记忆，用肉糜和重口味的调料做了点实验。这个您觉得怎么样？这个——依旧还是肉。当他说起这个，他指的是——肉。

亚伯·内马用自己那掌握十语的著名舌头碰了一下这块肉。舌头立刻麻痹了。

太辣了？

说实话，亚伯说，我差不多一点味觉都没有。

卖肉的只是看着。

事实就是这样，亚伯说。我只能尝到非常浓烈的味道。所以这个不是很辣。

这解释了为什么这个小伙子看着像个管道清洁工。另一方面，卡洛并不是非常相信他。

一直都是这样吗？

我记不得了。这种事以前我没注意过。

然后就再也没什么好说的了。他还是会把这个放在这儿，卡洛说。它是并且依旧是蛋白质的一个来源。

这时的亚伯·N. 二十六岁，第一次真正过上一个人的生活。尽管灌肠机、卡洛、伊达和其他穿胶靴的人与他只有一墙之隔。阴雨绵绵的冬天过后，是一个异常温暖的春天，而其中的大多数时间他都在组织一种新的日常生活。他申请到了一份博士奖学金，还被引荐到好几户人家做孩子的语言老师。

此处要记下一些躁动。他身边有过一阵短暂但实实在在的狂热（梅塞德丝回顾时说道），这是从一个带着两个女儿的陌生妈妈开始的。你什么都没察觉到吗？他的确有点东西，某种他拥有的东西！这种眼神，这种沉默，这双手，他要解释些什么的时候，手动起来的样子，苍白、柔嫩的手，最后还有他搞定孩子们的方式，看着好像完全什么都没做，他们只是坐在那儿，聊着天，有时写点什么东西。他既不过分迁就，也不会太严厉。至少在上课期间如此。而这之前和之后，在他不得不跟家长——大多是妈妈——讲话的时候，他又无助得好像还是个少年，基本上什么都不说，微微弓身走开。如果说这些，所有这些，都把我刺激到了一种近乎（耳语）性兴奋的状态，是不是很蠢？

梅塞德丝只是耸耸肩。尽管，她凭着敏锐的观察力说道，这两个毫无疑问是一路人。奥马尔虽然是个礼貌的孩子，但到目前为止，只对不超过三个人——都是他的亲人——建立起了真正的信任。而现在则是他。牵着他的手，领着他满屋子走，紧接着，还不到六岁就已经读写流利的奥马尔说：我想学俄语。

俄语，真的吗？

对，亚伯用俄语跟我讲话了，我很喜欢。

他用俄语对你说什么了？

这我不知道，我还不会俄语呢。

大人们围成一圈站着，妈妈和外婆笑了，两个男人仍然很严肃。为什么不呢，梅塞德丝说。

从那时候起，他们具体做了些什么，梅塞德丝说不上来，她在忙其他东西（蒂博尔），她最多就是给这位老师开个门，然后每月给他付一次钱。一开始，上课期间经过奥马尔房间的时候，她会时不时往里面看一眼。看不到什么特别的。他们有没有取得什么进展，他是不是真的会他所说的东西，无从检验。蒂博尔的圈子里倒是有几个或多或少懂这门语言的人，可是奥马尔看不出有什么理由要向他们展示自己学到的技能。

但是，蒂博尔的熟人们切换回本国语言，不和别人自在聊天的话，你学一门语言还为了什么呢？

可是我现在已经很自在了啊，奥马尔说。

说到这里，蒂博尔的熟人们困惑地放弃了。跟这个孩子聊天，就像是……

总而言之，他在这里没有激起任何波澜，正好相反，例如，蒂博尔有一次也站定在门缝前，看着他们在门后坐下，想着，如果那个年轻人——两人之中高一些的、名字叫亚伯的那个未来一直留在这里会怎么样，而这种想法如今为什么如此令人安心呢？

啊哈，金高说，亚伯在搬出去几周之后终于来向她报到了。我正在想呢，你应该过得很好。我们嘛，谢谢关心，也过得很好。这阵子我们已经又能睡着了。

（最初她看上去好像平静下来了，可是孩子搬出去那天晚上，她还是绷不住了，抽泣，颤抖，乞求乐手们不要留下她一个人，她害怕，却还是拒绝离开金高尼亚，在角落里缩成一团，直到扬达开始咆哮：停，现在看看自己，你在这堆垃圾里打滚！）

太好了，那孩子说。

电话拨号音。

这之后的一阵子没发生很多事情。两件装置艺术作品之间的寻常过渡。某些东西不动声色地接了上来。之后他认识了这个男孩。他说，他的名字是丹科。他落进了我的怀里，就像一颗熟苹果。

游戏

严格来讲，它们已经熟得半边都腐烂了，这是他们从市场后面的垃圾里拣出来的。他又一次迟到了，转过街角的时候，其他人已经在等他了，然后开始朝他扔苹果。他冷笑了一下，继续向前跑，左右开弓防御着苹果，可是你没有这么多手臂。苹果有的硬，打得疼，有的软，会炸开：臭浆糊。他妈的！丹科咆哮着。停下！可是其他人瞄准后才投掷，严肃又认真，不浪费任何弹药。丹科咒骂着，扭动着，都没用，他转过身来的时候，一个苹果——最烂的那个——命中了他，打在尾椎骨上。炸开的棕色水浆。现在他们终于笑了，但当他冷笑着转向他们时，混账东西，王八蛋，他们又继续砸他了。今天你一步都不要踏上这个广场。现在我对这整件事的兴致终于消磨光了。脚后跟一转，走了。他一直走到下一棵大树那儿，在这个掩体当中蹲了下去，背靠树干。这下惹火他了。

他们有七个人，这是巧合，不过很合适。我们从来不增加人员。他们聚在一起并没有特定的目的，只是这么一伙人，逃学，在街上乱逛，从商店里拿自己需要的或者想要的东西。不记得我有买过什么东西。他们把易拉罐压扁，在沥青路面上踢来踢去——一套经典玩法，像烟囱一样抽烟，几乎每天下午都在公园南边围着护栏的运动场上踢足球，或者说是被他们称为足球的游戏。无家可归的赫里斯托福罗斯·S. 能从自己的座位清楚地看到这一切，他宁愿把这称为一场群聚斗殴。他们玩起来时调动全身，粗暴地撞向边界护栏，发出雷鸣般的响声，彼此交缠——拉奥孔[1]之舞。他们用无家可归的先生们（和女士们，通常看不太清楚）听不懂的语言哀号着，咒骂着。流浪汉围坐成的半圆和运动场之间的长椅上坐着一个一身黑衣的家伙，复述着每一个词。

春天里的某个时候，可能是经由蒂博尔圈子里的某人介绍，亚伯找了另一份兼职：附近一个会议中心的同声传译，即便对方只是在需要外援的时候才紧急致电肉铺找他。

你这个败类！那个爱尔兰人咆哮着。

你这个败类，隔壁同传室顶着锅盖头的矮个子女人说。

你这个败类！那个塞尔维亚人吼了回去。

你这个败类，亚伯对着麦克风说。

---

1 拉奥孔，特洛伊城的祭司，在揭露希腊人的木马计后，他和他的儿子被希腊众神派来的两只巨蟒缠身绞死。

矮个子女人透过窗玻璃冲他微笑。

下班之后，他继续冬天开始的漫步。通常情况下，他下午的活动很随意，尽管如此，公园仍是他经过较多次的地方，单纯因为它位置非常靠近中央。他来的时候会坐到洗衣房前面平时没人坐的长椅上。他似乎对脖子后面坏掉的店铺门铃毫不在意。他看上去就像是在睡觉。之后响起了一阵癫狂的吼叫，把他的祖先后代上上下下咒骂了个遍，然后他醒了过来——或者只是决定不再低头把下巴支在胸口上了，谁知道呢。他朝笼网看过去。

要说他观察他们已经有一阵了，也算不上。因为第一，他来得没有规律，第二，往那边看一眼说明不了什么。置身于他们制造的喧闹声当中，根本没办法不仔细听。他待了一阵子，然后走了。总的来说，除了注视着一切，但又从来什么都不说的赫里斯托福罗斯·S.以外，他没有引起过任何人的注意。反正在苹果之日前，那一伙人里也没有谁记得他。现在也是如此，尽管他们差不多算得上是肩并肩地蹲／坐着——一个在树干后，一个在长椅上，那个男孩有好一阵子完全没有注意到他。他只对运动场上发生的事情感兴趣，看看有没有谁要过来把他抓回去。可是只有苹果飞了过来。他刚从树背后探出头，嗖嗖嗖嗖嗖嗖，啪。今天：没人来抓他。

我不是因为痛才哭，而是因为我不懂。我做了什么？为什么所有人都表现得像疯子一样？

一个苹果打到树上，弹落后滚到了亚伯脚前。两人先是看着摔得不成样子的苹果，然后看向彼此，然后男孩迅速别开视线。身上只要看得到、够得着的苹果残余，他都擦掉了。他的手肿了。这是另一件事了，他后来说。

疯子，男孩喃喃说。我被疯子包围了。我爸是所有疯子的妈。也许我该进疯人院。也许那里还有几个正常的。

他以为后面一句自己只是在心里想了想，但显然肯定是大声说出来了，因为长椅上的家伙突然说：疯人院的门卫跟所有人打招呼时都说"自由！"

男孩（丹科。他的名字是……）停下不再擦拭自己身上的苹果残留物了。他斜眼瞟着长椅。

什么？

这家伙冷笑了一下。

你笑什么？

他不是在冷笑。他的脸就是这样。

丹科注视着这张脸，然后又一次转头看向那边的笼网。其间其他人已经分好队开始踢了，仿佛无事发生。他又把头转了回来。

他招呼别人为什么要说自由？

纪念法国大革命。

???

因为他也是个疯子。

现在他终于咧嘴笑了。嘴唇上方是新生的黑色绒毛。

你从哪里来的，这家伙问。

干吗？

深色皮肤，口音。他朝那半圈流浪汉看了一会儿。坏掉的喷泉饮水器汩汩地流着水，狗在玩闹，门铃噤叫着。

这些人就放自己的脏狗在这儿到处跑，他喃喃说。也许有狂犬病呢。

停顿。

我们是吉卜赛人，他接着说道。

你的朋友们在往这边看，亚伯说。

真的？男孩坏笑了一下，继续蹲着。

那他们这会儿在干什么？那他们这会儿在干什么？

继续踢，停住了，往这边看，讲话，走了，特务报告说。

现在呢？

没了。看不见他们了。你叫什么？

没回答。走了。

这就是同丹科的第一次相遇。

那是个什么家伙？

他们在下个转角后等着他，站成一团，最前面是科斯马，他是老大，身体像动物一样，据他自己说已经打过炮了。那是个什么家伙？科斯马问。

丹科神秘地坏笑了一下。

科斯马把球砸在了他脸上。球弹开了，又落回到他手上：笑个屁，蠢货！

无论他们聚到一起有多偶然——物以类聚——一定程度的组织性还是必要的，因为谁都知道，一个没有自己的规矩的团伙就跟一坨屎差不多，科斯马说。大部分时间里他们都是孩子，玩着愚蠢的游戏，可是有时他一心烦，就会冲着他们咆哮好几个小时。他们对此感到恐惧，同时深爱着这些激情独白。他那难以模仿的威胁天赋让科斯马当上了老大。

丹科的鼻子发痒。不要伸手去挠。

不知道。就随便一个人。坐在长椅上。

变态。或者是个密探。你看看他的旧衣服。

常见的胡言乱语：密探，变态，如此等等。坐在长椅上观察我们。丹科（为什么？）脸红了。

屁，科斯马说。又补上一句：到底哪个会对那个死变态感兴趣。

你啊。（别说这话。）

科斯马说，到底哪个会对长椅上的那个男妓感兴趣，可事实却是，亚伯（为什么？）留在了所有人的脑子里。他们没再谈论这件事了，但是当他之后又一次坐在了那儿，同一条长椅上，科斯马叫停了游戏，走向护栏，看向他。长椅上的那个家伙做出睡觉的样子，可是每个人都知道，这只是作秀而已。

他又在那儿。

丹科预感到了些什么，集中精神让球在双脚之间来回滚动，他根本算不上是个好球员，表现得不太熟练，几乎摔倒，球弹开了，撞在了护栏上，锵！科斯马一只脚踩上球，现在游戏结束。

你肯定跟他说话了。你跟他说了些什么？

丹科是真的没印象了。没什么。

别撒谎，蠢货，我看得清清楚楚！

科斯马鞋底转着球，把球颠上了脚尖，保持了一会儿平衡，然后将球踢开，就好像它是那家伙似的。他快把我烦死了！

接着，他们又玩了起来，粗暴地撞向边界护栏，发出轰鸣声等等。吼叫，笑得格外大声。丹科笑得最大声。苹果那件事只是玩玩儿，你懂？每个人都要轮到一次。他们用眼角余光留意他有没有往这边看。为他游戏。之后他们靠在铁丝护栏上，喘不上气，像烟囱一样抽烟，也不朝长椅那边看了。那家伙起身离开时，科斯马没动。烟头被灵巧地捻在拇指和食指中间，喷泉汩汩地流着水，树沙沙作响，远处一阵警笛响了差不多一分钟。然后科斯马把烟头扔到一边，跟他一样，也走了。我们爱往哪儿走，就往哪儿走。爱跟着那家伙，就跟着那家伙。他还是一副没发现我们的样子。但他走的速度相当快，说明情况恰恰相反。试试这样，装作只是跟朋友在这个街区闲逛而已，即便已经因为岔气而痛得十分难受。

他们不知道他的名字，所以就在他消失于其后的那栋楼门口，一边和往常一样推搡嬉笑，一边试了几个门铃。第一次无人应答，然后一个女人问：谁？推搡，嬉笑，然后科斯马拨开人群，走到麦克风旁边，代表大家讲话，问，这里是否住着这样一个男的，但此时那个女人已经不在对讲器另一头了。蜂鸣器响了，他们用力推开门，进入楼内。

他们在垃圾箱中间来回转悠，往里面看，也许能找着些什么，脸抵在底层黑乎乎的窗户栏杆上：栏杆后面好像有机器。他们也透过办公室的窗户往里看了，但没看到他，而他也没看到他们，他刚好在上厕所，然后从肉铺里出来的就已经是卡洛了：嘿！这是在干吗？他们朝他竖了中指就跑了。

没必要担心，卡洛对亚伯说。不过是一帮蠢小子。他们在窗玻璃的油污上用指头写了些没法辨认的东西。去死吧，亚伯读道。

这之后再也没在长椅附近见过那家伙。

垃圾，科斯马说。这样倒好。

漫长一日的傍晚。亚伯

与此同时，他（亚伯）在想什么呢？开启一段对话，最好能抛出不知从什么地方听来的关于疯人院的故事，然后还有：你叫什么？或许他什么也没在想。最近一段时间他跟孩子们讲了这么多话，而且效果甚好。

只要是用俄语，所有问题我都可以问他，奥马尔自信满满地对外公说。

所有，真的？

所有，我能想得起来的。

那，他也会回答吗？

据我所能判断的部分来看……

嗯，阿莱格里亚说。（我都有点嫉妒了。）

可是这次这个，会有什么结果呢？起初还莫名算得上亲切：这些诅咒、暴力的游戏。之后开始变得让人不舒服了，他们尾随别人回家，在肉铺窗户油腻的灰尘中间写上去死吧。他看起来太正常了，梅塞德丝几年后说，所以要察觉到他实际像个磁铁一样吸引一切古怪、可笑、悲伤的东西，还得要一段时间。一旦你的命运脱了一次轨，你就会带上记号，金高说。他只是微笑，似乎不相信。其实这次他自己也察觉到了某些事情是如何来临的，并且试着想要摆脱它。

这并不容易。如果某个地方是你无论如何都不想去的——在本次事件中：公园，那么你自然就会一再去到那个地方。将自己最重要的一个地标隐去，意味着再也不能自由移动了，一旦如此，一切都会在某个时候陷入窘境。恼怒和误解大量积压。

有一次，一个女人发现了他在尾随自己。她的一天是怎样的呢？她下了班，穿着职业装，踩着高跟鞋，碎步走在前面，速度很快，后来却放得极慢，而他们之间的距离一直没变。这时她感到害怕，或者愤怒，她向刚好在正确的时间从面包房出来的警察求助。

您是在尾随这位女士吗？警察问亚伯·N.。

是的。（别说这句。）我只是迷路了。（也没在撒谎。）

您怎么了？

迷路了。

所以您就跟着她？我能看看您的证件吗？他盯着证件看，只可惜没在执勤：如果现在能查查这家伙的记录上还有什么别的东西该多好。在这种人畜无害的情况下，有时会找出最不可思议的东西。但他之后还是放他走了。给自己买份地图吧。是，A. N. 说。

之后，另一天，他一下子被接连盘查了三次。前面两次没有什么明显的由头。他们在搜寻某个人，不是他。第三次是他在随便一家啤酒花园里喝了点酒的时候。那天桌子可以摆到街上，这还是那年的头一次。他正要走，一个白发打结、假牙打颤的男人出现了，开始唱歌（呱呱乱叫），然而那副样子让人不知道他是否只是想惹这些人生气，因为他们坐在这里。劳驾您闪一边去，手上端着满满一托盘玻璃杯的女服务员说。

你！这个潦倒的男人咆哮道，手指指着她。你必受诅咒！你一生必无幸福！你必无子嗣！你听见了吗，你必无子嗣！

服务员笑了，转过身去，杯子从托盘上滑了下来，玻璃和饮料四溅，一块碎片扎进了一个女人的小腿。她跳了起来，掀翻了桌子，一个啤酒杯落进了她同伴的怀里，他也同样跳了起来，失去平衡，扫掉了隔壁桌上亚伯刚刚搁下的小费，手肘击中了他的脸。

哈哈哈哈哈，潦倒的男人说，指着服务员的后背——她正站在一摊玻璃渣水洼当中，指着那个女人和他的男伴，还指着亚伯。他没有笑，他说：哈哈哈哈哈哈哈！

亚伯捏住鼻子。都还好吧？那个女人的同伴问。亚伯点了点头，在警察到来之前快步走开了。在主干道上他招手拦一辆出租车，它直接开走了。这时亚伯第一次不得已地笑了出来。哈哈哈。两辆警车开来，一辆走了，一辆停下，他被查了一次证件。您的脸怎么了？亚伯笑了。这有什么好笑的？几乎就要来一次毒品快筛了，但他还是及时收住了。

刚一走出这些人的视线范围，他就晕了。他用打滑的手去扶房屋外墙，某个人，一个路人，在看着他：喝得烂醉还是怎么了；他几次三番想振作起来继续向前走。之后有人在疯人院看见了他。

惊弓之鸟，尽管如此，他还是深陷其中不可自拔，直至别无选择。他选中了一对同性情侣，跟了他们几条街。那两个人察觉到他了，时不时回头看，但好像并没有特别在意。当亚伯发觉已经没路了的时候，他们已经进到昔日磨坊的第二进院子了。他站定脚步。另外两个人不为所动地继续前进，走向一扇门，回头看他，充满期待：呐，如何？他很快跟上前去，与那两个人一起被放进了在这个相对较早的时间点差不多空无一人的夜店。

欢迎，一个中年胖子说。我是老板。我的名字是萨诺斯。你喝点什么？

之后他盯着一个男孩，仔细看着他发黄的身体是如何像垂柳枝条般平滑、柔软地绕着一根钢管翻转。眼前最近的地方，有两对，两个女人，两个男人，在做爱，或者只是做出这副样子。在疯人院里大多数人都是作秀，他们在玩闹，表演情色的行为。大多数肉体都比我们主人公的老，但也有一些年轻的。那些男孩大多都是专职干这个的，尽管疯人院里禁止这种营生；他们呢，就装成中学生，说自己是夜里翻窗子出来的，必须得赶上早晨第一班快铁回到带花园的大房子里。亚伯——后来大家确实把他称作特务——是唯一一个扣子一直严严实实地扣到领口的人。他只是坐在那儿，看着。谁能想到呢。偏偏是这么一家夜店最有家的感觉。他一直待到破晓。

接着，他肿着鼻子出现在了会议中心，这还是他头一次让人看出倦意。看啊，顶着锅盖头的女人心想，她的名字是安，"A-N-N"，早前某个场合她拼写过一次。他们两个像过去一样在院子里碰面。她抽烟，他喝自动贩售机卖的可可。她第三次休息，他第一次。

我还以为您永远不会累呢，安说。他总会在某些时候感到累的，我对自己说。或者饿或者渴。

他端起塑料杯，微笑着。她偷瞄他的手。苍白，骨感。说到底他太瘦了。这杯可可是他一天当中唯一摄入的东西吗？八九不离十？在这儿赚得也没有这么少啊。突然——之所以如此，是因为她总的来说是一个有母性的人（她确实可以做他妈妈了，即便年龄还差一点点），而且尤其想特别照顾他——她产生了一个想法，想邀请他到自己家。喝点汤。您一定得吃点什么。一碗美味、健康的汤。

之后，当他们始终保持着沉默一起上楼回同传室的时候，安幻想了一次在餐椅上的性爱。他们微笑，点头，互相告别。

她本可以大大方方问出口，他应该也不会说不，特别是还有汤。他如果马上就跟她走，也许就可以获得诸多仍旧未知的好处，包括再也遇不到这个男孩，这个丹科。一碗汤，一段暴力的纠葛，它们就是这个节点上的选项。

可是安没有问，所以他也没法回答了。他脚底发痒，两天来一直在走路，这次他真的想马上回家了。路上他在一家旧书店买了本书，塞进了大衣口袋。书有点大了，上面突出来一截。回家，翻书。

他一直走到精神病疗养院，这时一切都还按本来应该的样子进行着。再过一个街角却突然都变了样。应该找个人来给我解释解释。无论他在这之后做什么事，都于事无补了。他陷入越来越浓的夜色，越来越深入某个街区，这里他以前从没来过。没有，我不记得有过。

过去的快意消失了，迅疾的步速也是，这两天都在行走，而且也已经到傍晚了。他跌跌撞撞，笨拙地穿行在收音机的响声，钻孔机的噪音，狗、汽油和食物的气味中——这就是疲劳？——一切好像都对他充满敌意。盯着看的和无视他的人。那边的门口站着两个男人。

他有几次拐错了弯，最终在一个小小的、灰色的、散发着尿味的十字路口停住了脚，然后不动了。

嘿！丹科说。你在这儿干什么？

漫长一日的傍晚。丹科

他们已经三天没去学校了，现在这周剩下的时间也不值得去了——我去那儿干吗，一整个上午一个字都听不懂——可是总有那么些人，他们的职责就在于让自己显得很重要。他晚上回到家的时候，家里来了一男一女，刚刚把老头训了一通，问他为什么不把儿子送来学校。

我该怎么办？老头带着哭腔问，双手绞在一起。我该拿你怎么办？哈？丹科刚一进门，他就拽着他的耳朵，像握着把手一样晃动他：我该拿你怎么办？

好啦好啦，那个女人和那个男人说，让他放手，但他就不放，抓着他左摇右晃：怎么办，怎么办，我该怎么办？

之后那两个人走了，老头也松开了他，只是——几乎就在擦肩而过的一瞬间——给了他一耳光。其实这整件事他都不关心。耳朵灼烧着，仿佛有两个那么大，丹科侧身压着耳朵，把头埋进了枕头，过一夜好消肿。

第二天早上，团伙的人跟事先计划好的一样在公园里碰头。两个男人正把第三颗脑袋摁到面前的喷泉里，里面的水已经好几周没换过了。第三个男人留着一头小麦色卷发，一圈一圈又小又硬。他假扮成洗发水试用员，跟公园里的女人们搭话，问能不能允许他给她们洗头。他在随身的皮包里放着两个装有四升温水的塑料瓶和两种不同的洗发水，据他自己说是他的美发沙龙自主研制的产品。他称其中一种为法国柠檬[1]。首先，我们得梳头，看看头皮是不是均匀地泛红。只有泛红均匀，本次试用才能成功地进行下去。他跟女人们一起走到树丛里，给她们梳头、洗头。向前梳，向后梳。大部分是向前，免得水流到领子里。他不会给她们的衣服沾上污点。接着他会花很长时间给她们擦头发，将头发梳至干燥，让顾客们回到刚刚碰面时的状态。碰上了真好，女人们咯咯笑着说。他对她们的头发和她们的聪明才智大加恭维。他说他敢保证，她们前方都有卓越出众的未来。您真的这么觉得？中年女人们会问。年轻女人们则理所当然地点头。

现在两个健壮的年轻男人挽着他的手出现了。他们

1　原文为法语"Citron"。

一左一右牢牢挽着他，行动匆忙，他天使般的卷发晃动着。之后他们把他的头长久地浸在绿色的水里。他要是在那儿底下看见硬币了，就得用牙齿衔上来，两个年轻男人说。然后我们五五分。他们从他包里取出洗发水瓶，把里面装的东西倒进水中。一整天都一股柠檬味。水池看起来就像一大盘甜点，柠檬气泡和其中的绿色圆饼——从边缘开始逐渐剥落的水藻。最后连这家伙自己都看起来像一座喷泉雕像了，头发上粘着水藻和泡沫，眼睛眯成一条缝，嘴巴大张。一个推婴儿车的和一个一条绳子牵着好几条狗的女人在尖叫着谴责他们，根本没用，就算她们把警察找来也没用。我们就是警察，两个年轻人说着，在牛仔裤上擦了擦手，走了。女人们把那人头发里的水藻挑了出来，用瓶子里相对干净一些的水冲洗了一番，用他自己的手帕把他擦干了。他不知所措地坐在喷泉边上，任由别人清理自己，嘴里的洗发水残余攒够了，就吐出来。

该死，科斯马说。他站在那儿，脸紧贴铁丝网眼。爽翻天，科斯马说。给我留下了非常深刻的印象。他笑了。他们让那个变态好好喝了一壶！然后他严肃了起来：这帮怪胎和变态。

之后到中午了，他们——偶尔为之，为了找乐子——走去了慈善伙食供应点。真正的流浪汉们毕恭毕敬地——这才得体——给他们让开了路。呸！科斯马说着把绿色的茶水啐了出来。这什么猪尿！

接着他们去了一个赌窝。科斯马的爸爸、叔叔或者哥哥几天前在那里赢了一笔，赞助了一堆硬币。他们——当然主要是科斯马——在自动对赌机上玩，直到将硬币全部花光。花光之后，店主就把他们赶了出去。要么玩儿要么滚。科斯马的脸涨成了深红色。这家伙我们也记下了。总要轮到他的。这些个怪胎还有叫花子还有混蛋。说到这里——他已经前前后后骂了差不多半个小时了——他猛地转换了情绪。他突然急了起来，驱赶他们，说他必须得走了，更准确地说是让其他人滚蛋，我还有点事要做，然后就不见了。

还不是特别晚，还可以做点什么，但没了科斯马他们一点主意也没有。蠢货，所有事情都得靠我想出来。他们又在街上一坨松散的烟云里来回荡了一会儿，在儿童游乐场里试了一把给小孩子玩的东西，但是随着时间的推移，他们一个接一个地散了，最后你发现，只有你还在那儿。老实说，这不是最糟的。

赌窝的那一番激烈演说之后，丹科有点头疼，皱起了眉头。具体可以做些什么，他也没想出来，他将拳头塞进口袋里，在这个区域里到处闲逛。天黑了。一家桌球馆里，一个独臂的人腋下夹着一根球杆，正在把所有桌子收拾干净，他的同事们在给他加油。越过敞开的门，丹科仔细看了一阵。一个独臂的台球手，不错。

在他从门口走开，然后转向那个晦气的小十字路口时，那儿正站着公园里那个黑色的家伙。毫无疑问，就是他。

他是在盯着我看还是怎样？他忍了一阵，然后说：嘿！

不是特别大声，而且十字路口隔在中间，尽管如此，还是期待那家伙多少做出回应，但他站在那儿，像一座雕像。

嘿！你在这儿干什么？

现在他终于往这边看过来了。但还是一副仿佛从未见过你的样子。

是我。丹科。

这个他确实还不知道。还没自我介绍过。要是我刚刚管住嘴就好了。这人跟我有什么关系。让他站着去，跟其他人讲：

我去，你们知不知道，公园里那个家伙，那人在跟踪我。站在十字路口，直直瞪着我。做出一副只是到处走走的样子，但其实……为什么你们这几个烂人到现在都还没看到过他？只在我单独走在这儿的时候？

现在这家伙终于对上焦了。四周看看，小心翼翼地——就好像每个瞬间都可能有什么东西从虚无里冒出来碾过他似的——走过了路口。

早。

为什么有人（丹科）会由此产生心跳的感觉？自己该说些什么？有什么早的，天都黑了。

你住在这一区吗？

丹科点头。

能不能告诉他，火车站怎么走？

??? 这里没有火车站。

中央火车站。

中央火车站???

现在我们两个看起来都很蠢。

或者公园，那家伙说。公园也行。

（火车站或公园，这是无所谓的吗？）我不知道，男孩说。（谎言，他只是想说出那个会让科斯马为他骄傲的句子：）不过去疯人院走那边。

冷笑。他把手揣在口袋里，用下巴指了指他自己要走的方向。这家伙背朝那边站着。也在冷笑。

谢谢，他说。疯人院一样挺好。

全世界最奇怪的声音。让人听到就后背发痒。现在他走了。

不，他又转了回来。问男孩，丹科，要不要陪他一段。只用走到他能确定自己不会再迷路的地方。

你迷路了？

丹科发自内心地笑了。他冲着他社区的领空四处喊叫，仿佛身处剧院正厅里，看不见的听众坐满了昏暗的边缘：他迷路了！你到底是个什么怪胎？

现在这家伙像是没听懂一样看着他。耸肩，走了。

该死，现在这又是种什么感觉？男孩向四周看了看。除了对面街角的台球酒馆，没有哪里有事情发生。晚饭时间。闻起来一股炸猪排的味道。仿佛到处都是油锅轻轻的刺刺声。

鬼知道是什么。丹科动身了，跟在那家伙后面。追上他，走在他身边。没往上看，不知道那家伙摆出什么脸色。一个字没说。在一个人走路的时候，别人更能察觉到他闻起来如何。这儿这个像一家美发沙龙。另外还有酒精、可可和有机玻璃，然而男孩丹科已经叫不上这种东西的名字了。这家伙大衣口袋里装着个四方形的浅色东西。一本没有护封的书，只有亚麻布面。话说穿大衣也太热了吧。我从来不穿大衣。我连一件都没有。你更喜欢冬天还是夏天？我更喜欢夏天。夏天我们会开车去海边。你以前去过海边吗？

　　他们走近了一个十字路口，那家伙慢了下来。丹科双手揣在兜里，抬起腿朝正确的方向浮夸地迈了一步。那家伙跟着他。他们重新走上直路的时候，他问：

　　你叫什么？

　　丹科，丹科冲着自己的脚说。

　　多大？

　　（跟你有关系吗？）十四。（谎言。）你呢？

　　亚伯。

　　什么？

　　这是他的名字。亚伯。

　　这是个什么名字？

　　希伯来语的。

　　他看起来没听懂。仿佛耳朵上有什么东西似的，男孩不得不追问了几遍，或许他只是不认识这个词。

　　我的名字是亚伯，我六岁半了。

　　???

是的，那家伙说自己是二月二十九号出生的。到现在为止，我过了六次生日，距离下一次还有两年。

到现在为止，他的每一个学生在听到这话都会兴奋起来。我比你大！但这儿这个男孩还是一直没懂。他完全不知道闰年，这可能吗？

二月二十九号，亚伯这会儿用上双手帮忙解释道，四年才有一次。到闰年的时候。

嗯。丹科偷偷朝一旁投去一瞥。另一边，不要去他走的那一边。无话。停顿。有些不知是什么的东西很怪异。那家伙说起话、动起身，跟大家（丹科）以前看到的都不一样。他的动作好像带上了电流，每一个都触发了对面的人的身体反应。身侧轻轻的击打。

他们再度沉默了下来。直到下一个转角，男孩这时又往前赶了一步，他们之间的紧张气氛缓和了。稍稍结巴了一会儿之后，你……嗯……你……他问亚伯是干什么的。

口译。

???

从一种语言翻译到另一种语言。

哪种？

亚伯数了一遍。他省略了共同的母语。这样就是九种。

嗯，男孩说。中文呢？你也会吗？

不会。

我会：这个国家的语言和母语。

两种，不得不说，都不怎么好。顺着名词找个准。啊，这我知道。以前听说过这种事。人居然只需如此少的词汇就能和他人交流了。亚伯有些学生，丹科一半的年纪，两倍大的词汇量。更别说奥马尔了。（想象这两人在一个房间里。他们彼此之间会说些什么呢？）

沉默地走着。在一个普通的街角有一家二手车行。他们的到来触发了自动照明。刹那间，他们站在一片过于耀眼的光中。电线上的小旗子闪烁着金属的光泽。男孩突然间十分激动，几根手指扣在围栏的网眼里，贪婪地看着那里面能看到的东西。那家伙本来在继续走，现在停下等着。

你有车吗？

没有。

什么？

没有。

我们以前有一辆……

啊哈。

要是我有钱了，我就买那边那辆。

那家伙并没有为了看那边那辆而走近一些。男孩放开了围栏，又跟了上去。

然后我就开着它到处跑。

嗯哼。

你以前去过海边吗？

嗯哼。

什么？

去过。

大海最厉害了，男孩说。我要给自己在那边买栋房子。在悬崖上。

嗯。

停顿。又一个话题夭折了。那家伙慢慢不耐烦了起来，想走快点，可是男孩正在别的什么地方，游荡在幻梦中，观赏着每一个橱窗。这个我想要，这个也是。那家伙现在一直领先三步。

嘿！男孩喊道。不走那边！

他没带上他就转弯了。当然是错的。男孩跑着过来了，笑着。你什么都不知道啊！什么都不知道，什么都没有，什么都不是，对吧？那儿就是了，那儿前面，那些树，你看见了吗？

丹科笑了。什么东西让他这么开心？他们站在一盏路灯附近，男孩黑色的轮廓闪闪发光。努比亚人[1]的嘴唇。鼻子下面的绒毛。亚伯向他伸出了一只白色的手。

谢谢，他说。谢谢陪伴。

男孩裤子口袋里的拳头一直紧紧攥着，他没想到把拳头松开这个解决办法，也不确定这到底是不是对的，只是微微耸肩，然后一如刚才那样，站在那儿。他感觉到自己的手指温热而黏腻，也知道手指闻起来如何。他喃喃地说了些什么，那家伙肯定没听懂，但他点了点

1　努比亚人，起源于努比亚地区的民族，现主要居住在苏丹和埃及。努比亚语属于尼罗－撒哈拉语系下的东苏丹语族。

头，带着友善的神情，把手收了回去，向后退了两步，然后才转过身去。这之后，他再没有回头看过。

丹科摩擦着脚后跟，猛地转身，自己也不知道为什么，只是现在必须跑起来。奔跑。

夜晚

男孩丹科并不是这一天唯一一个感到困惑的人。过去几小时，自从他们一起走了路，疲劳和抵触一下子都挥发不见了，他（他们中的任意一个）还可以就这样走到明天早上。很奇怪。到底想从彼此身上得到什么呢？几乎不懂另一个人在说什么。另外还有整个环境。让人反感。一方面是这样。另一方面，他很美。

亚伯回到家开门的时候，那感觉就像在期待着门后的某种东西。他打开灯，穿过门廊，打开了通向院子的门，再一次期待起某种东西，再一次什么都没有，只有香肠的气味和垃圾箱昏暗的躯体。他用钥匙打开了通向办公室的门，黑暗，然后亮起来，他把身上的大衣连同里面的书一起抛下。之后，在他再一次走出去之前，他把书从口袋里拽了出来，朝某个地方扔了过去，扔到了一个架子上。其间他在淋浴喷头下坐了半小时，很冷，而且闻起来像旁边的马桶。之后，在一间红色的凹室里，手里端着第三杯酒，他感觉好一些了。他忘记了那个男孩，或者装作如此。

几天后——这几天大部分时间都是在疯人院里度过的——再次回到家时，他在自己家的门槛上发现了他。起初他根本没有注意到他，入口前方一片漆黑，他翻找着钥匙，同时摸索锁的位置，这时他突然踢到了某种柔软的东西。心悸：踢到了一团肉。一具（灌满酒精的）尸体。

嘶嘶嘶嘶嘶嘶，黑暗中响起声音。

这是什么？

终于，钥匙插入锁孔，门开了，他上下摸索着门廊的墙，找到了电灯开关。男孩在突如其来的光照中闪耀起来。

是你。你在这儿干什么？

嘶嘶嘶嘶，丹科说，抱着刚被踢过的脚。

这一天跟往常一样开始了，他们胳膊底下夹着球出发了，但是没有去运动场，而是坐上了一辆公交车去海边。但这路公交不是往海边开的，在一条不知是哪儿的乡村公路边上停下了。一条沟渠边上一根孤零零的柱子，上面缠绕着一圈残余的泛白海报，沟里是石头和蓟草，对面立着一座中继站。柱子投下的阴影还没有一根火柴宽。终点站，司机说，他们问起下一班车的时候，他说他不给逃票的乘客提供任何信息。门关了。可恶，他妈的混蛋，我要把你牙齿掰断，再塞你喉咙里，把你整成个吃了屎的鸭子！科斯马咆哮道，然后朝公交车踹了一脚，幸好车已经开走了。剩下就是空荡荡的路、酷热和徒步行军了。他们现在是在这儿闲站着，还是走呢？没见到海就返回，不予考虑。他们踢了一小会儿球，然后把球拿了起来。他们起先还杂乱地讲着话，谁想到了什么，海大概在哪里。之后他们几乎要冲上去互相干架了，因为有个人把球射进荒漠里去了，必须要把它取回来，而突然间大家都没有多余的力气去干这个了。还有那该死的海，现在是在哪儿？之后他们什么都不再说了，只是低头看着脚下疲软的蒲公英，跟着前人扬起尘土的脚后跟，这样消耗的能量最少。

他们终于找到海的时候，已经是下午了。死水。远处只有棕色的泥浆、恶臭、退潮留下的垃圾、颤抖的黄色泡沫。地上是边界清晰、温热的小水坑。他们在所有这一切之间啪嗒啪嗒四处跑了一阵，玩低空飞行的游戏，嗡鸣又呼啸，极尽所能以隐藏失望。他们全身上下沾满泥浆，口干舌燥地坐在沙子里，往据说有水的那边望去。之后水又涨起来了，随之而来的还有几家人，他们的女儿们留着金发，穿着玫红色泳衣。他们带了吃的和喝的，一直望向全程坐在那儿朝他们看的吉卜赛男孩们。其中一个确实够胆大，走过去要水喝。女人沉默地把半空的瓶子递给他。然后其他人自然也来了，一个接一个地喝，每个都比上一个喝得久一点，因为觉得先来的喝得太久了。一遍轮完，他们想再从头开始，但是那女人说，够了，从他们手里把抹上了泥浆的瓶子拿开。反正瓶子也差不多空了。他们还一次都没有道过谢，就从原地——有些穿好全套，有些只穿着内裤——边吼边跑地冲向正在涌来的水中。最后，一切真的与他们之前想象的那样相差无几。

回去一点也不难，幸好是另一个公交司机，不过这个也像杀人犯似的从后视镜里看着后排的五连座，他们坐在那儿，双膝颤抖，嘴巴大张。唯独丹科保持安静，没在乱叫，没抖膝盖。他坐在窗边，向外望去，只要外面还有点可看的东西。坐车到海边去，有什么糟糕的呢？

坐车到海边去，有什么糟糕的呢，丹科在回家的公交车上想道，与此同时，外面的太阳正在落山。想去让人感觉更好的地方，有什么不好？他们为什么说我们是通敌者——就凭我们是吉卜赛人，就为了能把我们赶跑？我爸爸为什么这么讨厌我，讨厌到非要用我夜里梦见的那双眼睛看着我？为什么他非得我把抢起来撞在厨房所有墙壁上，一直撞到骨头散架？

（你干了些什么?! 哈?! 这算什么，哈?! 这算什么？哈??!! 肩膀上的推搡：什么，什么，什么？耳光。这算什么？什么???!!! 在单间里把他从面前推开。小混蛋！什么?! 这算个什么狗屁?! 哈?! 你在跟谁瞎混呢?! 别说谎，妈的……看到你们了！名字听不懂，他得护住头，外加抽泣。一切都黏糊糊的。拳头噼里啪啦地落在举起的小臂上。你干了些什么?! 你干了些什么?! 你们干了些什么?! 给我看！把针织衫猛地往上掇，脑袋卡住了，无所谓，把他甩过来甩过去，周身都要看一遍，然而身上什么都没有，只有皮肤，你们干了些什么，什么，什么，什么……?！你尽可以像被插在烧烤扦上一样哭闹，来回蹬腿，都没用，不一会儿你就裸着了，针织衫套在脖子上，裤子垮到脚踝，你要是个走后门的，猪头，我就弄死你。出去，滚。丹科躺着没动，站在厨房门口的另外五个人观望着。以上就是那漫长一天的余音。)

这回，公交车通过城界的时候，丹科心想，他会把我一了百了地弄死。他已经弄死一个了。正躺在猪舍的混凝土下面。猪舍留在另一个国家了。可是我知道。这关乎生死。

公交车径直开往公交总站，同一个车站，只不过是另一个站台，但谁也没有说这一天被谁搞砸了一类的话。他们极少有地感到满足，放空自己，就连科斯马也是。他们从公交站走回了运动场，因为那里是出发点；为了弄明白现在该做什么，只能回到出发点。运动场昏暗而空旷，他们无所事事地站了一会儿，有个人拍了几次球，能听见清楚的啪嗒声，尽管周围已经像周六晚上一样吵了：酒馆、交通。从这时开始事情就简单了：所有人都回家，除了丹科。

他干脆一直往前走，游荡着，观赏一切。周六晚上，酒馆连着酒馆，紧挨的桌子和腿勾在一起的椅子放满了人行道，差一点就挤到了停靠路边的车上，只剩一条狭窄的小道了，站不住，只能走，前前后后都是鞋跟的啪嗒声。他双手揣兜，注视着这些人，男人和女人。

他们也往这边看，那边那个吉卜赛男孩，是不是偷钱包的啊。一扇窗子背后，一个人正在用火燎着什么，肉或者某种甜的东西。借过，一个男人说着便抓住了他的肩膀，实实在在地把他挪到了一边。旁边两个穿着民族服装的年轻俄罗斯女人开始唱歌了，他相当喜欢，她们唱得很好听，《雪球花》[1]，不知道在哪里听说过。一个服务生正在拍打包着鱼的咸面衣。一坨盐块刚好滚到了丹科脚前。他把它从人行道上捡了起来，放进嘴里。盐和污垢的味道。我很开心。我很开心，而且我不知道有多晚了。当他想到我不知道有多晚了，就必须继续向前走，直到把这些再次忘记。他四处闲逛——除了消磨时间之外什么都不想做的时候，时间过得多么慢啊——一直逛到感觉乏味了，而自己又站在了运动场上。旁边无家可归的人正准备铺床过夜。人可以在长椅上或者草丛里睡觉，在草丛里我已经躺过很多次了。然而，不知道怎么回事，这一切就是让他喜欢不起来，慢慢地，一切都开始让他不开心，食道出现灼烧感，而现在要干什么，去哪里？他从喷泉饮水器里喝了水，无家可归的人和他们的狗注视着他。他望了回去，我不喜欢狗，我不喜欢叫花子，他擦了擦嘴，抖掉手背上的水，目标坚定地走了。给他们看看，他知道自己要去哪里。

　　不知什么时候他就站在肉铺门口了，因为不知道该

1　《雪球花》(Kalinka)，也音译作"卡林卡"，问世于十九世纪下半叶的俄罗斯民歌。

在哪里按铃，他就坐在了门前堆积着污垢和鸽子羽毛的角落里，望着星星，听着能听到的东西。不知什么时候，他睡着了。

你在这里干什么？那家伙问，但并没有等着回答。仿佛无所谓，仿佛他已经知道了一切。他在他前面走进了办公室。

你口渴吗？想喝点什么吗？

丹科确实口渴，还有点饿。你有可乐吗？

可惜没有。水龙头里的水。丹科站在吊灯下面喝着，玻璃杯上钙化的水渍闪着光。那家伙站在他面前，饶有兴味地注视着他。喝完了？接过他手里的杯子，放到一边。

我不能回家，男孩说。我可以在这儿睡觉吗？

他现在才好好地打量起四周：一张桌子、一把椅子、一个小沙发。一台咖啡机、一个变成了棕色的壶。也许内壁粘着一个茶包。除此以外，什么都没有。你就这样生活？为什么丹科之前会觉得这家伙很富有？没有电视机，没有音响，连一张照片都没有。不过至少桌上有一台笔记本电脑。

随便哪里。地板上。

你可以睡床，那家伙说。我可以吗？

丹科刚好就站在小沙发前面，现在往边上迈了一步。所以这就是床了。给意外访客的一张窄床。抱歉只有一张床单，用过了，无所谓，也没别的了。（你呢？）

男孩还待在自己刚刚待着的地方，在灯的下面。他的后颈是屋子里最亮的焦点。亚伯在电脑旁边坐下了。

你要干什么？

工作。

他要写些东西。

你写东西？

对。

写什么？侦探小说？

不是。一篇学术论文。

嗯。

丹科注视着沙发。作为沙发来说它还算又大又舒服。他小心翼翼地坐到了边沿上。

那边那个是什么？

那家伙看了过去。

威士忌。

你给我一个杯子？

那家伙站了起来，把几乎空了的瓶子从架子上拿了下来，倒了一点纯酒，两指宽的高度。现在站得又像刚刚那么近了，他等待着。丹科夹紧大腿，喝了下去。烟熏味，刺激，不错。亚伯又把杯子拿走了，朝门走去，关了灯，再回来。

晚安。

他又坐在笔记本电脑前了，有时打几个字，但大多数时候都只是看着屏幕。丹科往沙发里滑得更深了，毯子在他身下。鞋还穿着。脚底上粘着焦油、沙子、蓟草。之后他好好地躺下了，双手不知道该怎么放，于是叠放在胸口上。他看着天花板。一块水印。

一段时间里很安静。只有笔记本电脑的嗡鸣声。沙发床上的男孩稍稍动了一下。窸窣作响。某个时候，他开始讲话了。

有一次，丹科说，他把我在地下室里关了五天。我回到家，后门，他站在厨房的阴影里，一个字也没说，只是抓住我，把我扔到墙上，咣唧咣唧地，就像在一个骰盅里面。声音特别响，以至于丹科一度以为自己聋了。然后他又被从自己进来的那扇门里推了出去，他们越过院子，到地下室门口，下楼梯，他把他扔到一个角落里，一顿猛踹，关门。留他躺在潮湿的地板上。很冷，但疼痛让人暖和。脑子里还回响着咣唧咣唧声，但之后停下来了，只剩一阵轻微的哨鸣——顺带一提，直到今天还在。

停顿。男孩听着。很远，但声音还在。

之后他小心翼翼地换了个姿势，检查疼着的肋骨是不是戳到肺里去了，但它没有戳进肺里。他靠想象一切可能的东西来打发时间。这并不简单。他搜遍记忆寻找可以回想起来的东西，并不多。他第一次抽烟的那一天。有一张关于这个的照片，拍摄的不是村子本身，只是在村子水塘里的倒影：树，几堵歪斜的木制山墙，右前方一个半裸的男人在钓鱼，而在模糊的左边缘，他自豪地将烟头叼在嘴里。剩下的时间他想着汽车。小时候，我觉得一架驴车就是一个人所能拥有的最好的东西，之后是小摩托、摩托、梅赛德斯、跑车——驾车回来，摇下车窗，挥手打招呼。朝着谁？那边那个人。（那儿没人。没有人在那儿。）今天他想的是飞机。也可能是船。藏在集装箱中间。能量棒和水装一个背包。在零下六十五度的情况下给全世界的大人物写封信。或者不写。全世界的大人物吃屎去吧。

第二天门开了，只能看清轮廓的爸爸一言不发地在最高一级台阶上放了一个盘子。一个很深的盘子，里面是其他人盘子里剩下的东西，用汤泡成了稀的。这是他的方式。海边没什么不好的。不是这个问题。他会杀了我，因为他做得到。

这一天稍晚的时候，他小心翼翼地爬上了台阶。呼哧呼哧地喝着那盘稀烂的东西，没喝完，好让他看起来不像是吃过点东西的样子。汁水是咸的，凝结起来的油泡粘在了牙齿上。用舌头抹开，现在一切都沾上油了，整张嘴都油腻腻的，还得再喝点稀的，现在差不多全喝了。下楼梯更加困难。

第三天的主题是他的排泄物和绝望的气味，第四天他振作了起来，制订了计划。在门前绷一条线，让他摔下来时下巴着地，把颚骨摔碎，但我觉得这还不够，取来一块砖头——即便断掉的肋骨疼得很——把他所有的牙、该死的鼻子、该死的颧骨、眼窝、额头、全部、全部、你该死的脑袋里那该死的脑浆——！！！

开始时男孩说得很不顺畅，之后他再也不管这些了，随便什么正好到了嘴边的东西都用上，这样确实更好了。多么奇怪啊。我本来不想说的。我不想讲出来，我想杀人，然后保持沉默，这才是我想做的！书桌旁的亚伯一动不动。他背后正在哭诉，叫唤，喷溅，直到只剩一摊血腥的浆糊，衣服上的血糊渗进地下室的地面，作为可怕的——更正：可喜的献祭。拂晓时，最惨烈的已经过去了，身后的东西不再喷涌了，只是浸饱了血，还在咕嘟咕嘟地冒泡，终于，说着话的中间，男孩睡着了。亚伯仔细听了一阵他的呼吸，几分钟后才转过身来看他，或者说他身上还剩下的东西。

然后完全慑服于这种美。他皮肤散射出光芒的样子，前额、面颊、眼睑、嘴唇——来的时候干裂，现在丰盈湿润。我所曾见过的最美的面孔之一。

他朝他俯过身去。鼻子里呼出来的气息闻起来不太好。

白天

天差不多已经亮了，丹科才睡着，在这个短暂夜晚剩下的时间里，他跟一个梦缠斗在了一起。他梦见，一张巨大的脸在他上方飘动，只有一张脸。起初像是他们在赌窝里玩过的游戏中的怪兽面具，同时看起来又跟某人很像，特别是鼻翼和嘴角之间的线条，但眼睛和额头似乎又属于另外某个人。整场梦基本上就是这样：怪兽的身形跟老大、众疯之父和那个黑色的男人的身形融合到了一起，或者并非如此，他们更像在彼此争斗，长达几小时，没有谁能占到上风。这个场面时而看起来让人毛骨悚然，甚至让他害怕死亡，时而几乎算得上美，即便血从他眼中流出来，又流进了嘴角。他们整夜争斗，直到一股上涌的性高潮把丹科从睡眠中甩了出来。

呃呃呃呃呃呃呃！他惊坐起来，挥舞着双手向空中乱抓，喘着粗气，旱地上的鱼，直到这一阵子最终过去。

那家伙不在，笔记本也不再嗡嗡响了，完全没有任何声响，一个周日，隔壁肉铺的人都走了。丹科挣扎着从过于柔软的巢穴中出来了。

刚一动起来，他就感觉到饿了。上一顿是什么时候吃的？他饿到感觉周围又暗了下来，即便眼睛还睁着。底层的潮湿阴冷换成了犯恶心的灼热。盐分到处灼烧，眼睛里，胃里。必须马上吃点什么，不然我就要吐在沙发里了。你自己的错，谁让你把我一个人留在这儿。我马上就要拉肚子了，他妈的厕所在哪里？

他蜷着身子走到了门边，尽管他知道，它不可能在那里。想走去内庭的垃圾箱那儿，但是门锁住了。新一波恶心席卷而来，被关在里面了，全身冒汗，他蜷起身，跺起脚。然后他突然想到：那家伙不在，时机有利，刚好四处看看。他猛地一下好多了。

这里东西倒不多。墙边有几个柜子，在其中一个里面，他发现了一盒脆面包片，啃过的。其余：无。一个空咖啡罐。不。里面有钱。保险起见，他拿了一张钞票，把剩下的上个月的课时费塞回去，再把罐子放回了柜子里。旁边躺着一本用粗糙的浅色亚麻布装订的书。不知道他是否回想起来了，他起初完全没这种想法，但还是翻了起来。

一本图集。老旧的或做成老旧的泛棕色的照片。人造希腊景观：摄影棚的天空、混凝纸的柱子、填充的狐狸、打碎的双耳陶罐。这中间：一群手上拿着一只拖鞋或者一支笛子的裸体小伙子。少年。男孩。有些穿着旧式的白色内裤或者缠腰布，但大部分是裸体。啊你……！丹科把书塞回柜子里，书撞在了后墙上。他伸手把它往前拉了些。尽管反正也没人知道它之前是怎么摆的。

他现在终于也看到了角落里刷了淡绿色油漆的门。那么也就是：盥洗池、马桶，斜后方甚至还挤着一个淋浴喷头。肚子里的咸水搅动起来，丹科的汗流到了淡绿色的马桶圈上。不知道什么时候一切都变糟了。一本净是阳具的书。

他出来的时候，那家伙又回来了。男孩没洗手——会弄出声音的——此刻手握成拳头，揣在裤子口袋里。亚伯拿了些随处可见的食物来，面包、牛奶、胡萝卜。（早餐中的超实体，奥马尔说，笑了。）我不喜欢胡萝卜。那你就别吃。文件柜其实是一台冰箱，亚伯拿出了包在纸里的不知道什么东西。香肠。他说他自己已经吃过了。

男孩吃得像头猪，嘴巴大张，看得到他粉红色的大舌头在工作。他边吃边呼吸，呼哧呼哧，咕噜咕噜，仿佛有意为之，或者只是贪饱。当他时不时掰断什么东西，手指就会颤抖。指甲里面是黑的，头发结块，全身的衣服都蒙上了盐水的白色痕迹，脖子上有一条一条的污垢和划痕，脚上也是，挽起来的裤脚里都是沙子、贝壳碎片和黏糊糊的草籽。

亚伯打开了电脑。成了一个背影，并用鼠标来回点击——你在那儿干什么？工作——这样就不用去看也不用去听了。但是自然听得很清楚。昨天和今天一样：一阵呼啸。

不知什么时候倒也结束了。

吃好了？

男孩点头，克制打嗝的冲动，辛辣的小香肠进到了牛奶和咸水里。

那现在呢？

如果你想的话，亚伯说，我陪你回家。

男孩并不动弹。拳头在兜里，头垂向地面，他想要什么？

我现在站在这儿不动，在这盏灯下面，这是我的地盘。其实我根本就不想待在这里，之前，我承认，没有仔细思考过——都还好吗？亚伯问，走近了些——老实说，你是最让人失望的，另一方面……

丹科？

男孩的眼泪看起来马上就要爆发了。抚慰的触碰会有帮助的。我们就选上臂吧。我（亚伯）上次（这样）摸的是谁？才刚轻轻碰上，男孩就倒了下来，像遭到了砍伐，他的额头落在亚伯肩上，眼泪浸透了他的衬衫。我该说什么，撑住他，或许摸摸他的背。一分钟左右吧。然后男孩又站直了。他踮起脚尖差不多刚好一样高，我们的嘴唇在一个高度。贴上的嘴唇，他的呼吸——他放松了下来，然后，在一阵既新奇又畏缩的冲动中把舌头伸了出来。亚伯感觉到了，湿润而凉爽，在短暂的，或许只是臆想出来的一瞬间之中甚至尝到了杨树、村里的水塘、烟、沙子、贝壳碎片、某个加油站派发的便宜柠檬水、咸水、胡萝卜、小香肠和干面包的味道——他向后退了一步。男孩还没完全闭上双唇。上嘴唇和鼻子之间，在那浅坑之中，某种东西闪着光。

抱歉，亚伯说。这样不行。

混蛋！丹科大吼，用力拉开门，马上又任由门摔上——小心，不然你额头还会撞上门板！——从装着正在腐烂的肉渣的垃圾箱中间冲了过去，穿过大门，来到街上。盛大的湿热差点把他打趴下，像这样一个日子里，心脏排着队停止工作。这时，大钟敲响了，今天是周日。丹科站不稳了，但还是马上向前走去，笔记本电脑的电线（报复还是习惯?）拖在他身后。

汗水蜇人，身侧刺痛。真够垃圾的，吃的东西在他身体中间的某个地方结成了块，与其说在胃里，不如说——就好像他不知怎的吃到别的地方去了——在他皮肤底下滑来滑去。肠子里尖锐的压迫感。最后我得要停下来拉屎。他伸手去抓滑动着的笔记本电脑，这时插头敲在腿肚子上，疼痛让他更加愤怒，比刚才更甚。还不如把罐子里的所有钱都拿走。他回头看：身后大概二十米的炎热的人行道，然后是那家伙，他跟在后面跑了过来，因为费劲而皱起他那张蠢脸。

一条六车道的马路横穿而过，中央是一座安全岛，必须按两次绿灯按钮。丹科没有按，他跑了，从汽车中间并不算特别宽的空隙之中穿过。另一岸，大钟的钟声终于停了。风跟跟踉踉地在盘旋在房屋之间，于低空疾吹，带来了无法定位的声响和陌生的气味——一阵钻响、一段音乐；一缕料香、一股恶臭——仿佛来自很远的地方。一扇敞开的窗户里传出锅碗瓢盆的声音。精神病疗养院的厨房。大门两侧的房屋花园墙上，有人用粉笔写了"疯"和"园"，疯—入口—园。大门敞开一条缝，门卫室边的一块板子上写着**欢迎**。站在监狱和精神病院附近车站的人的脸。男孩在他们中间障碍跑。已经到公园南端了，离运动场也不远了，也许其他人在那里，可是不行，他改变了方向，绕着公园外面跑，经过了售货亭。到处是人。讨厌的周日，讨厌的周日的人。老人和年轻人，黑人、叫花子和眯眯眼。女人的臀部在短裙里像加长公交一样摆动，她们的男人慢了两步，手揣在兜里，迈着扁平足跟在身后，她们的孩子穿着齐膝长筒袜，跑在前头或者听话地牵着手。我能把这些人都挨个干掉。他跑步穿过他们，推开老人、女人和小孩。男人和高个子不推，他们可能会痛揍他一顿。他想到那件事，然后再一次感到愤怒。现在他正恨着地球上每一个有生命的存在物。这个城市。科斯马和其他几个混蛋。一切地方的一切人。为什么这家伙逼仄的窝——他像狗一样被撵出来的地方，对吧，像狗一样——偏偏是唯一一个他愿意待的地方呢？一个谜。那里以及那个种着杨树的村子里。

回头望。那家伙还一直跟在他后面。找什么人寻求帮助。那边的警察。这个男人在跟踪我。永远不要找警察。

转身的时候他踩上了一个别人吃了一半、扔在地上的糖苹果，崴了脚，鞋上粘着糖衣的他像摇船一样乱摆。某人，一个男人，把他从自己身上推开：你自己没长脚站不稳吗？瞧瞧，这个小东西瞪得多凶！呐？怎样？

这个插曲过后，亚伯就快要赶上他了。他们清楚地看见彼此，一张脸冲着另一张脸。他们站在道路正中间，四周环绕着一个公园里的周日。男孩手臂下面夹着一台笔记本电脑，又跑开了。

嘿！警察喊道。红灯！站住！

丹科没有站住，他跑得像鬼一样快，动用了空出来的那条手臂，手肘针扎般作痛。亚伯呢？他正在做自己从来没有做过的事：佯装向右，然后往左跑，绕开了警察。我怎么了？我上一次这样跑是什么时候？从没有过。丹科回头过来，摇了摇头，跑得更快了。路人，障碍。毫无疑问，他要不了多久就会甩掉他了，每跑一步，距离都被拉得更大，但亚伯无法停下。早就不是笔记本电脑的事了，尽管它也是一部分原因，但最主要的是这种无意义的、孩子气的奔跑。他早就不再集中于男孩的后背上了，现在他向四处看去，一边奔跑一边看这个世界，这片天空。在他甚至几乎要大声笑出来时，有什么东西钻到了两腿之间，一根绳子或者什么东西，跌落时，一只手从他身旁急速划过，他没抓住，越过一团低矮的身躯，摔在了坚硬、脏污的沥青上。

陷进了狗群当中。躺在那儿，身上是动物们纷乱的腿、肚子、睾丸。它们在哀吠。它们的气味。躺在狗下面。牙齿间沥青的颤动。撞到头了。让我们把眼睛闭上，只是片刻。

都还好吗？

狗主人的声音。她越过狗的身体伸过来一张担忧的脸。她身后延展出一小片天空，一架轰鸣的小型飞机从低空飞过。她向他伸出一只手，扶他坐起来。狗在他身上嗅来嗅去，狗主人拽着狗绳：停！过来！

路人们站住不动。一个警察也停下了。他严肃地问：

都还好吗？

好，狗主人说。过来！

幸好是另一个警察。

您干吗要跑成这样？那小子偷了您什么东西吗？有人看见他身上有什么东西。

他偷了他的什么东西！

您站得起来吗？流血了？

可以。没有。他挣扎着从狗绳里解脱了出来。

因为没有流血，大部分路人都走开了。现在肺更疼了。整理衣服。在严厉的目光之下。呐，也许有谁想看看我的证件？

您想报案吗？

亚伯摇头。就连做这个动作也有点疼。他向狗主人道了歉。

没关系。她解开缠绕在一起的狗绳，走了。

好吧，警察说。注意看您是在往哪儿跑。最好是根本不要跑。好好地慢慢走，OK？

伤患笑了，以此表示：懂了，赞成，一切OK。

望向四周。不熟悉的街道。上下打量：不熟悉的街道。警察从街角望了过来。又过来了。

都还好吗？

好，亚伯说。

我只是不知道我这是在哪里。干脆就继续往前走吧。让自己毫不起眼地混进毫不起眼的人群里去。他稍稍歪着头，仿佛沉浸在思绪之中。或者是脖子僵硬。尴尬。他像是要捋一捋头发，悄悄摸了摸肿起来的包。

年龄吻合的男人们

他再回到家的时候，肉铺办公室的门锁上了，而他身上没带钥匙。

门敞着，卡洛说，我给你关上了。

谢谢，亚伯说。

还好我路过看到了。

是的。

有什么东西不见了吗？

亚伯看向书桌。笔记本电脑不在。

没有，没有，他说。谢谢。

之后，第二天，他去了运动场。空的。他事发当天没有去那个街区，第二天才强迫自己再次来到那儿，找他们相遇的那个十字路口，不过自然了，当你无论如何都想要某件东西时，你就什么也找不到。无数次来到同样坐落于街角的酒馆，到处都在打台球。他走进了两家二手交易店，那里的人不信任地，甚至充满敌意地看着他。电脑不在里面。踏进一家或者若干家街角酒馆，四处走走，把消息传开：那儿有个什么人，在找他的笔记本电脑。为什么，里面有什么？里面有什么重要的东西吗？回答是，还是最好否认？

无果。不知道从什么时候开始，他只是在像这样到

IV. 肉　　251

处闲逛。他端详着几个年龄吻合的男人。哪个有可能是男孩的爸爸呢？你要怎么认出他来？如果找到了，然后呢？之后他就只往下看了，看向污秽不堪的人行道，什么也没有，只有排泄物（狗的、人的、鸟的）和其间的一个避孕套——从窗户里扔出来的？最终，天已破晓，他在一个转角处的鸽子羽毛中间发现了一块硬盘，它泛着银绿色的光。这时他明白了：你可以放弃了。他放弃了，走回了肉铺。

　　几天后门敲响了。三声短，卡洛总是这样敲。也许所有人都是这样敲的。没有多想，他按下了门把手。门猛地迎面打开。他们合力压在门上，就好像只有一个身体似的。他们就这样进来了，紧接着一言不发地以迅雷不及掩耳之势四散在所有角落里，仿佛已经干过一百遍了——一个特别行动队——然后开始把所有东西都翻个遍，四处乱扔。

　　那家伙一个字都没说，只是站在一旁看，注视着一群半大的孩子是如何把他房里的东西破坏殆尽的。他们把书页撕下来，将衬衫一分为二，用牙齿拉扯枕套上的扣子，方便之后用刀把扣子切下来，这之后当然是把枕头割开：淡黄色泡沫橡胶飞撒在空中。冰箱里的东西被他们摊放在地板上，肉在亚麻地毡上，中间是碎掉的玻璃杯，杯里的东西被涂抹得到处都是。他们在果酱混着黄油的烂泥里来回滑行，好像厨房的墙角就是溜冰场，肉块是冰球，而他们则在比赛。他们从洗涤剂里挤出肥皂泡：这个后院的底层从现在开始就是我们的游乐园了。整件事持续了大概十分钟。完事之后——一切都被打烂、砸烂、剁烂了——他们又聚成了一团。透过敞开的大门，后院里永不消散的香肠味飘了进来。

现在呢，其中一个说，他有点喘不上气。现在到你了。他在哪儿？

亚伯只是看着。他们是在找他柜子里、食物里的某个人，却没找到吗？

我们说的是谁，你清楚得很，死变态！

他们像一条七头龙一样站在那儿。不，六头。有些事情我慢慢明白过来了。谁，你清楚得很。气流扇动了散落一地的纸张。房子里的某种东西发出断裂的声音，嘎吱作响。被揉成一团的东西展开了，被掩埋起来的东西漏出了一丝气息。说真的：他在哪儿？

他们肚子朝下趴着，眼睛偷瞄地下室的小窗，耳朵紧贴在人行道上——也许会听到些什么。

听到了些什么！一个人喊道，他的名字是阿托姆。他们躺在那儿，脸搁在污泥当中听着，因为阿托姆声称地面之下有什么声响。

只不过是汽车。

不，阿托姆说，人声。

他们听着。

智障，科斯马说。人行道下面的人声，什么东西？

也许他把他弄死了。他爸。他已经弄死过一个什么人了。

科斯马怀疑地晃动着脑袋。

如果有谁把他弄死了……

我真的不想这样，但接下来亚伯没有照实说——我不知道，而且我也不知道男孩丹科有可能在哪里——他只是耸了耸肩。

科斯马脸涨红了，开始咆哮。死变态！他吼道。要我把你割开吗？哈？要我们把你割开吗？你这个混蛋，变态的猪，特务，杀人犯！把他屁股割开。把他阉了。呸！科斯马啐了一口。或者说他做出要啐一口的样子。没有任何东西落到地面。

他自己也不知道为什么，他只是无法控制自己，在对方还在咆哮的时候，亚伯笑了起来。

这家伙的脑子不太对劲。在这儿傻笑。科斯马感觉到自己身后的龙身开始四分五裂。因为那家伙笑了。亚伯停了下来，虽然还挂着微笑，然后说：

抱歉，亚伯用跟这个团伙共通的母语说。我不知道他在哪里。

他们盯着他。有几个觉得这是一场幻觉，而科斯马并不这样认为。他向那家伙迈了一步，凑到他面前，近在眉睫，就像那时的另一个人一样——双手没放口袋里，但其他完全一样——他们的嘴唇挨得极近。从此时开始，一切无声。科斯马不再说话，只是举起拳头，给他胃上来了一下。亚伯蜷成一团，滑倒在地。这帮人在他身旁站成一圈，踢他，所有人都用同一种方式——用鞋尖，大家都不多踢一脚：我们是一台规矩的机器。

嘿！卡洛在门口喊道，嘿！这算什么？你们在那儿干吗?! 消失！他挥舞着手臂，仿佛是在赶乌鸦，然而手里却拿着一把砍肉刀。滚！他挥动着大刀，不过当然没有用它来干任何事。这帮人不以为然地把他推到一边，从他身边跑了过去。科斯马在最后，可以说是从容不迫。他再一次朝亚伯俯下身去：

混蛋，他龇牙咧嘴地说。我们知道你住哪儿。你听到了？我们知道你住哪儿。

然后他们就不见了，仿佛是一场梦，不，我从不做梦。卡洛拿着大砍刀站在门口，注视着这一地狼藉。

我最好还是搬出去，亚伯说。

卖肉的连点头都来不及。

V. 公路电影[1]

未完

美式

一帮吉卜赛小孩跑到你家去，把你家洗劫一空，还揍了你一顿？为什么？金高问。你跟这些人有什么过节？这后面藏着什么不光彩的事？或者他们二话不说就从街上……？这可能吗？

也许周末应该到市场上到处走走，她之后说。去特定的几家店。里面有一堆赃物。登个启事：想把电脑买回来。在家那边就是这么干的。人们会把被偷走的车买回来。

你说这话的时候看我干什么？销赃的活我已经撒手不干了。我现在是乐手，你知道的。（扬达）

我根本没看你。而且我想看哪里就看哪里。

亚伯挥手回绝了。一切都已经试过了。

可怜的宝贝。可怜的、不幸的宝贝。她把他亲了个

1　原文为英语"ROADMOVIE"。

遍。一切都不见了。一切，一切。

你现在有什么打算呢？感同身受的安德烈问。

他把他的东西带在身上。他想问，能不能把其中一部分放在金高尼亚。

为什么？

从他到这里以来——这中间多少年了？七年或者已经八年了？——他还没有离开过这座城市。现在他觉得，最好还是上路。

去哪里？

耸肩。

啊哈，金高说。嗯哼。

顺带一提，她说，我呢，很少有好心情。而且已经好了几周了！要是你时常来个信儿的话就知道。我夏天找到一份兼职了。什么样的兼职？教师，信不信由你。夏令营里的音乐教育。她绕着餐桌跳舞：找呀找呀找朋友！[1] 自然，扬达难以接受。不是因为他们现在还缺一个巡演路上的司机，这无所谓，三个人轮流开车足够了；他恼火的是，我有自己的事情了。显然，这不被允许——我只是说，不要高兴得太……啊，算了，他摆摆手不说了——这几乎算是重返我的职业领域工作了！你懂吗，她坐到亚伯怀里，欣喜地搯住他的脖子，你懂吗，也许我马上就要重返我的职业领域工作了！她把

1　原文为 "Ringe, Ringe, Raja"，克罗地亚儿歌。

他的脸往中间挤，在噘起来的嘴唇上嗑了一个湿漉漉的吻。

已经到晚饭时间了，他们坐成一圈，扬达的面做得太辣了，给，灭火的水——自己做的醋栗酒（在谁的花园里摘来的？忘了）很涩，度数高得像天文数字，就连金高也不得不清清嗓子。

其实，咳咳，这孩子也可以跟你们一起走。你们还缺一个司机。你会开车吧？

亚伯摇头。

扬达：到此为止。

金高：怎么了呢，什么都可以学！她在此声明，她已经做好了准备，要在自己离开之前，把汽车驾驶传授给这孩子。

不纳入考虑。扬达说。我们不会坐一个没有驾照，而且从你这里学会开车的人的车。

他可以拿孔特劳的驾照！你们自己看看，你们可以当表兄弟了！而且对他们来说，我们所有人看起来真的都是一个样！（她笑了。）保险起见，他们应该记住彼此的家族史。

为什么，孔特劳说。这种东西在这里反正没人知道。

之后。室外，野路，白天炙烤着的太阳。安德烈和孔特劳。不可能有更疯的了，安德烈说。

会有的，会有的，孔特劳心想。

扬达拒绝一同前来——这是你做过的最无脑的……——他们孤零零地站在路边,从后面看着巡演巴士在地面的坑洼之间点头哈腰。风把左右两边的缕缕灰尘从田里高高扬起。安德烈把眼睛眯了起来。

安德烈:我们以前也是这样吗?我不记得了。我在养老院和青年俱乐部里弹吉他,有时只能想起那些肮脏的歌词。可这就已经是全部了。那今天呢?我们显然抵达了什么东西的彼岸,而这关系到什么,我就不太清楚了。

不,孔特劳说。你肯定知道。

之后。金高尼亚。

绝不可能,扬达说。他不可能在野路上待一下午就学会开车。

我保证。

J. 只是挥手回绝。要是白天很长,你会说很多话。但安德烈和孔特劳证实了金高的说法。那孩子可以操作巴士了。在旷野里歪歪斜斜地开了几个小时之后,他和金高在某个地方消失了差不多半小时,那里像床单一样平坦,可能是一片谷底或什么,等到他们再次出现的时候,他不知道怎么回事就会了。他开车带他们回村,把巴士停在酒馆前面一辆蓝色小轿车和村镇警察的摩托车中间,警察一直坐在酒馆里看着他们,从他们停进去,到之后拿着柠檬汽水(!)和冰棍(!)坐在路牙子上。如此不平整的街沿,在一座路铺得坑坑洼洼的村子里。

树任由覆满了灰的叶子挂在上面。太阳下山了。

一幅美妙的景象，扬达承认。尽管如此：不。这么搞就是疯了。

金高抱着他，在他耳边低声道：他真的需要有个人照看他！

这我还没看出来。

她在他胡子拉碴的脸颊上亲了一下：照看我的教子！

嘁，扬达说，耸了耸肩。

之后扬达和亚伯单独上了屋顶，分坐在某场派对上留下的一支熔化造型很诡异的巨型蜡烛两边。两个多年来一直沉默地注视着彼此的人。现在不了。他们向前看着所谓的森林：隔壁院子里一堵长满了野生葡萄藤的、无窗的墙。鸟在其中为了过夜的地方打架。

扬达抽着烟。显然，他永远不会对亚伯说一个字。但那孩子有哪次开启过对话吗？咳咳，亚伯。你只用把我一起带出城，随便在哪儿把我放下。这样她就放心了。

扬达目不转睛地注视着森林，要不就看向上方的天空。从这个角度看不到城市。能听到些什么，但在白天的这个时间里听不了太多。

要带上你，扬达说，我们也可以多带一截。不过随你便。我无所谓。

我也是。

现在他还是往这边看过来了。小小的狐狸眼睛，冷笑：

那就都说好了。

长久的停顿、烟雾。

你真的，亚伯最后问，把什么人弄死了吗？

扬达小心翼翼地把烟头摁在柏油屋顶上。摁了又摁。黑色的柏油，黑色的烟灰。咯吱声。鸟依然很吵。这是谁讲出来的，也再无法追溯了，它传开了，就像它传开的那样传开了：扬达也是——谁会惊讶呢——老师和青年组织的干部，结了婚（只是为了向我[金高]展示，他没了我也行！哈！）又离了——常有的事，然后——离婚之前还是已经在那之后了？——弄死了一个人。

不。不是这样。只是把头敲碎了。没死。

原因是什么？

一次邻里争吵。

（不完全是这样，金高说。跟我有关。不是你想的那样。他坚持说别人无法让他嫉妒。不过在一个凶狠的傻子面前保护一个女人的这点自尊心，他还是有的。

准确地说，安德烈说，是跟日记有关。她几年下来写了九本。谁知，某日。一部小说或者类似的什么东西。一位缪斯的日记。就跟现在一样，她引诱了一个小伙子，嘲笑了他，他摔上门走了，第二天却在她不在的时候又来了，他有钥匙，在厨房把所有的日记本烧了，洗碗池受热裂了一条缝，满屋子的灰。金高，她咆哮

V. 公路电影　261

得像——）

用的什么？亚伯在屋顶上问。

什么用的什么?!

他，扬达，是用什么把这个人的头敲碎的。

扬达的薄唇轻微颤动着。周围竖满黑色的胡茬。胡子长势强劲。那孩子，牛奶一样白，仿佛一直都还是个少年。好吧，好吧，我们原来是对暴力的细节感兴趣啊。

用一个平底锅，扬达说。它就放在灶上，边缘粘着煎蛋卷的残余，里面还有一点温热的油流到他敲打的那只手上。一个寻常的用来做蛋饼的铸铁平底锅。（停顿，然后迅速接上）他在警察那边有亲戚。我有几颗牙是假的，变天的时候，右上方的牙桥会发炎，而我也蹲了监狱。在这以后，我不能再当老师了，而且我对此也没兴趣了。我想要开车到处转转，至少在夏天。我对别人说了，然后他们双方就开始互相射杀起来了，剩下的大家都知道了。

鸟安静了下来。扬达从裤子口袋里掏出了香烟，注视着它，犹豫。他现在真的应该跟他一起再抽一支吗？他又把烟盒塞了回去。仔细听着，他说。我们不会成为朋友。话就这么说吧。

好，那孩子说。天已经黑了，几乎看不见他的脸了。声音听起来非常正常——别人提起他时所说的那种正常。这种奇怪的、同时面对两种性别时的共鸣。扬达不得不笑了。这也算好吗？

他站了起来，拍掉裤腿上的灰。

后天出发。

这就是跟扬达的对话。他离开了屋顶，亚伯坐着没动。之后他躺下了。

星星。

做个旅行者

做个旅行者。为瞬间而活。天气。漫游年代。别人是这么叫的。一个夏天。一个人或几个人在路上。这里是移动的车内，那里是风景。出现了某种东西。友谊或敌意。一些小事。大家环顾四周又回顾自身。

亚伯看向自己内心时看到了什么，回顾与丹科和其他人之间的故事？这无法证明。对他来说，没有什么可看的。起初他疼得稍稍弓起身子——胃、胫骨，但这些都过去了，只留下某种迟滞的东西，然后就连这个也没有了。在离开卡洛的办公室之前，他把它收拾干净了，理应如此。不管你做了什么，想想看，之后还得有人来把这些脏东西清出去。卡洛站在门槛上，手里拿着的砍肉刀微微晃动，帮不帮忙？然后他把伊达派了过来。她一个字没说，哪怕一次也没看他，他们沉默地并排干活，扫地，把垃圾铲出去，清理牛奶和果酱里的玻璃渣，把家具重新抬起来摆正。桌子上有一道划痕，无计可施。谢谢，亚伯结束时说道。对此她还是没有反应，走回了店里。他则走回了金高尼亚，躺在了屋顶上。第二天清晨，他满身露水，喉咙发痒，头发闻起来像屋顶的柏油，可是两天后，他们开车出发的时候，这些也已经忘记了。

线路一次也没有告诉过他，而这似乎也不能引起他的兴趣，他学会了驾驶，然而还是只有其他人在开车。他坐在后座一侧——时而晒得到太阳，时而处在阴影之中，抬头看着建筑的外立面。后来是不一样的景观：一个灌木丛生的河谷、森林、行驶数小时都不见头的平坦旷野、新城市。此外还有汽车电台里播送的音乐以及几乎完全一样的整点新闻。很少交流。乐手们不仅不跟亚伯说话，彼此之间也无话可说。有时前座的两个人会轻声交换几句话，大多是功能性的：这个那个在哪里，现在往哪里开，前面右转。在这期间，亚伯睡着了，头靠在一侧的车窗上，或者是在做样子，因为他们一停下，他就马上把眼睛睁开了。这个地方叫什么，他在哪里？

除开驾驶不谈，他仍旧是多余的。演出的时候，他完全帮不上搬运或搭建，他们不需要他的帮助，一切都可以独立完成。像是背上的增生、第五个轮胎，其实他早就已经可以下车了，但不知怎么回事，他没有。他一直在。别人只需要对他说，滚，他就会走开了，毫无怨恨地礼貌告别。但他更愿意留下来，仿佛乐于观看男人们如何举止。饮酒吸烟的仪式、身体形态、在一片森林里中途停车去捕鱼。荒野浪漫主义，闪烁的身体部位。他们的手在击杀、掏取、刺穿、烹烤时的特写。毫无疑问，就这种日常事务来说，他派不上用场，他们一言不发地为他捕了属于他的第四条鱼。就连在吃饭的时候，他似乎也在仔细观察别人，好像如果不这样，他就不知道该怎么吃鱼了。扬达不蠢，他自然发现了一直以来，自己在三人当中受到了最多瞩目，不过他的应对策略是装作自己没发现，多年如此，没有理由非要现在改变。而对孔特劳来说，他实在不关心亚伯，说起来，没有人足以引起我的兴趣。而众所周知，好人安德烈跟每个人都相处得来。我就是一个单纯的乡村男孩，你从我的方言里就听得出来，与故乡的联系被切断后，语言就会停留在童年，始终是以前的样子。那时，宗教生活扮演着重要的角色，但他并不是因为这样才不去排挤、憎恨，或者做出其他类似的事。他运气好，生来就是好人，金高有一次说，就是这么动人，这么简单。可是，可是，可是，他结巴着，我从来没有这样想过。一个有着音乐才能的农村男孩，天赋高得让人无法忽视。一切都有其代价，这是他最喜欢的句子，不是我对这种生活有什么抵触，只是……他本来已经抛开一切，马上就要回去了，但其他人说服他留了下来。唤起他的理智以及团结精神。我们需要你。你维护了我们的正直，还把我们维系在一起。这会儿就别夸张了吧。（他喃喃道，脸红了。）

依照不同主办方的标准，演出有配套的旅店或私人住所，或者只能住在巴士上——昔日宿舍一张套着蓝色碎花布料的床垫（这之后归亚伯所属）放在了可折叠的后座上。（有一次是一个饮料仓库，饮料货架中间一张肮脏的双人床。如何？扬达问。不行，不然呢？孔特劳仔细看了看箱子里装的东西，用手肘顶了他一下。最贵的酒精饮料。他们把能拿的都拿了。）双人间的配对分别是：孔特劳和扬达、亚伯和安德烈。虽然第四张床——给我们的司机的半张床——大部分时候是多余的。有些演出他会去听，有些则不。第一支曲子中间他就走了，到哪里去？到他们刚刚待的地方去，他在那儿干吗？没有人问。之后据说他给奥马尔讲了其中一两次奇怪的相遇，但是不知道其中有多少是真的，而如果是虚构的，又是谁虚构的。

有些城市永远不眠，另一些则让人感觉像在穿越一片草场；有些纯粹由浅滩组成，有些在毁灭性的火灾或者洪水之后得到了宽阔的街道；有些教堂像要塞一样，有些则像是避暑庄园。几乎所有地方都有一家摩托酒馆。出人意料的是，亚伯对踏入任何娱乐场所都无所畏忌。他完全不再笨拙木讷，只不过仍旧与众不同，在所有地方都很显眼。即便他不走进去，只是待在外面街上的时候，也很显眼。无论路上人多还是少，几乎每一夜他都会被什么人搭讪。除了乐手们，好像几乎每个人都觉得自己有义务这样做。

有一次，他刚从一家酒吧里出来，一个老女人招呼他：你在这儿呀！啊不是，她说。不好意思。原来您不是我儿子。保险起见，她又把他仔细打量了一番。不，您不是。

虽然如此，或许您愿意……您愿意陪我走一段吗？我很害怕，一个老妇根本不该在这个时间来这个地方，但我还是得找他，他是个酒鬼，您知道吗，我觉得您倒像是个不错的年轻人。

他们一起走了好一阵，她微微弓着身子，他双手揣在口袋里，她小步快走，他偶尔才迈开一步。她不敢进酒馆，请求他替她进去或者透过窗子窥探一下。您这么高，看看能不能看见他。

但他完全不知道这个儿子长什么样。

呐，就跟您一样！

但他没看见任何长成这样的人。之后发现这个儿子不是儿子，而是情人。亚伯更仔细地观察起这个女人。她看起来差不多有七十岁。

现在您肯定要鄙视我了。

不会，他说。要我给你拦辆出租车吗？

她点头，然后消失了。

另一次，另一个地方，一个矮小的男人站在一个公园边上的灌木丛中间，手里拎着一个公文包。他也被狠狠地玩弄了。

一开始，我的妻子装作听不懂我说的话。我说的，她说，简直就是胡言乱语，我应该试着用本地的语言，可是拜托，我根本不会别的语言，只会这一种，请问这其中有什么听不懂的？您懂得我在说什么吗？那个矮个子忧心忡忡地问。

完全懂，亚伯说。

矮个子男人叹了口气。

我上班的时候讲了这件事。我想要什么，同情？一开始他们心领神会地点着头，是啊，是啊，婚姻，但是之后他们也开始装作听不懂我说的话了。他们偷笑，我知道，他们只是想找个乐子，可是之后他们再也停不下来了。他们一整天都做出听不懂样子，于是我什么都不再说了，但是在赶车回家的路上，我在肚皮贴肚皮的公交车上突然泪如泉涌，不得不下车，从那之后，我就在这儿附近乱走。谁知道呢，矮个子男人盯着昏黑的灌木丛说，我以为，我的每一个句子都会使我一点一点地靠近真理，但它们可能只是那"一点一点"，除此以外，别无其他——现在我最好还是不要问您有没有听懂了。只有上帝知道这是什么含义。请您谅解。我现在就走比较好。

他走了两步，站住不动。

请您谅解。或许您可以好心地陪我走到公交车站？我觉得我有点害怕。我知道这很奇怪，毕竟我是个成年男人。

好，亚伯说。

诸如此类。还有个人想在午夜时分买一辆赃车，并且需要一个口译。（这话你相信吗？阿莱格里亚问外孙。信，奥马尔说。为什么不呢。）最近向他走来的几个人当中，就有他的父亲。

兄弟，那个男人说。他干瘪，没剃胡子，闻起来很恶心。也许他还是比翁多尔年轻一些，谁说得准呢，生活描画出来的样子，而且当时很昏暗。有时，在生活笔下甚至只有一条褶皱是相同的——鼻子和嘴之间的那一道。兄弟，这个潦倒的男人说。你为什么一边哭一边牙齿打战地走在昏暗的巷子里？

亚伯没有哭，牙齿打战倒可能是真的。他充其量只是在附近闲逛而已。

在这一区？

这可没有禁止吧？

嗯。

那……

兄弟！干瘪男紧紧抓住他的手臂。有力的手指，肮脏的指甲。你有点什么零钱能给我吗？

亚伯把手伸进口袋，掏出钱来——一些硬币和两张揉成一团的纸币。潦倒的男人检查着自己提的款，最终用尖尖的手指取了一张面额较小的纸币和几个硬币。或者你猜怎么着？他把亚伯手里的所有东西都扫进了自己手里。轻柔地扫过手掌。反正前面街角的小伙子也会偷袭你。就算不是他们，那也是下一个街角的什么人。我还是自己拿了吧。上帝保佑你，兄弟。然后他着急忙慌地朝着亚伯来时的方向走了。

前面的街角没有什么小伙子。之后他也没遇上任何人，除了两只猫，一只全黑，一只长了棕斑，它们像微型石狮子一样一动不动地坐在一个车库出口的两侧。

他半夜回到旅店的时候，乐手们还坐在旅店的酒吧里。在进门处就能听到他们的笑声。

他们今晚的表演是此次巡演中最奇怪的场次之一。其实打从一开始就已经知道演出将一无所获——当然，除了钱。它们不是真正的演唱会，更像是在每回合小组讨论结束时敲响的乐钟，讨论的话题是：你们那个地区哪里出问题了？每当大家马上就要揪起架来的时候，总会有人说：那现在再来点音乐吧！

您问我，为什么我们除了几件奇闻逸事之外就没什么能贡献给这个话题的了？（吧台边的扬达造作地拿着烟。）怎么，历史不就是主要由这些东西组成的吗：两个极端之间的旁枝末节？

但我们像白痴一样站在那儿！孔特劳激动地喊道，甚至也许还拍了吧台的桌子。

就是！安德烈说。这是在证实所有本来就已经存在的对我们的刻板印象！怎么就没人能说出真相呢？这也没那么难啊！

扬达，随和地：那么真相是什么呢？

他笑了，孔特劳也跟着笑了，他们干了一杯。

安德烈，带着悲剧性的严肃：全国知识界要么就局势恶化煽风点火，要么对化解冲突毫无贡献，然后还恬不知耻地利用我们的苦难在国外赚钱，您二位对此又作何感想呢？

扬达，造作地微笑着：我很反胃，噢不，欣慰地看到，演员也终于被吸纳进知识界的圈子了。

低声嬉笑。

那现在，孔特劳举起食指，再来点音乐吧！突噜突突突突，布鲁布鲁布鲁，嗤嗤嗤。他们笑着弹奏空气吉他，在柜台桌面上打鼓。他们又停下来了，扬达重新拿起快要燃尽的烟头，弹掉烟灰，这发出了意想不到的响声。

噢，这帮垃圾……

怎么？安德烈对亚伯说，后者站在不远处，像往常一样不知所措。也想喝点什么吗？

他们这一晚比之前任何一次喝得都多，特别是扬达。他们——也就是亚伯，唯一一个保持清醒的人——不得不把他抬回房间。他眼睛睁着，但是不知道他能不能看见东西。第二天早上，没有人能开车，除了那孩子，这种情况还是头一次。

啊，吃屎去吧，扬达说，在后座上躺了下去，继续睡。亚伯小心地驾驶着，避免任何猛烈的颠簸。尽管如此，之后扬达还是说：停车，我要吐。

他们在高速路边的禁停区里站了很久，后面的车流鸣笛经过。扬达吐到了沟里。对面驶过一辆警车。亚伯和孔特劳想起了尚未转交的行驶证，但好在无事发生。

鹰

然而之后还是出了一件丑事。

尽管夜晚开始时还是另一番模样，充满希望。一座不同的城市，一个取代了曾经的电影院的酒馆，里面还剩下一块幕布、一个阶梯平台、一排顶层廊厢、装了小灯的桌子和几张海报。总的来说氛围友好，而且在本次巡演中，还从来没有见过如此多的观众。乐手们尽管身体状态很差，并且听到很多人操着他们的母语——这不一定是件坏事——但还是怀着某种欣喜的期待。亚伯跟往常一样，独自坐在舞台阶梯附近一张特地准备的桌子旁——拥挤的人群边缘一座空气流通的小岛。

有一阵子，无事发生。开始时人们大多十分专注，随着时间的推移，无可避免，他们开始讲话，还有碰击玻璃杯的嘈杂声响，尽管搞不清是不是酒保有意为之。我今天很烦躁，扬达特别强调。他头疼，自己敲响的鼓点也使他不适，甚至有几次走了神。他在冒汗。场间休息？敏锐的安德烈问。

扬达点了点头，走到吧台旁边。得喝点什么。他走到一个牛仔打扮的男人身边，他穿着伐木工衬衫和牛仔裤，里面是世界上最瘦削的臀部，脖子上绕着一个皮包，里面有什么，故乡的土？

嘿！他的声音和体态证实了一定程度的酒精处理，但目光尖锐而清醒。嘿！牛仔对扬达说。演一下老鹰吧！

谢谢，扬达对酒保说，然后走回到舞台上。

之后，一次冒失的节奏调试当中，突然：嘿！不如还是演老鹰吧！

他从不在场间休息的时候喊，总是在歌曲演奏途中。起初只是口齿不清地说着一些关于鹰的东西，之后还冒出了另外的词。婊子养的、劫道的、装病的软蛋、叛徒。

扬达对其他人说：是我疯了，还是你们也听到了？可能是我在胡思乱想，今天我可不是最清醒的那一个。

其他人做证，他们也听到了那家伙。

随他，安德烈说。我们提前三首结束，然后就没事了。

他们继续演奏，那声音继续瞎闹。响亮的呻吟，挑衅的呵欠，还有穿杂其中的逃兵、混蛋、骗子。扬达把手上当作乐器敲的罐子放到一边，留安德烈和孔特劳继续演奏，走向组织者，请他把这里那个——他没再站在吧台边，他在哪儿？——不知道处在什么地方的男人弄走。活动组织者脸很秀气，金发一直坠到耳垂，盖住了耳朵，他点了点头，不过看得出来，他什么也不会做。

现在能不能把这个疯子弄走，扬达在两首歌之后问。这时他的声音已经在颤抖了。

他这是在说什么？组织者问。这儿是个酒吧，就该有各种各样的声音。

扬达向四周看了看。老鹰，该死！那声音听起来口齿不清。扬达转向了声音传来的方向。每当他不确定方向时，那声音就又吆喝起来，引诱他进一步深入黑暗，来到顶层的廊厢上。上面还有更多以前电影院的东西，一排排长毛绒座椅，散坐各处的小情侣。扬达在黑暗中绊了一跤，下面坐着的人，包括乐手们和亚伯在内，抬头向上看。某个地方传来幸灾乐祸的笑声。扬达向那儿转身，终于见到了他。他怪笑着，成绺的头发湿乎乎地粘在喝醉的马脸上。扬达用骨节分明的修长手指一把扯住了他的衣领。

听好了，欠揍的，你再出一声，我就把你扔下去，然后我就下去，一直把你踹到拉在裤裆里面，你这种贱胚子也不是第一个了，说明白了？

呐呐呐呐呐啊啊呐啊，安德烈在下面唱道。

扬达不用看也知道后面几排的小情侣现在是什么样子。他松开了领子，准备返回。

脏兮兮的吉卜赛小偷，胆小的法西斯猪猡，那个声音在他后面说。

扬达怀着同样的激愤再次转身，把那家伙从座位上举了起来，后者在扑腾中被从成排的座椅中拽了出来，然后再顺着狭长的楼梯往下拖。那个流浪汉没有直接抵抗，也不再说什么了，但扬达还是花了好一阵子把他从廊厢一直拖到后门，过程中发出了巨大的噪音。现在确实没有人再关注音乐了，安德烈和孔特劳几乎只是在原地打转，但现在停止表演也是不可能的了。然后，牛仔却突然开始实实在在地唱了起来。

哭！他狂叫着。不要哭，不要悲伤，只用召唤，然后……

安德烈听到后，把乐器放到一边，但在他起身之前，扬达就已经把那家伙从后门推到了院子里。所有鹰都会为你献出他们的生命！召唤吧，只用召唤……这时门摔上了。

组织者挡在扬达回来的路上。他生气了——生他的气！他在这儿到底干了些什么？

我做了您做不到的事，扬达说。我建立秩序。而且我还搞音乐。

他走回孔特劳那儿，拿起罐子。呐呐呐呐啊啊呐啊啊。

就在这其中的某个时候，亚伯走了出去。

总是这种伤害与暴力的氛围，只要我们当中超过两个人共处一室，金发的女孩——更正：门外那个年轻女人说。亚伯只不过碰巧站在她旁边，时间不长，他要给自己选定一个方向：右或是左。她说的是母语。

你们是从哪里来的？现在她直接向他问道。

他最初看起来好像并不想作答，然后却还是回复说：其他人来自B地，他自己来自S地。

不会吧！从S地来的？真的？她喘着粗气：我也是从S地来的。

现在他朝她看过去了。

埃尔莎

间奏曲

圆脸，大嘴，一颗虎牙（右边的那颗）是斜着长的，蓝眼睛圆睁，渴望地看着他。我认识你吗？不，她说，近乎绝望，我不记得你。

她的名字是埃尔莎。更准确地说，她是从附近一个村子里来的。从P地来的。你知道这个地方吗？

他点头。

那是……我的上帝啊……她笑了，然后眼里仿佛噙满了泪水。大眼睛。她看向一边，一只手放在肚子上。现在才看出她怀孕了。他们身后是酒馆的喧闹。

你叫什么？

亚伯。

亚伯。我有点难受。那里面缺氧。你能陪我走回家吗？太近了，不至于坐公交车，但我在黑暗里又有点害怕。

街道，室外，夜晚，亚伯和埃尔莎。现在又是一种完全不一样的氛围了。酒馆里挤得有多满，这里就有多死寂。他们能听到自己的脚步声。到第一个红绿灯之前，他们什么也没说。等绿灯。

他们继续走时，埃尔莎说，我以前是护校学生。生活艰苦。放学后要直接回家。我们有奶牛。再说正派的女孩子不会在城里游荡。（笑。）每天两点到三点之间，我们都站在环城路边，在旅馆门前的车站等出城的公交。你记得那个站吗？旅馆的屋脊上立着两个天使雕像，一个角上一个，外墙立面是巴洛克风格。有一天，其中一个天使——左边或者右边那个，取决于你从哪边看——的头掉下来了。一颗石制的——或许是石膏做的——天使的头掉了下来，就是这样，从正中间劈开下午的时光，落进了车站里正在等待的人群当中。一颗头飞了过来。然后，奇迹般地，一个人都没砸中。它正好落到一秒钟之前因为某个人用狗绳牵着他的狗穿过人群而形成的狭窄过道上。那里不久之前还是一条狗，啪，一颗天使的头。天使头发碎裂开来，散落在压扁了的烟头和吐沫痕迹中间。它迟滞、深沉地滚动，直到停止。这你也知道吗？

　　他是点头还是摇头了？可能都没有。他全程往下看，冲着她的脚。埃尔莎穿着白色的运动鞋。

　　她是，她继续讲述，不久前因为结婚才来到这里的。戴夫——他把自己的名字发音成多伊夫——是摄像师。他们拍了一部电影，一部纪录片，埃尔莎在拍摄现场担任语言知识丰富并且要价低廉的场助。最开始我听不懂他的话。他的发音。之后好些了，但我还是一直听不懂。如果有人问他，为什么要在这里拍，他就会说：战争很有趣[1]。你算什么？我问。一个傻子？他笑了：你对"I"毫无了解。那个叫"for me"，我说。不是"for

---

1　原文为英语"War is fun"。

I"。他笑得更厉害了。"I",他说,就跟反讽[1]的首字母一样。别人总得把他说的一切都反过来。这并非每次都很简单。我的上帝,他说,你们或许是个敏感的民族。要不然呢?! 有时候我是真的在骂他。拍摄工作结束的时候,埃尔莎怀孕了,然后他们在剧组的见证下结婚了。典礼在一块草坪上举行,她跳着舞,花缠进了及腰的长发,连衣裙上满是草污,但她仍然边跳着,笑着,哭着,相机摇晃着拍下了这一段录像。在这中间,我去吐了几次。其中一次他还录下来了,我把嘴巴上最后一丝苦胆水擦掉然后继续跳舞的样子。他们一再要我们接吻。他吻了,我泛着胆汁味的嘴唇。

埃尔莎这会儿五个月了,不再吐了,但仍然反复哭笑,有时候甚至边哭边笑,一整天都这样。我醒了,然后不得不哭。或者笑。这种或哭或笑的状态既是幸福的又是悲伤的。其中的原因部分未明,部分我已知晓。有关部门处置埃尔莎就跟处置其他所有人一样。不能为了这个哭,我知道。如果你是个男人,那你就是黑手党,要是个女人,那就是个婊子,就是这样。政府部门里也有女人。我怀孕五个月了,而且是已婚,于是他们给了我三个月的居留许可。那时候我就八个月了。你懂吗。而且那都是些女人。

顺带一提,我是那个提出结婚的人。我每天哭,肯定成了他的负担。尽管他什么都没说。可是你想想:你

---

1 原文为英语"irony"。

认识一个人半年了，这人不是吐，就是哭。眼下好点了，他就刚好不在了。一份工作找上门来，一场新的灾难，他要离开一个月或者更久。总得有一个挣钱。

上午我会出门。坐公交我不舒服，所以就走路，四处乱逛，去公园，转商店，里面我什么都不买。什么时候脚冷了，我就走回家，泡个澡，仔细看着水从我肚子上流过。一天中剩余的时间，我躺在窗边的沙发上，眺望这座城市。我们住七楼。早上，地下室的洗衣房里会升起成片的水雾。烟囱冒着烟。然后两者结成了云。这一切甚至称得上美，可人能就这样生活吗，只靠烟和雾？我到底有没有权利这样做，认为……

她打了个嗝儿。

噢！纤细白皙的手指放到唇边。不好意思。我怀着孕，会这样的。她接上刚刚的句子：……认为这很美是否合适？

她跟本地的女人没有来往。我知道这样不好。但是我感觉她们太……简单了。你懂我的意思吗？好了，我就住在这里。

他们站在一幢高楼前面。

你跟其他人有来往吗？

跟几个人。

从我们那个地方来的？

不是。

她一只手放在肚子上，打了好几次嗝儿。

不好意思……你想一起上去吗？

他只是望着。

有时候，埃尔莎说，我甚至会想念教堂。变得这么保守了。

我希望，她说，你陪在我身边。反正我也睡不了。（停顿。）只说话。

抱歉，亚伯说。可是他必须回到其他人那里，他们不知道他在哪里，也许他们夜里还想继续赶路。

她站在楼前，他迈着大步快速走开，上半身微微前倾。

这就是埃尔莎的故事，我跟她相识一小时。

逃跑似地

这个时间点有多晚了？也许刚过半夜。亚伯走回了旅店，至少差不多是那儿附近。这就是其中一座并不壮观的城市，一切都是新的，而且看上去都一样，所有街角都有相同的店铺；而亚伯走在埃尔莎身边，全程往下看的时候，眼前的光景也是如此：人行道，沾了灰的黑色鞋尖，但这些现在都不重要了。我们可以极大地缩短这一路程，省略他从这里走到了那个具有决定性意义的街角所花费的这一个小时左右的时间。这一次他没有遇到任何人。

起初他完全没有认出旅店后面的那条街，他还从来没有从这个角度看过它，现在或者认出来了——那是巡演巴士。能听到车后面的一阵呻吟，好像有两个人在完全算不上高档的楼门口做爱。或者又好像有两个人在踹第三个人，其中一个人特别像扬达。

除开那个插曲，音乐会按部就班地进行着。终场的掌声还没停止，扬达就走了，也没有致意，安德烈和孔特劳则留下拆装乐器，然后结清了酬金。这大概花了三刻钟。他们回到旅店房间的时候，迎接他们的是坐在双人床上的扬达，他咬紧牙关，在看赛车。他也喝了酒，但因为太愤怒了，所以一直清醒着。安德拉觉得什么都不说比较好。你发什么火，不过是个傻子，像这样的人还有……他们坐到他身边看比赛，之后是一部烂恐怖片，尖叫着的女人，闪着光的刀。之后有人敲门。大概是那孩子。

进来！

没进来。

那你就待在外面吧。（扬达嘟囔道。）

我来开吧。

安德烈朝门口走去，开了门——我觉得，我在做梦，我不是站在门口这儿，我还坐在电视前面——一个男的站在旅店的走廊里，手里攥一把闪着光的刀，一个字也没说，就只是刺了过来。

刀尖的利刃往下滑到了锁骨上，一种无法描述的声响，然后刀掉了下去，尽管有地毯，还是发出乒的一声，下一个瞬间那家伙就消失了。只剩地板上的一把刀，一件沾血的衬衫。

房间里面传出孔特劳的声音：怎么了？

他……安德烈站在一面突出的墙壁后，身子被挡住了，他们看不到他。他……拿刀……

什么?!

安德烈跟跄着几步退回房间里。从锁骨到胸口，衬衫被划开了，下面是血。可能是想把颈动脉……

这时他不得不坐下，倚着墙滑了下去，蹲在地毯上，背靠着浴室的墙，一动不动。扬达一言不发地从他身上跨过，跑了出去，孔特劳跟在他后面。

值夜班的门卫正在读上课的笔记，他们越过他，冲到门边：锁了。这怎么可能？

打开！扬达咆哮着砸门。控制台后面的男孩惶恐地按下一个按钮，滑门自动打开了，两个人一头栽到街上，然而街上一个人也没有。

孔特劳停住脚，但扬达没有，他飞快地冲向街角，绕着整栋楼转了一圈。他们逮住了那个牛仔，这人刚好在往巴士上撒尿。

现在格子衬衫一动不动地躺在那儿，双臂展开。好了，孔特劳说，然后把扬达拽开了。死蟑螂！扬达咆哮着，想往牛仔摊平的手上踩一脚。

好了！孔特劳大喊。扬达失去了平衡，单腿蹦了几下。好了，孔特劳说。这一次，仿佛在直接冲着亚伯说。

扬达就好像没有看见他似的，从他身边跑过，回到前门，又捶起了玻璃门，这次是从外面。在门厅这个亮灯的四方体中，年轻的门卫惊恐地向外看着，只是摇着头。扬达怒吼起来，再次跑开了，向着亚伯和孔特劳的方向跑去，他们跟刚才一样一直站在原地，脚边是一动不动的牛仔。

我不管你怎么想，扬达对亚伯说。进去把他接出来。他受伤了。

亚伯出现在门前并且透过玻璃出示了房卡，其间门卫仍在一直发抖。幸好他不知道我跟他们是一起的。

安德烈的伤口很长，但并不深。他把衬衫脱了下来，用厕纸按着伤处。即便在这种情形之下，他都不会把一块白手帕弄脏。厕纸浸了血粘住了。

亚伯拿着大部分行李打头阵，留给安德烈的还有低音提琴和一个小袋子。他们走了后门。只有在不得不经过那扇向着前台敞开的门时冒了点险。夜班门卫正打机关枪似的跟某个看不见的人说着话。

他们把被割破了的、沾着血的衬衫忘在了浴室里。那把刀也还躺在那儿。

袋子、乐器、夹克凌乱地堆在后座后面，孔特劳——不，你（扬达）不要开车，我来开！——踩了一脚油门。嘶嘶嘶嘶嘶，安德烈说。乐器。巴士飞快地绕着交通环岛转了一圈，环岛正中是一个喷泉，他们经过的时候，一阵强风把水吹到了窗玻璃上，给它糊了一层街上黄色的尘土。现在喷泉不喷了，孔特劳启动了雨刷，水一股一股地射了出来。似乎水已经多得过头了，似乎声音响得使所有人都必须得醒过来。一个潦倒的男人在他们前方缓慢地过街，他们要是继续这样向前飞驰，就会撞上他了。然而并没有，孔特劳是个好司机，刷的一声擦着潦倒男的后背驶过，那人恼火地站在原地，想说些什么，说不出，差点尿裤子，这会儿得集中注意力避免这种情况。他站在马路中间，而车子早就开远了。

他们快要出城的时候，亚伯：

可以请你停一下车吗？

孔特劳怀疑自己听错了，看了一眼后视镜，继续开。安德烈看见身旁那孩子冒着汗在颤抖。

可以请你……

副驾驶座上的扬达：继续开！

安德烈也想说些什么，但是一张开嘴，血就透过他的T恤渗了出来。T恤是灰色的，左肩上正在漫延的血渍是浅褐色的。

之后：再没有城市，只有旷野，没有月亮，或许有云。除了前方一截被照亮的沥青之外，什么都看不见。现在你可以停车了。

孔特劳完全偏离了公路，拐入一条野路，停下，关灯。现在终于：一片黑暗。在那儿坐下。四个人呼吸着。

他妈的,孔特劳说。

安德烈:你们……你们干……

汽车另一侧,那孩子坐着的地方传来一阵摸索的声响,然后门开了。嘎吱一声,他把脚挪了出去。他身上一股混合着香水的汗味袭向安德烈。然后后备厢的搭扣开了,他把什么东西取了出来。

安德烈:你干什么?

搭扣又合上了。

安德烈:开一下灯。

孔特劳打开了车内照明。几乎完好无瑕的黑暗中兀现一个发光的汽车驾驶舱。怎么能这么黑?听得到田野中植物叶片的动静。白菜。看不见亚伯了。

安德烈从车上下来,呼唤着他。亚伯?!

没有回答。

扬达对安德烈说:上车!

安德烈:你们干了什么?

快上车吧!

他在那儿干吗?

他下车了,扬达说,现在彻底平静了。

你要是出卖我们,小软蛋,我就把你弄死,几分钟之前他心想。然后他感觉自己好像听到了那孩子在心里的回复:不要惊慌。扬达往后视镜里看去,但没有看到他——他正好向前弯下了腰。

我们走吧,扬达现在说。

孔特劳只是望着。

扬达把车内照明关掉了。

现在孔特劳也下车了，朝安德烈走去，和他一起朝田里张望。什么也没看见。安德烈的肩膀在流血，跌跌撞撞地走在白菜中间。

亚伯？

一只手要捂着肩膀上流血的伤口，很难保持平衡，安德烈绊了一跤，脚踝咔擦一声，嗷！他跪在了一头白菜里。幸好孔特劳在那儿，把他拉了起来，搀着他。他的血流到了孔特劳手臂上。车里，扬达挪到了孔特劳的位置上，发动了引擎，打开了灯。看见安德烈、孔特劳、几头白菜。亚伯不在。

他走了。

他妈的，安德烈说。他快哭了。你干了什么？

他双腿几乎支撑不住。不是因为脚踝——他突然很难受。

来吧，孔特劳说。我们找找急救包。

急救包差不多是空的，安德烈知道，只有几片创可贴，尽管如此，他还是跟了上来。孔特劳把他拖到了后座上。嘿！孔特劳几乎还没得及上车，扬达就已经驶了出去。安德烈抽泣着。你疯了。完全。疯了。

之后，天亮些了，他们停下车，终于把安德烈的伤口包扎上了。接着是时候抽支烟了。孔特劳在后备厢的杂物堆中找他的上衣，然后说：

噢，该死……

扬达：怎么了？

孔特劳先要了支烟，然后才回答：那小子还把我的夹克一起拿走了。我的烟在里面。还有，啊对，我的证件。

他注视着亚伯留下的护照。噢，他说，我是在某个二月二十九号出生的。

恭喜，扬达说。

那个男人，把我捅倒的那个，我不恨他，安德烈心想。我恨你。我想回家，他在后座上啜泣着。

好啦好啦，孔特劳说。我不是正在开嘛。

至于亚伯：上衣合适得像量身定制的一样，而他也是于日出之后，在一个孤零零的加油站想掏钱买热饮时，才发现这个容易混淆的巧合。他要来了厕所的钥匙，在镜子前面，把翻开的护照举在自己脸旁。四厘米乘四厘米的照片和真实大小的脸之间的差别尚可接受。我们能当表兄弟了。所以现在，我作为公民，就是奥蒂洛·V. 了。我完全不知道他是我爸的同胞……也无所谓了。

孔特劳是唯一一个持有有效签证的人，而且签证有效期还剩好几年。现在我可以去任何地方了。

VI. 不可能的事

婚姻

街头场景。梅塞德丝

有时，像脓水一样，事物会变得浓稠。所谓日常的进程看似缓慢，且始终略显奇怪，我们却因此得以接近——这么说吧——"那及至我们死亡的生活"。这些进程会突然被加快，变得凌乱无章。这是无法解释的，多年的情人对一个失业的烟囱清扫工说，也许他只是没听懂。爱情就像这样来了又走。看来他完全不想让这爱情延续下去了，他只想要一个解释，比"因为你或我是这样或那样的人，因为发生了这样或那样的事情"的说法更进一步。因为根本无事发生，而且双方都是自己本来的样子，所以跟这些无关。这是无法解释的，情人说。这之后不久，她跟一个才认识了短短几周的人结了婚，而烟囱清扫工点燃了四个屋顶桁架和一个售货亭。梅塞德丝站在街上，屋顶砖像下雨一样朝她落了下来。

如果说，直到这一个节点，梅塞德丝人生中的一切都如人们说的那样按部就班，那倒也并非如此。她的童年很美好，父母是嬉皮士，花着国家的钱在加勒比地区的一个露营地中度过了愉快的时光，她尿布穿了多久，他们就在这儿待了多久。她光着的下腹是这一生活图景中的主要意象。二十年后她恋爱了。他的名字是阿米尔。他很美也很黑，以至于在暮色中，或者在特别亮和特别暗的时候，她几乎辨认不出他的脸和他身上其余的部位。一个乌木雕出来的完美男人，一个高贵而神秘的王子。他喜欢深夜的时候来，在黑暗中爬到她身上。他们在一起五年，其间他愈发地美、高贵、神秘。他第一年说的话是第二年的五倍。她从他那儿听说了倒栽的树，它的木头是水做成的，有人夜里开车上水库去，以为自己看到了那棵树正处在炫目的烈焰之中，第二天早晨它却毫发无损。这是黑魔法。到了最后，他差不多什么都不说了。至少是对着她，对其他人他照样讲话。他话说得好，人聪明又有魅力，因此被选为了小组的发言人。组里有几个名字完全记不起来的人，同样记不起来的还有他们是如何突然掌控了整场讨论的。他们就这样突然掌控了整场讨论。他是发言人，所以要跟他们一起讨论到深夜，然后他就会来到她这里，用自己的体重叫醒她。他是怎么想的，跟那个白种女人在一起？小组里的那几个问。他说：关你们屁事。他们说：你对他来说不过就是个宠物。他请求她在交合的时候不要说话，也不要呻吟。她配不上你，小组里的那几个说。你跟我们一样心里清楚。你偷偷到她那里去，在夜里，是因为你自己都看不上她。他说：毒蛇。他们淫荡地吐着信子。
他说，我再也不想看到你那所谓开明的父母了。他们好
像把我当成一只会说话的猴子。最后他一个字都不说
了，他干脆再也不来了。她因为失眠而苍白。她翻过宿
舍的篱笆，把大腿内侧擦破了。每一次抽插都像砂纸在
摩擦，但她既没有吐露一个字，也没在交合之中呻吟。
三周后，他消失了。她在毫不知情的情况下超过了堕胎
时限，正好三周。孩子出生的时候，有一只蓝色的小眼
睛和一只黑色的大眼睛。她用父亲的名字给他命名：奥
马尔。我叫奥马尔，意思是解答、出路、方法。

　　之后她开始攻读博士学位。她的教授是一个脸色灰
黄的老头，一张钟乳石溶洞一样的脸，皮肤一束一束地
垂挂在眼睛上。他非常丑，与此成正比的，是他的聪明
以及自负。他第二任妻子如其为人般安静而谨慎地死去
之后，梅塞德丝搬进了他家，因为这样一来，为他操持
一切要简单一些。临近蒂博尔六十五岁生日的时候，他
得知自己不久就要追随亲爱的安娜而去了，这时他对自
己年轻的同居伴侣说：接下来几周，我不想被打扰。我
不久就要死了，不过在这之前，我还想把这本书写完。
她点头。她的眼睛总是像哭过似的。我把食物放在他们
前，就像给一个……他剩下的时间只够完成最后一章
了。出版商说，这样很好，跟书的剩余内容无关，跟修
辞史无关，但关乎死亡、恐惧和愤怒，就这种意义而
言，非常动人，而且令人感到陌生，举个例子，这儿的
这最后一句——他怎么想得出来——上帝是狗嘴里一

个沾满了唾沫的玩具……五月确诊，八月他就死了。自然，年轻寡妇一个总是消息灵通的女性朋友说，他才懒得操心给她留下哪怕一卷厕纸，她甚至不得不尽力争取自己带来的家具。幸好在他第一段婚姻的孩子到来之前，她就把手稿和日记从屋子里搞了出来。跟在书籍和手稿中一样，T. B. 在日记中大体致力于同样的几个问题。有时他会记录当天的天气（一种荒诞的观察），以及比较重要的公务来电（U. E. 打过电话了）。他的同居伴侣以及她的儿子，他五年来一个字都没提到过。但抛开这些，梅塞德丝宣称自己没有理由埋怨。即便一再有惊诧和悲伤的理由，总而言之，我是：幸福的，从以前到现在一直都是。比如奥马尔，比如一所私立学校里的职位，我喜欢做老师，而且在那里工作的话，自家孩子的学费还能减免。

这里说的那一天，那个决定性的周一，她已经挨过了最暴烈的地狱，熬过了那个夏天。她搬进了一套新房子里，学年开始了。现在她有两个课时的空闲时间，手拿一束花，胳膊下面夹着一本书，走在去探病的路上。一位亲切的、年龄稍长的同事突然与这所教会学校——尽管从属于教会，但其余的都特别好！（梅塞德丝）——的校长就达尔文和神创论者这一话题陷入了一场从天而降的近似于宗教冲突的争端。来来回回，长达数周，结局是这个同事——他的名字是亚当·格但斯基——进了精神病院。梅塞德丝认为，本不必在他快要退休的时候把他当成老疯子来批斗，此外，这不一定是神经崩溃的唯一原因，别人的事又能知道多少呢。

比方说，这个出租车司机——从仪表盘上的一块小牌子上可以看到他的名字——心里在想些什么呢？也许他过了个糟糕的周末——最开始说儿子两天都可以跟他过，然后突然又说只有周日上午，诸如此类，最后他站在她窗子下面，但没有朝上面大吼，她的新伴侣是个警察——虽然如此，周一早晨还是要照常上岗。第一程把他带到了火车站附近。他选择了一条自己总是选择的街，那条街上今晨稍早有一栋建筑物着火了。烤焦了的屋顶砖嗖嗖地向高处散射，在人行道上碎裂开来，滑入车道，可是那辆出租车——之后据目击者称——直接就冲了上去，在最后一秒才刹车，仿佛司机——汤姆，他的名字是：汤姆——这会儿才发现前面有什么。车尾猛摆，撞上了一辆刚刚开来的警车。这是出租车司机汤姆近期发生的第三起事故；他倒车，试着掉头，开上了人行道，然后再次用力过头，以至于即便马上又全力猛踩刹车，还是——

这一切我都受够了！你们听好，我受够了！我烦透了！引擎都没熄，他就从车里跳了出来，瞥都不瞥朝他走过来的警察，冲着一群看热闹的人尖叫：我受够了！你们听到了吗?! 我受够了！此时屋顶砖依旧从四面八方砸下，而在他和人群中间的人行道上，坐着亚伯·内马未来的妻子。

她一只手拿着花束，另一只手伸向空中，抓牢某样东西，但那儿什么也没有，尽管如此，她还是以某种方式让坠落停下来了，书落到了她身下，一本开本较大的图集。她坐在书上，跟保险杠面对面，不知怎的显得很老实，后背挺直，骨折的脚踝在车下，看不见。是我在做梦，还是刚刚一辆出租车撞上了我？什么都没拿的那只手仍旧一直在空气中捕捞着，突然那儿出现了某种东西，另一只手，她紧紧抓住这只手，这是晕厥之前最后上钩的东西。一只鹳啄了一下她的脚踝，不，一辆车把她的脚踝碾碎了，这可能是极其痛苦的，但一开始通常什么都感觉不到，这是冲击，是震撼。你会以为他们投炸弹了，她之后讲述道，不知怎的一切都匹配得起来：火焰、喷射的水柱、爆裂的玻璃、蓝色的闪光灯、尖叫——司机仍在一直尖叫，拽着自己的头发，兀自打转，警察们双臂张开朝他靠近，就像是要抓一只母鸡。这一切，仿佛一场重大灾难正在上演。刚刚我还拿着花束走去探病，然后世界突然就崩塌了，而在废墟中，你坐在围观者中间的一座小岛上被拍了下来。

某个路人使用的小型自动相机的闪光径直射进了她眼里。她回过神来，看到发生了的一切，看到自己半身坐在一台隆隆作响、朝自己呵着温热臭气的机器下面。她左手紧紧抓住某个人。她看了过去。

啊，是您啊，她说，然后再无其他。

亚伯

他们上一次见面是三四个月之前。那是一个周日，她和亲朋好友参加了一次游行集会，呼吁更多的包容，奥马尔热情高涨，梅塞德丝却心不在焉。诊断结果四周前就确认了，无论多么努力，她还是无法去想别的事情。蒂博尔就要死了，蒂博尔就要死了，蒂博尔就要……

另一面，亚伯刚刚经历了一次长跑。他在追着某个丹科或者这人手臂下面夹着的笔记本电脑，直到自己摔入狗群当中。之后，在他找着路回家的时候，他发现自己突然置身于所有这些人以及他们的横幅标语之中，最初他完全没弄懂这是在做什么，只知道他们挡着他往前走的路了，这时突然：

亚伯！奥马尔喊道。你也在这里?! 亚伯在这里！

真的呢，梅塞德丝说。（蒂博尔就要死了。）您好。

奥马尔牵着一个蓝色的气球，亚伯说，很遗憾，他不能待很久，他得——他是这么说的——去火车站。

可是火车站就离这儿不远啊！

的确，亚伯开心地说，差一点就走错了。

这怎么可能，奥马尔跟在他妈妈身后问道。下次上课我要问问他。

再也没有下一次上课了。

我的俄语老师消失了，几天后，奥马尔说。我白给他准备这十几个问题了。他在哪儿? 这不是他的作风啊!

梅塞德丝（蒂博尔就要死了，蒂博尔就要……）给之前留的号码打了电话。一间肉铺。不好意思。

抱歉宝贝，（蒂博尔就要……）我也不知道。

我们不知道，乐手们中断巡演回到金高尼亚时也这样说。他们回来得太早了，而且一定程度上被吓到了，因为他们进来的时候，她已经在那儿了。

她哀号起来。那个夏令营纯粹是羞辱人，她在厨房里绕了一圈，拿那里欠发达的调味艺术开了玩笑——这是孩子们的夏令营，夫人！他们叫我夫人！——之后，最终被安排到了保洁岗，但她不准备干下去了，她开溜了，在字面意义上的半夜，徒步六公里，走到最近的火车站，我牙齿打战地走在星星之下。她甚至没要求结清自己的薪水。然后就成了现在这样。

发生什么了？你们为什么这会儿就回来了？那孩子在哪儿？你肩膀的伤是怎么回事？你们干了什么？是他干的吗？为什么？你们跟他怎么……？

不，安德烈说。不是他。

我们没有对他做任何事，孔特劳说。他单纯就是下了车。

我知道，金高对沉默得格格不入的扬达说，我知道，跟你有关。就是你。

她一再重复这句话。就是你，我知道，你，你，你！可是这一次他没有让自己被激怒。他许诺过的。

冷静点，孔特劳对安德烈说，后者最初是啜泣，然后变得歇斯底里。你现在一个人开不了那么远。至少等到伤口愈合吧。

还有一件事，安德烈说，全身颤抖着，不管是冲着谁，再大声说一句话，我就走，告诉他！

OK，孔特劳说，我来告诉他。

这两件事没有任何关系，孔特劳这时突然成了发言人，对金高撒起了谎。这是音乐会之后不知道什么疯子干的。而那孩子单纯就是下车了。他会再来个信儿的。毕竟他还拿着我的护照。

喊！扬达脱口而出。然后他 —— 其他人也配合着——装作他只是打了个喷嚏。

给我看！金高从孔特劳手中拿过亚伯的护照，注视着里面的照片，又一次泪如雨下。她抓着护照，急行军般地冲了出去。

你打算干吗？

砰，门关上了。没过多长时间，她又回来了，拿着一张护照照片的复印件，黑白平面照，用来念祷文，然后把它挂在了厨房里。

好让你们不要忘记他！

扬达仍旧什么都不说，但是信步走了过去，全然不动声色地一只手把那张纸扯了下来，揉成一团，扔进垃圾里。等到他走出厨房，金高把那张纸从垃圾里捡起来。上面粘着咖啡渣。她把纸张清理了一下，但污渍无法完全去除。她又把它连同污渍一起挂了回去。之后她离开了屋子，而等她再次回来的时候，那一张纸已经消失了，垃圾也不在了，但那儿没有任何人让她挑起争吵。随它吧。

如果需要，可以通过红十字会来找他，安德烈之后说。

你想找谁？孔特劳问，然后摆手回绝了。一个成年男人想在哪儿逛荡就在哪儿逛荡，想什么时候逛荡就什么时候逛荡。

金高喝了酒，蜷缩着躺在一块床垫上，时不时轻轻地抽动鼻子。夫人……

之后，已经是秋天了，他们多少又打起了精神。金高克服了"夫人"，乐手们则偷偷收听新闻，当中没有任何关于某具尸体的消息，在这之后，他们彼此之间也重新开始交谈。也许他只是在装死，或者失去意识，毕竟没有人查验过。金高知道他们对她有所隐瞒，但那时她自己的事情就够多了，而之后，在一切又都复原了以后，她不想……

秋天的一个早晨，她刚刚从"浴室"里出来，干净的下半身套着油腻腻的牛仔裤，口袋上泛着淡绿的微光，他突然出现在门口时，她的指头还在冒着热气。

早。

她欢呼了，她又能欢呼了：你又回来了！他又回来了！

她朝他扑了过去，他晃了一下，她把他的脸捧在手里：你到哪儿去了？什么情况？

难说。跟往常一样。整个人像是要散架了。最近一段时间经常在路上。

在路上，哪里？

我不记得他有没有回答任何具体的内容。反正就是在路上。

很遗憾，他说，他马上又得走。他只是来取自己剩下的东西的。

他前一晚就在城里了，还没破晓，就又有某个人给他提供了一个新的庇护所。金高接下来的十多个问题——但那是谁，哪里，怎么回事，为什么？——卡在了喉咙里。她只是注视着他把上衣和里面装的东西还给了孔特劳。里面的钱他花了一些，不多。会再还你的。

谢谢，孔特劳说，然后把他的东西交给了他。

谢谢，亚伯说，然后接过了两个黑色旅行袋。

他亲了金高的脸颊。朝乐手们点了头。

他们沉默着点头回应。

他是坐火车来的，就跟第一次一样，只不过这次是在傍晚，而且从另一个方向来。站台对面，巴士底在落日中闪着光。他坐车去了金高尼亚，但那里没人。他坐回了火车站，把行李寄存在存包柜里，然后走路进城。

疯人院里，一个矮小结实的陌生人穿着荧光丁字裤在他面前打转，他的视线越过对方，或许往上望向了秋千，那边一个如天使般一袭白衣的变装皇后正在舞者的头顶上荡来荡去。音乐震耳欲聋，但此外没有别的声响。除非绝对必要，没有人讲话。他时不时举起空了的玻璃杯，店主就会来添酒。

之后到了早晨，所有人都走了，只有亚伯还坐在他从一开始就落座于此的角落里，纽扣一直扣到领口。通向院子的铁门开着，一块四方的明亮日光和清新空气，这儿里面则是混合香水和污秽的气味。没有人对他说，他该走了，大家无言地收拾着。萨诺斯收着杯子，缓缓靠近了他的凹室。在收拾桌上的杯子时，他注视着他，但还是什么都没说。亚伯身旁铺了软垫的座位上稳立着一杯半满的棕色液体，萨诺斯差点将它漏掉。他把杯子递给他。

谢谢，萨诺斯说。你怎么了？没房子住吗？

确实，亚伯说。

这样啊，萨诺斯说着把杯子拿走了。

他又来了，递给他一支烟。

亚伯摇头。

你当真不太在意自己的健康啊？你至少有六杯"天堂-地狱"下肚了，甚至可能是七杯。本来你肯定已经死了。

我喝不醉。

怎么搞的？

耸肩。味道跟水一样，大概效果也一样。

你很美，店主说。

这话该怎么接。

已经有点太老了，是吗？

停顿。

而且你更喜欢看着，对吧？

……

几（?）年后，萨诺斯问他的常客：你是从哪里来的？

他终于回答了些什么。

懂了，萨诺斯说。

后面一个房间里，吸尘器在某处被启动了。

所以你在找房子，萨诺斯说，然后以少得可笑的价钱租给他一间违法的阁楼。

亚伯道了谢，把钥匙揣进口袋里。从金高尼亚回火车站附近的路上，他打了一辆车。

奥马尔

啊，是您啊，梅塞德丝说。

这之后她有一阵子再也说不出话了。别人过来帮忙，把她从出租车下面拉出来，白白绿绿的花散落在人行道上。现在疼痛也开始发作，她抽搐着抓紧他的手，发缘被汗水濡湿了。

之后她手背被扎了一针，然后就好多了。她意识到自己是在病房，然后问起她的东西。他拿了她的东西。手提包、手机，甚至那本书和残破的花束都躺在一把椅子上。支离破碎的花让她想起了自己的脚踝，她不想往那边看，但也不想开口让他或者别的什么人把花束扔掉。

您可以帮我一个忙吗？

他把手机给她。在被接去做复杂的踝骨手术之前，她打完了几通电话。

一周六天，九点到下午三点，奥马尔的外公是听不见电话的，因为这段时间——工作时间，他在书房里工作，电话调成了静音，不过大部分时候这也没关系，因为有孩子的外婆在，即便她不在，还有她的自动答录机。出于从未解释过的原因，这天电话线里只反复传出一句"您拨打的电话暂时无人接听"。塔季扬娜那里一直打得通，但她不在城里，在不知什么地方做采访，声音很不耐烦：怎么了，我正忙。不是很要紧，梅塞德丝说。埃里克，或者说玛雅，也许还算一个可能的选择，不过出于同样没法说清楚的原因，梅塞德丝决定，请求儿子的前俄语老师——顺带一提，这个几乎不认识的人此前一句话没说就消失了好几个月，而当一辆出租车在一场原因尚且不明的火灾现场附近莫名其妙地撞向她，他又在这一如小说剧情般发展的事态中，以出租车乘客的身份重新露面——再帮一个忙。她问他能不能把她儿子从学校接回来。

他没有感到惊讶，也没有犹豫。他说可以。

然后麻烦您试着联系一下我母亲。

然后她沉入了睡眠之中。

奥马尔已经在学校门口等候了，他站在第三级台阶上，这样他们就一样高了。他们平视彼此，男孩的眼睛冷冷地闪着光。

（所以呢？你找到了吗？奥马尔本来会这样问。

谁？亚伯本来会这样反问。

火车站。

请用俄语。

火车站。[1]

放在完整的句子里说吧。

你……

找到了。正在找，会找到。

……找到火车站了？

是的。[2]

你想出门旅行吗？

亚伯本来会把这个句子用俄语写下来，念给他做示范，奥马尔本来会重复他的话。

你想出门旅行吗？

不，我不想出门旅行。[3]

---

1 原文为俄语 "Po russki, poschalujsta" "Woksal"。

2 原文为俄语 "Ti" "Naschol. Nachadjit, naidtji" "naschol woksal" "Da"。

3 原文为俄语 "Njet, ja ne chatschu ujechatj"。

不，我不想出门旅行。

你想接什么人吗？

你想接什么人吗？

不。

那你在那里想干什么？

那你在那里想干什么？

我住在附近。

我住在附近。

那你怎么不知道自己得去哪里？

那你怎么不知道自己得去哪里？

我迷路了。

我迷路了。

在公园里？

不，在这之前就已经迷路了。

不，在这之前就已经迷路了。

我不懂，奥马尔本来会说。我不懂[1]。）

而现在：哈啰，大人腼腆地说。我来接你。

我知道，那孩子说，他有着他素未谋面的父亲那超凡的魅力，以及他受伤的母亲那沉静的声音。他把书包背到肩上。我不想去医院，我想回家。我饿了。谢谢，包我可以自己拿着。干吗要打车呢？只有两站距离。怎么了？你从来没坐过公交吗？

1　原文为俄语"Ja nje panjimaju"。

没坐过，亚伯说。我从不坐公交车[1]。

男孩注视着他。第一，讲俄语意味着接续上某种曾经有过的东西，寄希望于它还存在。换句话说：明显的讨好。第二，说到这儿，那孩子不得不微微一笑，摇起了头——人怎么能是这么个……除了这抹微笑，他一直保持严肃。

它来了，奥马尔朝着公交车说，然后上了车。亚伯别无选择，只能跟着他。奥马尔走进车厢正中间。一下子就变挤了，身体贴着身体。亚伯把注意力集中在男孩的颅顶上，但不知什么时候手变得滑溜溜的。正当手就要抓不住栏杆的时候，奥马尔说：到了！

他们下了车，从公园中穿行。笼网围起来的足球场里有人正在踢球。顺着眼角余光，奥马尔看到自己身边的男人被汗水打湿了。可今天刚好开始天气转凉。你怎么了？他没问。但如果继续这样下去，我很快就要原谅他了，快得超过……

他们没再住在以前的地方，现在他们在离公园不远的一条漂亮的林荫路上有一套自己的房子。房前有一套滑轮装置：搬运钢琴用的。亚伯在屋内认出几个早前参观房子时给他讲解过的物件，它们经过了重新组合：简易抽屉柜上的非洲木雕。那孩子走进了厨房，亚伯则试着替他联系家属。

1　原文为俄语"Ja njikagda nje jechal n'avtobuse"。

我知道您是谁，米丽娅姆在电话里打断了吞吞吐吐的他。又是这样一副直来直去的声音。他现在在干什么？

他把锅从橱柜里拿了出来。他想煮面和玉米粒。

好，那您就跟他一起吃吧。我开车去医院。

挂了。

这整件事当中有某种无法解释的令人愉悦的东西。啊，是您啊，不，我们先不去医院，我们不打车，我知道您是谁，您跟他一起吃吧，你能帮帮我吗？

男孩手里拿着玉米粒罐头和一柄开罐器。亚伯打开了他人生中的第一个玉米罐头。像黄油一样绵软的金属。某种无法解释的令人愉悦的东西。

之后厨房的时钟进入了亚伯的视野，他突然想起了放在出租车后备厢里的背包和旅行袋。所有东西都在里面：黑衣服、书的残骸——配有裸体男孩插图的那本，他一直随身带着，因为他知道，金高会把他的东西里外全部翻一遍——以及一个已经覆灭了的联邦国家发行的那本即将失效的护照。这是必须要操心的事，但另一方面，也可以就这样随它去，东西丢了，而且已成定局了，再也没理由着急了，他不妨待在这儿，听任这个热切地需要他的家庭为他指引方向。

好了？

亚伯顺从地点了点头。把罐头递给男孩的时候，他的目光落在了印于盖子上的一行数字上：05.08.2004。有一瞬间他觉得这好像就是今天的日期。

谢谢，终于抵达后，米丽娅姆说道。您太好心了。虽然奥马尔不怎么让人操心。他是个大孩子了。你们吃过了吗？你们聊得开心吗？

奥马尔把吃的分开盛进两个深盘里，然后一言不发地把盘子放在了餐桌上。他的前俄语老师同样一言不发地落座。晚年婚姻生活。大多无话可说。

我很抱歉，亚伯终于说道，我急着要走，我没法告别，你是对的，我应该告个别的，这是最起码的，作为相应的惩罚，我失去了我的房子、我的电脑和我所有的工作，我说这些不是为了索取同情，我活该如此，我让你失望了，你可以原谅我吗？

男孩在用一个巨大的红色水晶玻璃杯喝水。厨房灯的光芒落在抛过光的玻璃表面以及上方的玻璃眼珠上。他放下杯子，重新拿起勺子和叉子。

我当然可以。

是的，奥马尔说。我们聊得很开心。

亚伯接着借了一张街道地图，寻找去新住处的步行路线。不到二十分钟的距离。黄昏，这天疯人院歇业，空旷的人行道，砖墙，风，以及一种他无法马上归类的奇怪刺耳的嘎吱声。根据放在门前人行道上的两个袋子，他认出了自己的房子，死胡同尽头前的倒数第二栋。某人把它们连同他从安德烈那里借来的泡沫床垫一起送到了这个他留给出租车司机的地址。之后，当他站在五层楼高的阳台上时，他还看到了那种尖锐的回响是从哪里来的：火车正在调轨。

如此，他打开了新的视野。他站在自己的阳台上，铁笼网的栏杆齐胯高，风几乎要把他摁回到屋子的墙上，他背后是一个布局古怪、积满灰尘的房间，除了一个柜子和所谓的厨房里一个结了石灰白痂的收音机以外什么也没有，所谓的浴室其实只是两个底部积了铁锈色陈水的搪瓷缸，正中间铺了一张旧床垫，还放了两个他本以为已经丢失的黑色旅行袋。他眯起眼睛：子弹形状的银色货运箱正从下面的轨道上经过，反射出最后的亮光。

其间

危机

还有不到六个月，他们就要结婚了。倒也不算异乎寻常。然而当下还没有任何这方面的迹象。他又回来了，从晦暗的时光中浮了上来，就在那一秒，一个英雄刚好出现在此处：握小手，开几个玉米罐头（或者一个，一个玉米罐头），住着带远眺景观的房子，行为举止如此成熟和正常，以前或许还从来没有这样过。他得体地在合适的时间打来电话问候。噢，梅塞德丝心不在焉地说。谢谢。她又有了另外的烦心事。

别人把她从沥青路面抬到担架上，疼痛从脚踝直通头盖骨的时候，她一字不差地想到这句话，那个可能必须要痛哭流涕的时刻似乎已经不太远了。或者要陷入昏迷了。但她没有陷入昏迷，也没有痛哭流涕，起初是因为太过困惑，之后是因为止痛药使她得以保持一种稍显迟钝的镇静。她静静地观察着吗啡在自己身体里的作用。感觉吗啡液位快要降到只有脚踝那么高的时候，她就说一声，然后再注射一剂。这跟海洛因是同一类东西。你仿佛在自己的身体之外。注射后的几天甚至几周一直有种稍微游离在自己身旁的感觉，或者不知道是在哪里。她周围的人记录了她某种特定的，这么说吧：性格变化。她时而以一种近乎冷漠的耐心忍受一切（电视节目、防水布遮住的病房窗户正前方的建筑工地），然后又几乎毫不掩饰自己的满心愤懑（校长来访，她点头，好好，马上康复，但已经摆起了手：把那儿的花包起来告辞吧），此外还有暂时减少的词汇量（这是什么闻所未闻的烂货／垃圾／狗屎！），从未见识过的肢体发泄（尝试将一本书投入盥洗池下面的垃圾桶）以及简洁、直接的命令，行或不行，要是不得不重复，第二遍她就会用吼的，简而言之：一种确凿的术后抑郁。

　　怎么了？这儿到底怎么了？当防水布后面的城市露出真容时，它像是被翻了个底朝天。这个城市里究竟有没有一个角落不是在地狱般的噪声中挖着不明所以的坑？她的街道上那些漂亮的树失去了叶子——秋天消失到哪儿去了？为什么最近这里的夏天无缝过渡到冬天了？——立在那儿，像把发出啪嗒啪嗒声的大扫帚。没了叶子，它们遭受过的暴力修剪展露无遗，为了与这条漂亮的街道相配，它们不能太高，不能太宽，不能太圆。为什么我也不得不垂下眼帘呢？

重新回到家，她几乎只坐在沙发上，脚搭在身前的大理石桌面上。她搬进来的时候，这张桌子就已经放在街道上了，像是在欢迎她，或许是某个人特意把它摆在人行道上，和她的家具放在一起，一个送上门来的礼物。这个也是吗？搬家工人问。她环顾四周——一个人都看不到——最终点了头。大理石桌面是浅色的，杏仁形，一条黑色的裂纹穿过最长的轴线。她长达数周一动不动地注视着这条裂纹。她那组成了稳定小网络的亲友们却几乎永远在来来去去。我从来——跟很多人正相反——不需要独自一人待着，由此我应该感觉得到爱，或者至少是谢意，然而，当下的一切都让她感到心烦意乱。有时，埃里克像一辆特快列车一样开进来，只为宣布：

让人情绪低落的事从来就不少！我们充满了力量！九十年代末，我们空前繁荣！也许这最多会持续三年，接着泡沫就会破裂，然后就是（引自他处：）一片血泊，不过到时再见吧！争论最多的不过是关于我们该不该轰炸B地。每一个稍微把自己当一回事的人都会赞成，你什么立场？

不知道，梅塞德丝说。没想过。我的人生就要像一块被任意碾过的踝骨一样支离破碎了。

你辞职了，是真的吗？

是也不是。不过一拿到康复报告，我就要这么干。

也得真的等得到那一天才行。我觉得，米丽娅姆说，别人要你抬高脚踝的时候，并不是说余下的人生要一直如此。

说真的，埃里克说，我们眼下运转得很好，我在认真考虑放弃一直秉持的原则，放弃剥削源源不断的实习生，好设一个审校的岗位。只要你开口，我们就这么干。

你是个大好人，梅塞德丝说（埃里克脸红了），坐着不动。

米丽娅姆：我认真的，你如果不开始让脚承受一点重量，恐怕永远也不能好好走路。

我坐在这儿不动兴许也没什么关系。

不出所料，此处出现了母亲式的说教，关于负责任的成年人的行为。你多大了？十二？

我的整个人生里，至少有三十三年，我都是一个恭顺、勤奋、乐观的人。现在，既然我的人生碎得像一块……

这你已经说过了。

又怎样？我不能重复自己的话吗？我不能坐在这儿，直到康复为止吗？对我来说（米丽娅姆摆摆手作罢，拿起了她的手提包），这是不允许的吗？

这时电话响了。

喂！梅塞德丝对着话筒喊道。啊，是您啊……

奥马尔从自己房间里出来了，停在她面前。

谢谢，梅塞德丝在电话里说。已经好多了。您真好，还打来电话。她早就想对那时的帮助致谢了，但我们没有您的号码。他这次可以留一个吗？她很乐意酬谢，某个时候，如果还有机会的话，也许能一起吃顿晚饭。

他什么时候来？她挂断之后，奥马尔问。

有什么我能帮得上忙的？米丽娅姆在走廊里问。

谢谢，完全没有，梅塞德丝说。

下个周四怎么样，奥马尔问。

嗯，梅塞德丝说。

说实话，她只是想客气一下。我这会儿对任何人都没好气——更正：兴趣。

什么时候？奥马尔问。

什么什么时候？

你什么时候可以准备好？

他站在那儿，玻璃眼球的眼白跟桌子的大理石台面有着相似的纹理和微光。他生来眼睛里就有肿瘤，我那时候还真有点羞愧。

很快，她说，很快。

几天之后，奥马尔就在过道里听到了她的拐杖敲在地板上的声音。

发生什么事了？

猜猜今天谁来吃饭。

谁?

又有面条,这次是梅塞德丝准备的,调味很辣。

哪种更好?

两种都好。

是,不过哪种更好?

男孩依旧表现得很严肃,我当然可以原谅你。更确切地说,早就已经这么做了。但这并不是说,再没有别的问题了。只是:应该由谁来问?

结果这变成了一顿奇怪的、十分安静的聚餐,仿佛没有人愿意说出来似的,说什么?说某些事情。他还从来没有特别健谈过,对话由她以及那孩子——他如果产生兴趣,偶尔也会加入——负责。而这一次,仿佛有一群天使列队穿过了房间,[1]不过有趣的是,这并不让人感觉不适。很有趣,梅塞德丝心想。她全程注视着亚伯,以一种所谓的审视的目光。之后奥马尔去了厕所,他们两个人坐着没动,她受伤的脚踝放在他们中间的一把多出来的椅子上,这时,她说,声音特别轻:

顺便说一句,两周后就是我这场事故的听证会了。您也收到了一张传票。也就是说,我死去的伴侣蒂博尔·B. ——还好有转寄服务——收到了一张传票。

---

1 古代有一种观点认为,众神的使者赫尔墨斯出现时,会造成突然的沉默。后用"天使经过房间"形容突然沉默。

那时她以为只是痛而已。她坐在沥青路面上，后来被人放上担架抬进了车里，咕隆咕隆，谁能想到她居然还听得见——当警察问他这个主动帮忙的出租车乘客以及目击者到底是谁，他如此回答：蒂博尔·B.，住址是……然后一起上了救护车，仿佛自己已经属于她了。

这对他而言是加分还是减分？对外宣称自己是蒂博尔的时候，亚伯还不知道他死了。他几小时之后获悉了此事，从奥马尔那里。

噢……

是的，奥马尔说。我跟外公外婆去度假了，等我回来的时候，他已经死了，然后我们就搬家了。

我很抱歉，亚伯现在说。（他仿佛还有点脸红。谁想得到呢。）

好啦，梅塞德丝说。

奥马尔回来了：

什么？

短暂的停顿，然后，出乎我（梅塞德丝）的意料，亚伯把之前发生的事告诉了孩子。我对外宣称自己是另一个人。

噢，奥马尔说。为什么[1]？你干吗要这样？

房间里明显暗了下去。大理石桌子微微泛着月色。

真美。

1　原文为俄语"Po tschemu"。

事情很简单，亚伯说。他在差不多十年前离开了自己出生的国家，它在这期间分裂成了三到五个国家。而这三到五个国家当中，没有一个认为自己欠他这样的人一个国籍。他的母亲也面临着相同的情况，她现在属于少数族裔，同样拿不到护照。他从这边走不了，她从那边走不了。他们会打电话。还有一个父亲，这人甚至持有第六个，也就是邻近一个独立国家的国籍，然而他大约二十年前消失了，从那以后踪迹全无。噢对了，由于没有响应征兵令，他目前仍被认定为叛逃者。

噢，梅塞德丝和奥马尔说。原来如此。

是的，他说，然后再一次请求谅解。

要我说，之后塔季扬娜说，就是这一刻。一个像梅塞德丝这样的人不可能抵抗一个身陷如此窘境，甚至要冒用死人身份的人。

诡秘的、可笑的、悲剧的。就是这样。

直至告别，他们都没再说话。一个暗影中的男人。苍白的双手轻轻相扣。

春天

上一个春天，那时一切还如常，课后梅塞德丝去了学校附近的一家旧书店。真的是一间很小的旧书店，入口和收银台之间的空位刚好够并不是特别高的她舒服地躺进去——如果真的有要这么干的理由的话。譬如说迷了路，在闭店之前都没能走出这间佯装狭小的屋子。这完全有可能，因为里面所有东西上都摆满了书，到处是书堆，架子上、桌子上、地板上，满到大概不会有也不可能有任何活人能摸熟这个地方。

您直接来问我吧，店主建议道。在一幅自画像——艺术家把自己画成受膏者，基督般白兰地色的长发垂到了桌角下面——后，他以极其端正的姿势坐着。他有腿吗？我们是在找什么呢？

梅塞德丝想的是诸如双语兰波诗集一类的东西。

他让她往那边走。那个看起来像丢勒一样的男人指明了方向。不远。

距离瞪羚只有两天的脚程，梅塞德丝心想，带着浅浅的笑容平稳穿过落满尘灰的混乱书堆。书堆塔的边沿蹭到了她的大腿：深色衣服上有一道白色的尘印。其他的走道上有东西在刨蹭着。其他顾客或者老鼠。耗子。鸽子。反感特定动物的梅塞德丝起了鸡皮疙瘩。

您找到了吗？店主的声音。通常情况下，您现在刚好站在它面前。

她往架子上看过去，确实，一本双语兰波刚好与视线齐平。她笑了。我一定要给其他人讲讲这个家伙。有一家旧书店，每个人都找得到自己要找的东西，这可能吗？（给阿莱格里亚打电话。）这时有什么人进来了——听到门被打开，然后旧书商在跟某人讲话。梅塞德丝跟着这个人声往外走。她再次走到收银台旁边的时候，那个顾客正把找回的零钱揣进裤子口袋里。

噢，哈啰，您好，梅塞德丝对儿子的俄语老师说。她有种感觉，他没认出自己，于是补充道：我是梅塞德丝，奥马尔的妈妈。

亚伯点头。当然了。他知道。您好。

钱进了裤子口袋，买的书进了黑色风衣的口袋。书并不能完全装进去，浅色的亚麻布面露出来一截，很远就能看到这个男人身上带着一本书。梅塞德丝则买了《地狱一季》——一个地狱般的夏天[1]——他们之后一起走了一段路。

梅塞德丝身材矮小，甚至不及他的肩膀，他走在她身旁，微微俯过身来。这种姿势让他显得比实际老了一些。或者年轻了一些。一个不知道身体该朝哪边的少年。我想着他，就像同时想着一个老者和一个孩子。第一次在自己家以外的地方遇见他，第一次两个人的交谈。他们朝公园走，可以把冬衣敞开的四月，尽管没有下雨，一切都有些潮湿。城市中心苏醒的自然。

咳，梅塞德丝说。课上得怎么样了？

很棒，亚伯说。

听到这，她很开心。她听说他还给另外的很多孩子上课。

是的。

---

1 《地狱一季》(Une Saison en enfer)，法国诗人兰波的散文诗集。此处用"夏天"（德语词"Sommer"）替代"季节"（法语词"Saison"），或暗示在这个春天，梅塞德丝在旧书店里的偶遇给自己招来了一个地狱般的"夏天"。

他显然享受其中。

是的。

她也很喜欢当老师。

对此他什么也没说。

博士论文进展怎么样？

再次：停顿。其间：他们同步得引人注目的脚步声，与此相反的是他裤子口袋里的零钱不成节拍的叮当声。把零钱装在裤子口袋里的男人。梅塞德丝对此感到很矛盾。不知怎的，这一刻所有一切都有了两面性，一方面如此，另一方面却如此。一方面是他的步伐，节奏优雅，另一方面是叮当作响的硬币，乱作一团，带有一种无产者的气质。他的回答同样如此。（最主要的是：只有回答。这一次他完全没有抛出问题，而之后也只有在绝对无法避免的情况下才提问。我该怎么去火车站？）一方面，这种嗓音就音色和韵律来说，在女性和男性中算上佳，另一方面，所有事情都要像挤牙膏一样从他嘴里挤出来，而且还不知道他是在讽刺，还是只是无助。关于他工作进展的问题，他在一段短暂而无法否认的停顿之后回答：还行。

我，梅塞德丝说，也从来没有写完过我的博士论文。不好意思，我的意思是，我没把我的博士论文写完。现在呢，因为教了书，她终于明白了，原来自己从来就不具备对学术的理解力以及最基本的兴趣。

对此，他又什么都没说，这话该怎么接呢。

用俄语说点什么吧！梅塞德丝后来在家里对她儿

子说。

这样不行，奥马尔说。不可能就这么直接说点什么。

那就说：我爱我妈妈。

我爱我妈妈[1]。

听起来很好，梅塞德丝说。你们还聊些什么呢？

奥马尔耸了耸肩——这不是他的风格——然后说：聊要聊的。语法。国情。

我觉得，梅塞德丝对父母说，他喜欢他。他是不会模仿自己受不了的人的。他也总是像个半大的孩子一样耸肩。

你还真观察到了啊。（阿莱格里亚）

梅塞德丝：可惜蒂博尔没时间跟这孩子打交道。他活着完全是为了他的工作。

米丽娅姆点头：只有像他这样的绝对利己主义者才能做到。

阿莱格里亚做出陷入沉思的样子，现在才回过神来：谁？

亚伯和梅塞德丝一直走到了精神病疗养院，礼貌地告别，然后他往右，她往左，剩下的事已经知道了。

那时，在那个街角，一切都井然有序，但那是最后一回了。他们两个的人生中一个不错的节点，一切都有

1　原文为俄语"Ja jublju maju matj"。

自己的位置，并且各归其位，可是这之后他失去了方向感，卷入了一场暴力的纠葛，然后消失了，而她和儿子的生活也并没有完全向好的方向发展。现在重新开始的机会来了。我们稍微绕了点圈子，或者说这个圈子已经不再是同一个了；我不一样了，不算彻底，但在细微之处有了决定性的变化，他呢？尚且不清楚。

梅塞德丝没看那本日期存疑的护照，不过根据掌握的信息，她算出肯定不久就要到十年了。所以说，一方面有时间问题，另一方面得谨慎行事。回忆一下：关于他，我们已经知道了些什么？奥马尔知道些什么？我们能预料到什么？能看到什么？

接下来的几周可供观察。这一次，奥马尔说，我不仅想学俄语，还想学法语。周一俄语，周四法语。行，梅塞德丝说，然后委托了亚伯。他接受了，毫不惊讶，也不见犹豫。梅塞德丝自己则重新接受了埃里克提供的工作机会，毕竟我得有支付课时费的经济来源。一开始，她考虑到脚踝，在家工作，这很合适，因为她还可以顺便温习一下法语。我安静地坐在角落里，认真听，趁机看。

他看起来如何？什么姿势，什么动作？吃饭、上课、来来回回时是什么样子？可见的身体部位有什么特征，状态如何？除了最下端指节上一点黑色的毛发，其余是几近无瑕的浅色男性肌肤，肌腱。体力劳动的痕迹：无。无可挑剔的指甲盖，比起期待的来说或许有些长了。下门牙有一点不整齐——智齿对中间施压所致。一头乌鸦羽毛似的头发，说不上有什么发型。总而言之，他好看吗？有时我会说：是的，有时不知道。尽管是同样一张脸。视角问题，而视角有无数种。光的投射、时间段、谈话的主题。月一般的脸：时而是环形山，黑暗，然后又盈满，白亮，散射光芒。后者是眼神造就的。这是怎样一种眼神啊。

要是在课后请他吃晚饭并且向他提问题，他会做出回答。礼貌、简洁，无论怎么看都十分坦率。

他从哪里来？那里怎么样？更确切地说：那里以前怎么样？气候、建筑如何？有只供特约演出的剧院、旅馆、礼拜堂和汽车行吗？

有地铁吗？（这是奥马尔。）

那您就没办法去看您母亲了？

我爸爸也失踪了，奥马尔说。

梅塞德丝近来对难民问题很感兴趣，法律境况如何，有什么特殊的疾病。在这方面，他却不是个好的谈话伙伴，让你惊讶了吗？换位思考，你会有什么感觉？我几乎要为自己感到羞耻，或许我们还是说点没那么棘手的吧：

最后一次见面之后，都发生了些什么呢？他有新房子住了吗？在哪儿？他靠什么生活？（观察：他打车的频次比你对他这种人的设想要多。）他有钱吗？哪里来的？没证件，但有钱？这可能吗？（你跟黑手党一起吗，某天米拉在电话里问。）人们通常不知道别人都是靠什么生活的。（再说一次，毒品那件事是怎么回事？）

哪个更让您感兴趣：学术文论还是课程？

两个都好。是，不过哪个更好？

就自己而言，梅塞德丝想念孩子们。他们是不是也想我呢？

你为什么喜欢他，某个早晨，她毫无铺垫地问起奥马尔，尽管如此，他还是知道她指的是什么或是谁。他耸了耸肩，充满智慧地说：就是喜欢。

之后当她行动又方便了起来，她还问了别的。下周末我们开车去海边。您想陪我们一起去吗？木头大教堂建好之后，您去看过吗？你可以给我讲一些关于圣像的事情吗？我妈妈恐高，你要跟我一起坐摩天轮吗？另外，他完全不是个呆木头。跟他可以聊艺术和书籍。常设展览他知道得很周全，新东西还没涉足过。我们下周五去，你想一起吗？

他每次都同意。一周最少见面两次，大多是三次。无论愿不愿意，某个时候你就会开始感觉到这两者之间的差异：跟他一起度过的那些日子和没跟他一起度过的那些。有他相伴的日子里，什么都不必想。其他日子则不得不想着他。梅塞德丝说不上怎样才更好。对，心理学大概也扮演了重要的角色：我想要喜欢这样，想要喜欢他，不过为什么不呢？她生活中最重要的那些受力点都已经归位，不过各部分之间出现了一种新的张力，一幢新建筑，正在接口处下功夫。她感受到了这种自己无比熟悉、让人目眩神迷的状态的复归：做某人的秘密情人。

那一天[1]

然后，某个周一，她和这家伙手挽着手一起出现在了定期聚会上。最近这种事又操办起来了，这次是在出版社附近的一间咖啡馆里，由埃里克-玛雅夫妇赞助支持。时代渴求社交生活和新的讨论。如果你（梅塞德丝）没有反对意见的话。为什么我要有所反对呢？她倾听自己内心，的确，再也没有痛苦了。老实说，我几乎已经忘记那栋房子里是什么样子了。

这个周一之前的周末她是在工作中度过的。她负责的作者中的一个——他的名字是马克西米利安·G.，不过在这个场合我们（埃里克）叫他疯子马克斯就好——在早餐之前，就声音颤抖着给她打来了电话：我们能见个面吗？我知道，现在是周末，可是我……（那是个可怕的夜晚。）

一个友善的小伙子，埃里克说，头脑聪明，不过是个疯子。他心想，他肯定是想问题把自己想疯了。我们年纪一样大，是十二年的同桌。现在看看我，看看他。头发灰白而稀疏，还有那头皮！那牙齿！整个身躯！背弯了，手指也一样，指头中间，烟头在颤抖。每隔一刻钟，抽烟引起的咳嗽就会把他从上到下摇晃一番。每一页都是他实实在在地从肋骨上削下来的，一页接一页，

1　原文为法语"Ce Jour"。

他整个人越来越单薄。要是有一天穿堂风把他吹出窗外，他就会像一片叶子一样缓慢而飘忽不定地滑翔。

完全没问题，梅塞德丝说，声音温和、镇静。我打电话给外婆问她想不想来照看——不，重新组织语言——陪着你（奥马尔）。

或者，奥马尔说，我按原计划跟亚伯一起去动物园。

我不知道……

反正都已经太迟了，他转眼就可能到这儿。

这时门铃响了。

你看吧?

一转眼，他们走了，我感觉，我似乎连说"但是"的时间都没有，然后——这是怎样一出变形记啊！——疯子马克斯坐在餐桌边奥马尔的位置上，眼神狂热地盯着放手稿的方向，而此时梅塞德丝正在第三遍大声朗读一个长句，句子的意思先是由从句到从句——理应如此——越来越深入地展开，然而之后，临近结尾，有什么东西缠住了，突然再也无法理解……

有时我真的会问自己，疯子马克斯苦涩地说，究竟有没有哪怕一种思想是可以一以贯之的。

他的手放在桌面上，手指的抖动十分剧烈，以至于传递给了盛在旁边玻璃壶里的冰茶。远处一场震动的回声。

我确定，梅塞德丝温和地说，这只是一个语言上的问题。

当然了，疯子马克斯说。一直都只是一个语言上的问题。

梅塞德丝震惊地察觉到，震颤已经传遍了他的全身，好像他被电流击中了一样。他站了起来，椅子向后滑，发出尖锐刺耳的声音。

我必须得抽一支，见谅，他说，然后却没有像预料之中的那样站到敞开的窗户旁边去，而是蹲坐在窗台上，背靠着窗框：鞋子、袜子、裤腿，以及尖屁股上方的其余身体部位蜷成一团，像一个破布娃娃，身上的灰色针织背心不知有多少个冬天没脱过了，即便如此他看起来还是冻僵了。白色灰烬从他的指间落到外面的街上。要是他紧跟着摔下去了，我什么也做不了。

我觉得，梅塞德丝说，我能很好地理解您的意思。

这样吗?! 他犀利地看着她。圆眼睛，尖鼻子。仿佛还有一丝不屑。她这时才从他身上发现，他有种不屑。这有些伤人了。他的声音在鞭笞，发出一种挑逗般的哨声，暗示：那我是什么意思呢？

梅塞德丝硬着头皮用温和的声音，试着理顺原先杂糅一团的句子，将其修改成一个准确的长句，确实如此。他把烟头扔出窗外——她眼皮抽动了一下：这也是她没料到的——然后一言不发地重新坐回到桌边，嘴里的烟呼在书页上。

我们就这样写吗? 梅塞德丝问。

黑夜即将降临之时，孩子和他的同伴回来了，于是进行自我介绍。奥马尔和马克斯之前就认识，好看的高个子是新来的。您好，他一边说一边礼貌地微笑，微微偏着头。疯子马克斯吃惊地——实际上，甚至是恭敬地——凝视着他。他那未被尼古丁的污渍玷污过的手，手的温度、纹理、按压感。在梅塞德丝陪刚来的两人走进隔壁房间所需的这一分钟里，疯子马克斯依旧一动不动地僵在那儿，然后对回来的梅塞德丝说：

您看，我想，剩下的部分我一个人也可以完成。

向您致意，在门口时他还说道，他的眼睛从眼窝里发出光芒，头屑也在头发里闪耀。我很感谢您，也向您请求原谅。我会把烟头再捡起来的。只要还找得到。要是找不到，那就另外捡一个。任意一个烟头。

他微笑了一下，她也是，然后挂着微笑从门边转过身来：

呐，你们两个？你们这一天过得好吗？

为了补偿被搅乱的周末，梅塞德丝周一休了一天假，解决了几件无聊的事——熨衣服没人能比得上泰国洗衣房的那个女人——等待着下午的课。跟往常一样，他们喝了茶。紧接着她去参加定期聚会，他回家。他们同路。

通常（一直以来）都由她来开启谈话，并且保障谈话顺利进行，这一次她什么都没说，于是他们就沉默着。半程，一对游客情侣找他们问了路。他翻译问题，她回答，他再翻译过去，外国人道了谢。这之后，他们又沉默地走着。在咖啡馆前面最后一个街角，他告了辞。握手就双方来说都太轻了，轻得几乎不存在。她继续向前走，但只走了两步就又停下了，嘶嘶嘶嘶嘶嘶，单腿站着。一天里走太多了，现在：脚踝上的刺痛。

他能为她做点什么呢？叫一辆出租车？

不值得。就在前面那儿了。

在这种情况下，他陪着她。她是那么矮小轻盈，他本可以直接把她抱过去，但出于礼节他还是只伸出了一只手臂，她紧紧抓住。

看啊！埃里克在桌子一头喊道。瞧谁来了?!（亚伯害羞地垂下眼睛。塔季扬娜挑起一边眉毛。）我们所有人当然都记得，我们怀着极大的诚意和真挚的关切，将你接纳进我们的圈子，你肯定还认识我妻子玛雅，这是马克斯，啊，你们已经见过了，我的老朋友尤里，他你还没见过吧，还有，当然了，我的老对头塔季扬娜——不出所料现在正挖苦地噘着按我的品味来说红得过了头的嘴唇，你想喝点什么？

那篇大家强烈期待的宇宙级大作怎么样了？意式浓缩咖啡和白兰地端上来的时候，埃里克问。

谢谢，亚伯对女服务员说。

嗯？（埃里克）

抱歉，亚伯说，我没……

埃里克把问题复述了一遍。比较语言学那回事。

亚伯喝了一口意式浓缩咖啡。

我的电脑被偷了。

噢，玛雅说。发生什么事了？

嗯，然后呢？埃里克说。大家应该都会做备份吧？

此人没有。

噢。

沉默。

奥马尔怎么样？玛雅问。

很好，谢谢，梅塞德丝回答。

这就是她在这个傍晚很长一段时间里最后一次大声发言。

我们刚刚说到哪里了？

我很能理解您，塔季扬娜（做出对自己最好的朋友以及她身边的男人不感兴趣的样子）转向了疯子马克斯。大家最初是在自己的蠢事周围打转，然后是别人的蠢事，不简单啊。

对，埃里克说，我们感同身受，但并不同情你。这就是你应得的。出于自己的欲望和爱，你进入了致命之物的境地。现在，顺从吧，忍耐吧。

啪，他的爪子落在了疯子马克斯弯曲的背上。肋骨后面发出轰鸣。反正马克斯咳嗽起来。因为背上的掌击或别的什么东西。咳嗽，点头，痛苦地微笑，表示赞同。

马克斯刚刚写完了一本书。（埃里克对亚伯解释道。）

我最想做的就是出门旅行，疯子马克斯说。最好马上，去一年或者更久。这就是上一本书之后为克服创伤所花费的时间。只要没那么多不确定因素就行——咳嗽——首先就是钱。

暂且不论你会在习以为常的日常生活范围之外完全迷失自我这种情况。

您愿意的话，我陪您，塔季扬娜说。

疯子马克斯惊恐地看着她。

您干吗要把他搞死呢？这个可怜的男人可什么都没对您做过啊，尤里低声咬耳朵。她的样子就好像是有根头发掉进了耳朵里，或者一只苍蝇。厌恶地抓挠了一下。

诸如此类。埃里克讲话，塔季扬娜反驳，疯子马克斯在他们两个中间耗尽精力，玛雅关心起了尤里，顺带礼貌地谈起了无关紧要的东西。梅塞德丝和亚伯坐在窗户和入口之间的角落里，沉默不语。环绕他们四周的是咖啡馆里常有的喧闹，梅塞德丝麻木地坐在其中，桌下的脚踝发麻发痒，一切都带着一股香气——此前这里并不常有的味道。那是她一旁的男人的气味，这样说并不确切，它更像是某种类似他存在的气韵的东西，然后她看也没看他一眼，突然小声说：

结婚，您怎么看？

问题是什么?

埃里克正在阐释某件事,同时朝其核心推进——他最后一次起头,吸气,其间出现了一段短暂的停顿——而偏偏就在这时,桌子另一头的某个人爆发出了笑声。那个名叫亚伯的人,那个全程坐在那儿安静得像一条鱼一样的人。他突然就笑出来了——还没在他身上见过的开怀大笑。坐在桌旁的人,无论是谁,现在都朝他看了过去。埃里克——注意力被夺走了,总归丢失了主线——气恼地皱起了眉头。有什么好笑的?

没什么!亚伯抱歉地摇晃着空了的酒杯。

服务员误会了。再来一杯?

那将是第四或者第五杯了,现在这引起了梅塞德丝的注意。在你向某人求婚之前,还是数一下已经喝了多少杯为好。他笑着摇头。一个误会!他放下了杯子。

他这样笑很不好,而另一方面,在坐得满满的桌子旁边问某个人这种问题,你是在期待什么呢?我也不知道。桌子的另一头一直沉默着,他根本什么都说不了。

(很多想法。

什么"很多想法"? [这大概是埃里克。]

他亲切地说:我回答了梅塞德丝的问题。

那问题是什么呢?

一点私人的事情,她本可以赶快这样说,接着又会是一阵沉默,但愿友善的玛雅能开启一个新话题。)

他朝其他人使了个眼色：继续聊，拜托，别在意，最主要是让我安静一下，好让我在桌面转一转无数回满了又空的玻璃杯，伴随着轻轻刮蹭的声音，假装靠着窗子往外看。

那么，为了给句子收尾……埃里克说着，结束了上一句，并且开启了一个新的句子，不过他的注意力已经分散了，他现在无论说什么或做什么，都无法把那两人置于视线之外。

她红着脸盯着面前的咖啡杯，他则假装靠着窗子往外看，但窗外是看不见的，没有任何可看的，天黑了，最多看到自己的镜像，但埃里克留意到，他的目光也没有落在镜像上。如此，像失明一般，——他甚至无法确定是否有人留意到这一瞬间——他朝身旁伸出手，握起她的手，牵到嘴边，吻了一下。桌旁的四个人在聊天——

我的一个女性朋友最近也是像这样坐在咖啡馆里，靠近窗子，然后一个男的突然掠过窗外掉了下去。从商场顶楼摔下来的。刚好落进人群中。

他砸中什么人了吗？

拜托……

据我所知，没有。

——并且没注意到这件事，埃里克是第五个人。啊，你……！

吻手礼。太老派，太出乎意料，太迂腐了，让我嫉妒得不得了。根本不是羡慕。对于一种无法做到的姿态单纯、实在的嫉妒。

牵起手，吻她，再把手重新放回自己身侧，现在她的手又回到自己膝盖上了，他的也是。这一晚剩下的时间里，他们一个字都没再说。谢谢，好的，或者谢谢，不了？这是一种怎样的情形啊，要掉头跑开，脚踝又疼得烦人，跑肯定不行，最多是瘸着腿走，可是就连这样也得再跟他搭一次话，他坐在那儿，挡着路，她则卡在窗边的凹室里，而且除了自己的心跳以外，什么都听不见。

可是之后他又彬彬有礼地表达了更明确的态度。至少我是这么以为的，那时候。（梅塞德丝，挥手作罢。）埃里克提出要开车送他们，不过那会儿他已经约了一辆出租车了。

我得跟你说点事情，第二天早晨梅塞德丝对奥马尔说。我们要结婚了。

真的？奥马尔问。并没有特别惊讶。

换句话说，梅塞德丝说，是在你赞成的情况下。

我赞成，奥马尔庄重地说，然后给自己涂了一片面包。

梅塞德丝笑了，亲了一下他握着刀的手。

小心，奥马尔说。

约定的时间是一个周六早上的九点二十。他来晚了，手指颤抖着找他的身份证件，而且闻起来很奇怪。这有点恼人，但他在过去几周里——没有像通常那样依靠坚强的意志，而是以十分优雅的姿态——经受住了官僚主义的羞辱，仿佛这种罩在身上的羞辱是一件尽管过时但依旧雅致的斗篷，而不是一件可恶的防辐射铅衣（管它是什么呢，塔季扬娜说。你没必要为此良心不安），以至于他的这副模样在现在是可以迁就的。他确实具备所需的一切，像男孩又像父亲，尽可以放心地跟他手挽着手站在公共机关前。是的，我们想要结婚，是的。

就跟别人去公园给自己拍照一样，他们紧接着也去了公园。梅塞德丝穿着不合适的鞋子嘎吱嘎吱地走在小路上。花束在手里松散地摇晃着。时不时塔季扬娜会说：停！然后他们就在树林、长椅、雕像、一座桥、一小片湖——只要风景合适——边停下。塔季扬娜永不停歇地转动全手动单反相机的调节轮，而他们像处于旧时代一样，站在一个人工池塘岸边，摆好姿势冻结住了，出于某种原因在这里定居的鸭鹅的绿色小粪堆把他们包围了起来。肥胖的白鸟从画面当中摇摇摆摆地经过。一对跟禽类在一起的新人。一只鹅索性在亚伯鞋边留下了一堆。奥马尔咯咯笑了起来。亚伯也笑着回应。梅塞德丝挽住的那只手臂震颤着。

现在行了吧，到底还要多久，我再也没有兴趣了！

她的话也引得这些鸟类嘎嘎叫了起来，她赶快闭上嘴，它们也照做了。终于：咔嚓。她松开了他的手臂，双脚小心地落在小粪堆之间，走回绿地边缘，塔季扬娜就站在那儿。她把捧花朝她扔了过去。

接住！

她使了劲，情绪激动，但确实不够有力，捧花在瞄准的目标面前落进了草丛里。反正塔季扬娜是一动都没动。她饶有兴味地注视着捧花的飞行轨迹，直至其落地。紧接着她走开去拆卸三脚架了。奥马尔把捧花捡了起来。

接住！

他朝亚伯抛了过去，亚伯接住了捧花，又向他抛了回去。两个女人走在前面，男人们跟在后面，相互抛着捧花，咯咯笑着。梅塞德丝看向自己的烂鞋子，判定它已经无可挽救了，并且决定不再流泪，为此她转过身去，张开双臂，大喊：还有我！捧花正在奥马尔手里，他笑着把它甩到了她胸口上。黄色花粉落在黑色礼服上。她握住了捧花。

再来一次！塔季扬娜说。

可是这束花……大部分花叶都已经被扯掉了。

你直接扔出去吧。

最终她还是没有把它扔出去。是怎样就一直怎样。

这天的最后一张照片上，他们站在鸟舍前方树篱的阴影中，在暗绿色的树叶背景中，几乎看不见她的黑色礼服，只有她白色的脸、领子、发着光的双手，梅塞德丝捧着一束饱受摧残的花，花朵低垂着头，而树篱上方，一只孔雀饶有兴致地将脑袋偏向一侧，望着画面中间。

在埃里克问出"这是怎么回事？"之前，他不得不先问：这肯定不是真的，对吧？老巫婆塔季扬娜这是在给他讲些什么？

她讲了些什么呢？梅塞德丝友好地问。

你真的跟这家伙结婚了？我不是在问为什么，尽管这也是我要问的，我只是问：为什么我没收到邀请？

连我父母也没请来。

为什么不呢？米丽娅姆问自己的丈夫。

这是假结婚。

尽管如此。我们唯一的女儿。邀请我们看起来会真实一些。

新娘的父亲耸了耸肩：何必？

说愿意，拍照片。很难紧接着就分道扬镳，所以他们待在一起，散步穿过公园，坐在长椅上，吃了一块华夫饼，之后是热狗，最终，微微向前俯身：吃冰激凌。这时梅塞德丝又能笑出来了。我们的婚宴。从不知什么地方的便携式收音机里随风传来吭当吭当的摇滚乐。在过去的几小时中，公园被塞满了：野餐、太阳浴、狗、飞盘。有人正在笼网围成的足球场里踢球。与亚伯年龄相仿的男人们。看啊，梅塞德丝对奥马尔说。一个绾着雪白芭蕾发髻的老妇人随身带着一个鸟笼。那只鸟看起来像是一只麻雀。两个奥马尔年纪的男孩放他们的锦龟在草丛里赛跑。一个养狗的女人戴着一顶彩虹色的帽子。参加婚礼的一行人背后，树上：一只松鼠。梅塞德丝把自己捧花的剩余部分让给了它。它只是看着。可能乌龟，奥马尔说，会吃得更香一些。教堂的钟敲响了。塔季扬娜把太阳镜推到额头上，朝时钟看去，张开嘴，想要说些什么，但这时钟又敲响了，于是她又把嘴闭上了。她耐心等待着，在钟声结束后说：很美，很好，不过现在她得走了。

他们三个人一直走到了梅塞德丝的房前。在门口，新郎也告辞了。

周一见。

周一见。

周一见。

三年，不是吗？拿到一本自己的护照，需要这么久。这其实是一件清楚明白的事情。所以我（米丽娅姆）为什么这么不安呢？

停顿。

他跟孩子相处得出奇地好，除此之外的一切，他也都还行。一个讲礼貌的、安静的、长得好看的人。可是与此同时……我不知道，他身上有某种东西，某种……

是的，阿莱格里亚说，我懂。

他们分开后，隔了一天再在课上碰面。因为是当月最后一节，梅塞德丝给了亚伯一捆钞票。他礼貌地道了谢。紧接着他同意留下来吃晚饭。

奥马尔描述着他从未见过的地理情况。大洋、远海、近海、海滨、海浪、防波堤、岛屿、半岛、岬角、潟湖、入海口、三角洲、洋流、江河、溪水、泉水、湖泊、水塘、沼泽、平原、草地、森林、桦树、杨树、橡树、冷杉、矮灌木。他在西伯利亚的森林那里停留了很久。熊。紧接着的是高地、丘陵、山、山脉、高大的山脉。

大人们多数时候都沉默着。

等奥马尔全部讲完了，梅塞德丝问他有没有兴趣去拜访一下他正在学习其语言的那个国家，用自己的眼睛去看一下那些地理环境。可以做一次旅行。

奥马尔短暂地思考了一下，然后说：其实不必。

总而言之，没有什么变化。一个目标达成之后的某种空虚。有一阵子只有时间在流逝。一周两三次课，吃饭，教育学意义上颇具价值的闲暇时光。除此之外，别人说什么，出于必要的伪装目的拜托他做什么，我们的家庭常客就做什么。一开始他非常可靠。但大部分事情自然还是要留给自己处理。我是我自己的丈夫。用他的牙刷、他的衬衫、他的香水。不知道这些事当中他到底知道多少。

这重要吗？塔季扬娜问。这是你的游戏。

你真聪明，梅塞德丝说着噘起了嘴。

她买了几件黑色的男士衬衫（你穿多大码来着?）当睡衣穿。好让洗衣篮里总能有些东西。

完美的犯罪者，阿莱格里亚说。我为你而骄傲。

看起来这一次和平会持续一阵子。

群山之中及公海之上的生活

他叫作加夫里洛、加博尔或加布里埃尔，出生的时候把头探进了新世纪。稍微夸张了，其实还要早上一些，不然对于战争来说，他就还太年轻了。他给未婚妻写了玫瑰色的战地明信片，里面什么也没提到，他唯一值得称道的经历好像是那时我们在高温下躺在橙子树下，渴得半死，却被禁止摘这些该死的东西，违则处死。他回了家，结了婚，一个农民之中的农民，生了三个女儿，没有任何回忆记录了他曾说过些什么值得思考的东西。可是下一场战争爆发，他被征召入伍的时候，一个接近四十岁的一家之主、三个孩子的父亲，躲进了山里。

我不知道他在哪里，他的妻子身处农庄里用家庭用品垒起来的小山丘之间，这样说道。镇定，仿佛家里并没有被翻个底朝天。据说几个月以来都没再见过了。

那你肚子是谁搞大的，婊子？官员说话前后还给了两个耳光。他没杀她，但在放她走之前，把她痛打了一顿，并且最终强奸了她。当他在上面，与大自然的胜景作伴，从清泉里汲饮的时候。那时也许我是真的生他的气了，她之后说。

　　他们威胁要把房子拆掉的时候，村里瘸腿的傻子——他不是傻子，只是一个内翻足的酒鬼——证明了他自己是村里唯一一个男人。在完全没人要求他这样做的情况下，他站了出来，声称我祖母肚子里的孩子是他的。

　　这还不是庆祝的由头吗，官员说，然后给傻子灌了整整一瓶六十度的酒。他差不多已经要死了，但他没死。他活了下来，在我祖母和她——现在已经有四个了——女儿们身边，留在了农庄里。就这样，瘸子拯救了我们的农庄和我们的生活，至少是在接下来那几年里。我祖母把她最小的女儿亲切地叫作小婊子，而且还逼她吃她自己的呕吐物，不过那时候的教育可能也就是这样。

　　战争快结束时，加夫里洛下到海拔更低的地方来了。好几个人都说看到过他，他在村子附近游荡，不过对于最终回来，他似乎无法下定决心。他可能长出了一对鹿角，在第一个，也是格外严酷的冬天没断气，在那之后，好像就再也回不来了。从官员的那次审讯以来，无论是他的妻子，还是家里的任何人，都没再来山里看过他。

　　年月流逝，他变成了某种山鬼一样的东西，成了人们于月圆之夜看到的、在山脊上游荡的遗老。证件他早就没有了，统计数据上根本没有他。在战争中失踪。瘫腿顺其自然地占据了他在家庭中的位置——当然了，除了他依旧还是个酒鬼这件事给他融入新生活带来了些许阻力——另外，人生做的一件好事就足够换来逃离地狱的一日休假了。瘸腿完全不求更多。

群山之中的加夫里洛对于落到自己头上的事情似乎也很满意。他挨饿受冻，而且必须时不时地躲开路上的人类和大型动物，不过除此之外没有任何问题。新国家成立的消息到了他这里显然是已经有了好几年的延迟，也许那边山上的边境巡逻队同样惹他生气，或者根本就没有任何直接的触发条件，无论如何，某一天，出乎意料地收到了一封他的信。信是用炭写在一块脏污的硬纸板上的。准确的原文词句无法还原了，那个战争遗孀即刻就用它点燃了灶上的火，不过大体上说的是我祖父加夫里洛——不管走的是哪条路线吧——变成了无政府主义者。打倒警察、军队、议会、政府、官僚、圣餐礼，简单来说：打倒国家这个无用而危险的玩具！硬纸板上大意如此。自然、个体、自由、思想、美和欢乐万岁！万岁：人！——

在经历了令人失望的夏天、那孩子的搬走以及后来几次跟更年轻的情人进行的并不严肃的尝试之后，金高得出结论，现在渐渐是时候了，要开始在自己的人生中做一些富于理性的事，然后终于写下了她祖父，那个无政府主义者，那受诅咒的故事。第一稿太短了，才四页，她增订后寄给了一家杂志。

且不看正字法上的错误——那些猪头在给我的回复里写道——很遗憾，故事没能使他们信服。没抓住。什么叫作没抓住?! 太难以捉摸了还是怎样? 唯一能够抓住你们的东西最多就是一只有力的手：抓蛋! 与此相反，一切都使我们受到震动! 最近我走在街上，突然传来一股法国梧桐和食物的味道，就跟在工厂食堂前面一样，然后我一边感到幸福，一边又郁闷得要死。可是这种东西不够性感啊! 离我们经历的世界太远了。噢，你们这些可怜的垃圾!

　　就着新近的失望，她喝了很多。一连几天哭着在街上晃荡，直到某个下午，她在一个小水荡里看到了自己。地上的水汇聚在她院子里的一个坑里。坑底的沥青上有一道裂口，看起来就像上帝的眼睛。我在上帝的眼睛中看到了自己，一个放纵的受造物，这时我跪了下来，发出了毛骨悚然的咔嚓声，然后我嗥叫得就像一头母狼。她嗥了个够，又稍微清醒了一些，振作起来，洗，梳，重新像一个人一样行动。

　　可是之后不久，两周，最多三周，又开始了。噢，我是多么想念群山啊! 一连几小时站在窗边叹气。她用油腻的手指在窗玻璃上画山峰。太阳转了一圈照过来的时候，它们闪烁着银色的光。噢，安德烈说，帆船。也算是吧，她说。

　　然而大部分时候她都太过不安，以至于无法站在一个位置上画群山或帆船。我很不安! 她喊道，然后长达几小时在无序的小丘之间空出来的、并不格外宽敞的小径上跑来跑去。自从金高之家不再举办派对，越来越多的东西从边缘漂往中间。随着时间的推移，聚会化为泡影，而对此似乎没有任何人感到特别遗憾。有一阵子，他们乐于装作现在仍是八十年代，自己也还是小城里最受欢迎的家伙，但不知什么时候它还是结束了，就像扬达所说的那样，而金高似乎也没在为她的沙龙惋惜哭泣。她根本就没哭。她跑来跑去。要是有什么东西挡在路上，她就把它踢到一旁——光着的脚黑得像炭一样——然后继续向前急行军。这会儿又是春天了。太阳照耀，自然盛放，只有我没有更快乐。为什么，到底为什么？她嘟囔着。一切都在下行。一切都在下行。

乐手们在的时候就散坐在房间里，跟过去一样。孔特劳耐心地卷着烟，安德烈做了些有用的事情，保养乐器，扬达在读报纸。

K地[1]信正教的人只剩百分之零点九了，扬达读道。

安德烈：啊哈？

孔特劳舔着卷烟纸的封口条。

一切都在下行，金高嘟囔着。一切都在下行。一切都在下行。

他们把那个弄死切[2]的家伙任命为大使了。

安德烈：嗯。

嘶嘶嘶嘶嘶刺。孔特劳点燃了一根火柴。

1　指克罗地亚（德语"Kroatien"）。

2　指切·格瓦拉。

下，下，下。

杜什克·T.[1]——

安德烈：那头猪……

——三十一项指控中，有十一项被判有罪。

一切都在下行。一切都在下行。一切都在下行。

扬达：好了停下来吧。

一切都在下行。一切都在下行，一切都……

金高，求求……

……下行。一切都……

扬达用力合上报纸：你——停——不——下——来——是——不——是——?!?

不——要——教——我——做——事——！

嘘。（这自然是安德烈。）

这话我现在已经听了……不知道多久了。几天、几周、几个月？我再也听不下去了。

我也拿它没办法！我病了！

那就去看医生。

去看医生，去看医生。她嘟囔着，继续向前踏步。去看医生，哈！我们生活在哪里来着？我——们——也——许——错——过——了——些——什——么——，同——志——们——！去看医生。如果我是其

---

1 杜什科·塔迪奇（Duško Tadić，1955— ），出生于南斯拉夫，波斯尼亚塞族政治家，因犯下反人道罪和战争罪等被判处二十年监禁。2008年，他提前获释。

中……他们中的一个，我就可以去看医生了，让他给我开满满两包治脑子的药片，制定一种疗法。但我就是我，而对我而言，没有疗法！你必须保持你所是的或你将会是的，一个危害公众的疯子。她站住不动，意味深长地看着男人们：有些女人，在经期来之前不久就能够杀人了。

行啊，来啊，扬达说。看看你能有什么结果。

我的祖母——不是被强奸的那个，另一个——四十八岁时上吊死了。

老实说，比起割开动脉，这样要少一些痛苦。（扬达）

混蛋！

停下！

给，孔特劳说着把烟卷递给了金高。

她不服地抽起大麻，安静了一会儿，之后又喝了起来，然后再次开始咆哮。我睡不着，我睡不着！我喝不醉！我喝不醉！当然，她早就上头了。她在混乱之中蹒跚穿行，小脚趾撞在地板上一本厚书的边沿，像一头母狼一样嗥叫。嗷呜呜呜呜呜呜呜！

扬达在一声叹息中站起身来，挡在她的路上。她倔强地在原地继续跑，抬起黑色的脚掌。

扬达（轻声）：并不是说没有什么让人生气的事情，（大声）但是你所能想到的一切就是：我，我，我！

她不跺脚了，拳头捶在他肩上：你！你！你！这样要更好些吗？

不，这样不会更好！痛！

好！你该受着，狗！狗，狗，狗——

他拿报纸给了她一耳光，抓住她的头发，把她提了起来。他能把她高高提起，让她不再在地板上跺脚吗？

住手！（安德烈）

金高咆哮着：啊啊啊啊啊啊啊啊啊啊啊啊啊啊啊啊！

停！

他俩被拉开了，孔特劳跟扬达一起走了，保险起见，安德烈留了下来。总要有什么人待在她这儿。每次触摸都会让她瑟缩。他不摸她的时候，她就颤抖着抚摸自己。呜呜呜呜呜呜。叹息：噢，丹尼尔！

丹尼尔是谁？

我的爱人。

你有一个名叫丹尼尔的爱人？

在我……在我梦里，你明白吗，我有个名叫丹尼尔的爱人。

懂了，安德烈说。

你也有秘密恋情吗？她的名字是什么？

伊洛娜。

我们搞不定她了，安德烈对另外两个人说。

纯粹的歇斯底里，扬达喃喃说。但他知道事实不是这样。没有人——就连金高也不会——一直处于经期综合征。事实是：我们搞不定她了。她再也受不了小孩了。说到底她再也受不了其他任何人了。无法购物。无法去做保洁。在家就已经做不了这些了。一切都必须得要男人们来给她做。她好几天不洗澡。她发臭。太过了，我甚至不得不把她放进大木桶里来把她刷干净。或者由她在自己的脏东西里待上一两周，等到所有罐头都吃完，看她接下来要做什么——某个时候为了买东西出门，还是在地板上蜷成一团死去。我们甚至还得操心她的出勤，她仅剩唯一一份兼职。然后到了夜里，她朝自己位于一条长廊尽头的小小镜像飞奔过去，自言自语。精神错乱。

即便不悦，扬达还是不得不想起亚伯。自从他搬出去，几个月以来，只来了一两次消息，还是为了跟她约在外面见面。他好像是要绕着乐手们走似的。并不是说我们想念他。至少他给了她钱和一个她从来没拨过的电话号码。仿佛（就连他）她都放弃了。谁想得到呢。

现在安德烈给他打去了电话。

哈啰，亚伯说，仿佛昨日才对话过。

是跟金高有关，安德烈说。她马上就要过生日了。

我知道，亚伯说。四十。他当然准备过来。

他从天窗探头出去的时候，她正好站在烟囱上，像船头雕像和汽笛，向夜幕咆哮：突突呜呜呜呜呜突！突突呜呜呜呜呜突！从今天开始，这儿就不再叫金吉尼亚了，从今天开始，它叫……泰坦尼克！一时想不起别的船名了。那就这样。如此，这艘船就叫：泰坦尼克。房顶是上层甲板，客厅是下层甲板！围绕我们四周的是城市黑暗的水体！八点船闸就在我们身后关上了！所有人上甲板！日出才返航！

她的牛仔裤刚洗过，她穿着一件女式衬衣，化了妆，梳了头，耳朵后面别着一朵塑料山茶花。山茶稍显悲伤地下垂，但她自己笑着，嘴唇闪着火焰的红色，上唇剃过毛，同一块刀片还被她用来修整过腋窝：几道小小的划伤，没关系。她两腿叉开站在烟囱上，挥舞双臂，叫喊般地笑着。

其实她把门关上了，金高问，你们知道吗？

你们应该不想在公海上下船吧？哈啰，我的小家伙，她对亚伯说。呐，也来了？然后开心地从他身边漂了过去：得去照顾我的客人们。

之后发现，原来她还把所有盘子和全部刀叉都藏起来了。唯一一只勺子，一把彩绘木勺，拿在她手上。她提着一口锅，攥着这把勺子四处走，把扬达做的某种又红又辣的东西填进大家嘴里。她还随身带着一个装了一瓶烧酒的皮套筒，喂完就倒上。咻咻咻咻咻！用来灭火。必须一直从瓶子里喝，因为所有杯子也都消失了。有问题吗，你们这些富家废物?!

亚伯背靠防火墙坐着，她拿着勺子站在他面前。他摇头。她咯咯笑，举着勺子朝凑近他的嘴唇。他摇头。她突然大笑起来，好像有人挠她痒痒似的，然后用勺子在他闭着的嘴唇上涂辣酱。辣酱淌过了他的下巴，流进了领子里，拖着一条红色的痕迹，向下爬行到肚子上。金高笑了。她拿起瓶子，把烧酒浇到他脸上，为他冲洗，就像那时一样，你还记得吗，那个肿起来的包，然后笑着从那里走开了。

之后，她不想让音乐仅仅停留在下层甲板上。所有人上甲板！乐队也是！

不，扬达说，但他们最终还是坐在了上面，靠近烟囱的底座，尽可能轻声地演奏。她头顶着一根燃烧着的蜡烛跳舞。火焰扑闪，蜡流到了她头发里，她欢呼着，闻起来一股焦味。之后她做出要朝屋沿冲刺的样子。咻咻咻咻咻咻咻咻！蜡烛熄灭了，掉了下来，乐手们——首先是扬达，然后是另外两个人——在一首歌曲进行到中段时停止了演奏。

演奏啊！她叫道。你们没看见冰山吗？

扬达从天窗下去，消失了，另外两个人以及大部分客人都跟他离开了。亚伯留了下来。你害怕要是你不留下我就会跳吗？她笑了。跟我一起跳舞！

他们在下面重新开始演奏，就能听见的部分来说，至少安德烈和孔特劳是如此——在扬达找铁门钥匙的同时，总得做点什么。那孩子这辈子还从来没有跳过舞。也不会从这回开始。他坐着不动。她拽了他一阵子，最终放弃了，任由自己倒在他身旁。嗷！她在蜡烛上着陆。她笑了。

夜晚最疲劳的节点，金高和亚伯独自坐在防火墙旁边，环绕他们的是城市的剪影。某些庭院中的树。阴暗的铁皮设施。远处缓慢泛起橙色的天空下的吊车。大草原上的一群长颈鹿。她转向他，骑马似的坐到他怀里。她扭来扭去，好像只是在找最舒服的姿势，但是一直没有停下。她严肃、专注地扭来扭去。透过干硬的牛仔裤，她身体的热度弥散了过来。她把他的膝盖朝两边压下去，两只胳膊环抱着他的头，把他的脸按在自己胸上，连同他一起摇晃着。小混蛋。把他的脸从自己胸间捧起，她那带着辣椒、烟、污垢、烧焦了的咖啡、烧焦了的头发、蜡和酒精的气味的双手托着他的头，他的耳朵夹在她手指之间。既然他又不张开嘴唇，她就咬他，他呻吟起来，呐，终于有点反应了。她利用这个机会把舌头塞进了他嘴里。她的嘴巴尝起来就跟她的手闻起来一样，他的则没有任何东西的味道。流了一点血。她将血吮吸干净。穿过她的头发，他看向天。破晓了。

回答我一个问题，安东尼努斯[1]，一个声音在他耳边说。你更喜欢牡蛎，还是蜗牛？

他困惑不解地注视着我。

她用骨盆给他来了一次撞击。哈?! 她的脸近得只能看见一只眼睛。嗯？

她稍微往后挪了一点，微笑着。他也微笑着，然后轻声说：这跟你完全无关。

当一个近似哭泣的微笑从一张脸上落下时。

混蛋，她说，从他身上起来，从天窗消失到下面去

1　安东尼努斯（Antoninus），安东尼乌斯（Antonius）的派生形式，此处或指圣安东尼（约251—约356）。传说生于埃及的圣安东尼曾在沙漠苦修，抵挡住魔鬼的种种诱惑。后文的蜗牛和牡蛎即象征男女性器官，暗示他所面对的肉欲诱惑。

了。他留了下来。

之后其他人又来了，一边冷得直哆嗦一边看日出。金高不在其中。他下去了。

她站在厨房里，看起来很清醒，忙活着弄咖啡。他坐到近处一把椅子上。他们一个字都没说。

钥匙在哪儿，扬达问。有些人想走了。

她做出没听见他的样子。哼着小曲儿摆弄着咖啡。

金高！扬达严肃地说。钥匙在哪里？

哪把钥匙，小甜心？

扬达没有时间也没有兴趣，经验证明，讨论根本不会有任何结果，他迈步朝她走去，摸她的裤子口袋。

就像一头待宰的小猪似的：她尖叫、蹬腿、在厨房地板上打滚，派对的客人在一旁站成半圆。他妈的，孔特劳说。安德烈表情僵硬地站在那儿。金高的衬衫被撕破了，这时才有人插手。几秒钟后，厨房里争执四起。某个人朝亚伯的椅子踹了一脚，一条松动的椅子腿发出咔嚓声，从固定杆上裂了开来，但这一残骸还未落到地板上，他就站了起来，迈开脚步，穿过打斗的人群。孔特劳摇晃着一个苏打水瓶，亚伯朝门口走去，安德烈是唯一一个注意到他的人。摇过的汽水在战斗者上方炸开的一瞬间，那孩子打开了门，走了。

这是他收到求婚之前的某一天。这之后，很长一段时间没再见。

风筝戏码

婚礼在初春举办。五月的某个时候，只要天气允许，这个小家庭会开车去海边。

介于晒伤和风寒之间的一天，阳光明媚，可风还是凉，一边出汗一边受冻。梅塞德丝光着的脚在沙子里变冷了，不过要坚持住，这关乎婚姻、社会地位、祖国和家庭相簿。风筝在疾风中扑打着，奥马尔牵着线，亚伯站在他身后，做出要提供帮助的样子，但他的双手没有碰到男孩的手。照片上，两人的左手都被裁掉了，脸上写满了亲密和快乐。梅塞德丝搞砸了一半多的照片，因为为了让另外两个人笑出来，她扮演了一个劲头十足的摄影师，但即便他们笑，也是因为亚伯身上的某种东西使奥马尔的耳朵发痒。是你在挠！扬起的沙粒噼里啪啦地落在男孩的潜水镜上。美好的一天。突然：

嘿！嘿！是你吗？该死的，亚伯拉尔，你在这儿干吗？

她光着脚把沙子踢向他的腿肚子，跳到他背上，双腿环绕着把他夹住，向他身侧砸拳头，风筝嘎吱作响，轨迹混乱。家庭相簿里没有的照片：一个陌生女人正把男主人压倒在地。

该死，你在这儿干吗？

她的目光落在正在试着控制风筝的男孩身上，完全没有注意到拿着相机的女人。亚伯嘴里有沙。

我们在放风筝，男孩告诉陌生女人。也就是说：我们本来在放风筝。

他把潜水镜推到额头上，一只眼睛固定不动，但乍看之下注意不到。

金高像看一件东西一样看着他。

哈啰，奥马尔说。我是奥马尔。

你好，梅塞德丝说，她在这期间已经走到了他们中间。

远处，水边一个年轻小伙子——他属于金高——伸着脖子，却不走近，用脚尖把冲上来的泡沫踩破。一时间，所有人都站着不动。然后，梅塞德丝问：

我们能帮上忙吗？（您是谁？）

金高冲着亚伯：这是谁？

梅塞德丝，友好地：我是梅塞德丝。很高兴见到你。

她朝前伸出一只棕色的小手。金高盯着那只手。一枚婚戒。她拉起亚伯的手：一模一样，用黄金做的细戒。梅塞德丝把手收了回去，遮住眼睛。

金高：你就是因为这个才再也不来消息吗？

她在说"因为这个"的时候似乎转了一下头：因为这儿这些人。她的嘴巴散发着烟草和坏牙的臭气。她下巴上长了一个毛茸茸的疣子。她整个人看起来越来越像一个老巫婆了。她恼怒地瞪了他一眼，发出嘶吼，没道别就走了。她同行的男人在走开的时候回头看了几次。她好像因此而拽住了他的胳膊。

这是谁？

一个以前的朋友。

为什么她这么生气？

几天后，他们在一家咖啡馆见了面。她戴着耳环，梳了头。他比以往任何时候看起来都要好。婚姻对他有好处。

多长时间了？

两个月。

你为什么要藏着掖着？

我没有藏着掖着。

停顿。

嗯，她说。所以说这事我们做成了。我敢说他们爱你。一个野蛮人很少能这么开化。对这件事来说，那个小女人很合适。小女人，我不知道怎么说更贴切。那么礼貌、精致、有文化、开放、善解人意、包容。大概父母也一样。有其父母必有其子女。那点屁事一概不知。她至少床上表现得很好吧？

不。

不？

这不是真正的婚姻。是为了证件。

傻瓜。你跟她的小不点一起放了风筝。

他的名字是奥马尔。

停顿。

是因为钱吗？

???

我核算了一下。到今天为止，我欠了你六千。

他摆摆手。这没关系。

那什么有关系？你是个什么家伙啊？哈？任何事情都没关系。我不觉得你这样是好的。我觉得，对你来说，单纯就是什么都无所谓。钱、人。这种一而再再而三的消失算什么？你算什么？一场幻影吗？你不是幻影，亲爱的，你是个人，其他人会为你担心！所以人不能这么干！一个字都不说！是因为扬达吗？

（???）不是。

他干了什么？他对你说什么了？你知道的，他是个傻子，难道不是吗？他是个不错的小伙，不过是个傻子。他说的东西你尽可以忘记。他没什么要说的。别听他说的。我会抽他嘴巴。

跟扬达没关系。

那是什么？你的问题是什么？哈？

亚伯摇头。

怎么了？发生什么了？

没有回答。

也许更该抽你的嘴巴。那几个伙计早就想这么干了。我说：可他确实什么也没干。他们说：我们知道他什么也没干。但他有点不对劲。

现在他笑了。

你喜欢这个？会让你喜欢的。一顿打，是吗？这就是你想要的。你干了些什么烂事？

亚伯停住不再微笑了。停顿。

我让你尴尬了。

没有。

我们没让你尴尬？

没有。

这堆烂醉、落魄、来路不明的人？

他摇头。

那是什么？我对你来说是什么？

你是我的。亲爱的。教母。

她粗野地笑了。她的脸孔透着皮下骨骼的颜色，比迄今为止任何时候都要明显。她笑起来的时候，鼻翼就往回缩。左边鼻孔里伸出来一根毛。她再次严肃了起来：

迷人的混蛋。你学会这一招了。你倒一直都挺有礼貌，礼貌到让人想抽你耳光，你就是到了这种程度。以前有人经常抽你耳光吗？那你现在就知道是为什么了。

（在陌生人那儿爬窗子进屋，这算什么？正派人都走门！这是种什么行为，敲一下窗玻璃，然后就这样？你们有什么要藏的？两个十七岁的人有什么秘密？你们两个人在一起的时候做了些什么，在这间只够放下一张桌子和一张床的房间里？连书架都挂在天花板下面，而且只有一把椅子？你为什么不跟我这个天天为了你牺牲自己的人说话？你为什么什么都不说?! 几年来，我感觉再也没有一个人对我说过一句像样的话，我变老变疯是什么惊人的事吗？不要耸肩！你怎么敢耸肩！你怎么敢这么傲慢地看我！你以为你是谁？——原谅我，我不想打你，我只是太绝望了。）

金高：我本来也可以结婚的。一个有点老的男人想跟我结婚。但我不能这样做。我不能跟他们中的一个结婚。你懂吗？这我做不到。我没想到才过十年我就这么筋疲力尽。这里的这个让人还要更加筋疲力尽。我筋疲力尽到甚至没有放弃的力气了。我不需要你的钱。我总是又把钱给出去，有时给这个人，有时给那个人。你们受不了了，我知道。我对他们说：对此，你什么也做不了。你没有心。对此，你什么也做不了。

他找了些零钱，放在桌上。

对不起。我总是这么做。我总是要攻击你。你当然有心了。现在你甚至都不能看我一眼了。我总是这么做。不准往心里去。你知道的呀，我是个疯子，不是吗？还是说你不知道吗？你走就是了。我还能哭得更好些。

拼图

看吧！所以说确实不是个阳痿男同了？

拜托，你在说些什么？

你是对的，塔季扬娜说。要得出最后的结论还太早了。尽管"她能成为像他的妻子一样的什么人"这个想法让我很喜欢。这样就有三角恋的空间了。

拜托，梅塞德丝说。别犹豫，写。或者：那又怎样？发生过什么？与粗鲁的陌生人的邂逅，意想不到又使人烦躁，不过这种事情就是会发生。人认识人。

那你为什么要讲这件事呢？（塔季扬娜）

真希望我没这么干。

那是一个奇怪的天气，阵风之间极热，他不时把衬衫的袖子挽到上臂。就在袖口边上，可以看见一块种痘的疤痕，梅塞德丝想：现在我也看过些什么他的东西了。其实这是迄今见过的最大面积的皮肤了：差不多一整条手臂。下次我们去游泳。或者我请求他到我家来，把衣服脱掉。至于理由，我可以说：要是哪天有人问起，我得对他的身体有所了解。胎记在哪个位置？当然，永远不会做到这一步。说起游泳，也是一样的问题。奥马尔不喜欢水。大海他只是望着。这也许跟眼窝有关，尽管别人告诉过他进水也没有关系。

我知道，他说，不是这回事。他问亚伯：你会游泳吗？

会。

我不会。我也永远不会学。

你知道吗，梅塞德丝在从海滩回家的路上说——她开车，亚伯坐在副驾驶座，望着海慢慢消失在各种景观后面——你知道吗，今天是我第一次遇见你朋友圈子里的什么人？

这可能是因为——他说，目光不变，依旧朝着窗外——不存在这样一个圈子。只有她。她的名字是金高。我们有一阵没见了。

我也没有朋友，后座上传来奥马尔的话。

我就是你们的朋友，梅塞德丝说。

这之后他们沉默不语。

游泳无果，天气又有了别的心思，冬天又回来了，拉扯着漂亮街道上的树冠，在货运车站的集装箱之间穿梭呼啸。游泳绝对不合适。另外，亚伯说，很遗憾，他下周末没有时间。

现在该轮到那孩子以孩子气的好奇心提问：你有什么打算？但奥马尔没问，所以我们（梅塞德丝）也就不知道了。为什么现在这让我感到很恼火呢？

某件东西突然就在那儿了。一个时刻。一个有钱的伯母以天意的名义送了我一套巨型新婚拼图，我一块一块地从边缘向内拼，观察力和耐力得到了训练，一句话：这是一件苦差，但让人停不下来，就连在结果可以预见并且——我们就承认吧——大多数时候都令人失望的情况下（一张布满裂缝的二维图片），也还是停不下来。或者——换个比喻——就好像是走在一个梦里，而你正在寻找的某件东西总是在下一个拐角后。我感觉就是这样，梅塞德丝说。无论我了解到什么，故事的一部分总是藏在下一个拐角后。绝赞的游戏。或者蹩脚的游戏，还说不准。

既然我们已经身在其中了，埃里克说，我有一个新的提示要就此交给你。不，事实上，埃里克们会用别的方式做这种事。

听听，他压低声音说，并且还关上了身后的门，尽管除他们以外，没有人在那里。我了解到了一些事情。

他深吸了一口气，又叹着气吐了出来：是这样的。有关被偷了的笔记本电脑里那篇没有保存的作品，我们都记得，确实有这样一个露出破绽的时刻。那时我不想把话扯太远，但是在这样一种情形下（???）难免会产生疑问：这怎么可能？这怎么回事？倒霉、无能、宿命、谎言？经验之谈怎么说的？经验告诉我们，大多数时候没保存的都是那些从没存在过的作品，并且之后会因为外界因素丢失。有任何人在任何时候读到过这部作品里的一行吗？电脑真的被偷了吗？说到底，他真的曾经拥有过一台笔记本电脑吗？在哪里买的，花了他多少钱？他究竟会不会所有这些语言？谁又能检验呢？（梅塞德丝张开了嘴。）让我说完！行吧，我想说，也许这只是我的嫉妒，对啊，确实是，我无法证明他没写过管他是什么主题的博士论文。但是他好像没拿到学位。

???

凯旋般地，简单明了：大学图书馆，外国语言文学，学位论文检索，无。

停顿。

但这什么也说明不了，梅塞德丝说。你到底为什么要费劲刺探他？

我没有刺探他。我对他的论文感兴趣。抱歉，埃里克说。我把这视为朋友的义务。

我由衷地感谢你，梅塞德丝说。

与此同时，一个由七位专家——包括语言学家、神经科医生和一位放射科医生——组成的团队在计算能力强大的复杂仪器的技术支持下，正忙于给梅塞德丝丈夫的大脑绘图。

他们有各种各样的方法，断层扫描、核磁共振成像、X射线造影等等。所有这些的共同之处在于，让人在某个时刻躺入一根像棺材一样窄的管道里，而且头不能活动。从外形上看，这不是什么特别吸引人的东西，而研究的内容——当别人终于找到他的时候（我的上帝，我们可把您找到了！您出门旅行了吗？），亚伯说——也没让他特别感兴趣。

我来给您介绍个人吧，团队负责人说着便抓起了亚伯的手臂，像父亲一般，强劲有力。直到他们站在一个怒目圆睁的男人面前，他才把他松开。那个男人身形瘦削，头发花白。

先生，我想向您介绍L.先生。L.先生，这就是N.先生。

您好。

Humtemt。或 Gantetu。[1]

_____

1　问候语，第一句语种不明，第二句疑为德语"Guten Tag"（您好）的易位构词。

先生来自瑞士，过去的五语人才，其中涵盖四种您说的语言。

去去去去，L. 先生说。他的眼睛因为说话吃力而突了出来。去去去去。去去去去你的[1]，去你的[2]，我的孩子。他点头，冲我翻白眼。你懂吗？去你你你——

现在您懂我的意思了，我们能做些有益的事，此外您还能赚些钱。

海边郊游之后的那个周末，亚伯做了一次测试。之后的周一他给奥马尔带来了一张彩色测绘图。这是我大脑里的彩虹。有些被照亮了，有些没有。被照亮的图块分别有着不同的颜色。从 L1 到 L10。"L"指语言。奥马尔指尖用力，撑开手掌，放到这张有光泽的纸下，就像举着一个托盘（梦里，托盘盛满贵重的杯子，尽管不熟练，他必须得保持平衡，并在一场战役之中穿行），然后把它端进了自己的房间，用图钉钉在了床的上方。

我的外孙在观赏他继父的大脑时入睡。我说不清楚，但这其中的某种东西有些诡异，米丽娅姆说。

诡异？真的吗？阿莱格里亚问。

梅塞德丝假装严肃地研究着测绘图。嗯，她说，嗯，而且一再看着亚伯，仿佛是在比较内部和外部视角，所有人都笑了。

至少在这一刻那种说他并没有掌握那些语言的责难

1　原文为匈牙利语"bazmeg"。
2　原文为英语"fuck you"。

已经得到了反驳。

我由衷地感谢你，梅塞德丝对埃里克、塔季扬娜和所有其他表达过意见的人（而且大部分人都认为这是自己的使命）说。谢谢，梅塞德丝说。那现在就让我安静待着吧。我是一个单亲妈妈，而他是我的假丈夫。我既没有时间，也没有动机来监视他。

不过说实话，她一直以来都在等着某些事情水落石出。长年把自己伪装成医生、牧师、邮递员的人。丈夫们。心里的虫卵不是在风筝事件和埃里克的问题后才埋下的。虫子从那笑之后就开始滋生了。自那以来，一切都是征兆：一回迟到、一声叹息、一次犹豫，最后是寻常的蓝胡子故事里的结局。他的全部奇怪之处，他的不在场。最近，他身上不明来源的痕迹也很引人注意。他说下周末也没办法，他不行。然后他周一来了，并且完全像是另外一个人。外表和气味都变了。小酒馆。香水或者酒精。值得注意的是，这好像不是他自己的味道，只有他的衣服、他的头发、他的皮肤（极少量）沾上了这种气味。他像穿一件大衣似的穿着这股气味。两年前，她穿着一条缀着白色领口的黑色窄款连衣裙，手里拿着一束白雏菊的那一次，他闻起来就已经是这样了。非法活动和性的味道。

奥马尔几乎在公园里度过了整个周末，目的是对人类进行观察（也就是等着行人偶然经过）。他感冒了，所以无法就这种气味发表意见，那张皱起来的脸、眼睛里浑浊的红色似乎也并没有引起他的注意。他们喝了茶。

还要黄瓜和伏特加[1]！奥马尔喊着梅塞德丝听不懂的东西，所以这一要求始终没有得到满足。

周二或周三，她突然停下手头的事，然后给她丈夫以前的院系打了电话，同一个地方，她也曾在那里学习过。

是的，确实如此，亲爱的，一位友好的、较为年长的秘书——那位埃莉——说，我当然记得。一小时后回拨行不行？

好嘛，亲爱的，埃莉说。我给您查询了。查啊查啊，亲爱的，然后吃了一惊，我确实能清楚地回忆起他来，那么俊美年轻的男人，然后我想起来了——客座旁听生，亲爱的，是记在另一套检索卡片上的。

懂了，梅塞德丝说。

是的，就是这样，亲爱的，埃莉说。您过得还好吗？

我们总结一下，周四，梅塞德丝一边做出正在工作的样子，一边想：第一，埃里克是对的。没有给旁听生的学位。第二，所有这些都是本可以在结婚之前了解到的。只要一通电话。第三，承认吧，她甚至想到要这么做。咨询调查，这样才是理智的。所以为什么她当时没有这么做，现在却这么做了，而这之后又会有什么结果？结果是，我的丈夫从来没有正式入学这件事显然对

1　原文为俄语"I ogurezi i vodku"。

我没有任何影响，他隐瞒了这件事也没有关系，而从根本上来说，认不认识他的老朋友，也无所谓。老实说，所有这一切都不能让梅塞德丝产生一丁点兴趣。那么什么让她感兴趣呢？什么才有所谓呢？

当天下午，跟往常一样上着法语课。由于知道了更多关于他的事情，现在看他的时候，她看到了什么？一个似乎不为任何过度疲劳以及可能存在的放纵所动摇的人，就好像从四年前她在蒂博尔纱绒的门槛上，第一次有意识地感知到他的那时起，所有日子都毫无痕迹地从他身边过去了。一张光滑、苍白的脸，冷静、无辜、干净、二十四岁。不会给一只苍蝇带去一点伤害，不会撞翻一只水桶，不会数到三[1]。这张脸比最近出现的其他面孔还让人恼火。最初她是打算问他想不想留下来的。现在她由他离开。

几乎还不等他出门，电话就响了。

是的，她说。不。我丈夫刚刚从家里出去了。五分钟。当然了。不，我很抱歉。周末我丈夫不在城里。周一下午可以。好，我等着。懂了。谢谢。当然了。没问题。

她挂了。脸色煞白。

发生什么了？奥马尔问。

周一的课可能得取消了，她说。

1　原文为惯用语"nicht bis drei zählen können"，形容愚笨。

发生什么了？

我们要有家访了。

谁？

她看向时钟，思考，拨号。

麻烦打回来，能多快就多块，她对他的答录机说。很重要。

她挂了。奥马尔等着她的回答。

局里的人，梅塞德丝说。他们要检查我们是不是真正的一家人。

噢，奥马尔说。啊哈。

接下来的一小时里，她看了十几次钟。走路的话，尤其是以他的速度，最多十五分钟。前提是，他马上往家走。能够以此为前提吗？能够以什么为前提呢？也许他还要买东西。什么东西？一条面包、一串香肠、一袋牛奶、一瓶威士忌出现在了梅塞德丝的想象中。很好，注意力又分散了十秒。半夜她又打了一次电话。转到自动应答。

守一个通宵是不是夸张了？事实上并没有过很长时间，而且还没有什么紧急的事，但我感觉自己好像重新认出了一种感觉。以前有过一次，差不多十一年前，那时她攀上了一堵墙，爬进窗子里，想躺到床上去，上面有一股大麻和汗水的味道，他的汗水，好像还有另外某个人的味道，第三个人，一种额外的痛感，不过也几乎不再要紧了。奥马尔睡得很沉。

亚伯周五和周六都没有来消息。我好像本就应该预料到。不，您不要周日来，您周一来吧。到目前为止，他上课时总是会现身的。当然，除开他不做任何解释就消失了好几个月的那一回。她又给他留了另外的消息。请马上到家里来，我们要有家访了！给相关的机构打电话？医院、警察局？或者什么也不做。检查的时候编个什么故事。然后从此以后一直如此。现实中根本不存在的那个丈夫。一出浪漫喜剧的模板。假结婚。

也许在这之前最好开车去他那里。在铁路旁的死胡同里，站在他的门前，按下门铃。奥马尔饶有兴致地转着头：墙、天、少见的像细肠子一样的云。像一棵开花的树。或者霉菌。闻起来也有一点像霉菌。连同其他污秽的气味。所以我丈夫住的那里闻起来就是这样。另外，或远或近的邻区传来飘忽的声响，在死胡同里被放大、吞没：小酒吧、车厢、街道、风。其余：无。楼门的对讲机——它看起来真的像是在运转的样子吗？——哑然。

梅塞德丝以切分节奏按下标着"弗洛尔"——（大概是）上一个租户，这点他总归还是透露过的——字样的按铃："梅塞——德斯"，就好像他们曾经这么说定似的，就好像存在着一个家庭专属响铃。当她想着这件事，想着家庭专属响铃，然后意识到，他有一把她的钥匙，她却没有他的，她第一次发怒了。因为这一切。实在是不能这样跟别人交往的吧。实在是⋯⋯什么？

邻居，奥马尔在她身旁重复道。试试邻居那里。

牌子上除弗洛尔外唯一的人名。下面别的楼层似乎都是些公司。皮包公司。邻居叫罗塞。罗塞和弗洛尔。这还算正常吗？她环顾四周，又用眼睛把这一切确认了一遍：正常吗？是？不是？掐我一下。

此时来了某个人。从死胡同尽头，即以前的办公地带那边，有两个人影跟跟跄跄地朝她走来。一个男人，一个女人，身着几乎不存在于当下的未来主义服装，闪闪发光，妆容华丽，盲目地摸索着穿过明亮的周日午间。毫不夸张：他们双手向前伸进半空中，摇摇晃晃地朝一排汽车走过去，完全没注意到人行道上的女人和男孩。他们咯咯笑着，跌跌撞撞地走向汽车，落座，驱车离开。一种熟悉的气味留了下来。梅塞德丝向他们走来的方向看去。现在她很接近了。

走上前，敲铁门，站在萨诺斯面前，被放了进去。这个时间店里几乎是空的，店员在清扫，此外只看得到这儿一个那儿一个的几个身影，他们不知出于什么原因决定在这里度过整个周末，一直待到周一，也就是待到休息日。

并没有这么做。也没按邻居的门铃——从他的阳台可以看到亚伯的阳台，然后再从那里透过玻璃门看到房子里面——以免看到他已经在那儿躺了好几天的情形。

走吧，梅塞德丝对奥马尔说。他总会来消息的。

接受检查

对有些人而言，这由季节决定，其他人则看情形，还有些人的理由无从得知。有时候他们就是单纯地不能回家。然后他们就待好几天——我们借宿的客人，就好像我（萨诺斯）没把房子租给他们中的几个人似的。周五一点到周一早上九点之间，疯人院几乎不关门。大家睡觉、喝酒、工作、轮流做爱。老板和员工在时间和地点允许的情况下合眼，一小时或半小时，在仓库里或办公室里。恩典在周一早上九点结束，最后剩下的人被搁在门前，在始终亮得过头的光线中眯着眼睛。萨诺斯自己累得回不了家，倒在一个卡座里湿漉漉的红色长毛绒上，睡得打起了呼噜。通向院子的铁门一直开着。萨诺斯睡得非常沉，以至于每个人，只要够放肆，都可以再走进来，在吧台吃自助、偷贵重物品。可是没有人来喝或偷什么东西。萨诺斯在下午稍早的时候醒来。淋浴，把自己打扮得像个正派的人，穿上剪裁精良的灰色西装（因为他的超重而定制），然后去附近一家疗养院看他母亲。

你好啊，格蕾塔·A. 对自己的私生子萨诺斯说。她病得快死了，身形干瘦，在公园边的一棵树底下直挺挺地坐在一张滑轮床上。

怎么了？你怎么坐在街上？

有人把我推到这里来的。

为什么?

十点五十分。你看到了,我们还有一部分人穿着睡衣。

对,可是为什么?

有人在公共室里发现了一个可疑包裹。可能是昨天什么人放在那儿的。那时 M. 和 E. 在庆祝订婚。甚至还有媒体来了。八十一岁终于找到了伟大的爱情,所以我们都有希望,你有希望,谁知道呢,也许甚至我也有。

炸弹警报?

摄影师好像把什么东西留下来了,或者就是一个食品包裹或者一件套头衫,周日总是手忙脚乱,但是最近大家因为所有这些事情变得特别歇斯底里,所以我们现在就在这儿了。

你们这些老白痴!(养老院窗子后的老男人冲着下面的街道咆哮。)

所有人,除了乌里扬诺夫。他觉得——我引用一下——这些事他妈的根本无所谓。我头顶上,鸽子在孵蛋。

什么?

在我头顶的树上。某种鸟。也许是鸽子。整场骚乱把它们弄紧张了。一直有东西从它们那儿掉下来。

要我把你推到别的什么地方去吗?

不用。无所谓。

停顿。树沙沙作响。较远处有人往来。几个好事者、逛公园的人和无家可归的人朝警戒线这边走了过来，想看看发生了什么。格蕾塔大声打着呵欠，将一只柔软的、长着色斑的手放到嘴前。警戒线另一边的一个女人打量着她。格蕾塔朝她看了回去。你也会到这一步的，小宝贝。不远处，一个身穿黑衣的男人在跟一个警察争执。

您不能从这儿经过，警察说。街道封锁了。炸弹警报。为了您自己的安全。

可我住在这里，我住在那边，那条街上，和我妻子一起，我必须得从这儿穿过去，别的路我不认识，如果要绕着这个街区走的话，我可能会迷路，更不要说我会迟到很久了，我现在就已经迟到了……

亚伯大概跟他的房东老板在同一时间醒来，听了电话答录机上的九条信息，打了回去。

对不起，他说。我马上就来。

距离预先通知的会面时间还有半小时，梅塞德丝什么东西都再也回答不上了。

很遗憾，警察这时说着，转过身去。我能做的就到此为止了。

一阵子，亚伯只是站在那里，环顾四周，然后再一次求助于那个警察。礼貌地：

请您见谅。可是那边，封锁区的另一边，那是我父亲和我奶奶，树下面的床上，还有旁边那个胖男人，我无论如何都要……

这会儿突然就成了您奶奶了？

警察注视着他所说的那边。

您说那是您父亲？

你在跟谁招手？格蕾塔问。

一个熟人，萨诺斯说。那边。

我感觉他们不像是自己应付不来的样子，警察说。

你的熟人，这是我第一次见到一个，格蕾塔说着也招了招手。

很抱歉，您必须绕着这个街区走。

他很帅。哪天你可以给我介绍一下。

他只是个客人，妈妈。一个租客。

我不久就要死了，格蕾塔说。

鸟叽喳叫起来。

他在那儿干吗？他在试着偷偷越过警戒线。

不可理喻，您是聋了还是怎么样？活腻了？绕一下也不是很难吧！出示您的证件，不要这样看着我，好像您理解不了我的话似的，您很明白我在说什么——

还剩下什么别的办法呢？可以跑开，再一次。亚伯认真地权衡这一可能性。虽然离上一次练习已经有一阵了，不过对方看起来相当笨重，也许甚至跟那时是同一个警察，不知怎么地彼此都觉得对方看起来很熟悉。

呐？还不快点?!

没办法了，除非有机械降神——而这里已经出现了一个，以另一个警官的形态：他正从养老院里走出来，挥舞着手臂，无，没有，假警报。

亚伯，一只手还在内衬口袋里，立马朝边上挪了一步，借过，然后急匆匆地从警官身旁走过。

您以为有这么简单吗？

显然是的。他已经走开了。自然，他对父亲和奶奶一丁点兴趣都没有。被耍了的警官气恼地望着。年老的女士们先生们正在对撤离的专家报以掌声。乌里扬诺夫从窗子朝街上啐了一口，但没吐中任何人。

终于！梅塞德丝用力拉开门。你怎么不用你的钥匙？

她没问出来，因为那不是我们所有人都在等着的他，而是一个陌生男人和一个陌生女人。

我们可以进去吗？

我丈夫，我丈夫，他看来是迟到了。他还有点事情要办，要工作，要做一个测试，交通……

一个测试？

是的，一个——好多个测试……（你怎么结巴成这样，脸也红了？）

研究多语者大脑活跃程度的心理语言学测试，有个人在背后说。戴着眼罩的黑人男孩。我房间里有一张大脑的图片，您想看吗？

朝随身带着的文件夹看一眼：奥马尔，对吧？

对。是要我把图片拿过来，还是您跟我去？

我丈夫在下班或做完一项测试回家的路上被一辆车

（一辆出租车?！）撞了。突发事故。被警察查问了。迷路了。改变主意了。他——

——拿钥匙在门锁上刮蹭着。门从里向外弹开了。

她什么也没问，连耳语都没有，另外三个人还在男孩的房间里，她只是看着。

我知道，我知道，他开心地大声说。我又回来晚了。对不起，亲爱的。

这可真是让我彻底失语了。亲爱的沉默不语，慢腾腾地跟着他走进了起居室，他则把握十足地迈着步子，以同样兴高采烈的语气喊：奥马尔！我回来啦！他再三道歉，这次是对办事的官员，因为一起炸弹威胁事件，街道封锁了，他得绕一段路。同时，他还用独具魅力的蓝眼睛看着他们，特别冲着那个女人。

然后就这样继续下去了。他完美，奥马尔也不逊色，他们呈现了一场毫无破绽的演出，在沙发上靠在一起坐着，十分自然地彼此触碰，互相给出关键词，谨慎地确保梅塞德丝也不要落在状况外，就她僵硬又安静的样子来看，这并不容易。

我们在这儿放了风筝，具体是哪里，我记不得了，我妻子开车，我没有驾照，不知算不算遗憾，脑子里装满了别的东西，他理论，她实践，每个人都在做自己能做的事，这是我们在动物园，这是在博物馆，这是我们的婚礼，不，这不是我岳父，这是我妻子过世的前夫，更正：伴侣，不，不是小奥马尔的父亲，他只是站在阴凉的地方，这是什么，一棵栗子树，一个不认识的庭院，一个杰出的人，我很了解他，他生前是个教授，比较语言学，没想到死于癌症，卫生间在右边第二扇门，既然已经说到这里了，您马上就能在镜子后面的壁橱里找到我特意洒在这里的须后水，我不知道方糖放在哪里，在这一点上您可不能怪我，请您找一个这样的男人给我看看，我们根本就没有方糖，生活的甜蜜对我们来说就足够了，这是我妻子说的，呐，请吧。

跟往常一样礼貌、友好，有时甚至在发散魅力，从来不忘保持必要的距离感，几乎算得上优雅——而在这一点上，有什么开始显得不对劲。他身上似乎有某种不真实的东西。最可信，也最不可信。譬如，他穿得很差。这种橡胶鞋底和翻褶裤着实还是八十年代留下来的。上衣是他用第一笔买衣服的钱在一家慈善商店买的，那时我们所有人都去那儿购物。一个售货员看着他，把本来已经很低的价格又调低了百分之二十五。后来她梦见自己跟他在一间阁楼烘房里跳舞。她回味了好多年。但是今天，在此处，这就是跟其余的东西不符。女人和男孩处在一个完全不一样的水准上。

那个陌生的女官员的想法像白纸黑字一样被梅塞德丝看在眼里，她出面干涉。

她表演起来：他是一个受人仰慕的天才，而她则是他的仰慕者。他——要么是领会了她的表演，要么是出于偶然——给了她一个善意的、受宠若惊的微笑。陌生的女官员必须得承认，效果逼真。陌生的男官员心里在想些什么，不知道。老实说，他看起来很蠢。在他的同事身上则看得到来来回回的拉锯。她同样醉心于他，还是会警告这位年轻的女士提防他？

你们认识多久了？

她说：七年。

他：其实（停顿，他等到吸引了所有人的注意力，才发表自己的观点）我们第一次见到对方是在十多年以前。那是我刚到这个国家的第一天。

对，是这样。不过见面时间非常短暂。

尽管如此，他之后还是马上认出了她。

她微笑着。

这款须后水是谁选的：您还是您？

他微笑着：我的身体护理我自己操心。同样，他对他妻子的化妆品也不感兴趣。但是，关于她的童年、父亲、母亲、交友圈和工作，他都了解得很清楚。

您妻子穿多大码的衣服？

他带着和蔼可亲的微笑：三十二／三十四。顺带一提，这也是那孩子穿的尺码。

你跟你的继父处得好吗，嗯？

那孩子严肃又高傲：我们灵魂相亲。

她好像因这句话打了个寒战。现在她直接转向她：

您会怎么描述你们两个的关系呢？

他（不由她说话）：从一开始……（又一次停顿，所有人都急切地看着，他重新开始）那是一见钟情。

突然，我气得要炸开。过去几天的紧张。这是其一。然后是他说的这些东西。他们站在门廊上——一个小家庭，男孩被拉到了中间——正式挥手告别官员们，就像挥别一辆载着亲爱的祖父母驶远的列车，男人一只手臂环抱着女人的肩膀，另一只手放在男孩肩上。然后门关上了，他把两只手都抽走了，关了灯，毫无过渡地重新回到了省电模式。噢，这一似曾相识的忧郁的沉默！如果这是一段真实的关系，如果我们之间也有哪怕最低程度的亲密，那现在就会是一个美好的场景了。这算什么？哈？这出戏算什么?! 但她，梅塞德丝，太生气了，以至于一个字都没讲出来。

他们会不会坐在下面一辆车里，监视入口，看你是不是真的待在这里？奥马尔问。

机灵的想法，小家伙，让我们再多表演一些婚姻场面吧，吃蛋糕。在这样一种经历之后，人们待在一起，点灯，旋开水龙头，布置餐桌。让我们老老实实地再一起待两个小时吧。大人们大部分时间都沉默着，直到天黑。

可我现在累了，奥马尔说。问亚伯：你哄我睡觉吗？

他把很久以前就不用别人哄着睡觉的孩子带上了床。起居室里的梅塞德丝听见他们在说些什么。

他在给他讲睡前故事吗？奥马尔对童话不感兴趣。真实的故事！

什么是真实？阿莱格里亚曾巧妙问道。

这我不知道，奥马尔说。听完就会意识到。他给他讲的都是真实的故事，奥马尔声称。

你给我讲讲其中一个？

这没法讲。是日常的事。他散步的事。

他喜欢散步？

喜不喜欢，我不知道。但他会去。大多在夜里。

他夜里去散步？

睡不着觉的时候。

经常这样吗？

这我不知道。

所以说，他会去散步。

对。

接着呢？

有时候会遇见人。

什么人？

比如有些想买车的人。

车？夜里？

对。

你相信这个？

对。

他哄完孩子睡觉后，回到了起居室。一盏小灯亮着，其余一片黑暗。你还要再坐一会儿吗？把灯转过去，照亮他的脸，或者不用，就这样把审讯继续下去。

这样问也许已经太晚了，她说。不过还有什么我该知道的东西吗？

他觉得没有。

停顿。

这段时间有你父亲的消息了吗？

没有。

停顿。

你母亲过得怎么样？

要我说的话，可以忍受。

他说这些的时候毫无起伏。为什么这让我感到心痛？

沉默。

你觉得他们真的在监视我们吗？

不，他说。我不觉得。

然后他就消失了。梅塞德丝不记得曾把他带到过门口。她是在浴室里待了一小会儿吗？她在那里听到门被打开又关上了吗？据我所知，没有。他能就这样消解在空气中吗？也许还藏在这里。

在这个稀奇的——单纯是没有更好的词了——傍晚，梅塞德丝又把家里所有的灯都打开了。小心翼翼地在孩子的房间里，以及——虽然可笑，但害怕就是害怕——储物间里搜寻。

婚床没被动过。她睡在了奥马尔床前的地毯上。

妈妈，第二天早上孩子说。你在那儿干吗？

小东西

经验怎么说来着？经验说：这一次也不会顺利的。为什么偏偏这一次就会顺利呢？在第二天的亮光中一看，形势就很清楚了。即便对所有参与者来说，清晰程度不尽相同。对于并不完全相同的东西，大家了解程度不一，而且还有着——这种情况很常见——完全不同的模糊期待。其中，双方为避免痛苦而付出的最最真诚的努力也并不总是能帮上忙。我不是说他是故意这样做的——故意折磨我，但实际上，梅塞德丝现在还是有些厌烦。

说实话，我有些厌烦，第二天早上，她对着自己的镜像说。

你说了什么？奥马尔在走廊里问。

我在问自己，我们能不能通过检查。

现在还说不准，孩子充满智慧地说。

我们这段时间干脆就静观其变。让我们用法语交流，而且不要提到那个周末。让我们聆听时间，它在不同步的钟楼报时声以及修建新屋顶的木质结构时发出的捶打声中流逝。让我们既怀着希望，也放下希望，这取决于我们刚好能实现哪种可能。无论发生什么事情，我们，至少还得保持一年的夫妻关系。这才叫体面。相较于他被驱逐出境，我受伤的自尊真的不值一提。不过梅塞德丝现在的态度已经有点缓和了。大家自然还是会继续礼貌友好地相处。只是共同的休闲活动最近没什么动静了。一直都是由她来提议，而眼下她什么也没说。而如果要等他，你能等上很久。

他是干什么的？

哪个他？

你丈夫。

谢谢关心。最重要的是：他健康着呢。

几周后是一次所谓的大型庆典。梅塞德丝和她父亲在同一天庆祝生日。这要了大家一把，她是午夜后一分钟——也就是说已经是第二天了——出生的，不过我们不想搞得这么精确，医生说，并且把他的祝福给予了二十三点五十九分，父亲和女儿在同一天，这是多美好的一件事啊。现在他六十五岁，她三十六岁。花园里撑不起阳伞。永远不停的风。从一切风吹来的地方涌来了各种年纪的好友和躲不开的亲戚。亲戚中有些虚情假意，有些天真无邪，打探起了还从来没有见到过的小寿星的丈夫。

他晚点过来。他还有些事要做。

他又得——偏偏是今天！——做一次测试。我们特别关注左侧颞叶和额叶——为人所熟知的布罗卡区和韦尼克区——中的运动中枢和听觉性语言中枢，不过控制记忆和情感的部位——如海马体等——也很重要，受试者的继子向他兴致盎然的听众们解释道。

你长得这么大，这么聪明了啊。

如果说我受不了什么东西的话，那就是早熟的小鬼。

人类的大脑是一幅特别令人惊奇的地图。据说从那上面可以看出一切。创伤会划出类似肿瘤一样界限明确的区域。

这个花园可真是个实实在在的绿洲！肯定下了很多功夫。

可惜乌鸦越来越多了。

据说有些村子乌鸦比人还多。

会把羊的眼睛啄出来。

慢跑的人。

这可真的像是在……

那个沙文主义的老肥猪把T. H.的事业给毁了。

我们作为有着三个大脑的存在，承担着这一既属悲剧又显荒谬的重负，我们体内的爬行动物、小型哺乳动物……

大多数宗教狂喜很有可能都是癫痫。

你知道开瓶器在哪儿吗？

好，好，谢谢，谢谢，就是为了干个杯！

我期待诗歌艺术让作为人的我有所提升，我要找乐子的话，就看……

啊，你来了啊！他来了！

他是最后一个到的，而且没带礼物。他礼貌地为这一轻慢道歉，没来得及买。

一个在断层扫描仪里躺了六个小时的人……

六个小时在断层扫描仪里，这算怎么回事，亲爱的？

（阿莱格里亚，冲着一旁说）这难道不是一种潜在的谋杀幻想吗！可是她为什么会想要杀死自己的女婿呢？动机我们还不了解。

用断层扫描仪能杀人吗？

用一台幻灯机就能杀人。

倒算件新鲜事。

绝大多数案子里，我爸杀人都用毒药。

吃得开心。

他看起来筋疲力尽，从米丽娅姆手里接过她拿给他的盘子，上面盛了几道菜，另一只手由奥马尔牵着，他领着他走向了一个沙发。亚伯没动吃的，只是把盘子端在怀里，一阵子后他把它放到了沙发下面。

"你好"，这就是从他那里能听到的全部。一整个晚上他都在跟一个十岁的男孩聊天。

十一岁，梅塞德丝说。那又怎样呢？他们看起来有些事情要说。

你们聊了些什么，之后她问奥马尔。

爱斯基摩人。

你们聊了爱斯基摩人？

是的。

一整个晚上？

不。我们后来偏题了。

偏题了? 偏到哪里去了?

我们用俄语聊了天。

我想说的是,埃里克喊道,对我们的心智而言,信仰一个抽象上帝的要求本身就过于苛刻了。自从它不再与实际利害,如天气、生产力、战胜敌人和邻国这一类事情挂钩……

到底是从什么时候开始这样的呢?

小组实验揭示出……只是因为他们分别给不同的小组……完全随意地……

对,对,对,对。

Tonetidi,沙发上的塔季扬娜坐在亚伯另一边,祖籍俄国的她听见了男孩的话。

他的老师点头。Tossise。[1]

之后奥马尔上床睡觉,梅塞德丝送客人们出门。(谢谢饭菜招待和柔和的灯光!)她回来的时候,亚伯站在房间正中间,他面前的埃里克挺着肚子,几乎要挨到他了。埃里克摇摇晃晃。他醉得很厉害。

这是要怎样? 玛雅在这一晚早些时候问自己的丈夫。

什么? 埃里克问。他没看她。在巨细靡遗地高声探

---

[1] 易位构词,"Tonetidi"对应德语词"Idioten"(一群傻瓜),"Tossise"则对应德语短句"Es ist so"(确实如此)。亚伯和奥马尔借助这种语言交流,因而塔季扬娜听不懂他们的口中的"俄语"。

讨了语言与政治这一话题后，他坐在饮料桌旁边一张单人沙发上，时刻关注对面的长沙发，数着亚伯喝空的玻璃杯，然后也给自己续上。

玛雅：这已经是第六杯了。

噢，埃里克说，那我就是在什么地方数错了。我以为这才第五杯。

跟往常一样，刚刚的讨论大体上由他、疯子马克斯和塔季扬娜一起主导，只是这一次他每说三四句之后就要转向亚伯，问：

你持什么观点，亚伯？

就好像是从极深处浮上来似的，这个十语男每一次都要问：不好意思，问题是什么？

埃里克复述问题，接着亚伯——真的是他妈的每一次！——说这我不熟，我没有观点或者我不了解。

根本没有什么要专门去了解的东西啊！埃里克绝望地喊了出来。这不是个知识性的问题！我问的是你的观点！！！

嘘。（玛雅）。

你为什么大喊大叫，孩子，什么东西弄疼你了吗？（从旁边经过的阿莱格里亚。）

其间亚伯已经转身回到奥马尔那边了，讨论就此终结。就好像我不存在似的。埃里克坐到了饮料旁边的小沙发上，自顾自地嘟囔着：恬不知耻！……恬不知耻！

梅塞德丝：投去询问的眼光。

玛雅：摆手作罢。

梅塞德丝看向她自己的丈夫。没什么特别的。他认真听着男孩的话。可是他的脸，现在我们看见了他的脸，梅塞德丝第一次这样形容：悲伤。眼睛红了。醉了还是哭了？电脑的事？测试？塔季扬娜不着痕迹地坐在他左边，假装在专心听疯子马克斯，而非他们两个讲话。原来他们不是在说俄语……

梅塞德丝坐在埃里克的座椅靠背上。就好像现在必须得要谈工作似的。这一通或那一通电话结果如何。

埃里克一言不发。表情：倔强。或许是想把呕吐物憋回去。他定定地看着亚伯和那孩子。

就好像一切根本都不存在……

不好意思，请再说一次？梅塞德丝礼貌地问。我不懂。

埃里克（突然大声）：我要说的是这种永远的……这种傲慢、无知的……（再次令人费解地嘟囔起来）人到底怎么能这么……（基本听不见）不属于这个世界。我的意思是……人还是必须再学些什么的吧！

梅塞德丝：嗯……

总是给自己营造出这种疏离感，就像块……就像块……盾牌。你们为什么非得这么复杂？这么阴暗？好像你们永远都在受辱似的。**谁**侮辱你们了？怎么，是**我**吗？据我所知，**不是**！（他克制地喊话，仿佛隔着一大段距离）我尽力了。我。真。的。尽。力。了。

梅塞德丝（想说）：不过呢……埃里克堵住她的话头：

我敢赌，他们即便到了自己的造物主面前，也还是会做出受了侮辱的样子。

谁？谁到了他的造物主面前？谁被侮辱了？

埃里克（大叫）：好吧，是**我**。我被侮辱了！

嘘——，玛雅说，好啦。

过后，当看到亚伯想走时，埃里克从沙发上挣扎起身，挡在他的去路上。

他挺出来的肚子几乎要挨到对方了，身体摇摇晃晃，仿佛脖子难以支撑硕大的牛头似的，脸也湿漉漉的。他把一只沉重的爪子放到亚伯肩膀上。不太像是出于亲密，更像是为了抓住一个让自己保持平衡的东西。

透露……就给我透露一件事，朋友。给我透露一件事。他把脸凑得非常近，湿漉漉地耳语，他的唾沫星子雨脚如麻地落在亚伯脸上。是什么？他耳语道。你学位论文的题目……是什么？

他们彼此注视，这么近，仿佛费不了多大劲就能亲上。一个熟悉的场景。亚伯双眼警觉、明净。不好意思，他低声回答，您能不能不要碰我？

刚一被放开，他就立刻向后退了一步，重新建立必要的距离，或者也不，干脆马上转身离开。埃里克仿佛被牢牢钉住了，在原地一动不动，只是口齿不清地说：

你到底是个什么……什么……？哈？你是从什么猪圈里溜出来的？你究竟会不会……你究竟会不会……怪胎……梅塞德丝就吃这种怪胎。收集他们像……像……

所有（挥舞双手）这些小东西一样……这些小东西，这会儿我想不起来那个词了，那个该死的词……帮帮我，你肯定知道的吧，哈?! 多语男! 嘿呀……

要不是玛雅突然，像定格画面一样，站在他后面撑着他，他就要摔下去了。这下够了，我们回家。

到底发生什么了? 梅塞德丝问。

没什么，帮我扶他出去。

一两分钟之后，当她回来时，四处都不见亚伯的影子。

他在哪里?

塔季扬娜耸了耸肩，明显不关心。

梅塞德丝走到外面昏暗的花园里，侧耳倾听。亚伯?

什么都没有。蟋蟀。

当场抓获[1]

他把风衣落在那儿了。梅塞德丝直到第二天早晨才发现。它挂在门廊里。证件、钱、钥匙环——上面串着他和她的钥匙。口袋里积下了一些脏东西——一张曾经用来替代手帕的餐巾纸上的绿色绒毛。证件上写了姓、名、曾用名、出生地及日期，地址跟她的是同一个。可

1　原文为西班牙语"In flagranti"。

是他和她的钥匙都在这儿。打车钱也是。一次长时间的夜间散步？或许他在这儿，就躺在附近的一片灌木丛里？目光投向花园——燃尽的火把，"第二天早晨"常见的废墟——不在。

梅塞德丝和奥马尔一直待到了下午，帮忙收拾整理。米丽娅姆在沙发底下找到了他的盘子，没动，里面的东西像被石化了一样，仿佛已经在那儿摆了很久。她对此什么也没说。奥马尔也没问起他。他们开车回了城里。

之后：寻常的生活。沉默的日子。就连梅塞德丝也没给任何地方打电话。到了某个特定的时候，这种程度的了解总还是有的。

我做好准备要请求原谅了，埃里克上班时说。要是你给我他的号码的话。

不必，梅塞德丝说。

如你所愿。埃里克耸了耸肩。

家里，奥马尔站在窗边，头转来转去。

你在那儿干吗？

要是把一只眼睛闭起来，奥马尔说，你就能在右边或左边的视野边缘分别看到自己鼻子的一幅不清晰的二维图像。要是你再把眼睛睁开，你的鼻子就从世界上消失了。这不会震撼世界，但是世界在我眼里永远带着鼻子的阴影。我突入了世界之中。

从那以后，当我从文章中抬起眼——因为人必须时不时，或频繁地，把视线从文章中抬起来——就这样坐在那儿思考，或者只是坐在那儿放空，我就会突然注意到自己正闭着一只眼睛，看着鼻子这一崎岖得引人注目的线条。简而言之，梅塞德丝想，绕不过去了，它是真实的，它存在于世，如此明显，以至于如果我继续否认，那就会变得可笑：我爱你。

　　一边想着"我爱你"，一边拿起她的包——我今天在家工作——然后把车开进了铁路边上的死胡同。拿钥匙，开门。楼梯很陡，爬到一半，即便在有阳光的日子里也属必要的楼道照明灯熄灭了。摸索着穿过一栋聋哑的房子。这么安静，仿佛根本没人住在这里。在陌生且昏暗的地方常见的胆怯。顶层终于有了居家的响动。一台收音机。有点喘不过气，站在那儿听它是从哪里来的。不确定。小心翼翼地把耳朵凑到门上。冷色。音乐是从别的什么地方来的。深呼吸。第一次踏进丈夫的居室。

　　然后她马上被震住了，迈不开步子，跟"我不知道是什么"的东西斗争着——眼前的一切：气味（酸涩）、温度（潮热）、房间的形态（开裂）、声响（橱柜后面沉闷的音乐）、陈设（无，除了散落四周的几件黑衣服和几本词典，它们就像是砸中了脏得发灰的地板的陨石），而在所有东西之上，越过无可救药的孤独，越过阴暗的城堡大厅，外面驶过的列车投来晃动的反光。

　　像是慢镜头：外面，房子一样高的不知名机器载着一批沉重的货物，极度痛苦地缓慢拖行过轨道，而在这儿里面，一个女人在门口站着，一个男人在书桌旁唯一的一把椅子上坐着，在他们之间，一个男孩在绕着他自身的轴线转圈，并敏锐地将其速度与列车的相协调。他向自己的观众——也就是说，这下是两位了——全方位展示着自己。香草色的后背、屁股、腿、手臂、身侧、胸、肚子……

噢，转圈转到足以看见梅塞德丝时，少年说。她在那儿站了一阵子。然后男孩笑了出来。他笑着，美丽的身体杵在那儿。她丈夫全程是什么表情，梅塞德丝不知道，她没法越过那个身体往那边看，她只在余光中看到椅子上的那捆黑衣服一动也不动。

不好意思，她低声说，垂下头，走了。其间不得不再停下，找个地方搁下钥匙。可是什么都没有，没有常见的小桌子，只有地板。她不想扔，所以不得不弯下腰去，后背冲着另外两个人，把钥匙放下。按下门把手，然后终于到外面了。身后全程没有任何动静。

因为备用钥匙的事，他去了萨诺斯那里，然后待得比这件事所需的时间久了一点，总共两天，周一闭店的时候才走。他在那里结识了这个男孩，把他一起带走了。

他估计妻子现在已经离开楼梯间了，说，好吧。那现在就滚吧。

用不着这么粗暴，男孩说。我也没办法。

行了，亚伯说。穿上衣服，走吧。或者别穿。重点是你得走。

那之后又过了一整天，然后他找上梅塞德丝。

礼貌地为不愉快之处寻求谅解。

她沉默着。

从外表来看，他就是一个十分正常的男人，更正：一个十分正常的人。更正：否决这整句话。因为梅塞德丝还是及时想到，即便第一部分这句"从外表来看"对一个人（男人）来说也完全没有任何意义，由此，直白地说，在整体上也不再有任何算得上确定无疑的东西。没有任何东西算得上确定无疑。有时我怀疑，某个念头到底……她站着，感觉自己在摇晃。如果想看向他的脸，她就必须得一再对焦，就像在一辆行驶中的列车上。我的眼睛已经疼起来了，突然间，他似乎完全不再有特定的性别，一个"我不知道是什么"的东西，一个古怪的双性生物。舌头在下面某个地方搅动口水，而那个人字从她的舌侧滑了过去。最终，她还是讲了些东西出来：

我觉得，你本来完全可以告诉我的。（毕竟这也没写在他的额头上。）

我很抱歉。

啊，这句永远的"我很抱歉"，停一停吧！！！

这大概是她多年来声音最大的一次。

接在这后面的又是一阵沉默。

她会遵守约定的，梅塞德丝说。这就是说，再跟他保持超过一年的夫妻关系。不过，他以后最好远离她未

390 日复一日

成年的儿子。

就这样，奥马尔·A.的语言课程第二次戛然而止。

每个人都有自己的天赋，梅塞德丝说。我的就是，爱上不可能的东西。

试想，出于显而易见的（也就是外在的）或者隐秘的（也就是未知的）原因，你喜欢上了某个人。尽管（或者正因为）他没有做任何特别的事，在某个特定的节点之前，一切也都进展得很顺利。他基本上什么事都不做，他只是存在着，以这样或那样的方式。然后这个人突然或者渐渐变成了一连串令人困惑和惹人不快的事物。一个礼貌的男人是不会让自己的假妻子为所有这些麻烦费神的。但这不是重点。其中大部分我都能理解，不然又能怎样呢，我那该死的主要特征就是有同理心。当然，还有一个重要原因是奥马尔……但我不想以他为借口来给自己开脱。先管好自己，这是最基本的，即便很尴尬。事实是：我自己从一开始就一头扎进去了，爱上——我原来就料到了——一个除了不惜一切代价保持孤独，别的什么也不想要的人，一个不会真正走进任何事物的边缘人。他学他的十种语言，也只是为了比学三种、五种或者七种更孤独。这我料到了，为此我怪自己，因而也不生他的气。但是她不理解的是，梅塞德丝说，他吻了她的手，而且把她送回了家，扶她上楼，而在这里，在门前，本来也许该有第二次吻手礼，或者握手——在我看来这就算是给协约盖章了，可是他干了什么呢？正当她想磕磕绊绊地解释清楚——当然，她想说，显而易见，这只不过是为了解决这种关于他身份的官僚主义问题……他俯下身吻了她的嘴。不是什么前所未见的事，他没做任何引人注目的事情，只是单纯地感觉很好。令人惊喜，引人遐想。一个颇有天赋的吻。然后他就走了，而我还在想，多绅士啊。

我不会夸大其词，说这些是他算计好的：手、陪伴、吻。不过也不能说他不知道自己给了我希望，更确切地说，是一再给我希望，好让它们在之后一再幻灭。这不好，非常非常不好，无论你多么友好礼貌。不知什么时候，我再也感觉不到痛了，只是很疲劳，四年来，最主要的感受：疲劳。现在我什么都不想要了，只想让它过去。这段婚姻就这样吧。如果有什么事，我给你打电话，但什么事都没有。

公认的最普遍的离婚理由是：一、不忠，二、不育，三、犯罪，四、精神疾病。只有最棒的人才四个全中。塔季扬娜笑了。

如今不需要理由了，梅塞德丝说。说好，说不，结束。

一时间没人说话。然后，塔季扬娜：

你知道你也可以申请判定婚姻无效吗？

理由可以是：乱伦、重婚、与未成年人或精神病患者的婚姻、以欺骗手段达成的婚姻关系，以及婚姻生活中的性无能。

如果我申请判定婚姻无效，他就会失去他的护照。

耸肩。

VII. 结与解

过渡

你以为你是

出岔子了，又一次。不愿意串联起来的关键细节——或者还是愿意的，但遵循它们自己歪曲的逻辑。梅塞德丝依旧只是摆摆手表示拒绝。他们一起离开了那栋建筑物。女人们体贴地配合着他的速度。他走进了公园，坐到一条长椅上。四周是寻常的吆喝、响铃和狗吠声，这一切都打扰不到他，他很快就睡着了。现在他醒了，而这个疯子就坐在他旁边。我还正在想你呢。

经过了甚为可观的时空跳跃，尽管如此，毫无疑问，是他。他看起来基本上还是跟那时候一样。我看起来也跟那时候一样。我们甚至还穿着同样的旧衣服——大体相同，也许多了一道折痕。折起身睡在公园的一条长椅上，在这个周一下午。醒来后，茫然无措地眨眼睛，我在哪儿，现在是什么时间，而你又是谁？他们最后一次见面是七年前。尽管拐过街角就能到达彼此的住处，从那以后，他们却一次也没再见过——一项值得瞩目的成就。这是谁安排的？无论这听起来是否夸张——或许这甚至是最正常的事——康斯坦丁多年来仍会不禁想起他，有时还会心血来潮，有意识地留意他的消息，然而什么都没有。然后就到了现在。

没有别的人会在七年之后坐到长椅上一个正在睡觉的人身旁，耐心守着，尽管胃咕噜咕噜地叫着——这就是陌生厨房的不可预测之处——守了多长时间？一直到另外一个人最终醒过来，而后做出一副几个小时前才刚刚联系过的样子，重新捡起中断的话题：你也还在这儿啊。

要罗列在这期间降临到康斯坦丁身上的所有事情，那要说的就太多了。他的生活一如往常：一长串的不适和不公，它们在救贫伙食供应点的一顿午饭后暂时收了尾。康斯坦丁跟一些在正常情况下避之不及的人物见面本质上是为了——是的，虽然饥饿也在其中扮演着一定的角色——填满傍晚之前的时间，否则还能干什么呢。在屈辱中开启这一天，好让它不会再变得更糟。但是这些事，我一点也不会对你吐露。他也没有提到他们分别的情形，无论是那场变故本身，还是那之后的事情，不说话，也不哭诉。他只是坐在那儿，比适宜的距离要稍微近一些（他左边嘴角有一块红色的酱汁油渍），然后问：

你在这儿干什么（老朋友）？

片刻间康斯坦丁希望，回答会是：我现在住在这里。幸灾乐祸的热流注满他的身体。可是又被同情取代，我是一个乐于团结的人，只是等着在今天这样的日子里，找到一个过得比我还要更悲惨的人。然后呢？带他一起回家？从头开始？一直重复？为什么？因为，别的选项又能是什么呢？

只是要慢慢来。更仔细地看看这张脸。这是什么？你摔跤了？有人揍你了？你干什么了？或者你根本什么也没干，单纯受到了日常的任意摆布（这完全不足为奇）？那这儿这个是什么？像是化的妆。有那么一些目光极其敏锐的时刻。在这样一个人身上，康斯坦丁这会儿看得——这怎么可能逃过我的眼睛——绝对清楚：他身边这个男人在性事方面有着一个阴暗的秘密。而且还听说他结婚了。你啊，幸运儿，怎么就假结婚有护照了，我怎么就没有呢？

亚伯——你在期待些什么呢——一个问题都没回答，无论是提出来的，还是没提出来的。他也不说在这里干什么。我坐在一条长椅上，大家是看见了的。

也许度过了一个难熬的夜晚？

亚伯转了转头，介于点头和摇头之间。这样啊，这样啊。

后来说了什么一片模糊。他们所讲的话，即他，康斯坦丁所讲的话。康斯坦丁因为绞痛的胃，不，是肠子，在长椅上来来回回地蠕动着，顺带一提，亚伯也是一样，尽管是出于别的原因。

都OK吧？康斯坦丁问，这时的亚伯在几次声音沉重的吐息之后终于向前俯下身，手肘撑在膝盖上，盯着两脚之间满是灰尘和烟头的地面。他后颈上闪烁着汗水。

嗯，康斯坦丁说，然后安静地等了一阵，直到风把汗吹干。

你啊，康斯坦丁说。我现在真的不想再这么一直麻烦你了，可是……事情是这样的，他的账户透支了八百。最多可以透支到一千，尽管如此，那些猪还是不再给我钱了。亚伯能不能借他一点。至少一张一百的，然后你就再也不会见到我了。嗯？

最初，只有风吹动他深色卷发，然后他把手肘从膝盖上移开，直起身子，没有看康斯坦丁，伸手掏裤子口袋，取了几个硬币和一把钥匙出来。他把钥匙拣走，把硬币抖到一起，在日光下，它们在他的手掌里拢成了小小的一堆，他把硬币递了过去。

你是在逗我吗？康斯坦丁的脸红透了。

抱歉，亚伯说。这就是全部了。

K. 的头看起来马上要在太阳穴那里爆开了，啊啊啊啊啊啊啊啊啊啊啊，没法表达清楚，挥舞着手臂，在空中漫无目的地乱扑，直到最后他找到了正确的动作：他从下面朝摊开的手打了过去。硬币弹落，掉到了烟头中间。几乎没发出任何声响，但无家可归的人还是往这边看了过来。

你觉得这很风趣吗？哈？哈？你觉得怎么样？你以为你是什么东西？

亚伯把空出来的手插进裤子口袋，走了。

你们看看这个叛徒！康斯坦丁叫道，口水飞溅：看那个不团结的猪，在自己的油污里打滚，再也不愿认清自己，觉得自己是什么更好的东西，但你不是什么更好的东西，你就是你，你曾经是谁，现在就是谁，就跟我们所有人一样，你尽管跑开好了，他们会一直在你身边，他们会在你容身的地方找到你……

剩下的在出租车里就听不到了。

心跳过速：八十三点五；潮热：八十一点五；压抑感：七八四；寒战、发抖：七五三；晕眩：七二二；出汗：六二九；胸痛：五五七；气紧：五一五；怕死：四九五；怕失去控制：四七；腹痛：四五四；无力感：四三三；麻痹症状：四二三；人格解体：病例中的百分之三十七点一。

皮座椅上手碰到的地方变滑了。汗水猛淌。试图抑制住咳嗽，结果从压低的下颚之下发出了一声拉得长长的嘶鸣，像鬼魂，又像动物。后视镜里出租车司机迷信的眼睛。后座在上演什么变形记？看着奇怪，但并不难看的男人，从公园里出来，在后座弯下身子，牙齿打战，鼻子呼哧呼哧地喘气，就像肚子中了枪一样，这种事是有的，靠自己的双脚走出决斗现场，之后才蜷着躺下死去。要不我还是把您直接拉到医院去吧？或者：你如果打算在车上吐得到处都是的话，那就直接下去吧，哥们儿——视脾气而定。这次两种都不是。只有后视镜里那双惊恐、阴沉的眼睛。一个裹着头巾的柔弱男人，年轻或者看着年轻，带着初来乍到之人那种担惊受怕、准备受难的觉悟。要是我死在这儿了，他就会双手合十，然后哭泣。他在这里的第一次哭泣。轻盈滚落的孩童之泪。得要别的什么人来呼救。一个带着手机的果决的红发女人。别害怕，友善的先生，您在这里看到的只不过是一次中等程度的发作，马上就会好的。恐慌不是——，恐慌是——

第一次你还以为这是心肌梗死，或者根本不是，你还太年轻，不用考虑这种可能性。在你毕业派对之夜剩余的时间里，我爱你，可我不爱你，可能这也只是个噩梦，一个记不起来的噩梦，只有这种感觉留了下来，感觉我马上就要死去。你大汗淋漓地蜷着蹲在地板上，额头叩在污垢里，就像是在祷告，你是怎么变成裸体的，没印象，受难，更正：躯干上的一切都被扯走了，而且始终有种要窒息的感觉，窒息于无物，窒息于一切。额头抵在副驾驶座的座椅靠背上，马上就会好的。

不妙的是，前面的座椅上出现了一个明显的凸起，司机完全不敢往那边看，那儿长出什么东西来了？现在哪怕再发生最最微小的一点事情，他都会跳下自己的出租车，跳进无情的车流，跳到他同行的轮胎前面，一个脑袋裹着头巾的保龄球瓶。仿佛开车就能躲开那个凸起、那种恐惧似的，他向左猛打方向盘，车甩了起来，亚伯胃里涌起了一股恶心的浪，但他继续紧闭双眼，头压在座椅上，直到鼓膜上嘎吱作响的压强减退。就算如此，在他听见之前，司机还是不得不多次重复：我们到了。就是这个地址。

抬头，额头上是座椅靠背的印子，他像从游泳池里出来似的，除此之外，一张十分正常、克制的脸。他费劲地掏着大衣的内袋，拿出了几张从离婚律师那里借来的钞票——我干吗偏偏要给你这种恶劣的乞丐?!——数着，比一般小费丰厚些许。

有一阵子，他就站在人行道上一动不动，风借着他黑色的大衣下摆做出了翅膀的样子。司机掉头的时候注视着他。我今天见到了一个男人，这人肯定是从天上落下来的，或者是从地狱里来的，上车的时候，他还不是一个完整的人，在后座上为他的形态挣扎，这中间咕哝得很厉害，出了很多汗，之后呢，他站在街上的时候，看得出他会飞，一个黑白相间的男人。司机的妻子叫阿明娜，她瞪大眼睛看着他，看着他蜂蜜色脖颈上的汗。

第一次你还以为……随着时间的推移，你得到了训练。风很舒心，像一粒樟脑丸，在风里站一会儿，感觉很好。只过了几分钟，亚伯就走上了楼。

它是什么

他早上离开这栋房子的时候，楼梯间还一直回响着隔壁一个多小时前就响了起来的收音机闹铃。现在是下午了，安静。超一流的听觉所认可的安静。比方说，站在自家门前翻找钥匙时，亚伯十分明显地感觉到，好像有某种东西，或者某个人在隔壁房间里活动。算是不寻常了。通常情况下，哈尔多尔·罗塞周一这时候是不在家的。而现在：好像有脚步声，咯哒咯哒地响。亚伯注意到了，没多在意。打开门，又从里面关上，脱下汗湿的衣服，穿上两晚前刚洗的。衣服闻起来一股洗衣袋和洗衣房的味道。

所以现在呢？

电脑关机了，屏幕落了灰。仿佛很久都没人在这儿了，但这中间也才几小时而已。上一个难以置信的周末还很近，就跟其他的一切一样。一切都在这里，就好像周一、周二、周三、周四已过去，而今天是周五。其实还是周一，一个时间还完全不算晚的下午。脚上划开的伤口在跳动。坐下。或者最好还是：躺下。

在它们从彼此之间的接口处掉出来之前，这些东西大多并不惹人注意。生活，时而这样，时而那样。在亚伯·内马迄今为止的尝试当中，值得一提的是在各种各样的监禁以及形形色色的暴力关系之中的生活。比如说跟几个充满敌意的朋友夏天一起开车去兜风，然后就成了现在这样。

好吧，我们再次从这里，从巡回演出开始，也就是说，从巡演突如其来的中止开始——围绕它起了这么多事端，但如果想想那种情形，倒也可以理解。关于他们在白菜地里分开之后的那一夜发生了什么，不得而知，之后他来到一个加油站厕所，站在脏兮兮的镜子前，看自己的脸，旁边是护照上的照片，走了出去，环视四周，看看那儿还有些什么。并不多：街道、树，远一点的地方有房子。

现在：可以去任何地方。

不过最终他还是只做了一直以来都在做的事，只不过参照的比例尺有所不同。他坐车横穿这个国家，更确切地说，还有接壤的那几个，只要不用出示护照，就一直走。我有了一个新的身份，却不用。孔特劳的口袋里也装了钱，甚至还有一张银行卡，但亚伯更喜欢搭便车。什么叫搭便车？他一次也没有竖起大拇指拦车。他自己走自己的，然后别人停下来，问，可以不可以带上他。

您想去哪里？

随便。

在车里，他把脸贴在侧面的车窗玻璃上，只朝外面看：天空、景色。

您是第一次来这里吗？

嗯。

您来的那边什么样？

非常相似。是同一个气候区的。

聊起了植物和动物。他，一个中年黑人男性说，是在这里出生的，尽管如此，他还是对他祖辈的国家的植被有着某种特殊的好感。他在自家前院里看护一棵香蕉树。之后他像他之后的其他人一样，问亚伯需不需要一个过夜的地方。他给他介绍了自己的妻子和两个孩子，女孩九岁，男孩五岁，然后在地下活动室里装饰丑陋的可拆卸沙发上——他喝醉了就自己睡在这儿——亲自为他铺了一张床。一个军队航空管制员。

下一个便车司机单纯就是令人感到乏味，一个与我年纪相仿的人，小胡子像被嚼碎了一般，他在这个地区到处开车闲逛，就只是为了能够偶遇他。他操着一口几乎无法理解的方言，抛开这个，他们之间也没有很多要说的。他把一盘磁带推入插槽里，里面的节目是卡巴莱[1]，亚伯起先一个字都没听懂。之后好点了，某些时候他甚至不得不为一个完全算不上好的笑话而笑。小胡子感激地一起笑了。

接下来是一个出租车司机，一个圆乎乎的金发女人，在轮完班之后把他一起带出了城。我更喜欢住在乡下。您呢？您是从哪里来的？不，我的意思是，在这之前。您完全没有口音啊。但是为什么我还是注意到了您才到这里不久呢？啊，已经这么久了啊？您想在我这里过夜吗，把所有事都给我讲讲？

诸如此类。他像一个接力棒一样从一只手转移到另一只手上，仿佛在什么地方这样说定了，而且组织良好，总是会有一个人候着。终于到了最后一个，一个悲伤的老男人，把他一路带到了海边。现在这个是一片不同的海了。在有风穿行的混凝土步道边，他坐在一把

1　卡巴莱（Kabarett），源于德国的一种舞台戏剧艺术，侧重于对政治问题和社会时事的讽刺。

长椅上，背后一排国旗在风中拍打，拉紧的绳索敲打着金属旗杆：噗零，噗零。附近一根广告柱上，没粘牢的海报边角发出干瘪的咯咯声。海报提示了国旗后面会议大楼里的活动。据他所知，他本来可以在这样一个中心里找一份工作——保险起见，说你只会四门语言，最多六门，好让别人不要把你当成一个……——看吧，又是一个开启新生活的可能性。New, nieuw, nouvelle, nuovo[1]——但他不想要这里的工作。奇怪的是，他第一次感觉到了这么一种东西，类似于对那座他过去几年生活过的城市的渴念。他给自己买了一张大巴或火车票，坐车从最短的路线回去，然后再一次遇见了他后来的妻子。

在这一次偶然的相遇，两个人都看见了一种征兆，况且他们的交往基础也不比其他人的更薄弱。虽然她的朋友都是些灾星，但她有那个男孩，而且她也具备所需的一切，像男孩，像母亲，他可以跟她手挽着手站在公共机关前。有一阵子，一切也都进展得很顺利。最初，他／它都运转得分毫不差——性爱除外，这个他当然注意到了，瞎子才不知道。老实说，他甚至把这一可能性纳入了考虑（确实很讲信誉），一开始还避开了疯人院（不必要的牺牲）。总而言之，这不是失败的原因。简单来说，不知什么时候，太多奇怪的东西聚在了一起，这时候还是保持距离比较好。不过她的生日他还是会去

1　分别为英语、荷兰语、法语、意大利语的"新"。

的，毫无疑问。

这一天，我们到目前为止最引人注目的一天，他有一个测试，类似于同步国际象棋比赛，只不过在这儿您对面坐着的不是棋手，而是语伴。即便对我们来说，这也是一个未知的领域，到目前为止只能做到生成静态图片，而我们的必要目标是追踪这个过程。他进去的时候，很安静——教皇驾到。到处都是人，没有一丝空气。可以开一扇窗户吗？有人打开了一扇窗户。街上的噪音。仿佛有一队公交车开过了房间中央用桌子垒成的桥。我们得把窗子再关上。谁去关一下窗，麻烦了，谢谢。从理论上来说，练习很简单，实操反倒会难一些，要是累了，您就说，尽管累了也是测试的一部分，以此观察切换能力如何随着累积的疲劳而变化，您懂的。他点头。房间里出现欢快的骚动：那个十语男点头了。学生就位，测绘脑电图，就这样进行了若干小时，可怜的猴子，从 L1 到 L2 到 L3 到 L4 到 L5 到 L6 到 L7 到 …… 在语系之下以及之间，从哪种切换到哪种容易些，哪种到哪种困难些，词汇在哪里混合，哪种语言第一个退出。一个接一个，所有语言都退出了。我们。能不能。结束。拜托了。掌声，祝贺。真的十分、十分非同寻常，谢谢，谢谢，谢谢，再见，谢谢，要我给您叫一辆出租车吗？

测试六个小时，紧接着回到火车站附近，洗个快澡，可能的话打个盹儿。他打开信箱。一个毫无意义的习惯。官方邮件他都让寄到梅塞德丝那里去，私人信件除了他妈妈之外没人给他写，而且她寄信走的是陆路和水路，等到信来了，大部分东西她都已经在电话里讲过了。也许信箱也正要被前几天的广告塞爆了。他一打开，所有东西都迎面扑来，整个一个五彩垃圾堆，一同到来的是写有米拉字迹的皱巴巴的信封。他一级一级走上五楼，同时用小指头把信封打开——一种小小的消遣。他身后留下了细小的纸屑。

一页纸，一块剪报。七年前的七月某日，I. 博尔，正值青春的医学生，在为同胞服务之时，因不明原因失踪，亲友哀悼其无法寻回的骸骨。

我估计，这下我真的可以停下来，不再找你了。

坐在会议中心前面的长椅上时，亚伯想，自己下一步大概是要坐车回去了。再一次环顾四周，看看我在这里放弃了什么。没什么：河、混凝土、旗子、海报。直到他——现在终于！——意识到他全程盯着的海报上写的是：第二天上午，一场讲座，创伤后应激障碍，主讲人，伊利亚斯·B. R. 博士。

他在长椅上守了一夜。夜里河流的响声。水拍打在岸边石头上的声音。船，可能是。也许是某种来自城市的东西，灯光、声响，相当远。旗子不知疲倦地噗零噗零。之后太阳升起来了。理所当然的事。雾。第一拨行人。有些或许朝他望了过来。他像木偶一样呆呆地坐在那儿。

他全程醒着，然后，在出发前不久，找一间厕所，稍微清爽一下，主要是脸和手，咨询某某讲座怎么走，然后他睡着了。他睡过了整场讲座。醒来的时候，已经是下午了。他既晒伤又着凉了。他进行了一次（无果的）尝试，想要清醒过来，与此同时却向一侧倒了下去，然后就在从水上吹来的大风中躺着不动了。行人来来往往，他躺在长椅上无法动弹，没能去查看一下，他是不是在那里。自童年起，我第一次病了。亚伯·内马第一次想到，人——他自己——可能真的会死。死亡可以如此触手可及，甚至值得向往，因为这是最简单的出路。躺着不动，躺到我枯萎得像一片蜷曲的树叶，然后被吹到下面的石头中间去。

可是不行。不能这么轻贱。这儿这个——该死的，又一次——甚至连海都不是。只是一条河，一个河口。他直起身，得体地坐好。他的脸在灼烧，脖子瘙痒。他闭上眼睛，决定要健康起来，而且要在半小时内做到。他感觉自己还有些虚弱，最多不过如此。喝水。喝水总是好的。他走进接下来遇上的第一家咖啡馆，那是一家网吧兼咖啡馆。他买了半小时，然后在搜索引擎输入了海报上的名字。

三位数的结果。出版物、讲座、项目指南。这个男人是五年前活跃起来的。很可能是我这个年纪。但不是他。几次尝试之后出现了一份带照片的生平介绍：中年男人、眼镜、大胡子。这时他还有一分钟。他犹豫了，然后用颤抖的手指——快点！——在搜索框敲入"翁多尔·内马"。紧接着，他看着计时器一秒一秒退回到0，而屏幕上同样显示：0结果。

一只手拿着米拉的信，另一只手拿着钥匙。伤感的音乐从隔壁房间里渗透了过来。他打开门，从里面关上了。

之后他又发现自己在地板上蹲着，他是怎么脱光衣服的，不记得了。窗子后面是痘疮似的光斑和愤怒的风，他把自己蜷了起来，包裹着狂躁的心脏——以前就有过一次，很长时间了，那时我还住在柜子里。他额头撞在地毯上，粘在皮肤上的脏污碎屑缓缓飘落。他呼吸急促，咳嗽，尽管吞咽困难，仍从水龙头里喝水，然后又咳起嗽来，或者并没有——咳嗽只会让情况更糟。不知什么时候，他能起身摸索着走到外面的阳台上去了。他坐到钢架上，在迎面而来的风中，用嘴巴呼吸，在漏风的栏杆之间凝视着车厢，它拉呀，拉呀，拉呀，煤炭、粮食、垃圾、人。现在好了，现在好了。

他走回房间，冲了个澡，坐车去他妻子的聚会。剩下的已经都知道了。他是徒步回来的。过于难受的时候就站住不动，靠着什么东西，呼气吸气，直到好转。有一次他将额头抵在了一座电话亭上。压痕是一只蝴蝶的形状。

从那以后，他过上了疏离的生活。一半的时间在疯人院，另一半翻译荒诞的故事。世界满是疯子。人要在困境中求生存。大多数时候只能听到从邻居那儿传来的音乐。烦吗？不。没什么。无所谓。

还有问题

接下来几天的任务大体安排清楚了。第一，换证件。算不上愉快，然而稍微振作的话，也不是无法解决。另一方面，这也不是什么等到明天就不行的事情。或者后天。或者，这样吧，周四，那时候我反正也还得再出门——在公园里见奥马尔（第二件事）。一年以来每周唯一的固定见面时间。

周四见，法院大楼前的阶梯上，奥马尔躲在亚伯身侧，在他耳边悄悄说。亚伯没有回答，只是把他的手握得更紧了一点。

所以呢，奥马尔一年前对自己的新法语老师说，交易是这样的：您拿钱，但您不用给我上课。我继父给我上课。只要天气允许，我们就一直坐在这条长椅上，在公园里。您能从您的窗子那里看到我们。我在他那儿待四十分钟。然后我回到您这里，用五分钟给您讲一下我这天学了些什么。然后您再根据我妈妈的要求讲给她听。

我不知道，老师说，她的名字是马德莱娜，我不知道我是不是理……

我们不会从长椅那边走开的。我们只讲话。

冬天这个时间天已经黑了，什么也看不见。对不起，马德莱娜裹在一件大衣里说。但这样不行。请你们回到屋子里来吧。有一次梅塞德丝为了接奥马尔，来得太早了。马德莱娜把那个男人藏在了没有窗户的浴室里。坏主意，她想借用厕所怎么办。这并没有发生。之后他为这些不便之处道了歉。

您犯了什么事了？她想这样问，但还是没问。之后又是春天了。他们又坐在了长椅上。

我可以问你一些私人的事情吗？奥马尔问。又或者：我是否获允这样做？

亚伯微笑着：可以，是的。

你人生中最爱的人是谁？

像从手枪里射出来似的：伊利亚。不要说这个。说实际上就排在下一位的：那就是你。

对我来说是梅塞德丝，奥马尔说。

亚伯会心地点了点头。当然了。毕竟她是你妈妈。

停顿。

为什么？奥马尔问。

什么为什么？

你为什么爱我？

我不知道。就只是爱。

嗯，男孩说。我说过同样的话。

——

这样还要持续多久？上周奥马尔问。

我不知道。

你总是说：我不知道。

因为我不知道。

起初我觉得这是一个标志，说明你很智慧。

那如今呢？

如今我再也不清楚了。随着时间的推移，我知道的越来越少。以前我觉得我的聪明哪天会把脑袋炸掉。这阵子我觉得这种危险不复存在了。这肯定跟我马上就要进入青春期了有关。我的人格很可能也会改变。也许我再也不会想要跟你一起坐在这里了。现在已经很清楚了，比起我依靠你，你更加依靠我。

停顿。

对不起，奥马尔说。我不是想伤害你。

你没有。

有。就承认吧。

我很抱歉，亚伯说。我让你失望了。

你没有。

有。承认吧。

那好吧。我就承认了。

停顿。

你知道吗，这是很难的事情，亚伯说。复杂。

对，我知道，男孩说。对不起。

不，亚伯说。我必须得道歉。

不，奥马尔说。这算什么。这就是生活。

他把他们中间搁在长椅上的手掌掌心翻过来朝上，亚伯把自己的手放了上去。

既然我们已经说到了这里，奥马尔过了一会儿说，归根到底我对语言不感兴趣。我能学，但对它们没有任何感觉。

我知道[1]，亚伯说。没关系。

微笑。

离周四还有三天。亚伯躺着没动。

每一次新的尝试碰壁时，都会有这种虚无的时间。这既不愉快，又无益处，另一方面，显然没有别的选择。通常情况下，他会闭上眼睛，就像大家为了能够更集中思考而做的那样。抓住一种有别于死亡的念头，或者类似的念头，我不介意，那么就只好这样了——即便不是最终的解答，那也麻烦随便来个至少可以忍受的吧。之后他大多数时候都会失去意识，或者入睡，对于某个一次梦都没做过的人来说，其中的区别很难判定。再次恢复意识（醒来）的时候，他多数情况下都会想出一个新主意：找一份新工作或者别的什么东西，一个新人。

这一次：都不是。他保持清醒。橱柜背后的声音还是一直起起伏伏。有时音乐响起又中断。仿佛有人在找什么东西，然后没找到。即便我没法睡觉，而且疯人院也关了，至少还可以在外面四处走动一下。一个街区又一个街区，一直走到再也不知道接下来该怎么走。在自

---

1 原文为法语 "Je sais"。

己的城市里问路。使用十几种还在活跃的语言。或者不问路。交到上帝（?）的手上，直到积攒足够多的安宁或疲劳，那么就今天而言，事情解决了。但这一次，出于客观原因——划破的脚——不可能这样了。右脚脚掌下的伤口边缘跟缠在其周围的一圈纸巾黏合到了一起，甚至越过它黏到了袜子上。必须再想办法垫一张新的纸巾，至少。或者看看能不能自己把它治好。已经成功过一次了，虽然只是一场感冒。也许在这个节点上会开启全新——即便有些超自然——的前景呢？但最终他什么也没干。他只是保持清醒，等待着。

之后又到了日落时分，而他至少把自己挪进了阳台。

阳台其实是由两个阳台组成的——两个小箱子，一块带孔的隔板将它们分隔开来。有时，邻居出来抽烟，两人会碰到。

您是做什么工作的?

翻译。您呢?

混沌理论研究。

您抽的是什么?

神圣鼠尾草。

有什么效果?

上一次体验了一场穿越亚马孙的独木舟之旅。如果您喜欢这种东西的话。

迷幻药对我不起效。

您只是还没找到正确的方法。

可能。

您想试试吗?

抽烟我也不会。

这样啊,那好吧。不好意思,我觉得它差不多起作用了,我最好还是进去。

这基本上就是全部了。

(不好意思。我不想对您……可是您这会儿已经在阳台上裸跪了好一阵了,而且还在死命喘气。您哪里不舒服吗?

还好还好,A. 说。)

不好意思,这时,从隔板后面的黑暗中再次传来一个女人的声音。哈尔多尔·罗塞变成一个女人了?没有。我是他姐姐万达。您可以来一下这边吗?您现在正忙着的话就算了。

不,其实也不。

我们死胡同之上的天空

他跛脚向门走去的时候,她已经站在门槛上了。惊人的相似。金发、红脸颊、鹰钩鼻、有力的眉毛、紧挨其下的绿色鸟眼。她严肃地看着我。

我弟弟哈尔多尔,您的邻居,三天前失踪了。不知道您有没有注意到。也就是说，她说，他之前失踪了。现在他又回来了。他回来了而且声称……声称过去三天他的肉身在天上。类似于天国的那个天。您理解了吗？

因为脚的缘故，他基本上是一条腿站在那儿，她打量着他。他作为邻居，有没有留意到 H. R. 身上的什么情况？

亚伯认真地思考了一下，然后说：没有。

我以为您跟他是朋友。

？？？

您过来一下，万达说，我想给您看些东西。

不打算提出异议。

这是第一次看到隔壁的住房。一张床，一张桌子，桌子上一台显示器。

我来的时候就已经在运行了，万达说。起初我以为是电视机，但那只是屏保。后面净是我看不懂的学术材料数据，以及大胸裸女的图片。好吧，就此而言没有什么需要搞懂的，尽管我还是再一次被震惊了，乡下蠢货和天才在这方面的口味——只要都是男人——是多么一致啊。这算什么，这她完全不想知道。她在找某些私人的东西，随您谴责不谴责吧，他前脚刚进精神病院，立马就有人来翻私人物品，看有没有一份声明，或一封……信。但是这儿什么都没有，一句话都没有，只有公式、肉体，以及这儿这个。她盯着它看了几小时了，在这段时间里，它重播了几十次，而她的头脑也同样在绕着圈子，简单来说：我就是不懂。我不懂。也许您能给我解释一下？

　　一周前有一次，亚伯不得不中断工作，因为有什么东西飞来撞上了他的窗子。一只鸟。阳台上一具鸟的尸体。丢去哪里？或者只是晕过去了。丢去哪里？

　　可是不行。它不是普通的东西。在差不多算是鸟腿的地方，尾端装了一个带着橙色乒乓球的飞行机器人。前面则用绝缘带固定了一台小型照相机。

　　不好意，哈尔多尔·罗塞透过隔离板说。

　　亚伯俯身向前，把那个东西递了过去。

　　谢谢。H. R. 说。控制器运转不对头。

　　亚伯注视着摆在他们面前的东西，问，他在这儿是想要拍什么。

　　它向着墙壁颠簸飞行的画面、铁轨，不过主要是天空。您想看看吗？

　　他拍了天空的录像，亚伯对万达说。录像时长只有短短几秒，画面崩解成了矩形像素。画面里的天是绿色的，地是橙色的。铁轨时不时出现在它们中间。录像中有一部分特别摇晃，镜头破碎，看起来就像是车厢驶过了天空，在云层之间弹跳。

　　这里！万达像是取得了胜利一般指向屏幕。亚伯的头和手刹那间在画面下方边缘闪现。

　　是的，亚伯说。这个。

您看，我理解您的担心，但是您也得理解我，我经历了无数个艰难的日日夜夜以及一次刚过去不久的惊恐发作，老实说我现在更想回去躺下睡觉，这么说吧，睡满接下来的十年……

当然，现在绝不是说这种话的时候。万达不为所动地将严厉的审讯进行了下去：

这又是什么？

小塑料袋，她在厨房里找到的，里面有什么？调料？种子？她对着白色小标签读道：Acorus calamus，Lophophora williamsii，salvia divinorum，psilocybe cyanescens，amanita muscaria，atropa belladonna。[1]哈？

我认为这是精神活性植物，受审者顺从地说。

这我也知道，她说。颠茄。每个农民都认识。其余的我就不知道了。装墨西哥仙人掌的袋子空了。除了一点脏东西之外，什么都没有。要是他把这些全吞了……这样会死吗？

亚伯真的不知道。

万达把袋子扔到了书桌上，手臂环抱在胸前，环视房间四周：你们怎么能这样生活？

无论怎样，最终她说。他没死，而且活得好好的，表现得完全正常——除了坚持说自己在天上待过。我们甚至都没有宗教信仰。

1　分别是菖蒲、乌羽玉、蓝柄裸盖菇、墨西哥鼠尾草、毒蝇伞、颠茄的学名。

她透过窗子，看着这片天。亚伯房间里的电话响了。不知道她是不是也能听见，她没有任何表示。其中一个袋子从桌子上滑了下来。亚伯把它捡了起来。

　　我们兄弟姐妹六个人里，万达对着窗玻璃说，我是最大的，哈尔多尔是最小的。我们一个个的全都是种土豆的农民。从早到晚都聊种土豆，或者聊我们的孩子，当然了，还有这场我们陷入其中的危机。我们唯一的买家，一个薯条生产商，在我们这儿买得不够多。仓库满了。幸好有家人，八个月以来，我们放弃了工资，吃起了土豆。一个二十口人的家庭靠着四千五百吨土豆可以活多久？活到腐烂为止。我们不抱怨，要是形势好的话，我们就成百万富翁了，可是我们确实也不会讲别的任何东西。哈尔多尔呢？哈尔多尔除了他的混沌理论以外别的任何东西都不会讲，而且我们中间没有人理解哪怕一个该死的——不好意思——字。就是这个样子。我们爱他。他是我们的……神。您懂吗。但我们根本就不信教。他就是我们不理解的那种东西。我们对他说的话，在我们自己看来都像是颠三倒四的胡话。自他诞生于世，他就是我们的偶像，我们爱他，我们溺爱他，但同时我们也害怕，宁愿躲开他。进城的时候，我们看他的次数越来越少。我还从来没有来过这间房子。而他也不来看我们。您认识他多久了？

　　三年。

　　在这段时间里，您在这里看见过什么人吗？

　　没有。不过他也没注意过就是了。

我的心碎了，万达说，然后又看向阳台门外。一方天空在她的侧影后面微微闪光。

之后亚伯回到了他自己的房子里。电话答录机显示有一通电话。

一共有七个，不，六个人知道这个号码。我这会儿愿意获取至少其中一人的消息吗？经验怎么说？经验说，要知道的东西还是马上知道比较好。他按下了按钮。

周五，那个声音说。这趟那趟火车。

伊利亚最终死去这件事对他造成了强烈的冲击，将他从自己的运行轨道上撞飞，随着一声裂响，他落在了坚硬的灰色地板上，几乎再没站起来。而当他们不久前给他打来电话，告诉他金高相同的结局时，他却几乎一点感觉都没有。连我自己都为这种冷漠感到心痛，但这就是事实。

已经从眼前消失了好一阵了。风筝事件以后，就再也没有她的音信。他有时会想起她，但之后却也并不来往。得知伊利亚死讯的那一天，她是他想起的第一个人。惊恐发作后，也是她。坐车去她那儿。将头埋在她怀里。舌吻。可是，对那个时刻来说，生日聚会似乎是痛苦更少的替代选项。去生日会的这一决定给他招致了各种丑闻，之后，他从中缓了过来，去了金高尼亚，但是他们不住在那里了。他把耳朵紧贴在门上听，已经有一段时间没人住在那里了。只有他们留下的东西堆积如山。她的名字没出现在网上，关于乐手们，他也只找到了以前的演出信息。也许在这期间他们离开了这座城市。所以说就是这样了。由此，基本上再无联络。从那时起，除了偶然遇上的邻居和店主萨诺斯以外，他几乎一年没再跟任何人说过一句话。

之后电话响了。

是亚伯·N.吗?

他一下子说不出这是那三个人中的哪一个。

她从窗子跳了出去，那个声音说。之所以来电话，只是想着，万一你想知道呢。(听起来像是扬达。心跳。)

我确实想知道。

什么时候?

一周前的前一天。

停顿。

葬礼是什么时候?

没有葬礼。

沉默。你们有什么打算? 把她扔进河里?

我们要把骨灰送回家。(现在又更像安德烈了。)她是想要撒掉的。

懂了。什么时候?

还不知道。我们还没把钱凑齐。

他们打电话来没有别的原因。

多少?

不知道。五百？

停顿。

你们得告诉我，什么时候。哪趟火车。

停顿。只听得见一丝气息。但还是：停顿。

这我们还不知道。我们会打电话的。

他不相信他们，但他说：行。

节哀，萨诺斯说。你需要多少？

这会儿他已经欠他两个月的房租了。这些奇怪的故事带来的收益比想象的少。

不是长着鸟头的瘦子，也不是敦实的方脑门，既不是扬达，也不是安德烈，来拿钱的是孔特劳。他们在街上见面，在中立地带进行钱财交接。像这样独自一人，被从他的交往圈子中拎出来的孔特劳，给人一种奇怪的印象。亚伯朝街角望去，看会不会有其他人跟过来，可是再也没有人来了。

她把他的铁皮罐从窗子扔了出去，孔特劳讲述道。他们就着不知道什么事情吵了起来，寻常的事。她咆哮：所以我疯了，是吗？我倒要给你看看我有多疯！然后砰的一声，罐子从开着的窗户落入电力公司的院子。它还在叮叮当当的时候，扬达揪着领口把她拽起来，然后开始扇她耳光：正手，反手，正手，反手。然后四个人又一次扭打作一团，在地板上滚来滚去。最后只剩他们三个了，金高一阵乱蹬把自己解放了出来，背靠窗户下面的墙壁坐着，抽噎，她的牙龈在流血。扬达抽出身来，在地板上躺着的安德烈再一次伸手抓他的脚，不过再也没抓住。他躺在地板上的破烂中间，一边抽噎一边咆哮：你们完全疯了！不正常！该进医院！他眼睛旁边的一道划痕在流血。他擦了擦。再来一次，他只冲着在吞自己的血的金高说，我就不会挡在中间了。我不介意你们自己把自己搞死。现在，我要回家，到我家人那里去！孔特劳留了下来。之后他下楼来到院子，翻过用玻璃碎片武装起来的墙，进到隔壁院子里，把罐子取了回来。他坐在厨房里，耐心地试着把它敲回原形。这东西再也当不了乐器了，尽管如此，他还是不停地敲。他们坐在愈发浓厚的黑暗中。敲，敲，敲。他待了一夜，但第二天早晨他也走了。

二十年暴风雨般的爱情，孔特劳说。我想，他们没再见过面。这之后不久她就跟一个精致的同性恋老先生结了婚，她去他家搞过卫生，而他之前就已经向她提议过这件事了。他穿着一家大型百货商店里出售的衣服，收集丑陋的木雕家具。他在自己家里给她安排了一个房间，她如果想的话，可以住在那儿，但不是必须。没有什么事情是我必须要做的，某次偶然在街上遇到的时候，她对安德烈说。那就是最后一次见她了。她现在也有保险了，她说，一个医生给她开了药，用不了几周，她身体里就会出现相应的药物蓄积。在走到这一步之前，她就从厨房跳了出去，冲着房子的另一侧，摔在院子里。

停顿。

其他两个人过得怎么样，亚伯问。

跟各自的情形相符，孔特劳说。安德烈至少还有他的家人。他女儿已经两岁了。亚伯完全不知道他结婚了。

又该从哪里知道呢，孔特劳说。

现在是给钱的时刻了。孔特劳把钞票塞进了裤子口袋，手也马上揣了进去。说再见，走了。

我该怎么解释，金高曾经有一次说，我们勇气的反面是什么呢？没有亲身经历过的人……有时这让人绝望，就像向盲人解释什么是颜色一样。另一方面，也是没法改变的，要么有，要么没有，然后要么懂了，要么不懂，不过总的来说也无所谓，看吧，我懂了，但它对我又有什么用？——

亚伯在电话旁坐了几分钟，然后才把那个小袋子从口袋里掏了出来，他捡起来之后，没再放回 H. R. 的桌上。毒蝇伞，常见的毒蘑菇。橱柜后面一直传来万达的响动。一：证件，二：奥马尔，三：骨灰。但后来他还是决定，不再这样长久地等下去了。

中心

谵妄

而我——也就是：我——并没有跪在马桶和浴缸之间湿冷的油地毡上，没有乞求某个上帝帮助我再原谅我，或者原谅我再帮助我，但我拿起了牛奶，倒进一个容器——我唯一的深口盘里，把它跟小袋子里的所有东西混在了一起，等着。等了一段时间之后，我端起变得像棕色大理石一样的牛奶喝了下去，然后说——不。跟记载的一样，在抽搐、眼前发黑、恶心和双脚麻木后，坠入了半睡眠的状态。再次醒来的时候，我躺着在地上，七零八碎。

我是什么？我在哪里？在户外的天空之下，不，这个天花板不是星光闪烁的天穹，不。这里暗得像是在一间地下室里，但是风听起来又像是在比较高的楼层。这里的风一刻不停——这栋楼立在风洞里或者位于地势高处（顺带一提，这不是自然形成的）。过去的宏伟建筑是下一代弱势群体，更正：未经教化的群体，更正：……社会的采石场。他们在碎石瓦砾上建造。但这种鸣哨声也可能只存在于我的耳朵里，不管耳朵现在在哪里吧。西伯利亚的萨满这样形容：人躺着，仿佛分解成了碎片。我的腿、我的头、我的手在哪里？这个石化的躯干是我的吗？这座远古的躯干雕像？帕特农神庙的英雄和异教的偶像们倒下了，只有一点碎屑被掳掠到四面八方，架子上摆满了脚——左、右，鼻孔、手肘。只有神知道整体的所在。这不是我的腿肚子，这不是我的睾丸，这副胸脯我很乐意收下。即便大部分部位都是塑料泡沫填充的。到处是裂缝。我很困惑[1]。我一直以来就栖身在古物储藏室里吗？

我来过这里，一次，至少。如果没有的话，倒要惊讶了。我妈妈是老师，她非常注重于把我身上的野蛮人驱赶出去。洛可可可可，我说，然后摩挲着我风格化的头发。前提是，情况允许。比方说，要有一只手以及头发。石制的小卷发，稀松的鸽子屎卷在其中，淌进了一直睁着的眼睛。尽管如此，我还是看不到我的脚。我像后颈中了枪一样僵硬。这是因为坐得太久。总的来说，我不需要双脚。我会把自己多余的器官分给世界上有需要的人。不过手是需要的，如果能拿回来的话。我必须要工作。我做了很多工作。但我知道，仅仅如此还（远）不足以让我成为一个义人。我只是习惯于提到它。但我认为，现在，在这里，这也许没有任何意义。什么又有意义呢？

有窗户，但无法透过窗户看出去。窗户开在天花板

1　原文为英语"I'm puzzled"。

下面，太高了，除此之外，下半部分始终是毛玻璃。当然，还缺了个把手。把把手卸下来属于房屋管理员的责任。每天早晨，他的第一件事就是把窗户的把手卸下来。他的裤子口袋很沉，把手相互撞击，咯咯作响，直往他大腿里钻，他几乎抬不起腿来。尽管如此，他还是会在你问他任何事情之前，光速消失在一扇门背后。留在身后的是我们和天花板上唧唧叫的氖灯灯管。我的隔壁邻居是一个自己给凉鞋绑上鞋带的赫尔墨斯[1]。呐，至少还行。

时间在此处稍微流逝。其间无事发生，没有东西移动。并不排除我们得这样忍耐几个世纪，与此同时，别人还在观赏我们。可爱的小男孩跟着班级出游，他们咬着铅笔头，在大大的笔记本上画小小的画，做自己之后再也看不懂的简短笔记。而他们已经在继续往前走，穿着对他们来说太大了的衣服，发出窸窸窣窣的声音。我满含渴念地目送着他们。走了，他们走了。又只有塑料泡沫和石头了。

之后到了夜里，我像在童话里一样活过来了，步行从夹道欢迎的阿波罗的少男少女中穿过。我使用的是意义最宽泛的"步行"。它还行。越来越暗，越来越冷。我的牙齿咯咯打战。带着黑点的泛黄的小石头，它们到处散落着，咯咯打战。消瘦的老女人们把它们当作骰子

1　赫尔墨斯，古希腊神话中的商业、旅者、小偷和畜牧之神。他脚着带翼凉鞋，行走如飞，负责为诸神传送消息。

来玩游戏。这儿这个是我妈妈。好久不见。老了点。你也是。

她的头很圆，循着她年轻时的流行趋势，把头发梳得隆起。她上了那个狐狸一样的马扎尔人的当：诱惑我的，是他大气的步态，还有声音。没有人可以像他这样操纵声音，他可以用一个小女孩的嗓音隔着门对燃气公司的人说，我父母不想让我给陌生人开门。不是我们付不起账单，可是我们笑得啊，你懂的。他在所有事情上都是这样，刚好也是那样的时代，可是之后，可是之后。

另外两个叫作外婆和韦斯娜。她们都一样老，穿着同样的白衣服，头顶洛可可时代的白色发式。黄色的塑料梳子给头发定了型。她们坐在一条白色的走廊里的白色桌子旁，两个掷骰子，一个织毛衣。棉线是淡黄色的。

这是一件给你的小罩衣。

她们用类似的东西温暖自己的灵魂。可以理解，这里像北极一样冷。

谢谢，我说。但是给我穿就太小了。还没有一拃宽呢。

你不要担心，小家伙。

她们笑了：你不要担心。

我妈妈正在织的棉线很脏。油乎乎的黑糊糊粘在里面。像是她从河里捡上来的。什么都可能从那里淌过，挂在桥下的石头上，发臭。我不想穿垃圾。最终，我自然是没有别的任何选项了。当一个礼貌的孩子。一整个圣诞夜都穿着荨麻做的衬衫。下面长起了脓包。夜里躺在一张荆棘床上。不要挠得这么厉害，而且还是在餐桌上，让人反胃。

我听到的一切都是抱怨！你，亲爱的，似乎没有搞清楚状况。这栋楼没有从头上塌下来，我们该感到高兴。浣熊来来去去。更何况风。我们用人道救援提供的油罐把墙上的洞堵住了。之后，等它们空了，我们就在里面种番茄，然后把只在早上七点到九点才有的水提上来。就是这个样子。我们仿佛生活在集中营里。

这么说是因为它真的就是个集中营。给我们这样的寡妇。

我不会指责任何人。我活着，在我这个年纪，这就足够了。

小小的东西也是能让人开心的。

就是这样。小小的东西让我们开心。

有时我们会面朝大海坐下。

这里没有海，我说。

她们沉默着。妈妈织着毛衣。另外两个人摇着骰盅。

我不是特别喜欢这些女人。但愿她们没有注意到。她们不久就要死了。但愿她们不久就死去。人总是有罪的，即便他没有过犯。

她们谅解地微笑着，尽管有些僵硬。这是因为她们不得不假装没有听到这些想法。但她们听到了。她们知道一切。你尽管继续像这样乖巧好了。她们把你的牙齿掷到桌上。

而你却没有把那个为你做了这么多事的人的手一天亲三遍。

由此又可以看出，那是错的。孩子们也并非无罪。

我不是孩子。

对，一个相当高大的男人。

对于一个母亲来说，这是且一直是无法想象的。蜕变而来的这副身体。我在分娩的痛苦中躺了二十四小时。或者是五天吗？我最终死于力竭了吗？我不记得了。这么长的时间过去了。我儿子都已经是一个老人了。

我三十三。

没有人对此说了些什么。既没有肯定，也没有否定。也许这是对的，我变老了，在完全没有注意到的情况下。现在要是有一面镜子就好了，一个碎片也行。可是没有。毒药把我变老了，完全有可能。这是否意味着我现在有待在这里的权利？这就是我应该要认识到的东西吗？哈啰?! 现在能让我待在这里吗？

老实说，我根本不想待在这里。可是不知道外面是什么。毛玻璃。外面是黑色的废墟还是它的对立面——在太阳下闪着光的马略卡陶瓷纪念碑？这种寂静是什么意思？是人类离开了地球，还是人类——与此相反——进化到了城市生活像耳语一样轻的阶段？也许外面的烟尘或者没有气味的微粒会把人毒死。不过，那些微粒也可能带着一种恍如隔世或前所未有的味道：纯净的以太。又或许外面是一片大海，就像所有人都说的那样，成了老人的我们坐在岸边一排没有尽头的长椅上，脸朝着太阳，迎接海的声音。或许那里是永恒，只有在这里面，时间还在沿着它古老的链条行进。或许那里也是彻底的虚无。在确定下来之前，这将是一个很大的风险。也许我某一天还是会承担这个风险。我会把窗子打开，向虚无抛去无限短暂的一瞥，而后让自己成为它的一部分。某人会把我身后的窗子小心地关上，用一把扫帚的握柄，关得紧紧的。

我不动声色地挪向窗子，以便检查一下这个位置。窗户没有把手，不意外。没有这么容易打开通向虚无，或者通向某些东西的窗子。就是不知道它通向哪里。通向外面的窗户没有空隙，关得很紧，而里面的门斜挂在铰链上。在这里，您看到了第二个世界的荒凉。他们非但没有努力把坏掉的东西重新组装起来，还把一切搞得更坏了。臭气冲天。仿佛空气中满是有毒的孢子。我害怕呼吸。

老女人们愉悦地在空气中嗅着：马上就有午饭了。考虑到身材，我们不吃午饭。或者是因为没有。好吧，没有午饭。但早饭总是有的。晚上我们吃饼干喝茶。甜甜的柠檬茶，玻璃杯里黄色的小虫子——地下室里到处都是。幸好这样不会再伤牙齿了。糟的是下午。四点到十点之间我饿得最厉害。我微笑着入睡，因为我知道，早上饥饿感就会变得相当微弱。早晨，死亡是个婴儿。

好吧，外婆说，但问题是：我们拿他怎么办？既然他现在已经在这儿了？没报到就来了，算不上是礼貌吧。

但是与他阔别再见这件事抵消了这一点。

尽管如此。如果能知道他想待多久就好了。我不知道我们能不能负担得起。这么一个男人是要吃上好些的。我要是他，就会看看怎么才能给家人减少负担。也许在电报局旁边的食堂废墟里还能找到些什么吃的。灰烬中的烤苹果是一道佳肴。

我并非不乐意满怀爱意地去做这件事，只是不知道怎么出去，电报局在哪里，食堂又在哪里，所以就做出这副没听见的样子。

我负担不起他，外婆说。这么高大的一个男人。到现在为止，没有男人我们也过得很好。就像在和姐妹们一起生活。这儿没有男人更好。

但要是我们拒绝他，这可能就是他的死期。（好心的老韦斯娜。）

现在我们所有人都沉默了一会儿。我试着尽可能把自己变小，弯曲着脊背坐在一把小木椅上。硬木头，硬骨头。在探视时间之内做一个善良的、正直的人，尊重长辈，并不张扬地让人看出他对自己妻子的爱意，却不在这位妻子面前袒露性取向（无论以直截了当还是模棱两可的方式），对着尚未进入青春期的继子则更不用说了。这肯定会唤起一种充分融入的印象。我们的价值观不仅在表面上被接受了，还成了深入骨髓的第二天性。

好在他们没有招徕会读心术的人。

归根到底，他没有接受检查。

必须出具一份关于新来者的完整报告。没有就不行。典型的病症是：性无能、脱水、抑郁、心脏和胃部疼痛。你要是在来的路上得了癌症，那就会经历到这些了。治疗就是这么一件事。不过检查永远不晚。问题只是，谁又该再做一次呢？

最后，一如既往，还是寄托在我们身上。

怎么不是呢，这里只有我们。

他是你儿子。

当我想象起他耻毛上方肚子的乳汁气味，想象他肩胛骨之间的气味、他脖子的气味、他乳头的气味、他肘窝和手掌的气味，我就晕了，口水直流。

这是一种正常反应。甚至可以说令人感到愉悦。

这也是：愉悦的。不过，让我发愁的是，无论怎么做，我的手指都暖和不起来。我摩擦着指尖，蹭得手指快要折断了，但是没用。我不想在每次触碰时，他都吓得一激灵，就像触电一样。

那只是非常微弱的电流啊。

但仍旧是。

这样甚至可能对他有好处。据说弱电流会帮助脱敏。

对，但是只有输入电流才有效。电击已经过时了。

到底是不是又有电了？

总的来说，我不相信，韦斯娜说。最后他可能算是治好了，但是完全成了另一个人。

这不一定是最坏的结果。我就很高兴能有这样一种可能性。（外婆）

我做了我所能做的。我一直在试着让他远离有害的影响。

那你就得前后一致，把他当女孩一样教养，从穿起来很舒服的女士内衣开始。现在他已经成了非驴非马的东西。

再来一个完全省去身体检查的原因。直接去做脑电图，然后去尸检。测量大脑和器官。这很有趣。各种体液会被分别称重。胆汁的克重，细胞的数量。他出生的时候体重不超过一千三百七十五克。

才不是这样呢。

你又是从哪里知道的？外婆生硬地问。除了闭嘴之外，我还有什么别的选项呢。

还是别给孩子讲这种东西，韦斯娜说。他只会感到恐惧。

不怎么像恐惧，我说，更像是一种麻木。我全程处于麻痹的状态，仿佛我只剩下一颗头，一个大脑，一个额头上有汗水流过的大脑。就这样，我不得不到处游荡，虽然这并不是我的本意。

小可怜，他发烧了。

用一块潮湿的床单裹起来，打屁股。保证有用。但是不要忘记之后把床单拿开。不然他就会着凉，然后死掉。别人该怎么说啊。

也许现在就是机会，告诉外婆这个施虐狂，让她闭上她该死的臭嘴。

用冰水浇后颈，浇到他发脑膜炎。

施虐狂，你最好闭上你该死的臭嘴——！

大脑鼓胀了起来，挤压着颅骨。

呐呐呐呐呐呐呐呐呐呐呐呐呐呐呐呐呐呐呐呐呐呐呐呐呐呐呐呐呐呐呐呐呐嗷嗷嗷嗷嗷嗷嗷嗷嗷嗷嗷嗷嗷嗷嗷嗷嗷嗷嗷嗷嗷嗷嗷嗷嗷……！

大叫的作用力终于把我从她们身边推开了，我还在加快速度，并像从来没有咆哮过一样咆哮着，大叫着，只要可以就一直不停。其间我一直把眼睛闭着，这样就再也看不见她们了。我还听得见骰盅里骰子的咯咯声，但是声音已经变弱了，不知什么时候就完全停止了，而我也停了下来，任由自己被推动，只要动力还足够。

很久之后，我小心翼翼地睁开了眼睛。又是一片漆黑，很好。我滑过一条没有窗子的走廊。我仍旧不知道自己有没有身体，如果有，它又是怎么弄来的。幸好我们逃过检查了啊。我完全记不得上一次接受医生检查是什么时候了。我害怕打针吗？我能见血吗？老实说，这种样子一点也不差。很长时间以来，我第一次感觉不到痛楚。

这种飘浮没有慢下来，走廊倒越来越窄了，前面的铁门似乎就是尽头。我试着把某种像是手臂的东西伸展出去，想要靠墙刹住，但这时我就已经唰一下穿过门进入了一团更大的黑暗之中。

像水，但不是水。白色的东西一个接一个地从中浮了上来。石头、金属、骨骼。一把耙子的一部分——我不知道我从哪里知道这个的，我以前什么时候见过耙子吗？一条狗项圈。一口搪瓷剥落的红锅。然后又是：雕像。主要是脚和膝盖。一个膝盖环游世界。一副残缺的阳具。

现在我知道这是什么了：这是城市下面的土壤。现在，不要恐慌，霍迪尼[1]。这只会让你周身的物质变得疏松，然后堵上你的嘴。它们就像在雪崩时吸入的微粒一样，让你丧生。在这方面我们训练有素。不要急，不要咳嗽，不要说话。每一声响动都会给敌人可乘之机。试着找出往上的通路。然后走过去。在这之前，随身带上这些硬币，它们在零散地嵌在一臂开外的碎屑之中，用手指甲把它们抠出来，这样一来，你需要的时候，就能用上了！带上它们，大有益处。即便是早就失去了价值的钱也不能放着不管。我爸爸攒不下钱。但钱会自动找上我，在我这儿也存得很好。至少我从来没有破产。

现在我也看出来必须要往哪边走了。以前的地下室酒吧在前方亮着光。我们在那里庆祝毕业，你还记得吗？他们总是在两个街角外打碎陌生人的窗玻璃，但那时我对此还一无所知。现在我会再次见到你们所有人吗？我走了进去，心怦怦直跳。

1　哈利·霍迪尼（Harry Houdini，1874—1926），匈牙利裔美国魔术师，凭脱逃术享誉全球。

跟我期待的不一样。没有乡下式样的中世纪拱顶，只是一个常见的文化俱乐部，墙上全是海报和油画。我爸爸穿着他的白色结婚礼服，坐在旋转球灯下面，背心在他纤细的躯干上绷得紧紧的，很是诱人。他是独奏艺人，扣孔里别着白色的丁香，操控着电子乐合成器。所以这就是你这些年一直在做的事。

　　我的孩子，我妈说，你爸是个看不透的可疑人物。他好像还是个单身汉似的，夜里在各种地方流窜，结识可疑的人，他大概会与之分享我们永远不得而知的秘密。他在他们中间很受欢迎，他们知道关于他的一切，像老朋友一样朝他喊道：看啊，翁多尔，这不是你儿子吗？

　　的确。我儿子在这里。我儿子来了。我妻子把所有照片都扔掉了，反正我本来就一张都没带在身上，但我还是认得出来。他跟我惊人地相似，只是他看起来比我四十岁那时——我们最后一次见面的时候——稍微老一些。他穿着黑色的生菜叶子，头在上面像一棵悲伤的小萝卜一样朝外面望着。脸在淫欲中消瘦，因绝望而扭曲，前额的皱纹里落了灰白的尘土。他的眼睛就是一张独特的血丝网，还有眼袋！就像蜥蜴的肚子，完全一样。还有情形越来越糟的下颚，它颤抖着，马上就要从他身上掉下来，像一只旧轮滑鞋一样滑走。哈啰，儿子，在我面前掉泪之前，告诉我你过得怎么样？你想喝点什么吗？

　　对此，我没有回答。就这样找到了他，我还在为这种简单而感到惊惶失措。我很晕，马上就要吐出馊牛奶来了。能喝点东西确实挺好。

但我父亲没法来招待我，他得演奏合成器，他在聚光灯下白得发光，环绕其周围的一切都在闪耀。我父亲所在的地方非常热。

所以呢？他用闲聊的口吻问道。你境况怎么样？你结婚了吗？我有孙子了吗？或者，你跟我一样，是一匹孤狼？嗯？

说真的，我是同性恋，二十年后再次见到父亲的时候，我对他说。我在某家特定的夜场里或者街上认识了那些男生。有一次，我请求其中一个二十四小时待在我身边。他在我身边待了二十四小时。他把头靠在我肩膀上，我们就这么待着。太阳绕了一圈。我甚至不知道他是醒着还是睡着。一天结束的时候，他踩着点起身，翻我的东西，拿他想要的。我所有的钱，甚至硬币。他看到我护照上的照片和我的名字，打趣地看着我。然后他走了。这件事我还没跟任何人讲过。

懂了，我爸说。最近性无能确实是一种全民疾病。我懂你，孩子，我很懂你。我跟大多数男人一样，尤其是那些总是有着这种想法的：我结婚，就是为了生孩子。一个儿子。你。

就这样来看，你倒也没有为了照顾我而透支自己。

我只是没办法就这样展现出来。而且我还该做些什么呢，孩子，什么？跟他们就没法冷静地讲话。所有这些旧恨新仇——他们准备好了要正儿八经地跟所有人动手。所有从这座桥上过来的十八岁以上的男人，我都要杀，这是他们的话。

在我的记忆里，是你走了之后才这样的。

现在他什么都接不上来了。他知道我是对的。但他不是一个会为自己辩解的人。他希望时间会把分歧抹去。就这一点而言，五分钟往往就够了，然后就再也没有任何能被证明的东西了。孩子，要是你到我这里来就是为了指责我的话，省省吧。

第一，我没有到你这里来，第二，我渴了。你背后是厕所的门吗？要是我能到那边去就好了。喝水龙头里的水，认识个什么人。

有一点，儿子，父亲现在像一个父亲一样说道，有一点我必须得说给你听：你坚强地挺过了这么些年，而且是在没有家族支持的情况下做到的。为此，我很欣赏你。对我来说，这不是什么大问题。对于一个对绝望没有概念的人来说，从不绝望这件事轻而易举。而对绝望有所了解的只有曾经绝望过的人。非此即彼，要么是，要么不是，接着要么了解，要么一概不知。一个人声称知道它是什么，同时扬言从来没有这样过——他在说谎。就像我刚刚说了谎一样。至少有一次，我已经到了这个"某种东西"的前院里，而且永远不会忘记，那一天是一九几几年六月十一号。

对，我说。我记得很清楚。假期开始了。你不留一个字就离开了我们。从那以后，你就是大家不会说起的那个人。你弹过钢琴。流行歌——"噢，香蕉皮多滑啊。"有一次你替补登台。在那之前,我根本不知道你会弹钢琴。也许只是你装了个样子。之后你转而玩起了合成器,作为独奏艺人在西边工人们聚在一起的夜店里到处窜。你穿着一身白色的西装,坐着的时候,膝盖在合成器摇摇欲坠的X形支架之间朝外翻,抖着脚。你穿着白色的拖鞋和芥末色的袜子。袜口卷在脚踝上方。你把相机落在了公交车上,我们一起去采石场郊游的照片丢了,照片上我们两个在巨大的灰色大厅里,身后一片黑暗。米拉把剩下的照片扔掉了。一段时间之后,我几乎再也记不起你的脸了,但这只脚踝我永远不会忘记。我爸爸的脚踝以纪念雕像的大小在我眼前抖动。

他微笑起来,演奏了一支伤感的曲子。好的音乐教出好的人。我父亲的流行歌教出了我父亲。他不停演奏着,我在这儿跟他讲的东西,他一点都不感兴趣。二十年后再次见到儿子(顺带一提,他把儿子留在了一座之后爆发了战争的城市里),而且做到了在这么多年里一次都不过问我们是不是还活着,要是我是个好儿子,我现在就要打烂你的脸。没有指责。就是一拳打过去,打在鼻子——我的鼻子——开始隆起的地方,在颜色像淡紫色天空一样的双眼之间。把鼻梁摁进你懦弱的脑袋里去。我做得到,尽管我——也说一下这个好了——并不恨你。中途某个时候,在第五或者第六个女人之后,我发现我开始为你祈祷。一间小酒馆后面的房间里响起了合成电子乐,有人在练习,总是弹错,而我的心狂跳起来,因为我以为我们找到你了。那时我明白了:我祝你好运，但愿我们不要找到你。孩子就是这么公正以及不公正。

爸爸微笑起来，演奏起《罗莎蒙德》[1]。你很善良，儿子。抛开这个不看，他说，没有人能用白垩做的双手打断鼻子。

？？？

一双漂亮的手——我一个男人也会这样说——钢琴家的手指，这样已经完美无缺了，或许还很勤奋，行吧。

你在那儿嘟囔什么呢？

嘟囔，儿子，对此也要小心才行。不要跟我对着干。你只能用那双白垩做的手，做非常温柔的游戏，不然它们就会从你身上掉下来摔碎，掉到钢琴凳下面、讲桌上、街上的灰尘里。用它们来打他父亲，当然完全不起作用。你挥拳不过像是在给我的脸上妆罢了。走到最近的洗脸池之前就已经脱落。

噢，我说。这样啊。

对，他说，就是这样。

说到这里，我们沉默了。钢琴音乐。

那我理解对了吗，我说，这儿没有任何要我做的事？

没有，儿子，完全没有。不过还是留下来吧，听点

---

1 《罗莎蒙德》(*Rosamunde*)，又称《啤酒桶波尔卡》，创作于1927年的捷克歌曲，在二战期间风靡全球。

音乐，喝点什么。

他演奏了一会儿，我认真听着。父与子。

那我现在走了。

他微笑着，演奏着。我把目光从他身上移开了。

要么是我目光移开了，要么就是他坐着的旋转舞台从我身边转走了，看啊，视野大大拓宽了，然后我看到这间烂酒馆只是众多选择当中的一个小地方，一间狭小的单人囚室。旁边，周围一圈，无数条道路在一幅扭曲的三百六十度全景图中展开。选择在你。要是我沿着这条路走，就会穿过一条越来越黑的巷子走进猪圈。这条路通向一个妓院。值得考虑。聪明的男人会走阻碍最少的路。在这个分岔路口，已经要找到一个快捷的解决方案。尽管我不知道，现在，在这里，快捷是否还有意义。我的时间比平时更紧迫吗，或者正相反：此处的我已经处在"前永恒"之中了吗？有些小路第一眼看上去非常狭窄，不可能让一个人全身通过，最多能塞入一张磁卡，可惜我没有，不久前我的钱包被偷了，里面装着图书馆借书证，不过现在也不要紧了。反正只要靠近几步，相应的缝隙就会自动打开，设置得挺好。大多数情况下，后面藏着的都是诡秘可疑的或者因为危险而臭名昭著的地区——自吾珥和巴比伦[1]以来一直是相同的位

1　吾珥（Ur），又称乌尔，美索不达米亚古城，《旧约·创世记》中亚伯拉罕的故乡。"Ur"在德语中意为"原初"。巴比伦（Babylon），巴别塔的所在地，亦有"罪恶开端"的含义。

置，对我而言，我在那里感觉最自在。我父亲把眼睛和失眠遗传给了我，导致我跟他一样，一直过着两种生活。白天工作，晚上散步，逛夜场。不过我来自完全不一样的圈子。小地方的市民阶层，是的。我能知道有两类人存在，这是个奇迹。想要登天的像男人一样的女人，诸如此类。作为惩罚，我们现在像土块一样被切开了。一开始我运气好，在十二岁就已经遇到了我的另一半[1]。可惜，就像经常发生在童星身上的那样，这一成功秘诀没能延续到成年时期，但是在红色长毛绒够到脚踝的地方，几乎又跟以前一样好了，那时盐碱地的雪泥啃坏了我们做工低劣的鞋子、廉价的袜子和脚趾，但我们就只是走着，走着。如果我一定要死在什么地方的话，那我就想死在那里。我现在本可以稍作休息，但我感觉在此之前好像还得完成些什么事情。也许我得见一下我的妻子。无论规律与否，人都得时不时见自己的妻子。法律要求。多数时候是在家吃晚饭，好让我的气味留下来，咖啡馆则去得较少。然后我们和我们非共同的儿子分别讲述我们这周都经历了些什么。地理、生物、数学、人文科学。至于我，我说的并不是很多。这是因为我身上并没有发生很多事情。对此，我没有任何反对意见。有时，这是人所能做的最为得体的事。这是我的想

---

1 据柏拉图《会饮篇》，最初的人类是球形的，有四条胳膊和四条腿，两张脸孔。宙斯为了削弱造反的人类，将所有人劈成两半。自此以后，每个被劈开的人都非常思念自己的另一半，渴望与之合为一体。人类的情欲即来源于此。

法。无。或者说，并不是完全什么都没有，"无"就是"无"，别人供养我，但我自己也供养自己，并且安排好了日与夜的节奏。

现在别说那么多了，博拉说。她光脚站在门槛上，真丝连衣裙的拉链在腋窝下开裂。她晃动白皙有力的手臂，做出一副招揽的样子。快来吧。我们都在等你。

我们是谁？

她指向一张摆着银器、铺着花缎的大餐桌。我们是：安娜、奥尔加、马利卡、卡塔琳娜、埃尔斯贝特、提美亚、娜塔莉亚、贝娅特里克斯、妮可莱特、达芙妮、艾达和我自己。十二个在不同年龄阶段的女人。最年轻的自然是自行了断的那个。她的名字是埃斯特。第十三个就是你。

这样好吗？当第十三个？

在天堂里一切都好，艾达说。黑头发，白皮肤，丰满的红唇，看起来很诱人，秀色可餐。

在这种情况下，天堂看起来就像是一个湿热的棕榈温室。显然，这里的窗玻璃也蒙上了水汽。蒸腾着的，是植物、人、饭菜。有很多菜品。女人们不停地把它们端上餐桌。她们轮流坐下和上菜。一小碟鱼子酱、一个小糖罐。下一个又把这些拿走，换上一小篮水果。刚从冰箱里拿出来的，沾着露水，富有画意。

这是最为丰盈的夜晚，资历最老的博拉主持场面道。你是我们尊贵的客人，可以吃所有你想吃的东西。

谢谢，我说，可是我完全不饿。老实说，我甚至不确定自己有没有消化器官。

别犯浑了，娜塔莉亚说。坐下，就该这样。

她有力的手把我摁到了她旁边的一把空椅子上。桌旁还有其他空着的椅子，总有一把隔在两个人中间。

这些椅子中的每一把，你都得坐上至少一次。

啊，我说。天堂里就是这样的吗？

正是如此。

如果这里这个就是天堂，我说，那么麻烦请问一下，逊比、训基、斯里格底、底拉发幼[1]这四条河在哪里呢？墙垣、塔楼、花园、宝座、玻璃海[2]在哪里？连这些都没有，竟然还想用几棵种在桶里的棕榈树来戳我的眼！我不想表现得不知感谢，我并不是不知感谢，但难道天堂里连最基本的露天场所都没有吗？其他人在自己的梦里飞过无边的草场，而我现在还在自己房间的阴暗角落里像鬼一样乱转。就不能至少把天花板打开吗？借助某个精密的液压装置？跟外表和他人的道听途说完全相反，面对以自然的形式出现的少许——这么说吧——创造之美，我并不会反感。我不缺任何东西，只想要一块绿色的草地。有时候我会去公园。不过出于各种原因，这已经办不到了。此外：什么是公园呢？真实

1　见《旧约·创世记》2:11-14。伊甸园中的四条河分别名叫比逊、基训、底格里斯、幼发拉底。此处是这四个河流名称的反写。

2　见《新约·启示录》4:6。"宝座前好像一个玻璃海，如同水晶。"

景观的不在场。正如棕榈温室就是真实棕榈的不在场。这就是天堂的痛处。那些温顺的、赫赫有名的动物都被摆在碟子和托盘上。而那些几个小时以来一直维持原状的水果，我觉得它们是蜡做的。

尝尝，马利卡说，然后你就知道了。

我真的想知道吗？我早就一点味觉都没有了。硬的、软的、湿的、干的：这就是全部了。除此之外——因为我感觉自己对于这个话题很有把握，所以大声说道——我不需要任何人给我解释天堂里是什么样的。几年来，我一直是那里的常客。情欲，无论是尘世的还是天上的，都能让人极度崩溃，只有肉体与它相得益彰。但我知道一个地方，它叫作：疯人院，它不是天堂。世界上最礼貌也最正直的人在那里礼赞神人之间的中保恶魔。他们像我们所有人一样，美且丑，智慧且无知，他们只是稍微多付出了一些努力。我是例外。我总是在尝试让自己看起来比实际更加潦倒。对此，我应该感到羞愧，但是，老实说，我不。我礼貌地为可能出现的不悦道歉，但是总的来说，没有任何需要被原谅的东西。

女人们沉默了，悲伤地望着我，最终，甜美的大眼睛妮可莱特说：我不信他心里一点爱都没有。他所欠缺的只是谦卑罢了。

是这样的，女人们说。

正是如此，我说。

不过，为此还是应当给予他严厉的惩罚。（这是安娜。她的声音低沉而粗糙。她是所有人中最胖的。）

说实话，我不觉得有什么人做好了要对他执行惩处的准备。（贝娅特里克斯。一个打嘴仗从来不会输的人。长着仓鼠一样的小腮帮子。）

可惜的是，他爸爸失踪了。（卡塔琳娜，消瘦、憔悴，话不多。）

反正他跟我也没什么可说的！

她们一致赞同地点头：上帝保佑他，他是个混蛋。所以说，你没有任何别的选择，只能自己照顾自己。（聪明得不近人情的奥尔加。）

战胜自我，正派一点。把你自己稍微收拾得像样一些，抽几个钟头像个绅士一样行动。（严肃的提美亚。）

你做得到的。（温和的埃尔斯贝特。）

对，他总归还是有的——虽然不怎么看得出来，这种混合了笨拙的优雅，普遍来讲，这是很受欢迎的。（爱玩闹的达芙妮。）

所以说，拜托了，尽"礼"的，更正："你"的义务。

好啊，那我一直以来是在做什么呢？只是因为我现在喜欢去夜店吗？

啊，谁对你那些浮夸的小秘密感兴趣啊！

这样说我很抱歉，但是从中就能看出你根底里那种小地方特有的闭塞。

就连你在这个世界上受难的方式都很闭塞。

我们当中的一个在精神病院里，还有一个死了。我如果站在你的立场上，会再思考一下这件事。

受难的目的是克服，也就是救赎。但是从你的苦难当中产生不了任何东西，只有更多的苦难。到修道院里去吧，亚伯拉尔！

这是谁说的？我靠得更近，注视着她。但不是她说的。

我必须得承认，我说，这个我已经想过了。我是说：修道院。山里找一间就不错，还有旅游价值。慕名来访的人可以听到十种语言的导览。主教堂里的湿壁画融合了拜占庭和西方的风格。这些面孔就好像是兄弟姐妹，或者是同一个人穿着不同法袍出现了上百次。一张奇迹般的脸，配以女性、男性和孩童的身形。老实说，每一张都是他的脸。在这样一种环境中，人们可以轻而易举地将自己来到这里的理由永志不忘。仿佛我永远都在跟他做爱，而其间我只是把他的脸看了上百遍而已。有时像葡萄藤一样密密麻麻地排在一起，有时单独挤进墙转角，墙缝贯通鼻子，一边脸颊在这面墙上，另一边在另一面墙上。可惜我永远不会祈祷。但我可以观赏着他的脸，在爱意里过我的日子。

说到这里，她们沉默了一会儿。我终于成功地给她们留下深刻印象了吗？

你爸爸，最终博拉说，是个相当惹眼且招女人爱的家伙。我们当中谁也不算经验老到，所以说缺乏比较，但在那时来说，这是一件相当惹眼的事。

所有人都嘟囔着：噢对啊。

你也结婚了，不是吗？

对，他结了。

但他不跟他妻子一起睡觉。

这样的话就不算是婚姻了。

行吧，对此该说些什么呢。如今每个人都是同性恋了。

呃，也不完全是这样的，我说，但她们不等我说完，就又像连珠炮似的纷纷开腔。我一反常态，提高了音量：

到底什么时候才能停下来，你们这些长舌妇？

接着，她们沉默了下来。行吧，有用。我面前立着果篮。是时候让我杀一儆百了。

好，我谨慎地说，如果这儿这个是天堂的话，那蜡吃起来也可能像熟了的果子一样。我不选苹果，选无花果。在天堂女看守殷切的目光中，我把它拿到了唇边。

一开始，牙齿上的感觉还像是蜡，但是，在我还有时间惊慌和发怒之前——我就知道，去它的，你们尽管揍我好了，我们要把这种癔症从你身上赶出来！——天堂的味道就在我嘴里爆开了。掌声响起。闭上眼睛。任由你自己坠落。对，就这样。不要恐惧。一张由女人的手臂组成的网会接住你。手掌在你头顶上摩挲。它们闻起来像小腹和肥皂，一个接一个地爱抚着你浓密而又闪着光的头发。

噢，怎么可能？我们能回去吗？换一种方式开始，然后换一种方式继续？博拉？为什么不洗个该死的澡，改变一下气味。她忘记给客人准备手帕了，用她的吧——陈旧、米色、有点湿。旅行路上穿的衣服揉成一团摁在肚子上，最后一次盖住下体，光脚穿过厨房、门，走过地毯。躺到她那边。在自己家能望到的范围之内。四十岁的年龄差。幸福就是一个松弛的小腹。这是个什么句子？我不知道，让我靠近点。但她也已经在拉拽我了，她是有经验的，我很轻松就滑进了温热的最深处。她的肚子让我想起母亲，但这个更暗、更硬，甚至该说是非常硬，我仿佛抵着一个木盆。一条果核一样的甬道，这不公平，这是我的第一次啊。往下望，看吧，它的确是木头，一副雕刻出来的身体，抛过光，上面刻着一道Y形凹槽，这是风格化的瑜尼[1]，另外还刻有一个肚脐。我敲了敲别人叫作腹壁的东西，想看它是不是空心的，它是什么东西，一口石棺？木乃伊笑了。我认得这个笑，朝上望去，看到塔季扬娜的脸。她以一尊卧佛的姿势躺在那儿，而且并不感到羞耻。只有头可以活动，她把它搁在手上，笑着。她的头发是蛇做的吗？木头贱货！我的天堂在哪里？

你大概也相信圣诞老人吧。

干吗不呢，臭婊……！

她笑了：要是能动，我就耸肩了。我没有上你的当，所以你恨我。从我这儿你得不到安身的地方，我不会为了你打理你的另一半人生。你自己要照料一切，从开始到结束，而我们的小家伙不喜欢这样。这并不意味

1　指印度教中的产门、子宫。

着我没做好跟你打炮的准备。不是为了帮你的忙，而是因为我想要。当然，与此同时，我也在这期间给你帮了个忙。你会——也许吧——成为一个人。当然，没有人能保证什么。另一方面，即便只是片刻，比起把你的棍子插进劈开的木头中间，然后再也抽不出来，这肯定要舒服些。停下吧，不要再这样扭动骨盆了，亚伯拉尔，你要把自己扯断了。

不要这样叫我！

你的妻子以为，雕像不为所动地说，她是你的妻子。除此之外，她还以为你有个秘密。但你没有秘密。你是个死人，这就是全部。

好歹我不是木头做的！

的确不是。不过你是什么做的，能告诉我吗？

某个地方，仿佛塞壬在唱歌：在天堂，一切都好；在天堂，一切都好；在天堂……[1]

我怕，我怕，我怕！谁能把我从这个不体面的情形中解救出来？

她们真的是烂得可怕的歌手，有人说。

奥马尔？

或者又只是风。又醒了。此外听不到也看不到任何东西。木头处女不见了，棕榈树也是。几小时以来，第一次清静了点。在穿越群山驶向海边的火车上，有时会

------

1 原文为英语 "In heaven everything is fine. In heaven everything is fine. In heaven..."。

穿过这样的重重白雾。过渡期。这是有好处的。不过总的来说，我其实开始怀疑，这次自己是否应付得了。这中间我想了些什么呢？也许什么也没有。跟其他上百万人一样，被通过利用毒品、舞蹈、性兴奋的积极作用来解除抑制的传说坑骗了。现在我不得不跟所有这些人物纠缠在一起。还有多少？只有那些我有意愿或有义务与之相见的人无迹可寻。

这儿看起来很像我妻子最喜欢的咖啡馆。进行得比我想得简单些。就是这样。只需要不知疲倦地，更正：不知所措地站在那儿，然后某个时候事情自己就解决了。她通常已经在等我了，选了我一进门就能看见她的地方坐下，还会友好地向我招手。这一次没有。到处都不见你。

总的来说，我觉得这个地方很奇怪。很多细节相当成功，但最终还是拼不到一起。仿佛空间跟时间脱节了。如果不在当下，空间是处于将来还是过去？热，或者还是冷？闻起来像煤炉，还是根本就没味道？这么多人不可能什么味道都没有。因为人很多，地板上到处都坐着人，完全不知道进去该怎么落脚。这种事比我所乐见的要更频繁。突然间就处在一大群人中间了。

你尽可以踩在他们身上，有人说。他们就像雏菊一样，会再立起来的。毕竟我们不知道我们会迟到多久，还得在这个所谓的停放列车的轨道上站多久。但愿不会有人从后面撞上我们——在夜里，高速驰来。那样就真的是一团糟了。在那之前，我们还是可以做到舒适愉快。

什么？或者说：你在这儿弄丢了什么？

他的名字是埃里克。偏偏得是他。他端坐在入口和窗户中间那张一直被他征用的可笑的餐桌主座上。其他人肯定也在，即便我认不出他们。说点粗话，然后像放个屁一样把他们放着不管。或者完全不说任何东西。只是放着不管。像一个。

我环顾四周，视线尽可能地越过坐着的人的脑袋。又一次，那里像走廊、道路，各种可能性。现在，聪明点，做出正确的选择。在很远很远的地方，那里长着散发霉味的草，流浪汉们在一部黑白电影中安顿了下来。一个接一个接一个安顿。有一些不对劲。一个接一个安顿。我必须得去那边。他们安顿下来的地方。不过可惜的是，在当前情形下，我对于在空间中向前移动身体的这一概念依旧是一无所知。但也不能试都不试就放弃。人必须抗争。这样才高尚。有时人会恐惧，但这是不必要的。在黑白面前无所畏惧。在那边会好的。比贫穷更加贫穷、丑陋、发臭，但是很好。令人安心的是，似乎没有什么好急的。那边的时间在等着我。一个接一个安顿。

做不到。没办法把自己从这个位置上移开。好像有人把我粘牢了似的。蠢小子的恶作剧。流浪汉们在永恒之中安顿，可我还是没办法走到他们那边去。这不是指定给我的。什么是指定给我的？完全无法反抗吗？

你为什么不在这边给自己找一小块好地方呢？埃里

克的妻子怀着好意说，她的名字我忘记了。看啊，那边
铺着红色长毛绒的长椅上还有大约二十厘米的位置！

这时，我已经挤着坐在陌生的大腿之间了。二十厘
米比想象的要窄。我要是活动一下，骨盆就会被挤碎。
除此之外，我还处在一个不可想象的位置上。头一下都
动不了。我在这儿紧紧地卡着——跟他们一起。他们
像平常一样交谈，但是这一次能听懂的比平时还要少。
咕咕哝哝的地毯。老实说，我觉得地下审判庭还要更
好些。

咳，咳。可以排除一下干扰吗？（清嗓子，纸张的
簌簌声。）谢谢。所有人都还舒服吗？谢谢。男孩们还
好吗？谢谢。开始？开始。谢谢。

我眼睛转向刚刚提到的男孩们。他们沿着墙站在凹
室里，在罐子和做成标本的狐狸之间几个小时一动不
动？头这样或者那样放着？漂亮的双脚穿着凉鞋，无拘
无束地交叉，在大腿前，一支笛子随意地被拿在手里？
噢，要是他们有可能爱上你就好了！

圣像准备好了吗？那我们大概就可以开始了。谢
谢。你们是谁？三个巨大的头颅，全都是以同一种方式
雕凿的，相同的脸，没有脸。你们是什么做的？石头？
肥皂？骆驼粪？顺便一提：无所谓。我不认可这个法
庭。我给我自己做口译。没有任何人可以信任。除开这
个，我什么都不知道。我没办法以尖锐的问题把证人逼
入窘境，因为我完完全全什么都不知道。要是我有罪，
我只能给自己辩护。但就这样？无论如何，麻烦给我提

供一个防弹玻璃做的隔间和一个麦克风可以吗？直到最后我都一直有权享有良好的健康状况。也许大多数人都过得比自己应得的要好。完全不看这一点的话，这就只是笑话，各位，只是个……

姓名？

Celin des Prados.[1]

谁在替我回答？这不是我……

年龄？

三十三。

谁……？

发色和瞳色？

黑，蓝。

哈啰！这只是个……我只是想我妻子……一杯咖啡，一杯白兰地可能……

行，我们开始。

簌簌声，轻微的咳嗽声。这里很亮。刺眼到流泪。再加上眼睛为了（随便）看些什么东西而持续转动。因为我的头又动不了了。谁在那儿发出轰隆轰隆的声音？媒体？感兴趣的观众？当事人？

咳，咳。簌簌声。见谅。谢谢。我们开始。

提出指控的人在场吗？

是我。

---

1 易位构词，调换字母顺序后可得短语"Displaced Person"（被替代／驱逐／腾挪／错置的人）。

埃里克。

我该料到的。我反对！这个人立场不公！他爱上了我的妻子，而且抛开这一点不看，他恨我。有一次我让他受到了侮辱，但对此我也无能为力。他就是这样一个处在自己时运最高点的无知的蠢货，我又能怎么办呢?! 他根本就什么都不知道，更不可能知道关于我的事！您手里没有任何不利于我的东西！

被告，住嘴！针对证人的言语攻击不是合宜的辩护形式！我们这里不容许这样的行为！一个成年男性！这里不是霍屯督人[1]的地盘！——您请继续。谢谢。

谢谢主席女士。我将引用证人 W. 的陈词。原文如下：我指控 A. N.，他是个毒贩。在我没有朝他那边看时候，他把一小包致幻蘑菇塞进了口袋。他想抹去自己的痕迹。他是个巴尔干毒贩。他看上去就是这个样子。

这是个谎言！我买卖的不过是手工艺品和男青年罢了。我在覆灭的城市的废墟中筛沙子。我把牙齿扔掉，把钱币拣出来。此外，我的性取向不关任何人的事。

现在，在这样的情形之下，犯人身为性倒错者的这一事实完全具有先定的相关性，无论它表现为语言、行动或不作为。

真要这样看的话，每个人都是有罪的。（我笑了。）真是可笑！

那您是想要否认参与过聚众淫乱吗？

----

1 "霍屯督"在荷兰语中指"口吃者"，是南非科伊科伊人的贬称。

我正是要否认这件事！我们所有人都是自愿参加的！我甚至自愿不参加！我只是旁观者！只是旁观者！

这不重要。见者有份。个体的罪责通常在事发之后就再也无法厘清了，那干脆就把所有人都算上，或者要是人真的太多，这样行不通，那就算在个体头上。人选是任意的，参见替罪羊的例子。

我们会把你逐入旷野。呐，喜欢吗，窝囊废？

说这话的人坐在右边。穿着制服，身形纤瘦。鼓起的嘴唇上方刚冒出胡茬。我厌恶你，同时我也很高兴。高兴的是你还活着，而且显然有了一席之地，即便你不得不为此成为野蛮人。中间那个人则扮演了一个上了年纪的新教徒，看似睿智并且时刻讲究礼貌，但多少也有点夸张，为了每一件狗屁事情道谢。左边是那条爱挖苦的、自以为是的狗。不算特别原汁原味的演出，不过又能怎么样呢。看不见的观众肯定笑了。

祝贺，我大度地说。拿生殖器官说事一向万无一失。只可惜不是特别优雅。

观众中传来零星的嘘声和倒彩声。

事实是……

是？我们在听。您继续。谢谢。

事实是……

是？

事……

是？

您必须换一种说法，看守小声对我说。那是我以前的教授、导师和前辈，穿着一套邮政制服。原来你也在啊。

谢谢，我也小声回答道。

什么？

我只是说了声谢谢。

我们可以继续了吗？谢谢。

嗯，我想说的就是：我没有折磨别人，我遭受了折磨。

前面传来窃窃私语。您继续。谢谢。

起初他们只是在讲话，然而之后他们好几个人一起上，对着我拳打脚踢。他们踢了我的胫骨，就跟上次我母亲对我做的一样，那时她太矮了，够不着我的脸。不过无所谓。我再也不会跛脚走路了，我只是在原则上感到愤怒而已。

您经常遭到这样的虐待吗？

有时。

这会给您带来快感吗？比其他事情更强烈？

这就是那儿会有的事。

所以说您只是接受了那儿刚好有的东西是吗？

也可以这样说。

还有呢？

什么？

您说：也可以这样说。那么本来该怎么说呢？

我请求把也删掉。

同意。谢谢。

或许我们可以在这里稍事休息，然后跳过很大一部分？谢谢。

不好意思？可不可以在休息期间——休息时间有多长？——给我拿点喝的？我的嘴巴非常干。另外，虽然我不知道我的腰在哪里，但是它疼得像是在地狱里一样。尾椎骨压在后颈上了。哈啰？……有人吗？

没有回答。

抽烟吗？

不了，谢谢你，如父般慈爱的朋友、快活的看守。现在他看起来又更像是我的沉默的父……更正：岳父。我不想抽烟。有水就行。烧酒。迷幻药。一份蘑菇炖肉。

这么频繁，我的看守说，真稀奇。

我不想问，但还是问了：什么？

死囚只干了这么几件小小的坏事。

对此我无话可说。

当然，除开性事。在这一方面，他们大多劣迹斑斑。

这我也注意到了。整场审判性的色彩极其强烈。

你之前期待的是什么呢？一切都只跟交配和战争相关。

没什么好反驳的。我们沉默了一会儿。环绕我们的是寻常的簌簌声和清嗓子的声音。最后我说：要是我妻子能在这里就好了。

您没有妻子。

不，我结了婚。

那个不算。我结了婚。现在都快四十年了。不算理想。但算数。

我说：我有种欲望，想跟我妻子长时间地舌吻。这跟年轻的小伙子那激烈的舌头动作是不一样的，我有我的优势，我身高高出许多。我可以把她完全含进嘴里。把她储存在我的腮颊里，就像储存一颗被偷走的鳄鱼牙齿一样。

这下，有一阵他什么也没说。我说得太过了吗？毕竟她是他女儿。

好吧，他说。她叫什么名字？

很遗憾，我这会儿不知道。我甚至把我自己的都忘记了。

不对。您清楚得很。

不是的。

是的。外面是什么，您也知道。

这又算怎么回事？我装作没听见最后一句的样子。幸好对话又继续进行下去了。

有谁能换一下烟灰缸吗？谢谢。

不好意思，在我们继续下去之前，能允许我先说点什么吗？

请吧。

行吧，我想说的是，我是个小人物。我是个小人物。过去十年里，我什么别的都没做，就只在工作。词句就像流水线上的面板一样从我身边掠过。我做了我的工作。我在乎的不过是尽可能高效地工作，以及不要死掉。这就是全部。

我们将来能不能把这句"这就是全部"去掉？谢谢。

我做了我的工作。

您做了什么？

我的工……

好。这个问题涉及到了各种细节。这份工作是由哪些部分组成的呢？

我教授语言，同时还做各种语言的笔译和口译，译入又译出。

规律吗？

相当规律。对。其实就是每一天。

所以，可以说这就是您的职业。

对。

您有雇主吗？

没有，我这辈子都在做自由职业。

我估计您从来没拿过有效的工作许可，对吗？一个子儿的税都没交过，对吧？

收入太低了。

我敢说确实。

医疗保险我也没有！

您有健康问题吗？

没有。有。我不知道。

您曾被诊断出精神分裂症、妄想症、躁郁症或者痴呆症吗?

什么?

您曾被诊断出精神分裂症、妄想症、躁郁症或者痴呆症吗?

这是我的隐私。

有——还是——没——有——?!

没有。没有确诊过。

间歇性的眩晕感是怎么回事?性病?艾滋?

我不知道这些跟……

热带疾病?

没有,该死的。我一生中待过的地方不过十几处。全都在温带。草场,可怕的水草地。

您刚刚说的是可怕的水草地吗?

或者是丰饶的。其中的一个。

您有阅读障碍吗?经常写错字吗?

(笑着)噢,对啊。几乎每一天。

请记在庭审记录里,圣像……

这不是我的……!

……显露出了一种到目前为止都没有报告过的思考及行为方式,这通常被称作冷嘲热讽。

(咯咯笑)热嘲冷讽?

迟早让你笑不出来,猪头!

拜托,这个嘛,我可以从多个方面反驳!研究所的柜子里有一整排文件都是研究我的,我有多高这排文件就有多长!

呐，真是给人留下了深刻的印象啊！

大厅里响起笑声。

这下我再也搞不清我说到哪里了。

您的工作。

对，谢谢。我翻译故事。令人心碎的和古怪的、动人的和荒诞的、伤感的和怀疑的。人类的、孩子的、动物的。信、望、爱。就这些。

现在，四下安静下来了。我感觉非常好。我又添了几句。我的声音回荡着，温和而洪亮，悦耳又有男子气概：

有两个人彼此相爱，但要弄懂对方所讲的任何一个词，他们常常得花费好几个小时。女的又聋又哑，男的患有痉挛性麻痹症。他们的名字是林和波，他们一起住在一家……

边上传来窃笑声。那些男孩？

吧啦吧啦吧啦吧啦，左边的人说。实实在在的悲剧命运！而且描述得如此贴近现实！紧扣命门！我再也听不下去了，还讲起劲了，吃屎去吧！你总不会以为这样就能得救了吧？

观众席那边传来吼叫：打倒逸闻趣事！打倒谎言和庸俗作品！全部打倒！

我在玻璃后面，脸色惨白，声音失真，我被激怒了：

词汇的世界！这是我的慰藉！为什么大家就理解不了呢？（哭腔）这不公平。

左边的人感到无聊：这难道不会有点夸张吗？你以为你算什么？

废物！苦瓜脸！（观众时不时插嘴喊道。）

左边的人，嘲讽地：我们勤勉得像小蚂蚁一样。这么个不起眼的、无害的小动物。我能怎么跟您说呢，这些年来我什么别的都没干，只是在工作。一只苍蝇都伤害不了。你手掌上的蜘蛛网不是没有来由的。一张可怜巴巴的发网，你的人生就挂在上面。你最好把它握成一团，用来做点更加高效的事情。

听众中爆发掌声。

要是身体允许，就连我也是会鞠躬的。嫉妒肯定教会了你一件事，我对埃里克说。我压低声音，直截了当地对着他说，这是他和我之间的事。嫉妒肯定教会了你一件事。对于这么个蠢货来说，这些对比都是好的。但这无法改变以下的事实：待在你身边是一种真切的折磨。就好像有屎粘在身上。而且偏偏是这时候。我不应遭到如此对待。

掌声平息。

行，中间的人说。我们短暂休息一下，谢谢。

听着，我说，这整件事就不能加快速度吗？我不想谈论我的身体了，这种事是不合时宜的，虽然，我承认，我很害怕睡眠被剥夺了好几天的后果。除此之外，我有可能既渴死又尿裤子。最后的最后，你的身体背叛了你。我想避免这种事，可以理解吧。不过，除开这些个人事务，我认为我有义务提醒你们注意，这个系统在原则上会自行朝着期待的方向运行。毫无疑问，我们可以就这样继续下去，直到永久的永久，而这会导向——尽管极其无聊——完全可以预见并且始终相同的结果：无。这儿的事，各位大人，通往绝对的**无**，因为你们现在不能、以后也永远不能做出判决。因为你们没有胆量，或者说这件事本身就是不可能做到的。

您错了。这是可能的，而且我们有胆量。这就是其中一件能起作用的事，无论你是否相信。面对所有针对本庭合法性及方式方法的怀疑，不应忘记更加深刻的、人性的目的，那就是，我们将会给出一个颇具价值的判例。至于无聊，我们承认您是对的。您使我们感到无聊。毫无进展。绕圈子，总是与关键之处擦肩而过——就此，我始终（请允许我发表这一个人见解）无法摆脱一种印象：您一直在故意装傻，光是如此，您就合该挨几个耳光了，不过鉴于我不是您的外祖母，感谢上帝，我只能说说就算了——就像一台离心机一样，您的各个部分都粘在边缘上，中心却是空的。您说得对，这样就已经够了，请您不要再来告诉我，是那外面的某种东西把您分割成这样的，最初的三年，这种话还算得上是辩解，在那段时间里，想家也是允许的，而在这之后，与其自我折磨地抓着上天可鉴并不荣耀的过去不放，不如选择以未来为指向的融合。所以说，在您的案例当中，所有辩解都早就失效了，是时候让我们来跟您做个了断了，无论您喜不喜欢。观众席里还有谁要对指控进行补充吗？

传来一个男人的声音，高亢、不受控制（康斯坦丁的头只有一个苹果那么大）：他由着性子拒绝借我几个硬币！

这是很重要的一点，谢谢！

第一，这跟事实不符，第二，那几个硬币我自己也需要。主席女士，是不是有可能把这位先生连同他煽动性的言辞从大厅里清除出去呢？

观众席传来嘘声。

这么说吧：在我扭断他的脖子之前。

观众席传来哨声，他们在窃窃私语、低声议论。

啊哈！我们慢慢接近事情本身了！

我不知道您在说什么，我粗暴地说。

那是！

不知道，我说。一丝一毫都不。我是个讲礼貌的人。上帝做证，我无意挑衅有关部门。我顺从到了奴颜婢膝的地步。我的证件随时放在手边备查。要是别人问起，我的回答总是礼貌、简洁的，无论从哪个角度看我都绝对正直。

吧啦吧啦吧啦。这些我们全都知道。无可指摘——除了性道德。

又来了。我痛苦地笑了。这完全是胡说八道啊！您是在试着通过荒诞的因果链条来迷惑我的理智，然后例行公事般地违反法律规范。我可能对大多数事物了解得太少了，但我精通语言，而且注意得到别人什么时候在作弄我。通常情况下，我现在就要走了。干脆走掉，优雅、缄默。可惜的是，出于生理原因，目前这是不可能的，尽管我这会儿似乎有了一副身体，但操控它的力量还在别的什么人那里。我就像危险的动物一样被困在一个笼子里。很遗憾，我没办法以别的方式自卫。这不公平。我强调一下：不公平。这不是应许给我们的东西！这不是应许给我们的东西！！

咳。啊，好吧。（簌簌声。）我想……咳。

为什么，我插话喊道，为什么就没什么向着我说话的人呢？我要求提请自己的证人！就连我也有——不管看起来多么不可能吧——朋友！其中一部分是真正的男人。我很喜欢在他们做事的时候看着他们。他们小臂上青筋暴起的时候，我的嘴就特别干。可惜他们恨我。又或者谁知道呢？无论如何，那绝对不是爱。现在这还重要吗，或者曾经重要过吗？但是，跟他们待在一起或者说把他们聚在一起的那个女人，我的教母，她肯定会为我说话的。并非因为这是我应得的，而是因为她扮演的角色就该这样，只做对我有好处的事。同样的情况也适用于我的妻子和继子。可惜我对以上所有提到的人都心怀愧疚。部分原因我已经忘记了。可是，还有类似于原谅的东西吧，不是吗？

寂静。我们等着。

不是吗？我说。

无。

唉，埃里克说。

现在，中间的人说——那是我岳母吗？我觉得，这样一来一切都说得通了——我们来宣布判决。这一结果在审判开始之前就寄放在一个密封的信封之中了。能把信封给我吗？谢谢。

有人在看不见的空间之中兴奋地摸索。一场让人又紧张又期待的仪式近在眼前。真古怪。现在马上要结束了，我的心脏却狂跳起来，我倒还乐意再哀求几个小时。这种痛苦折磨再来几小时！

不好意思，可是我……哈啰？……我想说点什么！我要说点什么。如果情况紧急，您就会把我的麦克风关掉，但您办不到，一切都只是个假象——玻璃隔间、麦克风，其实，一旦我开口说话，就根本没有把我的声音隔绝在外的可能性。我要，我要……

呐？

所有针对我的指控都是虚假的！我什么都没干！

这我们知道。

那你们想从我这儿得到什么？

好啦。让我们把其他的都一起忘了吧。你只用回答我四个问题：你聪明吗？你正义吗？你勇敢吗？你恪守正确的尺度了吗？

不。

不。

不。

不。

谁在代替我回答？

所以呢，你还想怎么样？

巨大的沉默。

威严地：你既如温水，也不冷也不热，所以我必从我口中把你吐出去。[1] 在我们宣布判决之前，还有以下的话要说：过犯是从想象力开始的，因此与我们身为人的存在有着本质联系。但这并不能开释……我绝不容许被告恶魔般的冷笑！有什么好笑的？

你们不能处决我。

是吗？为什么不能？

我还没被人碰过！（狂叫）我珍存自己，等着那唯一的一个新郎！

几个大人讨论了起来。我笑了。最后，中间的人：

关于这一我们无法验明的事实的相关性，意见不统一。必须承认，有一段时期，人们认为恶魔不会进入处女的身体里，这构成了整个圣女贞德故事的痛点，因此，保险起见，判决如下：参与聚众淫乱罪名成立。

咕隆声、椅子挪动的声音、零星的掌声、咋舌声。广播里传来一个引导员的声音：麻烦站成一排。男孩们先来！

我有点害怕，但心中也有某种欣喜的期待。男孩们会把我怎么样？我会从中感觉到什么吗？或许我的屁股跟我身上其他所有地方一样，也是白垩和石膏做的？

闭嘴！一个肥胖的红发男人说。这人我已经见过一回了。首先，我们来宣读酷刑手段。我们按照国家或者

1　见《新约·启示录》3:16。

文化圈给它们分了类，不过自然还有许多交叉的部分。中国人割鼻子，蒙古人更喜欢剥皮。在西班牙，这样的操作叫作浴缸、袋子、轮子、手术室。此外，我们还在世界范围内了解到了烤架、电椅和狼牙棒。电、水、塑料袋、警棍、排泄物和机油发挥着重要的作用，效果相同的还有强制固定身体姿势和各种捆绑。在大多数民族的信仰中，倒吊起来会导向醒悟。在某些个例中，切割身体部位也具有可操作性。不是什么性命攸关的东西：一根手指、一只耳朵、一条舌头。你，中年小偷，你，虚伪的传道者，你，大不敬的人。用铁丝把嘴唇缝起来是另一种流传已久的可能性。这难道解决不了你的大部分问题吗？诚实点吧。在没有进食的情况下，被消化道排泄物玷污的危险也就最小化了。更何况你本来就不必担心衣服的事，因为大部分时候你都会是裸体的。你自己看看这根干瘪的小棍子吧！

好，我说。我选男孩。

闭嘴！还没完！在我们朗读的同时，还有新的手段正在被发明出来，我们几乎总是在我们的时代后面气喘吁吁地追赶着。曾经经过的节点是回不去的——这你肯定是知道的，所以，把那些甜美的男孩抛到脑后吧——但始终可以再向前迈一步。现在不干，还等什么时候。你从来就没有被选定为受害者。你将会是执行这一切的人。百分之十的人——这是经过科学证实的——会在折磨他人的时候感到愉悦。看啊，所有人都在这儿，熟人和陌生人，他们属于你，随心所欲。

扬达的脸像个针垫，他蜷成一团蹲在角落里，牙龈在流血。

你要是愿意，就可以玩儿他。只是不要碰到他嘴巴周围。他的牙齿就像一把生了锈的锯子的锯齿，骨头也凸了出来，但是他的肠子很柔软，最后才干涸。他最多还能维持十天的生命。

你们啊，我说（我的声音不受控地颤抖着），你们自己玩儿自己吧！

所以你想不想和盘托出，摆脱自己的无力感，然后体验超越了自我的人的伟大力量？

不！

那要你还有什么用，混账东西？逃兵！童男！叛徒！

行啊，我说。行啊！然后再一次——这次是咆哮，我必须要大喊出来，喊几个世纪：行啊啊——

你就是个又蠢又可笑的傀儡！呐喊也是计划程式的一部分！

我无所谓，我继续喊：啊啊啊啊啊啊啊啊啊啊啊啊啊啊啊啊啊啊啊啊啊啊啊啊啊啊啊啊啊啊啊，快来啊，让我沉默下来，把我嘴巴堵上，杀了我！

还不等我想到最后一句，他们就不见了，而我则躺在大地上。也就是说：我认为我躺着，我认为这是大地。没有人——因为我就是唯一的人——再说些什么。我又一次独自一人身处 Agirmoru Put[1] 空荡荡的沙地上。宁静是好的。我从来没有这么强烈地渴望过孤独。我蒙住脸。在这里，大量的时间流逝。

之后，我睁开眼睛，又或者我其实全程都睁着眼睛。看起来，我还活着。通过这件事，我获得了怎样的权利呢？我获得了独自停滞在灰色废墟中的权利。这些废墟看起来像长着痘疮似的。燕子的巢。我一只手就可以把它们捏碎。它看起来不像它原来的样子，但我知道它是什么。骑兵雕像还在吗，鸽子、剧院、标记过的步道呢？在，不在，我不知道。除了像得了麻风病一样疙疙瘩瘩的破墙之外看不见任何东西，也听不见任何东西。没有人在这里，除了我。

1　易位构词，调整字母顺序后可得德语词"Purgatorium"（炼狱）。另外，"Put"在塞尔维亚－克罗地亚语中的含义是"道路"，所以这也可能指某条街道的名字。

有的。你在。原来是你在这儿。

为了找你，我前前后后做了多少事，你能想象吗？我到处找你，找了多少地方，找了多长时间！找遍了多少个名字！我把一切都试遍了。一切你有可能成为的。神父、使敌对双方和解的医生，或者正相反：元帅。哪儿都找不到你。而现在，你就坐在那儿，在路缘石上，那是一块老旧的里程碑，一个混凝土做的垃圾桶。你还像曾经那样年轻吗，也许现在仍是如此？或者你已经衰老了吗，即便你尚且不可能如此？我说不上来。你身上的一切都是完美的。你的衣服带着冷冷的优雅。衣服里面，你的身体。小心，别靠在墙上，你高贵的大衣会沾满灰烬。

你过得怎么样？我过得很好，跟时局相符，我不抱怨。

你就只是坐在那儿，什么也不说。在梦里，我父亲朝我走过来了，外婆说，但他什么也没说。死者在梦中是不会说话的。以前你一直在讲话。现在，你的嘴唇就像是画上去的一样。也许你根本就不是你，只是一个跟你很相似的玩偶，被恶作剧般地搁在了街上。那时他们大批大批地把商店的橱窗玩偶扔出去，这就是其中一个。之后到处都能见到玩偶，在垃圾箱里、阳台上，摆出所有可能的姿势。有些缺了胳膊和腿，它们已经过上了自己的生活。地下室里伸出来的手。原本交通指示牌的位置上叉成一串的头颅。没有头和四肢的躯干肚子朝上顺河而下。

现在，终于，你眨了眨眼。谨慎，像动物一样节制。站起来，走了。我跟着你。

现在几乎跟那时一样。只是，我没办法跟紧你，但我也完全不想跟紧你。这样更好。我看到的你比以往任何时候都要多。整个身形，从头到脚，尽管是从背后看过去的。不过这样也要轻松些。现在，这就像是一场古典的梦。我们穿过小巷，我知道，这是我们故乡的城市，即便它看起来并非如此。除了我们之外还有人吗？我没有看见任何人。独自穿过一个空空的故乡。爱故乡是我们的义务。我说：见鬼去吧！说出这句话让我有点害怕，但其实没人听得见，除了你。所有人都突然消失了，这种美丽的恐惧。只有你和我。

这是个奇怪的角色。通常讲话的那个人不会是我。虽然自那时以来我进步了很多，但第一眼可能也看不出来吧。外面很冷的时候，我在闲暇时间里读了点东西。我可以给你讲解很多关于所谓的普及教育的东西，你只需要问我就行了。你自然是不会问的。你走着，把左边和右边的十字路口都抛在身后。你是对的，没有选择。必须把那一条路走到终点。我希望确实存在一个终点。因为，老实说，我不是特别喜欢这种长途跋涉。你为什么不把我领回家呢？就让我们在暖炉的阴影中钻到温暖的床上，读关于太空人的小说吧！我是在讲胡话吗？我是个小孩吗？是的，是的。接纳我吧，让我跟你在一起！

我知道，你不是个接受讨价还价的人。你走啊走啊。已经走到过河的老桥上了。河水有时会从山里带来红沙。我完全忘记提起这件事了。我们的城市有很多桥梁。我们就像纺线的梭子一样在上面跑来跑去。现在只剩下这一座了。河床上躺着旧时的垃圾。家用电器、一台电音合成器、那些玩偶之中的几个、油桶、巴士、一只猪。我不懂人怎么可以一边一直抱怨自己过得不好，一边还这么浪费。你能理解吗？——

从近处看，你的动作有些僵硬。这跟你作为橱窗玩偶的过去有关吗，或者说你一直就是这样？你心脏虚弱，免做体育活动。而我的情况是，即便我快要死了，仪器显示的也还是正常数值。讲我自己的事让我感觉有点尴尬，另一方面，我曾经盼望过你最终能注意到我。这不是说我除此以外就没有别的选择了。甚至有人觉得我很有吸引力。好吧，可惜从那些男孩们嘴里问不出什么东西。我凌驾在他们之上的力量太大了。年龄，以及其他的一切。尽管实际上掌握力量的是那些屈从人下的人。在此，我屈服。

我们还从来没有在外面走过这么远。你看见那边那棵烧成焦炭的树了吗？它不美吗？旁边的小山丘也很讨人喜欢，它是用油罐和面粉袋建成的，或者这是个路障吗？这难道不是特别机智吗？我很抱歉。我无论如何都想给你留下好印象，这总是使我陷入过火的险境，超出预定的射程。虽然我手里还从没有拿过武器。在学校里，装着木头手柄的金属块代替了手榴弹，而且厕所跟现在道路两边的这些军营粪坑一样臭。实在说不上有多美好。幸好我很久没吃东西了。在路上，不知什么时候我的胃口就消失了。尽管通常第一个得到原谅的就是家乡的饭菜。

现在我懂了。你就是那个在四条河之间的废墟景观——这里的街道布满坑洼——之中穿行游荡的人。破裂的柏油之下，泛红的沙漠细沙露了出来。我多么想抬头看星空啊！但你迫使我只能看向脚下的前路。脚踝疼痛。我的鞋走坏了。到处都有地雷警示。我们无法离开街道，无法到达诱人果树林——来吧，让我们躺在一棵树下吧。我们必须待在这里，此地，衣衫褴褛的孩子——他们是黑人，还是仅仅被晒成了深棕色？——站在路边，用双手把尘土刨进洞窟里：看看我们是怎么修理它们的吧！风旋即又把尘土扬到了外面。一辆呼啸而过的吉普车卷起的风。在战争冲突以及持续的管理不善过后，这种在不安全的道路条件下非常实用的交通工具通常会流行起来。可以摇下两侧车窗，从一条小缝隙中把残损的钞票往外递。气流会把它们从车旁推开，这样有个好处，他们在原野上追着钞票跑的时候，被卷进车轮底下的风险更低。他们无论在干什么都不会停止大喊"pao，pao"。别的词他们一个也不认识。他们管一切都叫作"pao"：面包、树、石头、他们的爸爸、他们的妈妈和姐妹。当然还有我们。这是我的真名吗？Pao？他们站在街边，"pao，pao"，[1] 手臂长得可以够上马路中间

1　塞尔维亚-克罗地亚语"倒下了""失败了"。

的我们。

在这里，我找到了几个旧硬币。也许它们还在流通呢。别的反正我也没有。你走在我前面，不回头，不看我做的好事。我向全世界的穷人分发我的古典遗产。我有点担心钱不够，我到底有多少硬币来着，它们在我口袋里没有重量。我分啊分啊，把生锈的硬币撒进小小的手中，就像把种子抛进土里。我的眼睛被泪水模糊了。我不是感动。我恐惧。

然后就结束了，孩子们消失了，街道也一样，我们又站在城里了。太阳正在下山。穆安津在唤拜。[1]从那时候起，我就再也没听到过这个声音。你站在我前面，已然回过身来了，举起手，当中空无一物。我知道你想要什么。在跟我说之前，你是得不到的———一句话。只用说一句话——我爱你。我恨你。可我爱你。你能不能至少说一次，小声说，这里没人能听见，措辞不用完全一样：我也爱你？

你只是站在那儿，手举着。要是我现在干脆跟你一起站着不动，站到永远，你会怎么做？

我知道，你听见了吗？我知道，你也爱我。你只爱我。不是上帝——而是我。那样爱，爱到不得不把我从你心里完全驱逐出去。这就是真相，不信神的狗！

你耐心地等着。没办法再侮辱你了，但也没必要道

---

1 穆安津，指伊斯兰教的宣礼师，他们每天在清真寺按时召集信徒祈祷，这一行为被称作"唤拜"。

歉。关于我的一切你都知道。你是对的，我不会哭。我把最后两枚硬币从口袋里掏了出来。其中一个属于你。

每人得其应得的份[1]，我说着就把硬币放到了你手里。

你张开了嘴。那后面是一个黑色的洞窟吗？我朝里面看，假装这东西完全没吓到我。我没哭，尽管你从现在开始再也不会跟我或者跟任何人讲话了。你吃了这铁做的圣体，在至福的短暂一瞬之中，我看到了你的舌头。我迄今为止感受过的最高的欢愉盈满了我的身体。以利！以利！以利！我把我的花送给了他，之后不久我的爱人就死去了。我不知道这是如何发生的，我不在，我非他。他祥和地睡去了，因为当心脏静止不动的时候，人就死了，但在那之前他还破除了我的贞洁。我不能再要求更多了。

好啊，独自一人待了很长时间之后，我最终说道。好啊。我会表示感谢并且发声。我会为语言做绵长深刻的颂歌，它是世界的秩序，音乐的、数学的、宇宙的、伦理的、社会的，它是最盛大的假象，这是我的专长。一个人可以做出两百种不同的面部表情，用以给自己的现身情态赋予表现形式。一个婴儿可以发出差不多数量的声调。之后他学会了自己的母语，把剩余的无用部分忘记了。人们称之为经济。他借助正确的例子，也借助

1　原文为法语"À chacun sa part"。

可以从中推导出正确规则的错误来学习。人们称之为普遍语言本能。掉出了煎锅又进大火我们。[1]在此，我们将翻译定义为交流的一方面，交流是互动的一方面，互动是行动的一方面。如此一来，翻译——只要它以一个意图为基础——就是行动。所有这些我以前都在一部相对较长的论著中阐释过了，我估计一共有四十卷，不过可惜的是，在我完成，甚至开始写第一卷之前，所有东西就丢失了。这种事也是可能的。严格来说，这没有什么好遗憾的。需要的话，所有东西都可以在其他为数众多的著作中查阅到。譬如说某个冬天，暖气停供或者吵闹的陌生人在房子里扎了营的时候。图书馆里多数时候很安静，有时甚至还很暖和。理论方面，我没有任何要补充的，实践方面，我名义上掌握了十种语言，实际上是无穷多种。单单我的母语就赋予了我区分二十多种方言的能力，其中有一些自我定义为一门独立的语言，因为即便是一个表达中的一个细微差别，往往也会催生出一个完全不一样的世界。对我来说，尽可以随便，我不会小题大做地从中搞出什么国家大事。我的卡伊方言讲得跟查方言、什托方言[2]一样好，而且它们对我来说全都价值均等。我可以学会这个世界上每个村庄的方言。还存在的和已经不复存在的。（最后三个利沃尼亚

1　原文疑刻意打乱了语序。
2　卡伊方言、查方言和什托方言均属塞尔维亚－克罗地亚语。

人[1]互相讲了些什么呢？三个剩下来的人之间有什么好讲的？顺带一提，这几个是利沃尼亚女人。女人们总是留到最后。为此该嫉妒她们吗？有时我说是，有时我说不。）世界上的每一个人都可以来我这里，对我说话，我听得懂。即便是完全的胡话。刚刚发明出来的乱语。Kerekökökokex。某一天，这种能力在没有进一步解释的情况下被赋予了我，我以为我要死了，但我没死，反而。可惜——小心诸神的礼物！——它还带来了一些副作用。譬如这种听觉的问题。无论在哪里，我都能听见某个公共场合所有人同时以同样的音量在讲话。我听得见待在各自同传室里的其他口译员的声音，咖啡馆、公园里的所有人。因此，对我来说，回答他们的问题常常是不可能的。单纯就是太多了。并不总是这样，但也算经常，而且，不幸的是，这种事多数时候都毫无预兆地发生。我说这些，不是为了给自己辩解。可现在再继续隐瞒下去也不会有任何意义了。我也已经想到过去看耳鼻喉科医了，不过一方面我没有保险，另一方面我知道这是不会有任何效果的。我的身体一切都好，我的胸腔牢固，里面可以发出稳定的胸腔鸣音——我是一个健康的、有生殖能力的男人。我提起这个不是为了炫耀。只是因为有很多关于我的形形色色的流言以及对我的质

1　利沃尼亚人现居住于拉脱维亚西北部和爱沙尼亚西南部，与周边地区不同，其语言属于乌拉尔语系下的芬兰–乌戈尔语族。2013年，最后一位以利沃尼亚语为母语的人去世。

疑。我是不是我所是的那个人，我会不会我宣称我会的东西。到底是我自己如此宣称的，还是有什么人散布了关于我的事情，而我只不过是没有反驳？我究竟该如何去说服他们，而"他们"指的又是谁呢？当你在某件事上能力最强时，就只能完全靠自己了。当然，我也可以向亲爱的上帝祈求，传言说他能理解所有的语言——不然他还能怎么办呢。一切他都知晓，过往、当下、未来，这就是他沉默的原因，而我却在这里被我的无知驱赶向前。或者视情况而定吧。经世的，更正：经济的、生物性的强制作用。这么说吧，比起一般人，我就是受到幸运和／或霉运更多的青睐。这么多事有可能单单降临到一个人头上吗？而且仅在十年之内？有些人根本就不会遭遇任何事情。这正是有些人追求的目标。我去捕鲸并不是出于单纯的狂妄。在八千五百米高空窒息身亡并不吸引我。我身上没有我父亲的冒险精神，也没有我的朋友和偶像的那种不懈的求知精神。我们所有人并不都是为此受造的。我本可以终我一生生活在同一条被栗子树环绕的街道上，在外省小城做一个秘密同性恋教师，我从未奢求过更多。十多年来，从我嘴里听不到一声小小的抱怨。我不像其他处在我这种境况中的人，我不怨恨，也不提要求。我转而开始学习。童年在专制政权控制下的小地方度过，后来过上了没有有效证件的生活，从前者那种受限的不可变动性落入后者那种绝对自由的全方位临时性，然后又因此被抛回我自身以及从中派生出来的东西上，我觉得这似乎是唯一可行的道路：

除了培养和拓展我的天赋外，什么都不关注，也不对其余含糊不清的部分负责。如今，语言所触及的一切领域，我几乎都已经了解，那些语言从未触及过的，也是如此。某些东西始终留在黑暗之中。知道得更多就意味着了解更多这些黑暗领域的存在。所以，在自我表达时才会谨慎。每种语言有五千上下的通用词汇。之后，在检测的过程中，我有机会了解了很多作为外行人可以了解到的关于我大脑的东西。所有语言的资源都为我所用，除此之外，我还很勤奋，而且能从家庭作业当中获得乐趣，这样一来，成为关于自己的专家对我来说轻而易举。您知道吗，颞叶——语言所栖居的且产生神性体验的地方——与和攻击性行为相关联的大脑区域构造完全一样？所谓的狂战士之怒是一种由致幻蘑菇引发的疯癫状态？是的，就是这样。狂喜和暴力的幻象是手牵手一起来的。幸好在这里，在大脑前庭，我们还有一种美好的文明。一种十倍或者任意倍的语言障碍。我可以控制住自己，根本没这回事。遗憾的是，这造就了高度不对称的左脑，我甚至无法用左手端几秒钟咖啡杯，半块小面包也拿不住，不过反正我的惯用手是右手。小时候我会思考一些宏大的东西，像是宇宙和爱，如今我几乎不再思考任何东西了。我像阿米巴一样活着，一种坚忍、经济的生命形态，我在地上占据的位置大不过脚下一掌、躺下时身体在床垫上的压痕、五层楼上可以坐进去的一个屁股宽的铁笼子。我日复一日地践行着平和。我靠收入微薄但体面的工作来维持生计。以某种语言对我说的话，被我用任意一种别的语言复述出来。为此，我的脑袋往往要夹在另外两个脑袋中间，这种动作一般被比作鸵鸟埋头，不过很多人也说这是立体声。时间的符号是交流。欢迎每个表达自我的人，我说故我在，我们发出语音，它们群集，聚成小小的花束；它们在这里是一个词，在那里却又什么都不是，不过没关系，我就是为此而存在。关于桌子的形状，首选圆形，可选的还有椭圆，因为更节省空间，这并非无关紧要，因为囊括一切的聚合尤其受物理条件的限制。物质需要位置，这有可能导致不可忽视的冲突。菜单也是口译员需要翻译的，汤叫作皇家野味汤[1]，这前面还有致辞，之后所有人一如往常地同时开口。无论他们说什么，即便是谋杀，我都必须要复述出来，只要我还在说话，缓刑就会一直持续下去，两者的时间分毫不差。要是在某个细微之处有了不同的偏好，就可能对世界的进程产生持久或短暂的影响，这我难道没有想过吗？我时常这么想。譬如说，我永远不给句子收尾。说一个——无——尽——的——句——子——，这很好，但对于单独一个人来说是不是太过了？

　　总而言之：我不抱怨。尽管我对此毫无概念，但大多数时候我还是"幸福"的。除了那些裂隙——我不知道可不可以说：时间之中的裂隙？突然间让我感到无法忍受的时候——既非生，也非死，而是某种人类

──────────

1　原文为英语"Royal"。

设定之外的第三者，恶心、恐惧的浪潮会倾泻而下把人拽走，甚至不是拽向痛苦，而是：无，无，无，直到某时，像水一样，趋向缓慢，然后伴着田园诗般的潺潺水声消逝，而我，悬浮废料，留在了河堤上。

短暂停顿，好让我能得到适当的空间，用以讲出接下来几句出于特定的个人原因让我感到神圣的话（它们并非各自独立，而是依照次序组合而成）：

有时候，我说，我完全被爱和虔敬填满了。彻彻底底，这几乎让我停止做自己。我强烈地渴望看见他们、理解他们，甚而至于希望能做他们之间的空气，让他们把我吸进体内，让我与他们合而为一，一直深入到最后的细胞。另一个时候，当我看见眼前的他们，看见这些死尸上的嘴吃喝讲话的样子，我又被恶心淹没了，而它们之中的一切则变成了污泥和谎言，而且我感觉到，要是我还得再多看、多听一个片刻，我就会朝离我最近的那张脸上打过去，一直打，打到上面什么也不剩。

好了。现在说出来了。对，该死的，我知道外面是什么了。外面就是，我不再继续前进了，转而乘坐回程的火车，而且还不等到达就把每个倒了大霉遇见我的人弄死。抢劫，强奸，这些不是我的做派。就连上刑也满足不了我。但我可以不带任何说得上是犹豫的犹豫，一言不发、冷漠精准地杀人。朋友，敌人，无所谓。我完全不偏不倚。种族主义和其他偏见在我这里不起任何作用。男人、女人、孩子、老人我视同一律。我是一台公正的机器。我内里没有一点慈悲。

我坐在灰色的高墙之间，像一个老人一样点头：

这样啊，这样啊，就是这样。我渴望回归。一天二十四小时都在想。同时，我完全清楚，如果我真的什么时候能回到我的城市，然后看见街道、房屋、栗子树，看见毁灭的痕迹——或者再也没有任何看得见的痕迹，因为一切已经又都跟从前一样，在故乡无与伦比的蓝天之下美得像童话一样了。如果我看见能看见的或者不能看见的，那我心中全部的屏障就会马上就地崩解，就好像是吃了有毒的蘑菇似的，然后我会一边诅咒上天一边把一切打成碎屑。在这种状态中，我可以支配比平常更加强大的力量！我可以用拳头把这座城市捣碎，把这座迷宫蒸发掉，我无法用别的方法找到出去的路，我太弱小了，但我的力量足以把它拆毁，直至地基。这大有可能持续几个世纪，但也有可能只消一天的工夫。其间，我咆哮着：血与土！狗的气味，河的气味！浮尸身上瘟疫的气味，一个紧挨一个，就像在运输猪背脊，该死，该死！我猛烈地捶打着，该死，该死！但每一击之后，我指节上的皮肤都会再生，以便每一下都可以重新擦破一次。我必须打得更快，好让皮肤再生不过来，也许失血会帮我让自己停下来。或许砂岩会把我吸收进去，直到整座城市吸饱，然后颤抖着立在那儿，像一块血布丁，诸神的一道菜。

我也不知道为什么我这会儿在啜泣。要是有卷厕纸就好了。一来它便宜，二来这样一个卷筒会让我想起无尽。想——起——屎——一——样——的——无——

尽——！一个没有纸巾的成年男人。没有双手！没有鼻子，该死的！这只不过是记忆的香味。屎一样的记忆中屎一样的香味！

我来这里之前，也曾感到悲伤。或者并不悲伤。我从不怀旧，也从未给自己制造过幻觉。不，还是有一次。对孩子的爱。现在无所谓了。早就不再是这回事了。我所讲的……我所讲的，我现在说的——声音并不算太小，而且很清晰——是我的新祖国：羞耻。现在，这里，我践行着平和，日复一日，是的。因为这是可能的。如果相应的代价是否定我的历史，也即否定我的来历和我本身，那我也做好了充分的准备去偿还。但是其实很多时候我是个野蛮人。无论面对的是好人还是不那么好的人。爱只作为渴念存于我体内。我有过运气、能力和可能性，尽管不能简单地说是我把他们全部挥霍掉了，但我如今还是迷失了。我就是太羞耻了。没有处在正确的地点，或者处在了正确的地点，但没做那个正确的人。我的全部力气都耗在这种羞耻上了，从清晨到傍晚，还有夜里。可耻的、绝望的羞耻。因为我来自我出生的那个地方。因为发生过的那些事已经发生了。

停顿，然后以几乎听不见的声音说：

有一天，那个颇有才华的人——就是我，单纯就是绝望了。几个小时或几年之后的那个时刻，我领悟了，我人生中最贴近我自己的瞬间，最纯粹、最满足的瞬间，就是爬进剧院背后窗子里的那一刻。就是这样，而非其他。

特别长的停顿。然后，轻声：

我把硬币搁在里面。你要是还想要而且刚好经过的话，可以拿走。我保证不对你做任何事。针对免除我的罪责一事，我没有什么别的可做了。

硬币几乎还没脱手，响起了一阵钟声，噢，我的上帝，一定要这样吗，这种让人尴尬到痛苦的小题大做。进堂经、垂怜经、升阶经、解经、继抒咏、奉献经、圣哉经。圣哉经、圣哉经、圣哉经，上帝与我们同在，同在，同在，同在。钟声把它们驱赶到我这边来了，我的魅魔[1]；现在它们全部都来了，绕着我跳舞。它们身上带着标志性的物件，好让我认出它们，一把链锯、一根手杖。万达（半边身体是她弟弟）、苹果脑袋的康斯坦丁、埃卡和那个婴儿。金发的埃尔莎在连衣裙下面揣着一个石膏制的天使的头，紧紧环抱着鼓成球的肚子，好让它不要掉出来摔到大家脚下，碾碎半个城区，然后丢了教皇的宝座。而这边是我的妻子，她的名字是慈悲，跳着舞——我多么开心啊！——跟我裹着金色头巾的教母脸颊贴脸颊。他们唱道：

Min bánat engele for

Ki häret sillalla tur

1　魅魔（Succubae），以女性形象出现在人睡梦中的恶魔，通过性交获得力量。

On vér quio vivír

Mu kor arga kun tier[1]

钟声笼罩在一切之上，持续不停。它在后面推着我们，把我们从这个切割得很古怪的宇宙中赶了出去，我们轻轻飞着，就像蒲公英的种子。这就是最终的死亡吗？它能把我们赶到多远？我们会坠入真空的空间吗？这可能吗？不，这不可能。这不可能。这不……我不会死。该死。或者不该死。渐渐地，他们超过我了。不知什么时候我又是独自一人了。没有重量地飘浮着。我也可以待在这里。譬如，不眨眼。这么说吧，接下来的三千年都这样。然后我们再看。一个来自过去的访客，我还是孩子的时候读了很多这种东西。想起这些，我紧闭的眼皮之下这会儿渗出了泪水。十三年前，一场哭泣沉滞在我体内。现在仿佛一切都要从我体内冲泻出来了。平和，平和，平和，平和。

现在：只剩等待。在萌芽的恐惧之中。要我给你讲个故事吗？最后一个，让你入睡或醒来。

1　亚伯脑海中的混合语言歌谣。"Bánat"，匈牙利语名词，意为"悲伤"。"Engel"，德语名词，意为"天使"。这两个单词组合成了一个表示所属关系的名词短语"（属于／来自于）悲伤的天使"。值得注意的是，此处的德语词亦按照匈牙利语语法变格：匈牙利语名词"angyal"在表示所属关系时带上了后缀"-a"，而德语名词"Engel"也做同样的词形变化，变成了原本不存于德语之中的"engele"。亚伯的混合语言超越了简单的词汇杂糅，他的十种语言已经在语法层面融为一体。

这个声音我认识。是我儿子的。想见他的愿望比羞耻和恐惧更强烈。但我还是闭着眼睛。我不想吓到他。

好，我非常小声地说，好。

这个故事叫作：伊利亚·B. 三受试探[1]。

伊利亚·B. 是个虔诚的少年，从降生以来，除了上帝以外，他毫无念想。他只在同上帝的关系当中感知自己的生命，孑然一身，只注视上帝一个，却感知不到上帝的造物。他既不爱天体，又不爱大地，也不爱栖居其上的生物，对他来说，其他人是不存在的。简而言之：伊利亚·B. 是一个爱无能的利己主义者生下的冷血杂种。降临到他故国的自然灾害和历史浩劫只能对他造成普遍的影响，无法产生特别的触动。寻神者没有故国。唯独归宿于神之居所才有意义。

之后他成了医生。作为一个宗教救援组织的成员，他出现在遭受自然灾害和历史浩劫的地区，在那里挑开化脓的手指，不做麻醉实施剖宫产，试着用阿司匹林治肺炎。一天，他那个组织中的一小群人被指传教，遭到逮捕。一个修女被强奸致死，然后被扔到了伊利亚·B. 脚边，但即便是他也再没有办法唤回她的生命。一个神父被割掉了舌头。他不得不堵住他的嘴，以保住他的性命。他在刀锋前抵抗过，下巴和脖子上有割伤。B. 医生用蜘蛛网和石灰止住了血。还活着的组织成员在监禁之

1　见《新约·马太福音》4:3-11。耶稣三次受到魔鬼试探，不为所动。

中每日祷告——不过没有表现在外，否则他们就会面临死亡的威胁——几周后，他们被释放了，然后回到了他们的故乡。他们接受了细致的检查，无论是身体还是其他，都显示健康。

一段时间之后，伊利亚·B. 受他未婚妻朋友的邀请去参加了一个派对。十几个人，女人、男人，都向他表达了对他遭遇的同情以及对他勇敢的激赏。他礼貌而简单地做了回答。他想了些什么。他是否有过死亡的恐惧。修女的尸体躺在他脚前以及神父的头靠在他怀里的时候，他有什么感觉。无。没有。无，无。他全程什么也没想，什么感觉也没有。他并不害怕失去生命。他祈祷。我们在天上的主啊。我不值得你临在于我的屋檐下，但你只用说一句话。下一步，他想要担任助理医师的职务，结婚，生育很快也加入了计划。

从那场派对回家的路上，在他人生中的最后一夜里，打不到出租车。伊利亚·B. 和他的未婚妻手挽手在街上散步闲逛，心想如果运气好的话，也许能拦下一辆出租车。他们幸运地拦下了一辆。然而之后就是与司机的争吵。I. B. 的未婚妻有理有据地宣称，司机有意绕了一段路，后者紧接着就在一条昏暗偏僻的街上把他们放下了车。未婚妻——她那晚喝了点酒，这在她身上很少见——站到了启动中的车子前面。车停了，司机下了车，朝这个年轻女人走了过去，用一把刀捅了她的肚子，然后再次上车驶走。伊利亚·B. 一只手捂住未婚妻肚子上破裂的血管，另一只手报警呼救。他跟她一起坐车到了医院，她马上就在医院里做了手术。别人提议让他在医院里稍微睡一会儿，但他说，他还是更想回家，之后再过来。两天了，他一直没来过消息，未婚妻委托她母亲去看看他。找到他时，他在床上躺着。就在那同一个夜里，他死在了睡梦中。死亡降临的几个小时后，苍蝇就在他眼角产了卵。

好的，我说，能多小声就多小声。就是这样。

看着我，我儿子说。

我睁开眼睛。他飘浮着，双腿盘在毯子下面，他的名字是出路。

你的名字是，他说着，同时却已经像老电影胶片一样褪了色，你的名字是：Jitoi。

亚伯·内马又名埃尔-坎塔拉又名 Varga 又名阿莱格雷又名弗洛尔又名 des Prados 又名我：点头。

是，我说。马内·伯亚。[1]

我这会儿抵达了一个全然无风的空间。我叹气，以此感受胸腔中的轻快感。现在一切都很轻。不再是石膏

---

1 Jitoi，源自北美原住民 Tohono O'odham 的语言，意为"迷宫中的男人"。埃尔-坎塔拉（El-Kantarah），不曾露面的阿尔及利亚人，亚伯曾以他的名义暂住在巴士底。沃尔高（Varga），孔特劳护照中的姓氏。阿莱格雷（Alegre），梅塞德丝的姓氏。弗洛尔（Floer），亚伯最后一个住处的前房客。Des Prados，易位构词 Celin des Prados 的姓氏。马内·伯亚（Amen leba），亚伯·内马（Abel Nema）的反写。

浇成的了，也不是混凝土，角落里大脑的凝块也不再闪现，我感觉到了，而且想说：现在，我的受难即将迎来一个终结。我在地狱的十年结束了。我欠谁这十年？也许谁都不欠。

然后，一副摇晃着的、疼痛的躯体，或走或爬，或以某种类似的动作，踉跄着向铁轨靠近。

0. 出口
变形

醒来

　　说着关于什么灯光之类的胡话，晕头转向地从阳台上，五层楼，砰，溜达到了人行道上，这样一种充满希望的才能。其他所有人也都已经喝高了，或者在忙别的事情，不然怎么会没人想到劝他别试图在阳台的栏杆上保持平衡。是什么致使他这样的，有些人甚至相信这是个幻觉，哇哦，那边的阳台栏杆上站着个人耶，然后，砰的一声他就不见了。那儿没有灯光，他根本什么都没说，又能对谁说呢，一个人都没有，他独自一人。尽管没有感到疼痛，他却也没用脚走，能爬着走让他很高兴，这是个平衡感的问题。因为实在太晕了，他坐进围了栏杆的箱子——他称其为阳台——里，干脆坐着不动。从下面能看见他，被太阳鞣制，被风吹干，像一座雕像，常年如此，房子不属于任何人，别人最多只会惊叹，多没品味啊，那儿有人给自己的骷髅穿上了衣服，还把它放到了阳台上，不过一条能看见铁轨的死胡同里，来的人也不多，所以只有很少的人会发出这样的感叹。坐在这儿上面，看着火车，看它们来来回回被拖拽着的样子。一开始，各种距离还在不停变化，他得要舒展全身才能够得着门把手，仿佛有三个他或者他正身处一群巨人之中似的，相比之下，阳台的栏杆小得像是给拇指小人修建的一样，要越过去简直轻而易举。正好这时到墙跟前的距离很短，而自己的腿又长，他抓住这个时机，很轻松地跨了过去。这样很好，就像童年一样，或许如今有时也还会发生，这种感觉就好像距离那边的海岸线只有一步之遥。脚小心翼翼地放到铁轨之间，以免崴伤或者把房子一块儿撂倒，这是可能的，因为另一只较小的脚还卡在上面。无论他从哪里来——翻墙而来，硬挤着穿过铁丝网而来，又或许只是从错误的一侧下了火车，无论如何，他现在就站在轨道中间，车厢在他左右两侧来回移动，以至于他之后产生了自己在倒着走的感觉，尽管他是在向前迈步。有时他也会停下脚步，尽管如此，还是感觉在继续走，时而向后，时而向前。像是在一个咕噜咕噜、嘎吱嘎吱的庞大人群之中，他不走，他们就带着他走。起初他很喜欢，这给了他一种集体感与活力感，我不走，但还是会有某种东西带着我走，其他人的身体之间是天空，天上飘着云。之后他注意到，这些云一直都是相同的，这时他意识到，那天空是一条无尽的环状带，而这仅仅意味着他可能再也不会从这里出去了，别无其他。这一刻，绝望在体内剧烈抬升，仿佛脊椎、食管成了特意为此准备的电梯，但是，这之后他对自己说，我们已经挺过来了，然后就又平复了下来。他适应了，时不时走上几步，然后又任由自己被带着走，从那时起，就再也看不见他了——

一剂略少于致死剂量的毒蝇伞的毒性会持续作用约三十六个小时。紧接着，人就会坠入睡眠，睡眠时间往往一样漫长。一开始，他做了各种各样的梦，后来就只剩一个了，在那个梦里，他试着去到阳台上，然后再从那里走去铁轨。这些尝试接连失败，故事里出现了一个没有预料到的转折，每次他都会死，但他依旧固执。不知什么时候，越过围墙的一跃终于还是成功了，然后，几小时之久，那儿只有火车，火车，火车，然后就什么也没有了。

一个周五的早晨，亚伯·内马醒来了，因为他听见了大钟敲响的声音。大约三十口钟响了大约三十年。他一直把眼睛闭着。太阳晒到了他身上。这人就在这里。眼睛里有点痛，眼球时不时剧烈扭转的结果，不过这就已经是全部了。除开这个，好像之前根本没有发生过任何事。好像从来就没有发生过什么。坐在阳台上，闭着眼睛把全身检查了一遍：无。不知什么时候钟声停止了，而火车又在那儿了。它们刺耳的嘎吱声和呼啸声。它们的气味被裹挟在触摸他面庞的吹息般轻柔的风中。他睁开了眼睛。

然后，面对着意料之外的光亮以及广袤的天空，他在它们的压力之下差点失去平衡，尽管他坐着，而且眺望视野中的下半部分还加了栅栏。上面的横杆差不多和前额等高。栏杆之间是那堵砖墙。在他眼里，它好像老化了。在那后面，他认出了十三组双轨。极旧和极新的车厢在上面驶来驶去。算盘上的珠子。他这样想着，然后注意到了他的邻居，那个算不出要算的东西的物理学家。或者，正相反，他成功算出来了。

哈啰，哈尔多尔·罗塞这时在阳台隔断墙后面说。我又回来了。

这到底是怎么回事？哈尔多尔·罗塞几天前对他姐姐万达说。那就是，我有了一次神性体验。

我的上帝，万达说。

让我说完！有过一次神性体验的人，我明白，是随时要进精神病院的，你真的很贴心，还把我又接了出来。但我不明白的是，为什么我自那以后除开进食和睡眠的短暂间歇以外，不得不几乎完全不间断地让人领着在这土豆田和筒仓里走来走去。这算什么意思，不怀好意地给我展示这些土豆山——新鲜的、发了芽的、起皱的——是生命的隐喻还是怎样？这边还有一杆粗劣的秤——这也是配套的，边上几个空口袋，这算是个符号吗？我应该从土豆皮上斑块的布局中，或者田地上尘土的飞行轨迹里得出什么结论吗？我应该从田垄的曲度或直线中，或者家里饭桌上——我坐在桌子一端，正对着万达，这样我就能好好看看她，她也能好好看看我——吃剩的东西里看出些什么吗？我应该从洗碗池中海绵上的咖啡渣里读取并且领悟到什么——所以是什么呢——吗？从根本上来说，我无非是被囚禁在这片荒芜的田园风光中，并且还被判处了致命的无聊，这一判决不是出于别的任何原因，仅仅是因为我拒绝否认这种体验，拒绝否认上帝。要是万达觉得这全都是一种由毒品引发的疯癫状态……

暂时的，只是暂时的，留着小胡子的姐夫说，然后给他递烧酒。

不了，谢谢，我不喝。如果是这样的话，那她为什么还不满足，为什么还要坚持让我放弃这个——我引用她的话——升天的故事呢？

这里面我懂得的不多，姐夫说，但你自己不是说过吗，你其实再也不想跟这种东西打交道了？

不是的，哈尔多尔·罗塞阴沉地说。我所说的不是这回事。

说到这里，他突然想起了这整件事是如何开始的，起初是怎么一回事，然后在第二天，他以一种让人难以相信会出现在他身上的机灵和高效，策划了离开这个土豆荒漠的逃亡。薯条司机让他在同一座桥上下了车，他一周前就已经站在那儿过。早先他完全没有想要回家，径直去了他的工作场所，一间理论物理研究所，回到那里，大家既不惊讶，也没有特别高兴，他们对他说，没有什么可着急的，反正差不多也快到周末了，他为什么不再犒赏自己一点时间，让自己从过度疲劳当中恢复过来呢，周一再看情况。也好，哈尔多尔·罗塞说，然后就走了。于是他现在就坐在了阳台上。哈啰。

亚伯看了过去，从一道裂缝当中瞥见了一圈一周没刮的胡子中间的两瓣嘴唇，上方斜斜地飘着一缕又长又蓬乱的头发，与此同时，嘴唇说：真是美好的一天，不是吗？

一群鸟从左飞向右。

亚伯试着动舌头，但它太干了，他只能点点头：对，美好的一天。

感谢上帝，H. R. 透过裂缝说。我又回来了。大概有一周了吧。

还用说吗。

坐在阳台上，越过界限跟邻居来来回回说了几句话之后，因为找不到任何不这样做的理由，他没费多大劲就站了起来，然后走回房间去了。

走回房间，几乎认不出来了。他依稀记得过去几年里给这片混沌带去秩序和整洁的短暂努力——正如现在所见，毫无成果。尽管事实证明，房间的形态没有他记忆中的那么分裂——他把墙角挨个数了一遍：只有五个，比正常情况下多一个——他所看见的却还是一个近乎完全荒芜破败的广袤旷野。虽然东西很少，但也无济于事——破旧、可见地肮脏。还有味道。他从黑色的堆积物中——多数是衣服——穿行而过，心里已经明白，这一切并不是因为谵妄才挪到了它们现在所处的位置上，之前肯定就已经在那里了，可能有很长一段时间了。他光着脚，一只完全平放，另一只，受伤的那只，只能勾起脚尖，仿佛走在玻璃碎片上，但其实只是面包屑。地毯上下内外藏着无尽的污垢。就连前任租客留下的从未用过的厨房收音机也在油和灰尘中结满了硬壳。他打开了收音机。声音嘎吱嘎吱地从硬壳底下传了出来。新闻。因为被告 S. M. 感染流感，H. 案件的审理不得不再次推迟。依据新出台的、更加宽松的反种族屠杀法，在职国家领导人可享有豁免权，诸如此类。他又把收音机关上了，然后坐进了表面浮了一层金色和黑色油脂的浴缸里。他仔细清洗着自己的身体，同时继续探听自己的内在，但结果依旧相同，我们就说是个奇迹吧：他体内没有任何一个细胞里还留有一滴毒素，毒品挥发了，其他的一切也跟着它一起不见了。他所有的知觉、感官、意识都绝对清晰，这实际上是超过十三年来的头一次。我现在能跟其他人一样看、闻、尝、摸。跟其他每一个身处同样情形的人一样，就着这个发现，他感受到因某种微小的喜悦和某种巨大的恐慌而出现的颤抖，不过这种恐慌跟另外的那一种没有任何关系。那一种不见了。它不见了。

　　但还是要慢慢来。小心翼翼地在雷区里挪动。这种平和太易碎了，一个欠考虑的动作、一声错误的响动，然后一切都有可能再次消失或者回来。唯一一个明显在受难的感官是听觉。他听不见哈尔多尔·罗塞在隔壁房间里的行动，就连火车车厢的鲸歌也只在很远的地方，尽管通向阳台的门——平时很少这样——敞开着。取而代之的是耳朵里的某种嗡鸣，像是空房间里一台电脑或者一阵有规律的远风的声音，嘶嘶嘶嘶嘶嘶嘶。嘶嘶嘶嘶嘶嘶嘶。无论如何，不可能是电脑，他已经好几天没开过机了。

　　另一方面，梅塞德丝却能听见车厢的声音，其至听得非常清楚，它们就快跟他的声音一样响了，就像在一支无调性的乐曲里相互配合一样，但这不是关键。关键在于，她听见了某种她最初无法归类的东西，直到过了好一阵子，她挂断了电话（她在激动之中跑去厨房、浴室、卧室——电话响了，我毫不知情地接了起来，是谁?），回到了起居室，在开裂的大理石桌子和旧抽屉柜之间站着不动，好让目光能够落在仍旧摆在那儿的婚礼照片上，看向他的脸，这才明白了过来。他有了一种几乎不存在、几乎听不见、只能感觉到的：口音。

　　他自己已经发现了。摇头，做了几个放松发声器官的怪相。咳，他说，听起来就像是他进入了迟来的变声期。有可能只是因为干燥，几天来他什么东西都没喝，我的每一个细胞都是一小片沙漠。他喝了水龙头里带着铁锈味的温水，但这也没多大帮助。那是在下面。某种冲洗不掉的东西。基本上，他知道无论他做什么，喝水、发声练习，都无所谓了，改变在不由他干预的情况下几乎无法察觉地发生了：声带附近微微发麻，这就是全部了。他不敢看镜子。如果是这样，如果我正在变形，那我不会想要看到这样的自己。他不敢做这两件事：说话和看镜子。之后，通过给梅塞德丝打电话，他克服了前者。过程中，不仅仅是她在对方身上听到了某种新东西，他也如此：他也觉得自己从她口中察觉到了某种口音，但这是不可能的，她说的是她的母语，这只不过是他的听觉发生了改变罢了——他第一次感知到了她特有的那种沙哑，她的音色。

怎么了？她问。你拿到证件了？

咳，他说。不，还没有，我……

她等待着。

我可不可以跟奥马尔讲几句话？

他不在。能让我转达吗？

停顿。

告诉他，我很抱歉，周四……不。告诉他，我会再打来的。

好，她说，然后挂了。

我两只手全湿了。

最后的转折

前一天，梅塞德丝跟塔季扬娜见了面。

有些事情碰到一起了，我至少得讲讲其中的一小部分。

好，这位朋友说。

首先是关于埃里克的事。

啊哈，塔季扬娜说着，用勺子在咖啡杯上很响地敲了一下。不听话的奶泡。他怎么了？

他这天过得怎么样，大概一如既往。家人们醒来的时候，他就已经站在花园里了，雄伟的裤腿高高挽起，光脚站在高低不平的野草地中，研究着鼹鼠窝的走向。接着，他坐在木制露台的一把旧藤椅上，用一块硬邦邦的、专门为此准备的小毛巾擦干脚上的露水，同时跟女儿们聊着天。在厨房里，他吻了妻子的头发，她由着自己朝他柔软的肚子上跌靠过去，在他肩膀上磨蹭自己的鼻子，接受并吸收着他的气味：肥皂和刚出的汗背后暗藏着几个小时前性交的踪迹，而在此之上则是他给大家准备的先前冷冻过、现在又重新烘焙好了的小面包的香味。

（啊，对！塔季扬娜叹息道。）

进城的路上，埃里克碾过了一只刺猬。小动物的肠子流到了街上，一个小小的、蓝色的肾脏。说不上美，但这件事在这一天接下来的进程当中也确实没什么影响。关键在于，正如他一直以来所说的，一、认识这一瞬间，二、在永恒之光中审视它。我是（理论上）能够制造汽车的动物，而那只背上长刺的动物，躺在街沿上死去，就这样。

（嗯，塔季扬娜说。）

十点三十分，他跟一个作者在我们现在也正坐着的这家咖啡馆见了面。这次会面所涉及的手稿标题是"愚人称王——智力残障的国王与他们的政府",或者,埃里克说,如果用我自己的话来说:掌握最高权力的人是个傻子,这对我们来说是更好还是更坏?

嗯,那个作者说。

他们刚在桌边坐下一分钟,情况就已经很明了了,这次见面只是徒劳:个人层面上的互相反感马上就导致了专业层面上的冷淡。这种临时抱佛脚的、空洞的、语言草率的、伪科学的废话,我自己也能搞出来。可惜已经点了一份早餐了,沉默的等待。这时,机械降神,塔季扬娜出现在了这家咖啡馆里。装作没看到他的样子,坐到了吧台旁边。她的头发、她的后背、她的屁股、她的双腿,被陌生的作者打量着。同时也被埃里克打量着。客观的生理愉悦与产生于过往经验中的主观厌恶相混合。

抱歉,埃里克对他眼睛盯直了的同伴说。我得去跟那边那个人讲几句话。

对塔季扬娜:我跟一个无聊又傲慢的傻子待在一块儿。好歹跟我聊几分钟吧。

塔季扬娜从吧台的高脚凳上转过身来,友好地朝那个作者挥了挥手。作者也招手回应。

好啊,塔季扬娜说。我们聊些什么呢。

在这种情况下,有什么合适的?共同的熟人。譬如,你(埃里克)可以问问梅塞德丝怎么样了,她是不是真的像她自己宣称的那样过得很好,她最近给人的印象很奇怪。

接着这话，塔季扬娜——就跟现在一模一样——舔掉了红色上唇的奶泡，然后说：对啊，大家真的都很想问她为什么不直接轻松点，把那个家伙甩掉，换我就会这么干。

这样一来，埃里克了解到，梅塞德丝已经跟那个"黑色的男人"分开了。

噢，塔季扬娜说着，把食指伸进了杯子里，指尖沾起剩余的糖。我不知道你不知道。

（是的，塔季扬娜说，完全符合。）

紧接着，埃里克做出一副不得不马上就走的样子。到达办公室，越过一扇敞开的门，他盯着梅塞德丝的后背，盯了很长时间，直到她有所察觉。她朝他打了个招呼，他也回以问候，然后走进了自己的办公室。他在办公室里来来回回踱步踱过了这一天的大半，之后又走回了梅塞德丝那边。

我有两件事要告诉你，埃里克在办公室马上要关门的时候说。

要紧吗？梅塞德丝问。我马上就得走了。奥马尔。

第一，埃里克在门前站着不动，口袋里的拳头在裤子的面料上绷出了褶皱，第一，作为你的朋友，我感到伤心和失望，因为你没有告诉我任何关于你离婚的事。第二，我刚刚挨过了我人生中最糟糕的六个小时，而结果就是：我爱你。嫁给我。

（塔季扬娜爆笑起来。

等一下！梅塞德丝喊道。）

她注视着这个站在她门口冒汗的男人。然后再一次说，她得走了。

你没听到我说的吗？

听到了。

所以呢?!?

他几乎就要尖叫起来了。

我已经准备好为你放弃一切了——我无名指上的白金救生圈，所有迄今为止一直保护我免于绝望的踏实的生活方式，两个令人着迷的、把我像神一样崇拜着的姑娘，一个聪明的、懂得顾全大局的妻子，一栋带花园的、有益健康的房子——只为在你逼仄的、塞满了俗气小玩意儿的屋子里，跟你、你无可指摘的素食菜肴和你家那个鄙视我的奇怪男孩生活在一起，外加与你虚荣的怪脾气老爸（他就是个平庸的幕间小丑）和你附庸风雅、干瘪枯燥的老妈（她没有任何属于自己的才华）一起吃晚餐，而且还要处在这个号称好姐妹的臭婆娘长久的监视之下。我已经准备好把自己完全交到你手里了，对你来说，慢慢地也是时候找个正常、健康的男人了，而你却心烦意乱，而且还有点厌恶地说……

抱歉，梅塞德丝小声说，然后从他身边经过，出了门。

（塔季扬娜笑了。

等等，梅塞德丝说。）

奥马尔已经回到家里了。怎么了？他问。

没什么。埃里克向我求婚了。他可能是喝醉了。

她笑了。那孩子严肃地看着她。

埃里克是个傻子，奥马尔说。别跟他结婚。我会受罪的。

梅塞德丝笑了。

你怎么哭了？奥马尔问。

对啊，塔季扬娜现在问。怎么了？

梅塞德丝，沉思状：我根本没哭。但我大概是得找份新的工作了。

人生就是这样，塔季扬娜说。来来去去。

嗯，梅塞德丝说。她向外面街上望去。也许这是再要一个孩子的合适时机。

也许吧，塔季扬娜说。

一个女儿。

啊哈。

这样对奥马尔也好。身边有个什么人。虽然——好在如此——他已经不再宣称自己是大地上最聪明的人了。

停顿。

在我的人生之中，我爱过的男人不超过三个，梅塞德丝说。而且，即便看上去我好像没有从这些关系中得到什么，但其实我每次都收获了最有价值的东西。最初是孩子，然后是一份手稿。

抱歉，塔季扬娜说。我恐怕没弄懂你这样做最终的目的是什么。又或者我只是太懂了，要是有什么事是该我告诉你的，那就是，这样真的突破底线了！

等等，梅塞德丝说。但对方已经不再配合了。我跟你算是完了，蠢女人，你一直让我心情烦躁，其实我从来就不是特别受得了你！塔季扬娜说——这些并不完全是原话——然后冲出了咖啡馆。

都还好吧？服务生问。

还好，梅塞德丝说，然后付了两个人的钱。

之后没再发生多少事。G地一家工厂的拆除过程中，一个曾经在那里工作过的工人在一间办公室的地板下面找回了二十二年前丢失的装着爱人照片的钱包。长年冒充移民局监督员，间或冒充青少年福利救济人员的一男一女被捕归案。两名男子在V地一个小村庄的一场足球赛进行过程中将球盗走。他们跑着穿过没有树荫的村庄街道，相互笑着抛球，相互抛球笑着，一直跑回了家，在家中被愤怒的群众赶上并殴打致死。S地一名电台DJ遭遇枪击身亡，因为他拒绝依照某位听众的意愿播放音乐，一名十八岁的男子在吸食木本曼陀罗导致的迷幻状态中割掉了自己的阴茎和舌头，以及康斯坦丁·T.在试图购买伪造的证件时当场被捕。他被遣返前的最后一夜是在一把餐椅上戴着手铐度过的：别人把他的嘴给黏上了，因为他不愿意停止诉苦。他像窒息了一样地哭着，鼻涕慢慢塞满了鼻子。

第二天早晨，一个周五，亚伯拿起他的风衣，然后出去了。疯人院的门敞着，但上面还是挂着一张小纸条：关闭，直至另行通知。

还要关多久？

萨诺斯耸了耸肩。你想喝点什么吗？跟清水一样清，他一边倒一边说。

亚伯喝了一口，发觉自己立刻就醉了，剩下的就留着没动。

好吧好吧，萨诺斯说。好吧好吧。我还能为你做点什么别的吗？

亚伯朝萨诺斯走过去——我父亲般的友人和守护者——最后一次找他要钱。上周我把治疗脚上伤口的事给耽误了，而现在，那种能力——跟其他并没有让我特别伤心的东西一道——也从我身上消失了，别说这个，就简单地说，你必须得去看医生，可惜没有保险。紧急情况下还可以——即便这样有点卑劣——提一提自己的伤就是在这里弄的，钱也是在这里丢的，但最终还是没有这样说的必要。

够了吗？早日康复。

除了他，没有其他人会在这样的治疗——毕竟还是缝了九针——之后用脚走路。一方面，麻醉起了作用，也就是说他右脚的位置上仿佛不是脚，而是一朵云。另一方面，他就是想看看自己能不能做到。能不能像他预想的那样，不迷路就走到仅仅相隔几条街的信息登记处，最终给自己弄到一份临时证件，接着再去银行。两件事都再也做不成了。

他们是那块小运动场上仅有的几个人，不是公园，只是一块杂芜的三角地。所谓绿地，两条巷子交叉口空出来的地方。一个坐在沙坑已经坍塌了的边沿上，在沙子上画画，三个蹲在嘎吱转动的木转盘上，两个挂在攀援架上，乒，乓，就像两个钟锤。他们沉默而认真地玩着，转着，画着，晃着，眼睛盯着他。接下来的事大体上不难料到，他大概也早就知道不会有好结果了。他什么都没做，他们什么都没做，尽管如此，情况很明了。他们从矮小的汽车收音机小偷长成了粗壮的小伙子，去年冬天他们点着了一个流浪汉。一身黑的男人从摇摇晃晃的那两个身旁经过，斜穿绿地，向转盘走去。坐在上面的那几个重重地将鞋底踩在水泥地上，转盘嘎吱尖叫着停住不动了。他朝旁边迈了一步，想着或许还能从他们身边走过去，于是将重心转移到了受伤的那只脚上——根本没有云——他痛得屈膝。刚缝起来的口子撕裂了，湿漉漉的东西开始往他鞋里渗。

嘿呀，他们之中的一个站在他面前说。他背后的那几个默不作声地从攀援架上跳了下来。此时，他们托住他的腋窝，像是想要扶住他似的。

嘿呀，科斯马说。拍落了手上的沙子。他长高了，而且还更胖了，眼睛、鼻子、嘴巴，小小地长在他红色的大脸上。嘿呀，小小的嘴巴说。

亚伯用身体示意，自己这会儿可以单腿站着，并对他们的帮助表达感谢，但他们并不放他走，从两侧架着他，手指钻进他的腋窝。

我很抱歉，我借来的钱大部分都在不久前花出去了，一小部分剩余的在左边的内兜里，再多我就没有了。然后他还补充道，他很急。

他们一动不动，只是盯着他。

狗屁，他妈的，科斯马说。我认得你。

现在他也反应过来了。这是恐怖七人组，只不过一段时间以来只剩六个人了。

就在开始之前，亚伯心里还浮现出了这个念头，自己是否真的已经做好了这样的准备。他已经走到这一步了吗，要不加埋怨地死去了吗，因为，他会死，这一点已经一清二楚。无论有没有准备好，现在你就将迎来终结。

科斯马上前一步，一脚踢在了他的生殖器上。他本来要倒下了，但两个贴身看守把他架住了。之后他们请求轮换，这样自己就不必一直架着。无所谓，科斯马说，放开他吧。他像巨大的雕像一样缓缓倒了下去。从他落地的那一刻起，一切就都不得而知了。

那一天晚些时候，梅塞德丝接到了医院打来的电话。

出口

要把他解下来并不是一件容易的事，胶带很难处理。那个男孩气的年轻女人身上只带了一把特别小的小折刀，一个高瘦的女人紧紧抓住他的胫骨，而那个胖的则把他的头托在手里。她们把他放到了沥青地面上，然后马上又把他抬了起来，抬到了几步开外的地方，把他放在了草丛里，小心翼翼地让后脑勺从软垫般厚实的手掌上滚落下来。有一刻他的眼睛睁开了：蓝色的天，然后是一种起初呈红色、后来变黑色的晦暗。这样就好了吗？是的，这样就好。好。

他本来差不多已经算是死了。一种近乎不可能的好运。刀捅入了第四和第五根肋骨之间，两厘米深，然后就停下了，没伤到性命攸关的器官。最主要的伤害，就像前面所说的，是这种悬挂造成的。

这样很好！

房间满是人：医生、语言治疗师——至少十个，每种语言一个。大家刚一搞清楚他是谁——某个之前做核磁共振成像时的助手认出了他——他就被送进了这个单人病房。这期间，接到了通知的家属也在场。梅塞德丝的眼睛。

这样很好！

这似乎就是他唯一还会说的东西了。前脑轻微出血，右侧颞叶大面积出血。不确定他能听懂多少。大脑出血的后果是，您先生将会患上失语症。

什么是……

这样很喝喝喝喝喝……

失语症，奥马尔说。源自希腊语"phanai"，"说"。语言丧失以及由此衍生出来的判断能力的丧失。

简而言之：他失去了他的语言。顺带一说，您家的小伙子很聪明嘛。整个病房都被他右眼那让人无法相信的瓷器般的白色尽收其中。

您这是什么意思：他失去了他的语言？全部？

这样很好！

遗憾的是，这常常也会伴随记忆缺失症。目前很难确定。N. 先生，您感觉怎么样?！您的家人在这里！

梅塞德丝不敢动。奥马尔将一只手放到了亚伯的右臂上。可惜这是瘫痪了的那只。脸也很难活动。仿佛我还是分裂成块的状态。半边嘴挤出声音：好，好，好！

多数情况下，一部分语言能力会随着时间的推移而重建。可是，十语失语症，这样的情况我们还从来没见过。这对我们来说是个很大的挑战。

（去你的！）这样很好！

第十三次寻找挪亚方舟的考察启动罪孽之辈必塞口无言诗篇一百〇七十四[1]标签x. y. 创造科学研究所负责人及考察发起人进化论传达了一幅关于我们生命的无可

1　见《旧约·诗篇》107:14。"他从黑暗中和死荫里领他们出来，折断他们的绑索。"

慰藉的图景并且摧毁了社会如果我只是原始汤[1]里的一个偶然产物那这一切到底是为了——

好，您就让电视开着吧。对他说话。这样很好。我们还有外国电视台。您不知道这对我们来说意味着什么。基于这一案例的学术兴趣对于外行人来说也许是完全无法理解的。毫无疑问，这是一个最为有趣的神经语言学案例。

这样很好！

配合之前已经搜集到的关于他大脑的知识。这是独一无二的。请您谅解我的激动。对您来说，这件事自然首先是悲剧性的。

这样很好！

但我们还是充满希望。您看，这个案例值得一整个项目。亚伯·内马项目，简称：ANP。

好嗷嗷嗷嗷嗷嗷嗷嗷嗷！

当然了，要视资金而定，不过就这样一个案例而言……

喝嗷嗷嗷嗷嗷嗷嗷嗷嗷嗷！

这是一种很好的注射剂，立马就起效了。有时候不知道大脑受损的病人脑子里都在想些什么，他们偶尔会没来由地暴怒起来，

好！

1　原始汤的说法源自一种生命起源论，它认为地球上的所有生物都源自45亿年前漂浮在原始海洋中的有机分子。

像处在恐慌之中一样辗转反侧，最为无害的情形对他们来说也可能突然变得危险，您别被吓到就好。遗憾的是，自杀的念头也并非罕有，我向您承诺，我们会让他远离楼梯和窗户。也许您已经注意到了，无论哪里都没有门窗把手，这是安全标准。我们面前还有一条漫长而艰苦的学习之路，但同时，这也不失为一条最美的路，

喝喝喝喝！

一条希望之路，

喝喝！

每一天，每一步，无论多小，都是一场胜利。

喝喝喝喝喝噜噜噜噜……

对，把你的手放在他的额头上，我的小家伙。

奥马尔把手从仍旧是他继父的继父湿冷的额头上收了回来，然后牵起了妹妹温暖的、黏糊糊的小手。他配合着他们的脚步。他们一起摇晃着穿过公园里潮湿的草丛。他像对着一个成年人一样对她讲话。她还什么都没说过，只是点头、摇头或者歪着头挑起一边的眉毛，怎样合适就怎样。她始终在做的是：微笑。她继承了父亲镜子一般反光的眼睛和修长的四肢，以及母亲友善的面颊和轻易吐露信任的嘴巴。她哥哥长高了，也更瘦了，从他完美的脸庞和整个躯体，以及从被衣服遮住了的不可见的部位放射出来的美是压倒性的，以至当他于其中出现的时候，各种封闭空间——地铁车厢、小商店——

都会完全静默下来，就连在户外，女人们和细腻易感的男人们也会痛苦地转动眼睛，只为偷偷打量他。他似乎对此毫无察觉，因为他左边的视野是空缺的，而在他右边，那个他倾注了所有注意力的小女孩正在跑跑跳跳。除了他向后抛去一瞥的时候——看向某个特定的长椅，看看他，亚伯·内马，是不是还坐在那儿，头微微倾斜，温柔地带着微笑——他从前偶尔也会露出这样的微笑——望着他们。他确诊了记忆缺失症，什么都不记得了，别人要是跟他说起自己知道的关于他的事——他的名字是亚伯·内马，他是从某某国家来的，以前说过、笔头和口头翻译过十几种语言——他就会礼貌、谅解、不信任地微笑着摇头。别人跟他说的一切他都能听懂，他能够正常地——即便比起大多数人来说要慢一些——活动，而且也能说点什么。与预期不符，迄今为止仅仅只有一门语言，本国的语言，恢复了过来，他可以说一些简单的句子了。他能够表达自己是否想从附近的售货亭买点东西来吃，也会问孩子们想不想要点什么。他也能说些别的，但是看得出来，这对他来说非常吃力。他最爱说的依旧是：这样很好。能够说出这个句子，这种解脱，是啊，这种幸福，在他身上简直溢于言表，为此，那些爱他的人会给他奉上每一个说这句话的机会。他会感激地说：这样很好。最后一句话。很好。

译后记

"我讲的，是令人心碎的和／或古怪的故事。"这是《日复一日》开篇第一句话，也是我在翻译这部小说时常常想起的一句话。这句话就其自身而言就已经足够古怪了。"和／或"在原文中写作"undoder"，乍看之下我还以为这是个生僻词汇，参看英译本之后才发现它不过是"und"（and）和"oder"（or）简单拼合的产物罢了。一开始，我把这句话翻译成了"我讲述的故事，或令人心碎，或古怪荒唐，又或者两者兼而有之"。这是一种谨慎而平庸的译法，句子四平八稳，晓畅易懂，确乎出自汉语母语者之口，但原文游戏般的文字实验和冒犯正字法的戏谑姿态却也在译者身后消失殆尽。我想，对于热爱外国文学、乐于接受语言更新的读者来说，这种"避免冒犯"反倒是一种隐匿的冒犯。因此，"和／或"这一并不常见于中文小说的"古怪"表达现在才会呈现在读者面前。在此基础之上，我也曾想过要不要干脆照搬原文的构词方式，去掉斜线，在汉语中自造一个"和或"出来。然而汉字之间毕竟没有空格，把这样一个生造词直接朝毫无防备的读者扔过去很有可能引发一场阅读体验上的灾难。我隐隐感觉到，这种破格在中文环境中引起的不适感似乎会大大超过"undoder"一词给德语读者带来的新鲜感。我的冒犯也应当是有限度的，或者不如说这其实是一种进退两难的境地，而这只是一个开端，后文中比这小小的拼接词微妙得多、复杂得多的语言游戏俯拾皆是。作为译者，我必须承认，这个古怪的故事在令我"心碎"之前，首先让我头疼了无数次。不知读者读完全书，回头看这第一个句子时，会不会也有类似的感受？因而在这里，我想先对这些语言上的头疼之处做一些简单的说明。

某年某月某日，逃避某国征兵的高中毕业生亚伯·内马在寻找失踪父亲的途中遭遇了煤气中毒事故。奇迹"选中了"他，赋／借予了他非凡的语言能力，让他得以在某个欧洲发达国家的某个大城市里利用大学语音室的资源成功习得十门语言。且不论亚伯自己的故事（以及我写在这里的这个句子）是否跟他负责翻译的那些"荒唐到可笑"的故事一样"荒唐到可笑"，我们或许首先应该弄懂这位主人公嘴里说的话。渴望理解，渴望沟通，无论母语为何，这是我们作为人类的本能。然而我们却总是在亚伯这里碰壁。他在意识模糊之时总会说出几个由十种语言交杂而成的句子，而我们跟故事里的其他人一样，除了问一句"他说什么"之外，往往只能任由他把我们拖入尴尬的失语境地。阅读此情此景，我们会好奇，会怀疑，会恼怒，而有些读者或许还会跟我这个译者一样，陷入无以理解、无以传达、无以沟通带来的悲伤之中。我梳理了文中的一些细节，查了许多词，终于（不一定完全正确地）确定了亚伯会说的十种语言——德语、英语、荷兰语、匈牙利语、芬兰语、法语、意大利语、葡萄牙语、俄语和塞尔维亚－克罗地亚语。但这其实也只是徒劳，因为如我在关于"悲伤的天使"（bánat engele）的脚注里所说的那样，亚伯的混合语言不仅仅是简单的词汇杂糅，更是语法层面的异质共生体。或许这些句子本来确实是颇有意味、值得揣摩的，但它们在原文中的作用首先是形式上的。对所有国家的读者来说，它们都是异质的图形（字母排列）和声音（如果你尝试把它们念出来的话）元素。梅塞德丝在亚伯身上闻到了异质感，而我们则在他的语言里看见了、听见了某种类似的东西。作者仿佛在这些地方为我们备下了小小的装置艺术作品，观者的困惑和震惊或许本来就是作品的一部分，而最终完成这件作品，并使之带上些许后现代色彩的则是语意的彻底消失。我在《笔录》一章的脚注中提到，小说中的混合语言都是作者临时编造出来的，其中大部分词句的含义她都已经遗忘。无法理解之物原本就不需要理解，而我所能做的不过是把这件装置艺术作品原样展示在大家面前而已。因此，我在同编辑讨论之后决定遵从作者的原意，保留原文，只在脚注里做出必要的说明。

《日复一日》的德文原著和英文译本中都没有任何注解。混合语言、易位构词游戏、生僻的文化典故以及其他各种晦涩的隐喻对德语和英语世界的读者来说同样费解。这个古怪的故事从一开始就怀着语言陌生化的意图，而中译本如果只是简单地贯彻这种意图，势必会导致"陌生化之上的陌生化"。举个例子来说，不以字母文字为母语的读者大概很难想到小说中还有"易位构词"（Anagramm）这一说，何况不带任何提示直接出现在文中并且难以判别语种的密码文字对欧美读者来说也是一个不小的挑战。因此，我和编辑一道将零星出现的、可以判别语种且符合语法规范的非德语词句译成了中文，将字体改为楷体以示区别，并在脚注中写明了原文的语种及拼写形式。保留在正文中的外文词句或是上文提到的混合语言，或是情节发展的关键处，或是易位构词的产物，或是单纯的乱码，我们在各处都做了相应的说明。不过，正如作者在一次访谈中所说，小说毕竟不是学术著作，译者的干预或许会降低阅读的流畅度，削弱文本的实验性，破坏读者解谜的乐趣，这一点还要请各位包涵。当然，我的"破译"和注解绝非尽善尽美，小说中还有许多晦涩难明处有待读者自己探索和玩味。译文中的知识性错误和理解偏差想来在所难免，希望各位能够给予谅解和指正。

　　同样令我犯难的还有对原文风格的把握。《日复一日》的语言极其碎片化，但在不少地方又刻意以工整、精致的长句编织出细密的意义之网。句子无论长短，都以其各自的方式让人喘不过气来。破碎的嘶吼、精神错乱的絮语和百无禁忌的咒骂显然带有某种"反崇高"的后现代特征，但有关存在、罪孽与爱的讨论却又让人恍惚间以为自己在阅读严肃的神学或哲学著作。这其中既有《旧约》里那种关乎惩罚的暴烈的崇高，也有《新约》式的信、望、爱，然而这一切最终又归结于绝望面前的某种巨大的、未知的空无。以名词或拟声词为中心的短句掷地有声，而长句就像亚伯耳边管风琴的轰鸣声一样直冲天际，终于给人一种"升天入地"之感。因此，我的译文也不得不在极短促和极绵长、极俚俗和极庄重之间大幅度跳跃。我一方面希望译文能够跟原文一样，给读者带来聆听（或者被迫收听）无调性音乐的体验，一方面也不得不调整译文，使之在中文语境里具备完整的表意功能，并符合基本的汉语语法规范。譬如，我和编辑一道给一些句子加上了主语（德语中的动词变位即可表明动作的施加方，而汉语动词则显然没有这样的功能）；一些原文中自成一句的名词短语被扩充成了由动词支配的完整句子；部分在汉语中（定语）过分冗长的句子也被拆解成了更加流畅易懂的分句。上述调整想必还是会中和原文带给读者的"极端印象"，然而无论如何，我们翻译和修订的首要原则都是尽可能贴合德语原文的气质。读者在译文中依旧可以读到许多突兀的短句、看似多余的回环和重复、陌生的比喻，以及无比放肆的奇谈怪论。为了在最大限度内追求汉语的陌生化，我有意识地避免使用成语，在大体上不影响理解的前提下，对小说中的许多德语惯用语采取了直译策略。至于这到底是一种语言的活力、一种幽默感，还是对母语的冒犯，就只得仰赖读者的判断了。

　　小说中的绝大部分人名都参照《世界人名翻译大辞典》译出。我和编辑对这些译名的取舍和规范化处理其实暴露了一些隐藏在原文中的线索。譬如，作者参照某个现实原型给亚伯的"教母"起了"Kinga"这个名字，本来意在迷惑西方读者，使他们不由自主地把"Kinga"同"König/King"（国王）联系在一起，她曾透露，"Kinga"其实是德语名字"Kunigunda"（库尼贡达）在匈牙利语中的对应形式，而中译本根据匈牙利语发音译出的"金高"不可避免地提示了这个人物的来历。有趣的是，在这个故事中，源自匈牙利语的名字未必对应着匈牙利的国民身份。译文固然体现了译者和编辑的判断，但跨文化处境的复杂性终究还是需要读者自己去玩味。另外，主人公亚伯的名字同样值得一提。我没有将"Abel"翻译成更加世俗化的"阿贝尔"（据德语发音）或"阿拜尔"（据匈牙利语发音），而是选择了出自和合本《圣经》的"亚伯"。这显然与上文提到的宗教气息有很大的关系。（其实，除"金高"以外，《日复一日》中的所有女性名字都是圣母马利亚的别称。不过，我还是没有把"Miriam"翻译成女先知"米利暗"，这个名字太过引人注意，而米丽娅姆这个人物却似乎并不具备与之匹配的叙事功能。）"亚伯"这个名字一方面在世俗语境中同样显得简单、平实，正好与沉默而笨拙的主人公相称，另一方面却又时刻提醒我们去回忆《旧约》中记载的人类历史上的第一桩谋杀案。按照犹太教-基督教世界观，该隐与亚伯的故事是人类潜意识中挥之不去的"杀人回忆"。这与小说临近结尾时愈来愈重的启示录色彩是相辅相成的。我们或许可以由此体会到什么叫作"爱或者杀"，什么又叫作"人总是有罪的，即便他没有过犯"。需要说明的是，作者并非想要借这个虚构故事为某种保守价值观布道，倒不如说她的写作想必会触怒许多传统价值的捍卫者。我想，价值观各异的读者至少可以达成一个基本的共识，即亚伯的故事是一个受难者（Schmerzensmann）的故事，就连他身上的"奇迹"也使他备受折磨。即便对于无神论者，情欲和暴力的纠葛、无法沟通的困境，以及创伤后应激障碍也是值得反复思考的问题。至于宗教意义上的救赎或其他意义上的解脱，我在此只能说见仁见智。"亚伯"这个名字只是提出了一个问题，它绝非一个答案。

亚伯就像是一个空无的"中心"（《日复一日》中最复杂的一章即以此为标题）、一个台风眼。就我的印象来说，小说中出现频率最高的词就是"Nichts"（叙事者将之与亚伯的姓氏"Nema"关联到了一起，译文中按语境译为"一个人／什么东西／什么声音都没有"或略显突兀的"无"）。围绕着中心的风暴是发生在S地、B地和K地的血腥内战和屠杀，是受压抑的性意识带来的苦闷和羞耻，是大都市放荡却又寂寞的日常，也是其余所有人或关切或嘲讽的声音，而中心却对此沉默不语。我们不知道他为何如此，我们只知道，语言本身并不对他构成丝毫障碍。或许他身处风暴中心的寂静处，期待着某个"绝对者"的回答。然而，据我们所知，这个所谓更高的存在比中心自身还要沉默。这实在"令人心碎"。作者有意模糊了现实背景（当然，细心的读者总还是可以找出各种模糊称谓的实际所指），把故事的普适性扩展到最大。亚伯永远处于中转（Transit）之中，永远在用化名（Alias）生活。他是亚伯·内马还是马内·伯亚并不重要，他可以有无限多的化名，但这一连串化名终归要通往"无"。他是所有人的化身（Inkarnation）和他是"无"本质上并没有区别。《中心》一章告诉我们："无。或者说，并不是完全什么都没有，'无'就是'无'，别人供养我，但我自己也供养自己，并且安排好了日与夜的节奏。"所有"Displaced Person"都是如此，而此世间所有人身上必然都或多或少地存在着"displaced"的部分。无论我们面对的是长久的颠沛流离、封锁隔绝、爱而不得，还是瞬间的、微妙的词不达意，日复一日（Alle Tage）的"炼狱"（Purgatorium）体验有时似乎会成为人类的日常（Alltag）。"恐慌不是哪一个人的状态。恐慌是这个世界的状态。"倘或灾难（"自然灾害和其他"）已经成为日常，在巨大的痛苦面前，我们除了保持静默之外常常别无选择。在这种意义上，《日复一日》让我们听见位于中心的沉默的"无"，也就等于让我们听见了自己日常生活中那种直冲天际的沉默。

德语中将"最后的审判"称作"der Jüngste Tag"，即"最年轻的一天"，而这最年轻的一天其实就是"每

一天"，就是"所有日子"（Alle Tage）。如卡夫卡所说，
"最后的审判不过是一个临时法庭（Standrecht）"，亚
伯的审判也是全然日常的。"生活充满了可怕的巧合和
数不尽的事件"，灾难和灾难的"出口"原来都在日常
之中。《日复一日》正文第一句话是"让我们把时间称
作现在，把地点称作这里"，用以结尾的则是"这样很
好。最后一句话。很好"。但我们依旧会问，现在是什
么时候？这里是哪里？这样好吗？

我的阐释到此打住。我只希望以上这些联想能够为
读者提供一些重温故事的线索，考据时代背景、推敲
文字游戏、发掘散落各处的互文、思考自身的"在与
有"，这些乐趣当然还要留给读者自己去探索。总而言
之，但愿各位通过《日复一日》的中译本感受到了原文
残酷而诙谐的诗意。如果这部小说能够成为各位私人阅
读史中值得记忆的一部分，将是我最大的荣幸。最后，
我想要特别感谢本书的编辑何虹霓。将这个围绕着语言
展开的古怪故事引进中文世界是一个了不起的决定，而
此书的修订工作也堪称一件苦工，她对待文字的严谨态
度使我获益匪浅。

2022 年 11 月
于上海